UM AMOR CINCO ESTRELAS

UM AMOR CINCO ESTRELAS

Tradução de Laura Pohl e Sofia Soter

BETH O'LEARY

Copyright © 2023 Beth O'Leary Ltd

TÍTULO ORIGINAL
The Wake-Up Call

COPIDESQUE
Beatriz Lopes

REVISÃO
Agatha Machado

DIAGRAMAÇÃO
Ilustrarte Design e Produção Editorial

DESIGN DE CAPA E ILUSTRAÇÃO
© studiohelen.co.uk

ADAPTAÇÃO DE CAPA
Henrique Diniz

CIP-BRASIL. CATALOGAÇÃO NA PUBLICAÇÃO
SINDICATO NACIONAL DOS EDITORES DE LIVROS, RJ

O38a

    O'Leary, Beth
        Um amor cinco estrelas / Beth O'Leary ; tradução Laura Pohl, Sofia Soter. - 1. ed - Rio de Janeiro : Intrínseca, 2024.

        Tradução de: The wake-up call
        ISBN 978-85-510-0933-8

        1. Romance inglês. I. Pohl, Laura. II. Soter, Sofia. III. Título.

24-93047
    CDD: 823
    CDU: 82-31(410.1)

Meri Gleice Rodrigues de Souza - Bibliotecária - CRB-7/6439

[2024]
Todos os direitos desta edição reservados à
EDITORA INTRÍNSECA LTDA.
Av. das Américas, 500, bloco 12, sala 303
Barra da Tijuca, Rio de Janeiro – RJ
CEP 22640-904
Tel./Fax: (21) 3206-7400
www.intrinseca.com.br

Para meus leitores.
Eu amo muito cada um de vocês.

DEZEMBRO DE 2021

Querido Lucas,

Tenho que confessar uma coisa que está me deixando meio nervosa, e por isso vou acabar falando aqui no seu cartão de Natal. (Inclusive: feliz Natal.)

Um negócio estranho acontece sempre que a gente se esbarra no hotel. Me sobe um calor. Um tremelique. Solto expressões inesperadas, tipo "bom dia, flor do dia!", esqueço o que estava falando com um hóspede e acabo olhando pra você em vez de olhar pra qualquer um dos acréscimos de Barty ao cardápio com os quais Arjun vai encrencar.

Não sou de paixonite à primeira vista. Faço mais o tipo devagar e sempre, carinhoso e aconchegante. E eu NÃO perco a cabeça por homem, nunca perdi. Mas é só te ver que fico toda... alvoroçada.

E quando você me olha, fico pensando se sente a mesma coisa. Estava esperando você tomar a iniciativa, na verdade. Mas minha amiga Jem disse que você talvez ache que estou comprometida, que talvez não seja de se abrir assim, ou que de repente eu só precise meter bronca e falar de uma vez.

Então cá estou. Abrindo meu coração carinhoso e aconchegante para dizer que gosto de você. Gosto muito.

Se você sentir a mesma coisa, me encontre debaixo do visco às 20h. Sou a de vestido rosa. Izzy, a recepcionista. Nem sei por que falei do vestido rosa.

Vou parar de escrever porque... acabou o espaço. E minha dignidade. Te vejo às 20h?

Bjs,

Izzy

Querida Izzy,

Feliz Natal e um ótimo Ano-Novo.

    Atenciosamente,
    Lucas

NOVEMBRO DE 2022

Izzy

Se Lucas fizer alguma coisa, preciso fazer igual, só que melhor.

De modo geral, isso trouxe ótimos resultados para a minha carreira no último ano, mas também quer dizer que agora estou me arrastando com um galho de pinheiro que tem, no mínimo, duas vezes minha altura e quatro vezes minha largura.

— Precisa de ajuda? — pergunta Lucas.

— De jeito nenhum. E você?

Eu balanço o galho, tentando ajeitá-lo, e por pouco não acerto um dos muitos vasos do saguão. Vivo me esquivando deles. Como a maior parte da mobília na Mansão Forest Hotel & Spa, os vasos vêm da família Bartholomew, proprietária do local. Morris Bartholomew (Barty) e a esposa, Uma Singh-Bartholomew (sra. SB), transformaram a casa grandiosa em um hotel e reutilizaram tudo que puderam dos móveis antigos da família. Sou super a favor de reaproveitamento — é bem meu estilo —, mas esses vasos têm um quê de urna funerária. Não consigo deixar de imaginar que talvez contenham uns Bartholomews velhos ali dentro.

— Isso é lúdico? — pergunta Lucas, parando para examinar meu galho de pinheiro.

Estou amarrando o galho na parte de baixo do meu lado da escadaria. A escadaria da Mansão Forest é famosa — é um desses modelos lindos e amplos, que se abrem no meio e dão a maior vontade de descer devagar usando um vestido de noiva, ou arrumar os filhos para uma foto fofa com cara de família Von Trapp.

— E isso é? — pergunto, apontando o vaso de árvore que Lucas arrastou do jardim e posicionou na parte inferior do lado *dele* da escada.

— É — diz, todo confiante. — É uma oliveira. Oliveiras são muito lúdicas.

Estamos arrumando o saguão para o casamento de amanhã, e o tema da noiva é "inverno lúdico". Lucas e eu decidimos que assimetria é lúdica, então cada um de nós ficou com um lado da escada. O problema é que, se Lucas exagera, tenho que exagerar mais ainda, então trouxemos uma boa parte do jardim para o saguão.

— Também são mediterrâneas.

Lucas me olha, seco, como se perguntasse "e daí?".

— Estamos em New Forest. Em novembro.

Lucas franze a testa. Eu desisto.

— E os pisca-piscas prateados? — pergunto, indicando as luzes pequenas e cintilantes entrelaçadas a plantinhas no meu corrimão. — Será que botamos do seu lado também?

— Não. É cafona.

Eu semicerro os olhos. Lucas acha tudo meu cafona. Odeia meus apliques, meus tênis rosa-bebê, minha paixão por séries sobrenaturais para adolescentes. Ele não entende que a vida é muito curta para tantas regras, para o que é ou não é descolado; a vida é para ser vivida. Em HD. E com tênis rosa-bebê.

— Mas são tão fofos e brilhantes!

— Brilham tanto que chegam a arder. Parecem faquinhas nos olhos. Não.

Ele descruza os braços e apoia as mãos no quadril. Lucas gosta de ocupar o máximo de espaço possível. Deve ser por isso que vive na academia, para invadir cada vez mais centímetros do meu espaço com seus ombros largos e bíceps saltados.

Respiro fundo para me acalmar. Depois desse casamento, eu e Lucas vamos poder voltar a alternar os turnos sempre que possível. Ultimamente, dá tudo errado quando passamos tempo demais juntos na recepção. A sra. SB diz que "não parece criar a atmosfera ideal". Arjun, o chefe de cozinha, diz que "quando Izzy e Lucas trabalham juntos, o hotel é aconchegante que nem a casa da minha avó", e eu já conheci a avó de Arjun, então tenho certeza de que é um comentário muito ofensivo.

No entanto, Lucas e eu somos os atendentes do hotel com mais experiência, e somos nós que cuidamos dos casamentos, então, pelos próximos dois dias, preciso aguentá-lo.

— Sobe aqui — ordena Lucas. — Vem ver o que eu estou vendo.

Ele é sempre tão *mandão*. Quando conheci Lucas, achei o sotaque brasileiro tão sexy que perdoei a grosseria — achei que fosse problema de adaptação ao idioma e concluí que ele tinha boas intenções, mas se atrapalhava na hora de falar. Porém, com o tempo, fui percebendo que Lucas fala um inglês excelente — só é escroto mesmo.

Subo até o patamar central, onde a escada se divide, e admiro tudo. O saguão é imenso, com um balcão gigantesco de madeira à esquerda, diante de chaves antiquadas penduradas na parede. Tem um tapete redondo gasto cobrindo os azulejos originais, em marrom e creme, e uma área de sofás perto das janelas altas com vista para o gramado. É lindo. E, nos últimos oito anos, virou minha casa — talvez ainda mais do que o apartamentinho em tons pastel que alugo em Fordingbridge.

— É um hotel elegante — diz Lucas. — Esses pisca-piscas parecem vagabundos.

Sim, porque são vagabundos *mesmo*. Ele espera o quê? Como sempre, a gente mal tem orçamento.

— É um hotel de *família* — digo, e a família Hedgers aparece no saguão bem na hora.

As três crianças entram de mãos dadas; o menorzinho, aos tropeços, de roupa de neve e com os dedos gorduchos segurados pela irmã.

— Uau! Que maneiro! — exclama o mais velho, parando de repente para admirar meu corrimão brilhante.

O mais novo quase cai, mas a irmã o endireita com um puxão.

Dirijo meu sorriso mais metido para Lucas, que continua carrancudo. As crianças parecem um pouco confusas e, depois, intrigadas.

Já notei esse fenômeno. Lucas *deveria* ser horrível com crianças — ele é enorme, rabugento e não sabe falar com elas. Só que elas sempre parecem achá-lo fascinante. Outro dia, eu o ouvi cumprimentar a Hedgers do meio (Ruby Hedgers, seis anos, hobbies prediletos incluem artes marciais, pôneis e escalar coisas perigosas) assim:

— Bom dia, passou bem a noite? Dormiu bem?

É exatamente o que ele diz para os hóspedes adultos, e, nesse caso, ele falou rigorosamente no mesmo tom. Só que Ruby amou.

— Ah, eu dormi a noite *inteira* — disse ela, de um jeito todo importante. — Quando meu relógio deu sete horas, levantei e fui esperar o papai e a mamãe acordarem do lado da cama deles, e o papai não sabia que eu estava lá, então ele gritou, e foi *muito* engraçado.

Lucas então fez que sim com a cabeça, totalmente sério, e respondeu:

— Parece um jeito horrível de acordar.

E Ruby teve um ataque de riso.

Bizarro.

— As crianças gostam dos pisca-piscas — digo para Lucas, espalmando as mãos.

— As crianças também gostam de sapatos de rodinha e de jujuba, e tomam os sundaes de Arjun até passar mal — replica Lucas. — Elas não são confiáveis.

Olho para os Hedgers adultos para ver se não ficaram ofendidos pelos comentários de Lucas, mas eles estão levando as crianças para o quarto e não parecem ter escutado. A sra. Hedgers usa cadeira de rodas, então eles estão hospedados no quarto Ervilha-de-Cheiro. Faz mais de um mês que os elevadores pifaram, o que tem sido um pesadelo, considerando que só temos cinco quartos no térreo.

— Nada de pisca-piscas do meu lado. E é melhor tirar do seu também.

— Meu Deus! Você não pode ceder e usar uns pisca-piscas, nem que seja em uma quantidade menor, sei lá?

— Eles machucam meus olhos. Não é não.

— Quando se trabalha com outra pessoa, não dá só para dizer "não é não" e pronto.

— Por quê?

— Você tem que chegar a um meio-termo.

— Por quê?

— Porque sim! Porque é uma coisa razoável!

— Ah. Razoável que nem reorganizar todo o material de papelaria no seu turno só para eu não encontrar nada?

— Não organizo por isso. Organizo porque seu jeito é...

— Razoável?

— Uma porcaria! — digo, e só depois me lembro de conferir se os Hedgers fecharam a porta depois de as crianças entrarem. — Seu jeito é uma porcaria. A gaveta sempre emperra porque você guarda o furador de papel de lado, e os Post-its têm que ficar na frente, já que usamos sempre, só que vivem lá no fundo, com os cartões de visita, que nunca usamos, então me desculpe por poupar seu tempo!

— É razoável mudar a numeração dos quartos sem me avisar?

— Foi ideia da sra. SB! Eu só obedeci!

— Ela mandou não me contar?

Agora estamos cara a cara, e, de alguma forma, eu acabei com as mãos na cintura também, uma postura que só adoto quando quero fingir ser uma super-heroína (uma situação surpreendentemente comum para quem trabalha em um hotel familiar).

— Eu esqueci. Sou humana. Pode me processar.

— Você não se esqueceu de contar para a Tadinha da Mandy.

Mandy é a outra atendente. Ela não é uma coitadinha de modo geral — só ganhou o apelido de "Tadinha da Mandy" aqui na Mansão Forest Hotel & Spa porque sempre acaba no meio das minhas brigas com Lucas. A Tadinha da Mandy não está nem aí para a forma como arrumamos o material de papelaria. Ela só quer paz.

— Bom, a Tadinha da Mandy nunca me pediu especificamente para não mandar mensagem fora do horário de trabalho, então provavelmente avisei por WhatsApp.

— Eu não pedi para você não mandar mensagem fora do horário de trabalho. Só falei que me *bombardear* com questões administrativas do hotel às onze da noite de domingo não é…

— Razoável — digo, rangendo os dentes. — Certo, é claro. Bom, já que você está tão interessado no que é *razoável*, vamos manter um corrimão razoável sem luzes e organizar um casamento razoavelmente bom, aí Barty e a sra. SB tomarão a decisão razoável de fechar o hotel porque estão falidos. É isso que você quer?

— Você por acaso acha que pode salvar o hotel abarrotando o lugar de pisca--piscas cintilantes?

— Acho! — grito. — Não! Quer dizer, não com a decoração em si, mas com o esforço. A Mansão Forest é um lugar *tão* perfeito nessa época do ano, e, se o casamento correr bem, todos os convidados vão acabar achando o hotel lindo e querendo passar os feriados aqui, ou dar festas de noivado, e assim a gente vai ter mais chance de sobreviver a 2023.

— Izzy, não vão ser uns feriados e noivados que vão salvar o hotel. Precisamos de investimento.

Não respondo. Não porque concordo nem porque — Deus me livre — vou deixar Lucas ganhar a discussão. Mas porque o teto cai na nossa cabeça.

Lucas

Em um momento, Izzy está me encarando, orgulhosa e combativa, com as mãos firmes no quadril. No instante seguinte, está em cima de mim, pequena, delicada, cheirando a açúcar e canela, com metade do teto em cima do seu corpo.

Não entendi como chegamos do ponto A ao ponto B.

— Ai, meu Deus — diz Izzy, rolando para longe em uma nuvem de gesso. — Acabei de salvar sua vida?

— Não — respondo, porque "não" é a melhor resposta para qualquer pergunta feita por Izzy. — Como assim?

— O teto desabou — explica ela, apontando para o teto. Muito prestativa, como sempre. — E eu me joguei para te salvar.

Fico deitado ao lado dela. Estamos os dois de barriga para cima no patamar da escada. Lá no alto, há um buraco no teto. Dá para ver as arandelas velhas do corredor do outro andar.

Isso não é bom.

Viro o rosto para Izzy. Ela está corada, e as mechas rosa do cabelo estão para tudo quanto é lado, mas ela parece ilesa. Tem um pedação de gesso atrás dela, grande o suficiente para ter matado um de nós. De repente, sinto muito frio.

— Então obrigado, eu acho — digo.

Com uma expressão aborrecida, ela se levanta e espana as pernas.

— De nada — responde.

Quando Izzy me diz isso, ela não está tentando ser simpática. Se estivesse conversando com qualquer outra pessoa, sem dúvida seria uma resposta sincera. Porém, no meu caso, o que está nas entrelinhas em tudo que Izzy diz é, essencialmente, em bom português, *vai à merda, cuzão*.

Ninguém mais parece notar. Todo mundo acha Izzy "adorável", "legal" e "fofa". Até Arjun a trata que nem princesa, e Arjun trata os clientes como um músico famoso trataria os fãs — com uma espécie de desprezo carinhoso.

Porém não foi para Arjun que Izzy gritou "Você não é bom o suficiente para ela de qualquer forma, seu robô de sapatos engraxados e coração gelado" nos jardins do hotel no Natal passado.

Contudo, Izzy parece ter acabado de salvar minha vida mesmo, então é melhor ser educado.

— Muito obrigado — digo. — E peço perdão por não me jogar em você primeiro. Achei que você seria capaz de se cuidar.

Não pegou bem. Ela fecha a cara para mim. Izzy tem todo um repertório de carrancas e olhares raivosos. Ela tem olhos verdes grandes, cílios muito compridos e sempre faz um delineado nas pálpebras. Quando penso em Izzy, o que raramente faço, vejo aqueles olhos semicerrados para mim, brilhando que nem os de um gato.

— Eu *sou* capaz de me cuidar — diz ela.

— É. Eu sei. Por isso não te salvei.

— Olá? — Alguém chama de cima.

— Merda — resmunga Izzy, esticando o pescoço para olhar pelo buraco no teto. — Sra. Muller?

Apesar de todos os seus defeitos, Izzy tem uma memória excepcional em relação aos hóspedes. Se alguém se hospeda aqui uma vez, Izzy depois se lembra do nome do filho da pessoa, do que ela toma no café da manhã e de que signo é. No entanto, até eu me lembro da sra. Muller: ela se hospeda aqui com frequência e sempre irrita o pessoal da limpeza porque deixa manchas de tinta por todo canto, por conta de suas obras de arte. Ela já tem mais de setenta anos, é metade alemã, metade jamaicana, tem um sotaque que eu acho difícil e frustrante e a tendência de dar gorjeta para os funcionários como se estivéssemos nos Estados Unidos, o que não me incomoda de jeito nenhum.

— Chame os bombeiros. — sibila Izzy para mim, antes de voltar a atenção para a sra. Muller. — Sra. Muller, cuidado, por favor! Houve um... leve... hum...

— Acidente — sugiro.

— Contratempo — diz Izzy. — Houve um leve contratempo com o chão! Mas já estamos resolvendo.

Nós dois tentamos olhar pelo buraco. Precisamos fazer alguma coisa antes de algum dos outros cinquenta hóspedes atuais da Mansão Forest sair do quarto e correr o risco de cair um ou dois andares.

— Sra. Muller, se afaste, por favor! — digo, e desço de volta ao saguão, porque aquela área é tão perigosa para nós quanto para ela. — É melhor você se afastar também — acrescento para Izzy, olhando para trás.

Ela me ignora. Bom, eu tentei. Dou uma olhada nos danos à escada e pego o celular para chamar o 193, até que lembro que o número no Reino Unido é outro, é...

— Nove nove nove — diz Izzy.

— Eu sei — retruco, irritado, já discando.

Uma chuva de gesso tomba do buraco, mergulhando Izzy em poeira. Ela engasga, e seu cabelo comprido, castanho e rosa fica coberto de pó branco.

— Uau — diz uma voz animada atrás de mim, e, quando me viro, vejo Ruby Hedgers, de seis anos, na porta do quarto Ervilha-de-Cheiro. — Está nevando?

— Não — respondo. — É só dano estrutural. Alô, sim, bombeiros, por favor...

O hotel está repleto de bombeiros. Izzy, nada profissional, está dando mole para um dos mais bonitos. Eu estou com um baita mau humor.

A manhã foi muito estressante. É compreensível que os hóspedes estejam um pouco incomodados com isso tudo. Vários reagiram mal a sair pela janela e por escadas de emergência. Um dos bombeiros nos explicou que o dano ao teto e à escadaria "não tem conserto simples" e que "vai dar um trabalhão", e, para deixar mais claro, ainda esfregou o indicador no polegar, um gesto que significa a mesma coisa no Brasil e aqui: grana, grana, grana.

É essa a raiz de todos os problemas na Mansão Forest Hotel & Spa. Que eu saiba, o hotel fazia sucesso antes da pandemia, mas os negócios foram de mal a pior durante o confinamento pela Covid, que coincidiu com a necessidade de trocar o telhado todo. Agora estamos nos arrastando, sem conseguir fazer as reformas necessárias no hotel. Quando comecei a trabalhar aqui, dois anos atrás, a Mansão Forest já estava meio acabada; desde então, perdeu ainda mais de seu luxo, e, por consequência, tivemos que baixar os preços até do restaurante premiado.

No entanto, a essência do lugar permanece. Acredito sinceramente que nenhum outro hotel na Inglaterra é tão especial quanto este. Soube disso assim que entrei no saguão pela primeira vez e vi os hóspedes lendo jornal nos sofás, de pantufas do hotel, olhando as crianças brincando no gramado. Era puro conforto. Aqui, damos valor aos hóspedes — assim que entregamos as chaves, eles se tornam parte da família.

— Lucas, né? — diz uma voz atrás de mim, acompanhada por um tapa no meu ombro.

Eu me preparo para o que vem por aí e deixo minha preciosa terceira xícara de café do dia na mesa da recepção. É claro que nem sempre gostamos de *todos* os membros da família.

Louis Keele está passando dois meses no Áster, uma das suítes do térreo, porque veio trabalhar na região. É nosso quarto mais fino, e Louis gosta de tudo o que é fino. *Ninguém mais aprecia a qualidade das coisas*, ele disse a um colega outro dia no saguão. Imagino que seja muito mais fácil "apreciar" a qualidade das coisas quando seu pai ganhou vários milhões de libras com o mercado imobiliário nos anos 1990, mas não tenho certeza.

— Sim, sr. Keele. O hotel está sendo evacuado — digo.

Ele sabe, óbvio. Tem bombeiros para todo lado, e uma fita de isolamento bloqueando a porta pela qual Louis acabou de passar mesmo assim. E parte do teto está caído na escada.

— Sinto muitíssimo, mas o senhor precisa liberar o quarto por um período, só enquanto resolvemos essa situação.

Ele olha para a "situação" com interesse. Cerro os punhos. Louis me deixa nervoso. Há certa avidez por trás de seu sorriso tranquilo, um traço calculista. Ele veio no Natal passado, e na época perguntou para a sra. SB se ela consideraria vender a Mansão Forest para a empresa do pai dele — ou, como ele diz, "a firma familiar dos Keele". Ela riu e recusou, mas as circunstâncias mudaram muito. Já estávamos em apuros financeiros graves *antes* de o teto desabar.

Louis assobia devagar, enfiando as mãos nos bolsos da calça.

— Esse tipo de dano, considerando as reformas maiores de que o hotel precisa... — diz, com uma careta de pena. — Perdão pela boca suja, mas vocês estão fodidos, né?

— Louis! — exclama Izzy, surgindo da sala de jantar e me lançando um olhar de advertência, o que sugere que minha expressão não é tão solícita quanto deveria. — Deixe-me levá-lo lá para fora. Organizamos um piquenique invernal espontâneo na pérgola, ou no pergolado, ou no pagode... Nunca aprendi a diferença entre esses nomes todos, mas deu para entender.

Ela está segurando o braço dele. Izzy é mais de contato físico que a maioria dos britânicos — exceto comigo.

— A sra. SB ligou — avisa Izzy, enquanto leva Louis embora. — Alguém precisa ligar para a noiva já desesperada cujo casamento acabou de ser desmarcado. Eu falei que você estava muito dedicado aos preparativos do casamento de amanhã e que seria a pessoa perfeita para confortar a noiva.

Eu tensiono a mandíbula. Izzy sabe que não gosto de conversas emotivas. Meu único consolo é que já indiquei Izzy para ajudar Barty a preencher um documento de seguros de quarenta e quatro páginas que ele certamente baixou no formato errado. Vai ser uma tortura para ela.

— E ela quer fazer uma reunião com a gente no escritório às cinco — acrescenta Izzy.

É só quando a porta se fecha rangendo atrás de Izzy e Louis que me dou conta do que isso provavelmente significa.

Mesmo que seja seguro usar o térreo do hotel, ficamos com apenas cinco quartos, em vez de vinte e cinco. São os cinco quartos mais caros, o que é uma vantagem, mas ainda é uma fração do que normalmente lucraríamos no inverno, e não chega a exigir uma equipe de atendimento completa. Em uma semana normal, eu e Izzy nos alternamos na recepção com um dos terceirizados que a sra. SB contrata e suportamos nosso único dia em comum (segunda-feira, o pior dia de todos). Mandy cuida dos turnos da noite, quando só um recepcionista é necessário.

Se eu fosse a sra. SB, tentaria cortar alguém da equipe de atendimento. Considerando o prazo curto, ela provavelmente terá que pagar pelos terceirizados mesmo que eles não precisem aparecer, e Mandy é amiga da família de Barty.

Então sobramos... eu e Izzy.

Izzy

São cinco da tarde. Já sei exatamente o que vou falar. Arjun me deu uns conselhos úteis e disse que eu estava me concentrando demais nos motivos de eu ser melhor do que Lucas no trabalho, o que dá a impressão de que não sei trabalhar em equipe. Eu discordo, óbvio — quem não sabe trabalhar em equipe é Lucas. Ele vive enchendo o saco do pessoal da limpeza, e uma vez fez Ollie chorar quando a máquina de lavar louça quebrou. Porém talvez eu não precise mesmo falar que minha agenda de agendamentos é melhor do que o sistema de reservas on-line dele em todos os sentidos.

Agora que estamos os dois, lado a lado, na frente do Chalé Opala — a antiga casa dos porteiros, onde moram os Singh-Bartholomew —, me vem uma pontinha de pena por Lucas. Ele parece tão ansioso quanto eu. Faz um frio de rachar, e a grama ainda está úmida da geada da manhã, mas ele arregaçou as mangas e não para de puxar o colarinho, como se estivesse com calor. Ele encontra meu olhar e, *bem* quando estou considerando sorrir, diz:

— Por sinal, organizei sua caixa pra você.

A ideia do sorriso evapora.

— Minha caixinha de cacarecos?

A expressão de Lucas muda de "tenso e implacável" para um sutil "cansei das suas besteiras".

— A caixa que fica debaixo do nosso balcão, com seus pertences, sim.

— Você não pode mexer na caixinha de cacarecos! Ela está lá há oito anos!

— O conteúdo deixou isso óbvio — diz Lucas. — Foi fácil guardar tudo em uma caixa menor e mais razoável quando me livrei de todos os sacos de bala que passaram da validade.

— Bala não estraga! Me diz que você *não* jogou nada fora.

Ele me olha, seco.

— Eu chuto aquela caixa duas vezes ao dia, no mínimo. Já pedi várias vezes para você mudar de lugar. Me livrar de algumas coisas me pareceu um bom meio-termo. Você não vive me mandando encontrar o meio-termo?

— Como é que é? Você anda chutando minha caixa? Tem objetos frágeis lá dentro, sabia?

Bom, tem minha caneca de *Teen Wolf*. Mas ela é *muito* preciosa.

A sra. SB abre a porta e nós dois nos empertigamos. É óbvio que o dia dela foi muito mais estressante do que o meu — e o meu foi um caos constante. Ela está de casaco, mas só vestiu um dos braços, enquanto o outro está pendurado nas costas dela como um rabo rosa-choque. Ela segura um telefone entre o ombro e o rosto, e os olhos que normalmente ostentam uma sombra extravagante estão com um tom preocupantemente sem graça de cinza. Ela faz sinal para a gente entrar, balançando o braço do casaco, e uma careta enquanto diz ao telefone:

— Sim, é claro, não é problema algum.

A sra. SB indica as poltronas no hall onde ela parece ter montado um ninho, considerando a tigela de macarrão pela metade, o cobertor com capuz pendurado no braço de uma cadeira e a papelada com ar de importante espalhada por ali. Barty acena da cozinha sem nem olhar — ele está mergulhado até os cotovelos em fichários, com os óculos pendurados na ponta do nariz comprido e aristocrático.

Lucas senta com cautela, como se o caos fosse contagioso. Eu me instalo, abraçada na bolsa do meu notebook, e tento me lembrar do discurso que preparei. *Nos últimos oito anos na Mansão Forest, eu me mostrei parte inestimável da equipe, coordenando tudo, de grandes casamentos a...*

— Oi — diz a sra. SB, suspirando, ao desligar o telefone. — Como é bom ver vocês. Ainda está parecendo uma cena do crime lá fora?

Ela abana as mãos para a janela com vista para o hotel. Eu e Lucas nos entreolhamos rápido.

— Está muito agitado — digo, animada —, mas as coisas se acalmaram agora que Barty resolveu as acomodações temporárias de todos, e eu marquei a visita de quatro mestres de obras para orçar...

— E eu conversei com três engenheiros estruturais — se intromete Lucas. — O trabalho é complexo demais para um mestre de obras.

A sra. SB arregala os olhos ao ouvir "complexo demais". Eu fico quieta. Às vezes Lucas marca gol contra.

Ele não conhece a sra. SB como eu. Ela e Barty abriram o hotel quando eram recém-casados, há mais de quarenta anos; não é só onde trabalham, é como o filho que nunca tiveram. Eles amam cada centímetro do lugar, dos quartos retrô no sótão ao batente de bronze. A Mansão Forest foi feita para ser luxuosa e romântica, para receber quartetos de cordas, casais dançando música lenta e jantares suntuosos à luz de velas. Odeio que a sra. SB precise lidar com o fato de que, depois de tudo por que passamos, eles não têm como impedir que este lugar mágico caia aos pedaços.

— Vamos manter o hotel aberto — diz a sra. SB, resoluta. — A seguradora liberou, desde que o acesso às obras esteja "devidamente bloqueado", então coloquei "comprar fita de isolamento" na minha lista de afazeres depois de ter pesquisado como se bloqueia um acesso à obra. Tivemos que cancelar todos os casamentos programados para o inverno, mas ainda temos cinco suítes em bom estado, e a cozinha está ilesa, apesar do que Arjun diz.

Arjun está muito preocupado com o pó do gesso. Eu não dei atenção para isso hoje, mas é preciso tomar muito cuidado com o ego dele. Vou mandar alguém passar lá mais tarde para tirar o pó ao redor do fogão e dizer que está resolvido.

— Mas fechar os vinte quartos de cima... e encher o lugar de pedreiros e... *engenheiros estruturais...* — diz ela, massageando a testa, enquanto empurra os óculos para cima. — Os Hedgers vão ficar?

Confirmo com a cabeça.

— A estadia está sendo paga pelo seguro da família, porque a casa deles alagou — digo. — Eles não têm para onde ir, na verdade.

— Que bom — diz a sra. SB, fazendo uma careta em seguida. — Perdão. Você me entendeu. E temos a sra. Muller, que vai ficar até janeiro. Precisamos priorizar os hóspedes de longo prazo, imagino. O casal de Nova Orleans cancelou e foi ficar no Porco, então podemos dar um upgrade para a sra. Muller e passá-la para o quarto deles. Louis Keele deixou claro que quer muito continuar aqui...

Olho de relance para Lucas, curiosa. Ele soltou um ruidinho quando a sra. SB mencionou Louis. Um som de nojo e desdém que eu conheço, já que ele normalmente faz isso quando *eu* digo alguma coisa.

— Quem mais vai ficar um período mais longo? — pergunta a sra. SB.

— O sr. Townsend e os Jacobs — dizemos eu e Lucas ao mesmo tempo.

— Os Jacobs são um casal belga jovem, com um bebê de cinco meses — explico. — Eles amam tudo que é britânico, sempre pedem bacon bem passado e são obcecados por *Fawlty Towers*.

Todos conhecemos o sr. Townsend, então nem compartilho meus causos sobre ele. Ele passa no mínimo três meses aqui todo inverno, e, ultimamente, até trocamos um ou outro e-mail quando ele não está — o sr. Townsend virou meu amigo, como acontece com muitos dos hóspedes regulares. Sei que Barty e a sra. SB sentem o mesmo.

— Bem, gostar de uma série sobre um hotel com vários problemas é um bom sinal — diz a sra. SB, com uma careta. — Certo. E eles...

— Querem ficar — respondo rapidamente. — Já confirmei.

— Que bom. Muito bem, Izzy. Quanto ao resto... — diz a sra. SB, olhando para o notebook aberto no colo. — Vou lidar com eles. Vou dar um jeito.

Ela nos olha com um sorriso angustiado. A sra. SB é a chefe mais gentil do mundo, e não aguenta decepcionar ninguém, então, se está chateada, certamente vamos receber más notícias.

— Agora, quanto a vocês... — começa.

Ai, meu Deus.

— Preciso ser sincera. Quando virar o ano, eu simplesmente não posso garantir mais nada. Talvez... — continua ela, e engole em seco. — Sendo bem franca, acabou nosso dinheiro. Essas próximas semanas serão decisivas. Mas sei como é importante para vocês dois trabalhar no hotel neste inverno.

Eu sinto, mais do que vejo, Lucas se tensionar. Pela primeira vez, me pergunto por que ele vai passar novembro e dezembro trabalhando, em vez de voltar para o Brasil para visitar a família, como no ano passado. Mas paro de pensar nisso imediatamente, porque qualquer pensamento que envolva Lucas e o Natal passado está estritamente proibido por ordens da minha amiga Jem.

— Com apenas cinco quartos disponíveis... Não tenho como justificar manter vocês dois trabalhando na recepção com um recepcionista terceirizado.

Lá vem. Remexo a alça da minha bolsa e sinto meu discurso secar na garganta. O que eu queria dizer mesmo? Alguma coisa sobre ser inestimável? Que trabalhei no hotel por oito anos? Que a gaveta de material de escritório fica muito melhor quando eu arrumo?

— Sra. SB — diz Lucas. — Entendo sua dificuldade. Posso lembrá-la do sistema de reservas digital que introduzi quando...

— Cartões personalizados! — grito, e os dois se viram para mim. — Foi minha ideia colocar os cartões de boas-vindas personalizados nos quartos, que foram mencionados em muitas avaliações positivas.

— Elas mencionam sua caligrafia horrível — rebate Lucas.

Eu ruborizo. As pessoas são tão malvadas na internet.

— Sou extremamente econômico — argumenta Lucas à sra. SB, que parece mais abatida a cada instante. — Quando precisamos de papel para a impressora, eu sempre encomendo...

— O mais caro e fresco — concluo por ele.

— O papel de qualidade, que consome menos tinta — insiste Lucas. — Diferentemente de Izzy, eu considero com cuidado os custos.

— Diferentemente de Izzy? Como é que é? Quem foi que reclamou dos meus pisca-piscas baratinhos hoje? Do seu jeito, o hotel seria todo de ouro maciço.

— Que ridículo — diz Lucas, sem nem me olhar. — Minha solução obviamente não é usar pisca-piscas de ouro maciço. É não usar pisca-pisca nenhum.

— E aí, o que mais? — pergunto, subindo a voz. — Nenhum sofá? Nenhuma cama?

— Parem, por favor — implora a sra. SB, erguendo as duas mãos em sinal de rendição. — Não precisam disputar, vou manter os dois até o Ano-Novo. O diretor da agência terceirizada fez a gentileza de nos liberar, considerando as circunstâncias, e fornecerá apenas uma equipe reduzida para terças e quartas, se vocês dois estiverem dispostos a trabalhar cinco dias por semana.

— Sim! — dizemos nós dois, tão alto que a sra. SB se sobressalta de leve.

Normalmente, nosso quinto dia é de turno alternado, e um de nós cobre a noite para Mandy tirar folga. Não vou sentir falta disso — o turno noturno é mais chato. Para começo de conversa, todas as crianças do hotel já foram dormir.

— Certo. Que bom. Obrigada aos dois. Preciso de funcionários responsáveis e experientes, e posso confiar plenamente em vocês e em Mandy. Sei que vocês vão dar uma força com o que for necessário. Vou precisar demitir metade dos garçons, e ainda mais da equipe de limpeza, e Arjun terá que sobreviver só com Ollie na cozinha.

— A senhora vai deixar Arjun só com o copeiro? — pergunto, sem conseguir me conter.

Ele não vai gostar da ideia.

— Talento bruto — diz a sra. SB, seca. — Ele pode moldar o rapaz da maneira que quiser. Agora...

Ela funga e estende as mãos. Eu pego uma, e Lucas hesita antes de pegar a outra.

— Já basta de assunto de trabalho — continua ela. — Não preciso lembrar que, aqui, somos uma família. Independentemente do que acontecer, isso não mudará. Se a Mansão Forest precisar fechar, farei todo o possível para ajudar vocês. *Todo* o possível. Por favor, saibam que os dois sempre serão muito queridos por mim.

Estou lacrimejando. A sra. SB sabe exatamente como uma conversa dessas é difícil para mim, e aperta minha mão com força. Por um segundo, eu me permito pensar nisso: tomar meu último chocolate quente com café com Arjun; levar minha caixinha de cacarecos para o quarto; me despedir com um abraço de Barty e da sra. SB, as pessoas que me deram um lar quando mais importava.

— Com certeza — digo, com a voz meio esganiçada. — E estou aqui para apoiá-los enquanto quiserem. É só me dizer a tarefa, que eu resolvo.

Lucas faz um gesto breve com a cabeça.

— O que precisar — diz.

— Maravilha. Bom... — A sra. SB abre um sorriso pequeno e cansado e solta nossas mãos. — Estamos vendendo tudo que dá. É a primeira etapa.

Eu arregalo os olhos.

— E Barty...

— Está muito chateado — diz a sra. SB, abaixando a voz e olhando de relance para a cozinha. — Mas se não arrecadarmos mais dinheiro, vamos perder o hotel. Então algumas dessas peças antigas dos Bartholomew precisam ir embora. Posso deixar vocês encarregados do Achados e Perdidos?

— Encarregados de *vender* tudo? — pergunto.

O Achados e Perdidos começou com uma caixa, mas cresceu ao longo dos anos e agora é uma sala toda, com centenas — quiçá milhares — de itens. Não somos muito de jogar coisas fora.

— Não é proibido fazer isso? — insisto.

— Pesquisei e a lei é um pouco vaga, mas acho que, desde que tomemos as medidas necessárias para devolver os itens, o que sempre fazemos quando algo aparece por lá, e tenha se passado um tempo razoável, podemos assumir a posse. E, se assumimos a posse... não sei por que não pode nos render algum dinheiro. Está uma bagunça, mas nunca se sabe, pode ter uns tesouros. Posso contar com vocês para vender tudo? A Tadinha da Mandy certamente pode ajudar.

— Com certeza — responde Lucas. — Mal posso esperar.

Minha sobrancelha treme. Lucas odeia o Achados e Perdidos. Ele chama de "lixão".

A sra. SB se recosta com um suspiro demorado e enfim nota que está com o casaco só meio vestido.

— Ai, caramba. Que dia. Vou precisar que vocês dois caprichem, tá? Acho que já entenderam que vão trabalhar juntos cinco dias por semana — diz ela, abaixando os óculos até a ponta do nariz com sua expressão mais severa. — Conseguem fazer isso?

Nenhum de nós faz contato visual com o outro.

— É claro — digo, animada.

— Sim — afirma Lucas. — Posso trabalhar com Izzy, sim. Não tem o menor problema.

No dia seguinte, entendo o que a sra. SB quis dizer com *dar uma força*. Estamos na cozinha: virei sous-chef e Lucas foi convocado para servir o almoço. Uma placa de bordas douradas na recepção diz "Por favor, toque a sineta, que o atenderemos em um instante!" na letra cursiva floreada de Barty. Desconfio que essa placa vá passar muito tempo no balcão nas próximas semanas.

— Não vai caber — diz Lucas, com a voz abafada pela camisa polo que está tentando vestir.

O problema é que Lucas é imenso, e os uniformes dos garçons não foram feitos para alguém que mais parece uma torre e que tem esses músculos esquisitos a mais no pescoço e no ombro.

Arjun me olha, todo alegre, enquanto mexe a panela. Mexer uma panela devagar com uma expressão alegre no rosto dá sempre um ar de bruxa, então tento não reagir, na outra boca do fogão. Arjun está preparando seu *black dal*, um prato de lentilhas que precisa ser preparado com extrema precisão. Ele já gritou comigo cinco vezes, e pediu desculpas mais sete.

Arjun é um fofo, ele só *finge* ser um dragão. Se a Mansão Forest é minha família, Arjun é meu irmão mais velho intrometido. Ele sempre acha que está certo, e o mais irritante é que geralmente é verdade — ele foi a primeira pessoa a me dizer que Drew não era uma boa amiga. Mas ele é mais doce do que parece. Todo ano, prepara uma fornada especial de brownies para mim no aniversário do meu pai, porque uma vez eu falei que era o doce preferido dele, e, quando nota que meu dia está difícil, ele sempre coloca uma colherinha a mais de açúcar no meu chá.

— Está quase lá — diz Arjun para Lucas.

Isso obviamente está melhorando o humor de Arjun, o que é boa notícia, porque ele está de péssimo humor desde que a sra. SB informou sobre a redução na equipe da cozinha.

— Só puxar mais um pouquinho — insiste ele.

— Não... passa... — diz Lucas, e então finalmente consegue passar sua cabeça pela gola. Ele fecha a cara ao notar nossas expressões. — Vocês estão rindo da minha cara.

— Nunca — respondo. — Arjun, é hora de botar o creme?

— Não! Nossa! Não! *Não* acrescente o creme ainda, de jeito *nenhum*!

— Ok — digo, tranquila. — Ainda não é hora do creme. Entendi. Lucas, você vai usar isso aí de cachecol?

Lucas olha para a camisa polo pendurada no pescoço. Ele está de camiseta por baixo, o que não ajuda a camisa polo a caber e não esconde o volume de músculo infinito que compõe seu tronco. Eu desvio o rosto e começo a jogar os restos de verduras no lixo orgânico. Ninguém precisa ver aquele abdômen.

— Não tem outra camisa polo?

— Não tem — respondo, embora não tenha nem verificado.

Lucas me olha com cara de quem deve saber disso. Com um suspiro frustrado, ele começa a tarefa árdua de tentar enfiar um braço na roupa, bem quando Louis Keele passa pela porta dupla, casualmente, como se hóspedes vivessem visitando a cozinha.

— Uau — diz ele. — Que cheiro delicioso. Essa camisa não está meio pequena, Lucas?

Lucas irradia irritação assim como o fogão irradia calor. Eu contenho um sorriso. Louis é meio metido, mas não chega a me incomodar — ele é hóspede e, se fica feliz de se envolver nos bastidores, que mal tem? Além do mais... ele é bonito.

— O senhor não deveria estar aqui — diz Lucas.

O tom dele é quase grosseiro. Lucas nunca foi bom em bancar o sorridente e simpático. Ele claramente percebe que foi indelicado e agora está procurando algo mais agradável a dizer.

— Talvez um mergulho no spa seja uma boa ideia, sr. Keele, se estiver em busca de entretenimento? — sugere, e finalmente consegue vestir a camisa polo.

A blusa para logo abaixo do umbigo e deixa à vista uns bons sete centímetros de camiseta preta por baixo.

Louis me dirige um sorriso cúmplice. Ele é um desses caras bonitos que conseguem dar piscadelas charmosas — meio galã de novela, meio irônico. Usa o cabelo castanho penteado para trás e tem dentes muito brancos; anda de roupa social o tempo todo, mas sem paletó nem gravata. Nosso clima sempre foi de um leve flerte, o que Lucas nitidamente considera uma *profunda* falta de profissionalismo da minha parte. Isso talvez sirva de incentivo para eu sorrir de volta para Louis.

— Topo um mergulho se você vier também — sugere ele, antes de se dirigir a Arjun. — Ela com certeza pode tirar uma folga daqui a pouco...

— Nada de folga por aqui — digo. — Arjun precisa que eu mexa a panela a cada dois minutos e quarenta segundos.

— É a receita que o crítico gastronômico do *Observer* disse que traz sabores inovadores para um cantinho silencioso da floresta, não é? — pergunta Louis, espreitando por trás de Arjun. — Seu clássico *black dal*?

Arjun se empertiga um pouco.

— É, sim.

— Nossa, que maravilha — diz Louis, com um tapinha no ombro dele. — Que cheiro fantástico. É incrível o que você consegue fazer nesse espaço.

— Alguém tem *alguma coisa* que eu possa levar pra mesa cinco? — pergunta Ollie, irrompendo pelas portas do restaurante.

Como único membro remanescente da equipe de Arjun, é Ollie quem deveria estar mexendo a panela, mas me apiedei dele e o deixei na função de garçom. Arjun estava com cara de quem ia começar a cuspir fogo, e Ollie — coitado — certamente seria a gota d'água.

— Pão? Azeitona? Veneno? — insiste Ollie. — O sujeito disse que não é culpa dele uns otários terem deixado o teto cair e não entende por que isso deveria atrasar o almoço, e eu disse que normalmente só servimos almoço depois do meio-dia, mas ele falou que se aqui é um hotel de luxo, ele deveria poder almoçar quando... Nossa, Lucas, que roupa é essa? Ficou muito escroto! Ah — diz Ollie, ficando todo vermelho. — Perdão, senhor, não sabia que um hóspede estava...

— Já estou indo embora. — Louis se despede com outro sorriso tranquilo. — Izzy... o mergulho fica para a próxima?

— Claro, mal posso esperar! — digo, sorrindo e olhando o relógio. — É para mexer, Arjun?

— Você já não estava mexendo?! — pergunta ele, completamente horrorizado, enquanto Ollie segue para o restaurante com uma cesta de pão e Louis sai pela outra porta.

Depois do caos de ontem, hoje está um silêncio assustador.

Dá para sentir os quartos todos vazios. Convidamos todo mundo para tomar café da manhã perto da janela, com vista para o gramado e a mata, mas ainda está muito desanimado, na minha opinião. O sr. Townsend fica debruçado no jornal; Louis e a sra. Muller não aparecem para o café; os Jacobs estão pálidos de exaustão, o bebê, finalmente dormindo no carrinho ao lado da mesa. São os Hedgers que trazem toda a energia, mas há limite até para o que três crianças com menos de dez anos conseguem fazer para alegrar a atmosfera. Quando volto ao saguão, juro para mim mesma que darei um jeito nisso amanhã. Música de fundo, talvez? Ou será que fica muito empresarial?

— Ah, sra. Hedgers! — exclamo, quando ela chega carregando uma pilha de compras no colo. — Deixe-me ajudá-la.

Ela me dispensa com um gesto e olha para minha última inovação: o presépio de escombros no patamar da escada.

— Que... novidade — diz ela.

Sinto meu rosto corar.

— Ah, sabe como é, mesmo que o teto tenha caído, até os pedreiros chegarem, a gente ainda pode aproveitar o espaço como dá, né? — digo.

— É. É, estou vendo — responde a sra. Hedgers.

Construí o presépio nos destroços do teto caído. O bebê Jesus está aninhado entre dois pedaços de gesso, e espalhei neve artificial pela cena toda, até nos ombros dos três reis magos (três estátuas velhas de membros da família Bartholomew que peguei no jardim). Meu elemento predileto é a ovelha, que fiz com uma banqueta velha e branca e muitas bolinhas de algodão. Sei que é meio cafona e exagerado, mas achei alegre — e o hotel está precisando desesperadamente de alegria.

— Você é uma moça muito criativa — comenta a sra. Hedgers, voltando o olhar firme para mim.

Para a mãe de crianças tão elétricas, a sra. Hedgers é surpreendentemente calma. Ela usa o cabelo castanho-escuro em um coque liso e arrumado, e as rodas da cadeira nunca têm um pingo de lama sequer quando ela sai. Na reserva, ela listou a profissão como "coach de vida e carreira", então provavelmente é por isso que ela tem uma compostura tão impressionante. Acho que não dá para dar pitaco na vida dos outros se sua vida estiver uma bagunça.

— Ah, obrigada!

— Dá trabalho ficar ligada assim o tempo todo? — pergunta ela, inclinando a cabeça.

— Como assim?

A sra. Hedgers abre um leve sorriso.

— Pessoas criativas tendem a precisar de descanso — explica, e olha para o presépio. — Você gosta de acrescentar um pouco de brilho ao dia de todo mundo, não é?

— É por isso que amo trabalhar no setor hoteleiro — digo, torcendo os dedos.

A sra. Hedgers está me deixando nervosa. Ela tem um jeito meio professoral, como se a qualquer momento fosse me dizer que não posso usar aplique no cabelo na escola.

— Eu adoro agradar — acrescento.

— E como você relaxa?

— Hã... Com meus amigos?

— Humm — murmura a sra. Hedgers.

— Às vezes também faço ioga — digo.

Acho que a última vez que fiz ioga foi no primeiro lockdown, quando todo mundo ficou animado para malhar na sala, como se o lockdown fosse o único motivo para não sairmos toda manhã para correr vinte e cinco quilômetros na mata.

A sra. Hedgers espera. Não consigo pensar em nenhuma outra atividade relaxante além de "ver televisão", o que parece a resposta que Ruby Hedgers daria à pergunta, então vou ficando cada vez mais corada e aguardo em silêncio.

— Bem — retoma a sra. Hedgers, voltando a tocar nas rodas da cadeira —, talvez valha pensar nisso. É muito importante nos cuidarmos para continuarmos a cuidar dos outros.

— Claro! Verdade. Ah, desculpa! — digo, dando um pulo para abrir caminho. — Na verdade, aproveitando que a senhora está aqui, eu preciso perguntar... Ainda precisamos de um cartão para quaisquer custos de hospedagem que a sua seguradora não cubra. A senhora...

— Eles vão cobrir tudo — diz a sra. Hedgers, com um sorriso firme. — É só mandar a conta para eles.

— Ah, ok — respondo, enquanto ela empurra a porta da suíte e manobra a cadeira para entrar.

Fico um tempo olhando para a porta depois que ela se fecha. Nada nessa conversa deveria ter me deixado desconfortável, mas acabei toda acanhada. Talvez seja porque a sra. Hedgers não gostou do meu presépio. É isso? *Alguma coisa me perturbou, e estou sentindo que cometi um erro, mas não consigo descobrir onde.*

Pego o celular e mando mensagem para Jem. Ela está nos Estados Unidos, mas faço uma conta rápida e decido que, mesmo que eu nunca lembre se são cinco horas antes ou depois, desde que sejam *cinco*, não a acordarei de madrugada.

Isso ficou tosco?, pergunto, anexando uma foto do presépio.

Hã, não?!!, responde Jem imediatamente. *Na verdade, é a melhor coisa que eu já vi!*

Sorrio para o celular enquanto ela o enche de estrelinhas e emojis de árvore de Natal. Ninguém no mundo tem o coração tão puro quanto Jem Young.

Por que a insegurança?, pergunta ela. *Tudo bem, pombinha?*

Ah, desculpa, tudo ótimo! Foi só um "momentinho de bobeira", como diria sua mãe. Talvez esteja na hora de uma dose de açúcar...

Sempre está na hora de uma dose de açúcar. E, por favor, não fale da minha mãe numa hora dessas!!

Mas a sra. Young tem tantas tiradas excelentes! Que tal aquela vez que ela disse que eu era um fracasso abjeto que arrastava a filha dela para a sarjeta?
Ou a vez que ela me disse que eu era "uma decepção, a nível fundamental"?
Levo a mão ao peito. Hoje a gente faz piada com isso, mas sei o quanto magoou Jem. Mesmo que agora ela tenha literalmente tatuado na bunda "a nível fundamental".
Você nunca me decepcionou, nem quando preferiu o Jacob ao Edward, digito, com um monte de corações.
Ela responde: *Te amo. Agora tenho ensaio, vou lá. Muita saudade. Bjs*
Digito *Mais saudade ainda* — e é sincero — antes de guardar o celular no bolso. O inverno é minha época com Jem, e essa coisa de ela estar longe me deixou meio desnorteada. Passamos o Natal juntas ano sim, ano não — eu alterno entre Jem e Grigg e Sameera —, e, mesmo quando não estamos juntas no dia de Natal em si, de setembro para a frente começamos a mandar músicas natalinas fantásticas de tão ruins uma para a outra e nos encontramos para beber quentão depois do trabalho.
Neste ano, porém, ela está tão ocupada que me sinto meio boba de encher o saco dela com um novo álbum festivo de uma banda decadente dos anos 2000. Jem sempre quis ser atriz — seu sonho era fazer musicais —, e ela finalmente conseguiu entrar para o elenco de um novíssimo musical estadunidense. É o papel perfeito para ela, depois de anos se virando com bicos.
Por isso, Jem foi passar seis meses em Washington, onde moram os pais. O que não é *nada* perfeito. Ela passou metade da infância na mesma rua que eu, em Surrey, e a outra metade nos EUA — a família dela se mudou para lá e para cá duas vezes. Quando os pais enfim se instalaram definitivamente nos EUA, Jem ficou aqui. Bem pertinho de mim e bem longe deles.
"É o destino", disse ela, desanimada, enquanto bebíamos vinho barato no chão da minha casa, lamentando o fato de que seu sonho se tornou realidade no local que para ela era um pesadelo. "Ou carma. Sei lá. Basicamente, o universo decidiu que não posso fugir da minha mãe."
Pego um saco de balinhas na prateleira debaixo do computador e espero o açúcar bater enquanto folheio a agenda de agendamentos. Meu celular vibra com uma notificação: é do Google, me lembrando de uma foto do ano passado. Faço uma careta. O Google não entendeu algo importante: é uma foto minha

com Drew, minha antiga colega de apartamento, de quem eu definitivamente *não* quero me lembrar, muito menos nessa época do ano. Dispenso a notificação e enfio mais umas balas na boca.

— Hora do Achados e Perdidos — diz uma voz conhecida atrás de mim.

Fecho o livro com força na mesa e me preparo para uma interação com Lucas. Quando me viro, o vejo olhar a agenda de agendamentos com o desdém de sempre. Uma das minhas atividades prediletas é fazer Lucas dizer "agenda de agendamentos" o máximo de vezes possível durante o turno, porque ele odeia os nomes fofinhos que eu dou para as coisas. O truque é forçá-lo quando um hóspede estiver presente, para ele não poder ser babaca — pelo menos em voz alta.

— Ah, é? — pergunto, irritada.

Olho para o relógio na parede atrás do balcão. É outra relíquia da família Bartholomew. Precisa de corda toda manhã e, quando acaba o turno da Tadinha da Mandy, está sempre dezenove minutos atrasado. Ver a hora no relógio da recepção envolve uma combinação de chute e matemática: é perto do meio-dia, então o relógio provavelmente já atrasou no mínimo cinco minutos, ou seja...

— É meio-dia em ponto — diz Lucas, já soando exasperado. — Nem sei por que você olha para esse relógio. Não tem um relógio de pulso?

Eu tenho, sim. É verde-menta, grandão e fabuloso, e eu me lembro de usá-lo mais ou menos a cada cinco dias. Hoje não foi um desses dias.

— Não preciso de relógio — respondo, doce. — Tenho você para gritar as horas.

Dou uma última olhada no saguão para confirmar que está tudo em ordem e pego a chave do Achados e Perdidos. Fica bem atrás de nós — a porta é logo à direita do velho relógio —, mas não entro lá há meses. O Achados e Perdidos antigamente era uma salinha para os funcionários, com cafeteira e duas poltronas confortáveis. Agora é só...

— Caos — diz Lucas, quando destranco a porta e entro no espaço reduzido disponível do outro lado.

Caixas e mais caixas de *tralha*. Um cavalo de pau. Uma coleção de xícaras quebradas, antigamente usadas para o chá da tarde. Um projetor velho. Uma verdadeira profusão de guarda-chuvas.

Então, sim, é meio zoneado. Mas também é meio que um tesouro. Meu coração se enche quando olho ao redor. Se eu consertar aquele cavalo de pau, definitivamente dá para vender por no mínimo oitenta libras. Reparar as xícaras não vai demorar, e as pessoas vão enlouquecer com aquela estampa fofa dos anos 1950. Podemos arrecadar um bom dinheiro com isso. A sra. SB é genial.

— É melhor decidir como e onde queremos vender cada item — argumenta Lucas, coçando a boca enquanto analisa o conteúdo da sala. — Vou montar uma planilha.

Eu o ignoro e ponho as mãos à obra. A primeira caixa está etiquetada com "livros surrados", e a segunda, "casacos esquecidos em 2019".

Escuto Lucas resmungar algo em português atrás de mim e escolho acreditar que é uma expressão de deleite e prazer.

Lucas

Depois de dois dias em que Izzy tornou tudo o mais difícil possível, criamos um perfil em diversas lojas on-line especializadas em objetos de segunda mão, e, de repente, a vida fica cheia de caixas, envelopes e idas ao correio. Mandy se voluntaria para encabeçar as vendas através das redes sociais, e Izzy e eu ficamos felizes por isso, já que atualizar o perfil do hotel no Instagram estava na lista de tarefas de nós dois desde que cheguei. Izzy tenta insistir em uma tabela feita à mão para registrar os itens, mas logo ela derrama seu latte de gengibre na tal tabela física e precisa voltar rastejando contrariada para minha planilha do Excel.

Meus dias passam em um borrão, e, em um piscar de olhos, já é quinta-feira. Repuxo meu colarinho para cima para afastar o vento e me aproximo mais da parede da mansão enquanto levo meu celular ao ouvido. Quinta-feira é dia de ligar para o meu tio. Não sei por que faço isso. Ninguém me pede para fazer isso, e sempre fico mal-humorado depois, mas descobri que, se eu *não* ligar para ele ao menos uma vez por semana, me sinto ainda pior.

— Alô? Lucas? — atende o tio Antônio, em português.

— Oi, tio.

— Estou voltando para o escritório depois de horas de reunião. Essa semana foi um inferno — diz ele, irritado.

Faço uma careta. Quando eu terminar essa ligação, vou me sentir idiota por ter me dado ao trabalho de ligar, e esse é o primeiro golpe: a insinuação de que ele está ocupado demais para falar comigo. Tudo bem que ele não *disse* isso, então é claro que se eu mencionar que é assim que eu me sinto, ele vai falar que estou sendo difícil.

Eu e minha irmã, Ana, sempre tivemos consciência de que éramos um fardo para o tio Antônio. Nosso pai morreu logo depois que eu nasci, mas o irmão dele ajudou nossa mãe na época que ela ficou desempregada e insistiu em cumprir um papel em nossa vida depois disso. Claro que agradeço a ele. Infinitamente, repetidas vezes. Às vezes parece que não existe um fim para a gratidão que pagar esse ato requere.

— Peguei você em uma hora ruim? — pergunto.

— Agora está ótimo. Me diga como estão as coisas no curso. Já está mandando em tudo?

— Faz menos de um ano que estou no curso, tio, e só é meio período.

— Essa coisa de meio período não leva ninguém a lugar nenhum, Lucas — diz ele.

Eu o interrompo antes que ele comece um sermão.

— Enfim, estou estudando enquanto trabalho no hotel. Preciso da experiência além do diploma.

— Hum. É. Espero que eles saibam que logo você vai ser o chefe.

Meu estômago dá um nó. Não estou fazendo o curso para assumir a Mansão Forest. Só que, assim que Antônio fala aquilo, aquele velho impulso volta à tona: preciso trabalhar com mais afinco, preciso focar em ser promovido. Preciso fazer mais, fazer melhor...

— Escuta, Lucas. Acho que você deveria vir passar o Natal em casa.

Trinco os dentes.

— Não tenho grana pra isso. Os voos estão caros demais. Eu peguei uma passagem para fevereiro.

— Fevereiro é a pior época do ano para vir pra cá. Com o carnaval e todos os turistas...

— Eu já decidi — repito, porque já disse isso antes.

É melhor sempre ser incisivo com meu tio. Se for qualquer coisa menos decidido, a batalha já está perdida.

— Preciso ir — digo. — Até mais.

Depois de encerrar a ligação, abro o aplicativo do banco, e então o fecho rapidamente, porque a única coisa capaz de deixar meu humor ainda pior é ver o quanto aqueles números negativos cresceram nas últimas semanas. Ainda estou tomado por todos aqueles sentimentos antigos, liberando-os no suor por baixo do casaco pesado. Não consigo sentir o vento gelado do inverno. Conversar com o meu tio é sempre o jeito perfeito de me sentir aquecido no frio inglês.

Volto para a entrada do hotel, com a cerca viva arredondada que contorna a propriedade e os grandes degraus de pedra. Quando entro no saguão, encaro o presépio de entulhos ridículo de Izzy. Durante um momento desagradável, eu me lembro da festa de Natal do ano passado — Izzy também tinha feito um presépio para a ocasião. Eu me lembro de passar por ele junto de Drew poucos minutos depois que ela se apresentara. "Meu Deus, dava para ser *mais* Izzy?", ela perguntara. "Quem mais pintaria os camelos de rosa?" A lembrança me faz estremecer.

Eu me aproximo da recepção. A sra. SB está lá com Izzy, as cabeças inclinadas uma ao lado da outra, inspecionando alguma coisa. Na mesma hora, fico desconfiado.

— Elas podem valer muito! — diz a sra. SB.

Izzy ergue o olhar, a mão voando para a corrente de ouro fina que está usando no pescoço.

— Você quer vender *isso* aqui?

— Claro. Por que não? — questiona a sra. SB.

— Sra. SB, eu entendo, sei que o dinheiro é muito importante, mas... não são só joias normais. São alianças de *casamento*. De *noivado* — argumenta Izzy, elevando o tom. — São pequenas histórias de amor guardadas aqui nessa caixinha.

Olho por cima do ombro das duas. Há cinco anéis largados casualmente em um pedaço dobrado de papel-toalha amarelado, dentro de um Tupperware. Um deles é incrustado de diamantes; outro tem uma esmeralda gigantesca no centro, ladeada por duas pedras cor-de-rosa. Cada um tem um pequeno adesivo ao redor, com uma data escrita em uma caligrafia diferente.

— O que é isso aí? — pergunto.

— São do entulho do Achados e Perdidos — explica Izzy. — Quero devolver aos donos.

— *Devolver?* Não deveríamos ganhar dinheiro com isso em vez de perder? — pergunto, e então vejo a expressão de Izzy.

Ela está realmente chateada. Com os olhos marejados. Ela pisca rápido e desvia o olhar.

— Perder uma aliança não é igual a perder um guarda-chuva — replica ela. — Eu sei que a lei diz que precisamos ficar com os itens por um tempo razoável, mas o que é razoável quando se trata de um objeto de valor sentimental tão grande?

Quando a lei é mencionada, a sra. SB parece um pouco preocupada.

— Bem, no caso...

— Me dê só uma semana. Por favor, sra. SB. A venda dos outros itens está indo superbem. Nós queremos mesmo ser o tipo de hotel que vende a aliança de *casamento* de alguém?

— Sim? — sugiro.

— Não — responde a sra. SB, suspirando pesado. — Não, suponho que não queremos. Obrigada, Izzy. — Ela aperta o ombro da garota. — Você é o nosso anjo. Não deixe que a gente perca nosso coração nessa empreitada, certo, querida?

Eu encaro as duas, e então olho para os anéis. O que o coração tem a ver com essa história? São só joias caras. Quem somos nós para dizer que eles têm mais valor sentimental para as pessoas do que um guarda-chuva favorito?

— Você não pode estar falando sério... — começo.

Só que a sra. SB já está andando na direção de Barty, que acabou de aparecer na entrada, exibindo uma expressão de pânico e segurando dois notebooks ao mesmo tempo.

— Uma semana! — decreta ela alto por cima do ombro para Izzy, que imediatamente começa a verificar as datas em cada anel. — E aí nosso dever acabou!

— Não tem dever nenhum — digo. — Esses negócios são iguais a todas as outras porcarias que largaram por aqui.

Izzy empunha uma agenda de agendamentos antiga na minha direção. Existia um sistema digital antes de eu chegar à Mansão Forest, apesar de ser bem ruim — e, ainda assim, Izzy insistia em escrever as coisas naquela agenda também, além de registrá-las no computador. Ela continua com esse hábito até hoje, mesmo com o nosso novo e superior sistema de reservas on-line. É uma das muitas coisas ridículas que ela faz.

— Qual é a data desse aí? — pergunta ela, apontando para a aliança dourada que estou segurando entre o dedão e o indicador.

— Dia 1º de novembro de 2018 — respondo. — Você acha mesmo que consegue encontrar o dono de um anel que foi perdido aqui faz quatro anos?

Ela passa pelo livro e então aponta com força para uma página.

— Ha! — exclama. — Cinco reservas de piscina naquele dia, e seis sessões de spa. Todos eles anotados no...

Ergo uma sobrancelha para ela.

— Perdão. Eu não me lembro... qual é mesmo a palavra? — Ela dá uma batidinha no lábio inferior, os olhos maldosos.

— Izzy, como você é infantil.

Ela abre um sorriso para mim, e ali está — uma faísca traiçoeira no meu âmago. Isso acontece às vezes. Em 99% das vezes, tenho certeza de que Izzy é a mulher mais irritante que já conheci em toda a minha vida, mas ocasionalmente, muito de vez em quando, não consigo deixar de reparar em como ela é linda.

— Isso é ridículo — digo, olhando para as alianças.

— Tiffany Moore — anuncia Izzy, virando a página para verificar a reserva original da hóspede. — E aqui está o telefone dela.

— Izzy, isso é um desperdício do seu tempo.

— Bom, tá, como você disse: é o *meu* tempo, então...

Ela faz um gesto para que eu fique quieto enquanto disca o número.

Por um segundo de infantilidade, penso em esticar a mão e desligar o telefone. Não tenho nenhum motivo para fazer isso além da satisfação de saber que ela vai achar profundamente irritante. Eu não entendo como ela consegue fazer isso comigo, mas algo em Izzy Jenkins me faz querer me comportar como um pirralho.

Eu não me mexo — nem sequer estremeço —, mas Izzy estica uma das mãos e a fecha sobre a minha em cima da escrivaninha. Sinto outra pontada no estômago — a sensação é como água do mar fria cobrindo a pele aquecida pelo sol.

— Nem pense nisso, senhor da Silva — sussurra, e então retira a mão de cima da minha. — Ah, oi! Posso falar com a Tiffany, por favor? — pergunta ela ao telefone, a voz toda doce e açucarada.

Como se eu não conseguisse sentir a marca das unhas dela formigando no dorso da minha mão.

Eu a deixo com essa tarefa ridícula e consigo cumprir duas horas de expediente antes de a próxima crise aparecer. Está muito claro que nós estamos com um sexto da nossa capacidade normal. No geral, na Mansão Forest, as crises acontecem no mínimo a cada quinze minutos.

Estou no Jacinto, o quarto que a sra. Muller está ocupando atualmente. Atrás de mim, Dinah — nossa chefe de limpeza — entra no quarto carregando um aspirador e um saco grande de produtos de limpeza.

— Não tem nada que faça aquilo sair. Nada mesmo — declara Dinah de imediato, largando o aspirador no chão com um baque. — Querosene e olhe lá, mas como é que vamos usar isso sem acabar com a pintura da parede embaixo?

A parede está coberta por tinta a óleo, vermelha, verde e azul. O instrumento utilizado na última criação artística da sra. Muller ainda está depositado em um lençol simbólico embaixo do cavalete. Parece um cruzamento entre uma catapulta e um soprador de folhas.

— Mil desculpas… quando a musa chama, ela chama, entende? Vou precisar de outro quarto, claro — diz a sra. Muller. — Não posso trabalhar no meio dessa bagunça.

Dinah começa a passar o aspirador atrás de nós. Se deixar Dinah sozinha em qualquer lugar, a qualquer hora, ela logo começa a passar o aspirador de forma agressiva pelo ambiente. Isso é de muita ajuda, já que abafa o grunhido baixinho que eu solto.

— Sra. Muller — começo —, a senhora sabe que, no momento, estamos com apenas cinco quartos.

Ela me encara da poltrona que ocupa no canto do quarto. Noto uma mancha de tinta azul no estofado e mais uma vez fico grato pelo barulho do aspirador de Dinah. A sra. Muller é uma hóspede regular do hotel — ela é uma hóspede importante. E também exigente, mas isso eu consigo entender. Acho que eu também seria um hóspede exigente.

— Vou ver o que posso fazer, sra. Muller. Deixe comigo.

— E aí? — pergunto para Izzy quando volto para o saguão.

— E aí o quê? — retruca ela, distraída enquanto vasculha uma caixa de livros. — Será que podemos levar uns desses para uma daquelas feiras em que todo mundo vende coisas no porta-malas do carro? E usar o seu carro? O meu porta-malas é minúsculo.

Eu a encaro, horrorizado.

— Você quer enfiar todo esse lixo no meu carro?

— Não é lixo! Esses livros devem valer pelo menos uma libra cada um. De grão em grão… você sabe.

— Precisamos de dezenas de milhares de libras de investimento, então uma libra não é de muita ajuda.

Ela parece murchar um pouco e resmunga algo sobre a quantidade de coisas que ainda precisam ser vendidas. Eu a vejo contar os livros no chão atrás da mesa da recepção e sinto uma pontada inesperada de culpa por fazer os ombros dela encolherem daquela forma. Nossas briguinhas infinitas são parte da minha rotina aqui — eu esperava receber uma resposta espertinha. Talvez ela se vingue mais tarde. Às vezes Izzy gosta de fazer isso. Provavelmente, à tarde, eu vou achar de novo algo grudento que caiu "acidentalmente" no meu teclado.

— E então, era a aliança de Tiffany Moore? — me vejo perguntando.

Izzy ergue o olhar, surpresa, depois adota uma expressão convencida.

— Olha só quem já está embarcando na Saga do Anel!

É claro que esse plano louco já recebeu um nome ridículo.

— Eu não estou embarcando em nada. Estou só puxando papo.

— Nossa, nem sabia que você era capaz de fazer isso. Bom, a aliança não era da Tiffany — diz Izzy, voltando a se concentrar nos livros. — Ela disse que a dela continua firme no dedo. Tentei ligar para umas outras pessoas, mas vou voltar ao resto da lista depois de arrumar essa caixa. A não ser que você queira ajudar e ligar para alguém agora...

— Não vou me envolver nesse seu plano infantil — digo, voltando para a planilha de achados e perdidos.

— Ah, claro que não vai — cantarola Izzy, o que me deixa furioso. — Entender o conceito de valor sentimental requer pelo menos o mínimo de capacidade para emoções humanas, imagino.

Eu a ignoro enquanto ela se ocupa ao meu redor. Izzy tem tanta *energia*. Eu esperava que estivesse exausta no fim dos turnos, mas, pelo que sei, ela sempre faz alguma coisa à noite — parece ter uma quantidade imensa de amigos. Eles estão sempre aparecendo no hotel, dando abraços nela do outro lado do balcão, jurando que não vão mais ficar tanto tempo sem vê-la.

Porém não esbarrei em nenhum namorado por aqui recentemente. No ano passado, geralmente havia um desses vadiando na recepção, mas desde que começamos a trabalhar juntos no mesmo turno outra vez, não encontrei ninguém usando calças apertadas demais e com um violão nas costas esperando no saguão, então imagino que, no momento, Izzy esteja solteira.

— Alô, é a Kelly? — pergunta ela ao telefone, segurando o receptor entre o ombro e a orelha enquanto tenta consertar uma xícara com as duas mãos.

Eu escuto enquanto Izzy explica a situação para a mulher do outro lado da ligação.

— Não é meu — rosna a moça.

Consigo ouvir cada palavra de onde estou sentado. O que acaba me deixando incrivelmente distraído por ter que ouvir as conversas de Izzy. Faz muito tempo que desconfio que ela aumenta o volume do telefone justamente por esse motivo.

— Eu por acaso estava nesse seu hotel em 2018? — questiona Kelly. — Parece improvável. New Forest não é muito minha praia. Não tem muito o que fazer. Tem árvores demais. É tudo igual.

Não consigo evitar me empertigar. Eu amo New Forest, e tem ao menos quinze panfletos nesse balcão com dicas de várias atividades para se fazer aqui. Esse lugar se tornou meu lar. Eu o defenderia da mesma forma que defenderia Niterói, a cidade onde cresci. Pode ter seus defeitos, mas ao menos é meu.

— Você passou um final de semana prolongado aqui com seu marido — explica Izzy.

— Ah, *esse* marido — diz Kelly. — É, não, não estamos mais casados. Mas não pode ser meu anel. Eu guardo minhas alianças velhas no apartamento.

Izzy solta uma risada surpresa.

— Certo. Ok. Bom, obrigada pela ajuda, Kelly.

— Vocês realmente se esforçam, não é? — pergunta Kelly.

Izzy ergue o queixo.

— Bem, sim, eu acho que...

— Escute aqui, vou falar uma coisa para você, dar um conselho de graça. Não se dê ao trabalho, cacete. Todo mundo está pouco se fodendo, e você só vai ficar exausta. Tchau, tchau!

Izzy encara o telefone por um longo instante depois que Kelly desliga. Não consigo evitar soltar uma risada. Ela me lança um olhar carrancudo e coloca o telefone de volta no gancho, voltando para as caixas. Izzy progrediu um pouco desde que olhei pela última vez. Ou, pelo menos, as coisas estão agora em lugares diferentes.

— Existe um sistema nisso? — pergunto.

Ela revira os olhos.

— Claro que existe. Sem categoria, sem chance de venda, para reaproveitamento, para o esquema de Mandy de colocar fotos no Twitter, para as vendas de garagem, para as vendas on-line, para lavar e para o lixo.

Ela aponta para cada pilha tão rápido que eu me perco logo depois de "reaproveitamento", uma classificação que não entendo muito bem. Eu encaro tudo aquilo, sem querer pedir para que ela repita.

Depois de um momento, ela começa outra vez, dessa vez mais devagar:

— Sem categoria. Sem chance de venda. Para reaproveitamento, tipo, coisas que acho que posso deixar mais bonitas para vender. Essas são as coisas que a Tadinha da Mandy pode tirar umas fotos bonitas para postar. E isso é para as vendas de garagem, para as vendas on-line... essas aqui precisam ser lavadas, e o resto vai para o lixo.

Eu a acompanho dessa vez. Odeio quando a barreira de linguagem me faz perder algo — é bem raro agora, mas, no início, quando me mudei para o Reino Unido, três anos atrás, acontecia o tempo todo. Hoje em dia, eu até penso em inglês na maior parte do tempo. Meu vô ficaria horrorizado de saber disso — ele sempre dizia que nenhum idioma no mundo é mais bonito do que o português brasileiro. Só que eu gosto do inglês, por mais que tenha sua estranheza. No geral, vale a pena demorar um tempo para aprender algo difícil.

Observo Izzy enquanto ela digita no teclado, soltando ruídos irritados quando o sistema demora um segundo para carregar. Ainda consigo ver a mulher que pensei que ela era no ano passado. Independente, teimosa, mas também gentil e engraçada.

E então eu me lembro de como ela gritou comigo do outro lado do gramado do hotel em dezembro. Das inúmeras vezes que ela me ferrou nesse último ano, de toda a aura mesquinha de competição e de como ela fica irritadiça sempre que a gente interage.

Desvio o olhar para tentar arrumar a próxima caixa. Nem *todas* as coisas difíceis valem meu tempo.

Izzy

Os dias seguintes se misturam em um borrão de trabalhar no restaurante, tarefas aleatórias e acúmulo de poeira. Lucas e eu chegamos a um acordo raro e relutante acerca de uma coisa: se temos que compartilhar nossos turnos, deveríamos ficar o mais longe possível um do outro. Então um de nós dois se encarrega de fazer uma das quatro bilhões de coisas que precisam ser feitas por aqui e o outro fica na recepção, mesmo que só para atender o telefone e conseguir prestar atenção da cozinha.

Lentamente, os itens do hotel começam a desaparecer. Uma escrivaninha de madeira antiga; diversos retratos de homens mais velhos cuja importância já foi esquecida há muito tempo, o que eles provavelmente teriam achado abominável; e os vasos. Nunca achei que fosse sentir saudade dos vasos, mas cada vez que uma pessoa aparece para buscar um deles, sinto uma pontadinha no peito.

Enquanto isso, meu progresso com a Saga do Anel não vai nada bem. Está sendo bem mais difícil do que acreditei que seria, mas é claro que Lucas sempre acha que estou prestes a devolver os anéis para os donos. De fato, recebo um e-mail promissor sobre o anel de noivado de diamante de um endereço que é uma série de letras e números confusa. O e-mail diz: *Não façam nada; ligarei quando voltar para o Reino Unido.* Não incluía um nome nem nada. Meio esquisito. Só que ninguém liga, então deixo isso para lá, perdida em um furacão de itens deixados para trás, chuva e outras obrigações sociais.

Quando o telefone toca, estou repassando o novo cardápio de almoço com Arjun, que agora tem um número muito limitado de pessoas com quem pode discutir essas coisas (Ollie sugeriu que deveríamos servir pacotes de Doritos com o chilli de Arjun que leva 48 horas para cozinhar, e depois disso foi proibido de ter opiniões).

— O amargo precisa ter um equilíbrio — argumenta Arjun.

— Tá, claro — respondo, embalando com plástico bolha um globo de neve antigo que acabei de vender para alguém em Northumberland pela satisfatória quantia de oitenta e cinco libras.

É um preço excelente, mas odeio vender essas coisas — especialmente as decorações natalinas. Eu quero que o hotel continue idêntico ao que era no primeiro Natal que passei aqui: brilhante, maravilhoso, com as lareiras ladeadas de galhos de pinheiro grossos e pisca-piscas dourados.

— Estou considerando pastinaca com crosta de sal.

— Sim, com a crosta de sal — digo, rasgando a fita adesiva com os dentes. — Perfeito.

— Você está tentando me agradar? — pergunta Arjun, os olhos aparecendo atrás do cardápio, que está a cinco centímetros do rosto dele.

Faz tanto tempo que ele está enrolando para ir ao oftalmologista que eu considerei agendar um horário e arrastá-lo para lá sob o pretexto de que encontrei um novo mercadinho fantástico.

— Eu estou te dando o que você precisa — respondo. — Que é um eco e um pouco de validação.

Ele abaixa mais o cardápio.

— Você pode trocar de emprego com o Ollie? — pergunta Arjun. — Por favor?

— O Ollie é ótimo. Ele só é novo, e você nunca gosta de nada novo. Você me achou irritante por *pelo menos* um ano inteiro.

— Você sempre foi minha favorita! — protesta Arjun, indignado por eu ter sugerido tal coisa. Ele tem memória seletiva do seu próprio temperamento ruim.

— Dê uma chance ao Ollie.

— Bah — diz Arjun, enquanto pega minha caneta para fazer uma anotação sobre pastinaca no cardápio. — Só se você der uma chance ao Lucas.

Ele ergue o olhar e ri ao ver minha expressão. Normalmente, Arjun é a última pessoa a sugerir que eu pegue leve com alguém. Eu me lembro da vez que Drew passou aqui para me ver enquanto eu estava trabalhando — na intenção de conseguir um almoço grátis. Arjun a encarou pela porta da cozinha e disse: "É essa a menina que divide apartamento com você e que você está sempre se matando para ajudar? Afaste-se dela logo. Ela pediu três acompanhamentos de almoço, Izzy. É o tipo de mulher que, se você deixar, vai deitar e rolar."

O telefone toca antes que eu possa respondê-lo.

— Mansão Forest Hotel & Spa, aqui é a Izzy! Como posso ajudar?
— Olá — diz uma voz grave e masculina. — Nome completo, por favor?
— Hum. Izzy Jenkins? Isabelle Jenkins?
— E você pode confirmar o endereço do local em que trabalha?

Pisco, surpresa.

— Eu estou, tipo, passando por uma verificação de segurança por algum motivo?

Faz-se uma pausa breve.

— Recebi um e-mail — diz o homem. — E preciso confirmar que estou falando com a pessoa certa.

— O e-mail era sobre um anel de noivado ou aliança? — pergunto, esperançosa.

— Afirmativo — responde o homem.

Aaah, eu amei isso. Vou começar a falar *afirmativo*. Quando Jem me mandar mensagem perguntando se eu estou em dia com *Strictly Come Dancing*, é exatamente isso que vou responder.

— Eu respondi dizendo que entraria em contato quando voltasse ao Reino Unido. Estou de volta nesse momento, e gostaria de pedir que me enviasse um e-mail com a imagem do anel de noivado em questão — diz ele.

— Posso fazer isso, sem problemas!

— Entrarei em contato assim que o e-mail for recebido em segurança — responde o homem. — Adeus.

— É a Saga do Anel? — pergunta Arjun quando desligo o telefone e o coloco de volta no gancho, levemente confusa.

— Isso. Droga. Foi uma ligação tão esquisita que nem anotei o nome dele. Mas acho que sei quem era. — Ergo o olhar para Arjun. — Eu estou sendo ridícula com essa coisa do anel, como o Lucas diz?

Arjun inclina a cabeça, dando tapinhas no cardápio com a caneta.

— Você está sendo otimista — responde ele, depois de um tempo. — E uma romântica.

— Então... ridícula?

— Não. — Ele me direciona toda sua atenção, o que é uma coisa rara para Arjun. — Você está sendo Izzy, o que é magnífico — diz ele, como se fosse simples assim. — Agora, com licença, preciso salgar pastinacas.

Eu o observo se afastar sentindo um nó na garganta. Vi Arjun quase todos os dias durante os últimos oito anos. No começo, nós não nos entendíamos, mas lentamente, semana a semana, nos tornamos mais do que colegas, talvez mais do que amigos. Eu chorei ao lado dele diversas vezes, e ele chorou comigo depois do divórcio tóxico e horrível pelo qual passou. Talvez nunca fôssemos amigos fora desse hotel, mas agora nós dependemos um do outro — ele é parte da minha vida. Para Lucas, perder esse emprego provavelmente seria uma inconveniência. Para mim, seria como perder uma família outra vez.

E eu definitivamente *não* posso passar por isso.

Na última segunda-feira de novembro, quando só me restam dois dias antes de ter que vender aquele Tupperware curioso cheio de anéis, um homem de postura perfeita e terno impecável entra marchando pelo saguão. A Tadinha da Mandy está arrumando as coisas, determinada a criar um espaço para ela entre todas as caixas de achados e perdidos, e eu já estou indo embora — vou beber com o pessoal com quem eu trabalhava como temporária quando comecei na Mansão Forest.

— Eric Matterson — anuncia o homem quando chega à recepção. — Estou aqui pela aliança.

Os olhos de Mandy encontram os meus. Corro até lá.

Eric parece ter cerca de sessenta anos — os cabelos estão grisalhos nas têmporas e ele exibe uma linha profunda na testa, entre as sobrancelhas. É *exatamente* como eu imaginava que seria o cara do telefone. Ele tem o aspecto cuidadoso de um militar, um ar estoico intimidante.

— Um diamante francês com lapidação facetada do século XIX — dispara ele —, colocado sobre as garras em um anel de ouro em aro tradicional de aproximadamente três milímetros de largura.

— Oi — cumprimento.

Ele me encara.

— Olá — diz, como se estivesse fazendo um favor. — Com diamantes de lapidação almofada cercando a pedra central.

Eu já sei de qual ele está falando, mandei a foto por e-mail há dois dias. É um anel lindo. Obviamente uma antiguidade, até uma amadora como eu consegue perceber. Meu estômago se contorce em excitação.

— Pertence a você? — pergunto.

Ele me encara.

— Sim. Obviamente.

Um homem mais jovem entra logo atrás dele, sacudindo o casaco e lançando uma chuva de respingos como um cachorro que acabou de sair da piscina. A Tadinha da Mandy vai até ele para segurar o guarda-chuva, inesperadamente encharcando os próprios sapatos quando o fecha. Ela olha para os próprios pés, arrasada, antes de voltar para o balcão da recepção com o ar de uma mulher que espera mesmo receber do universo sapatos encharcados.

— Pai, dá para parar de fazer isso? — diz o homem mais jovem, tentando arrumar o cabelo no espelho grande que fica na parede do saguão.

A sra. SB estava tirando medidas dele hoje de manhã. Duvido que permaneça muito mais tempo por aqui.

— Fazer o quê? — pergunta Eric.

— *Sair de fininho* — diz o filho, exasperado. — Meu pai era espião durante a Guerra Fria — explica ele para nós, juntando-se ao pai no balcão. — Aparentemente, alguns hábitos não morrem nunca. Eu acabei de convencê-lo a usar um aplicativo de mensagem criptografada em vez daqueles barra-pesada que todos os terroristas usam, sabe?

— Charlie — diz Eric, o rosto fechado em uma expressão de paciência determinada. — Pode, por favor, parar de dizer a estranhos que eu fui espião na Guerra Fria? — Ele olha para mim, depois para Mandy, e o rosto mal se altera. — Eu não era espião.

— Não, claro que não — concorda Mandy.

Lucas aparece atrás dela nesse instante, como se surgisse do nada, ao melhor estilo Lúcifer.

Para um homem tão grande, ele consegue ser surpreendentemente furtivo. Ainda está usando o uniforme, mas com os sapatos errados — tênis, em vez do sapato social preto brilhante de sempre —, como se tivesse começado a trocar de roupa e então mudado de ideia. Não sei o que ele está fazendo se esgueirando por aqui. Todo mundo sabe que ele acha essa coisa da Saga do Anel idiota e sentimental. Espero que ele não esteja planejando sabotar esse momento só para se vingar, depois que deixei sem querer uma almofada de alfinetes do Achados e Perdidos na cadeira dele ontem.

— As provas — anuncia Eric, levando a mão ao bolso e depositando uma fotografia no balcão entre nós.

É uma foto antiga e apagada, em tamanho A5, como as que ficavam nos álbuns de foto dos meus pais. O homem na foto é Eric, impossível de confundir — com a postura tão ereta quanto agora —, e a mulher a seu lado mostrando o anel para a câmera parece tão séria quanto ele.

— Minha esposa — diz Eric, e, pela primeira vez, sinto um pouco de emoção na fala dele.

— Obrigada. — Não tinha me ocorrido que eu deveria pedir provas, mas fico contente que ele ofereceu. — Pronto, é seu. Fico muito feliz que o anel tenha reencontrado o senhor.

Eric pigarreia enquanto abro o Tupperware, e tento lembrar que deveria mudar esses anéis para um recipiente menos obviamente surrado. Essa caixa não diz "nós cuidamos muito bem de suas posses". O problema é que Lucas já estava me atormentando por guardar itens valiosos em um Tupperware, então se eu colocá-los em outro lugar, vai parecer que ele ganhou.

— Dê para o meu filho — diz Eric, quando eu estendo o anel. Ele desvia o olhar. — É seu agora, Charlie. Está bem?

A boca de Charlie se escancara em um "o" quase perfeito. Ele olha para cada um de nós, até mesmo Lucas, que está só parado lá de um jeito meio ameaçador e não se deu ao trabalho de se apresentar para ninguém.

— Você... está falando sério? — pergunta Charlie ao pai.

— Preciso falar duas vezes?

— Não, eu... Mas é que... Você sabe que se eu ficar com o anel da mamãe, eu vou...

— Usá-lo para pedir em casamento aquele seu jovem, sei, sim — diz Eric, o tom contido. Ele ergue o olhar para o teto. — É o certo. Você já o fez esperar tempo o bastante.

— *Eu* fiz... — Charlie cala a boca. — Uau.

Eu *sabia* que esse anel era importante. Consegui sentir quando a joia brilhou para mim em cima daquele pedaço de papel-toalha. Deixo meu olhar ir até Lucas. No geral, é difícil ler as expressões dele — seu rosto está quase sempre com um semblante "implacável" —, mas ele observa fixamente os olhos de Charlie se encherem de lágrimas diante de nós.

— Mamãe ia querer isso — diz Charlie ao pai. — Eu realmente... obrigado.

— Sim, pois bem — fala Eric. — Posso ter sido um pouco... exigente com você. Hiro não é *tão* ruim. Eu só quero que você seja feliz.

Essa última frase parece novidade para Charlie. Ele a recebe com um tremor leve no lábio inferior.

— Vamos dar uma recompensa — diz Eric, virando-se abruptamente para nós e tirando o celular do bolso. — Deixe-me olhar os números.

— Oi? — pergunto. — Uma...

— Uma recompensa financeira. Esse anel é de grande valor. Aprecio a sua dedicação para devolvê-lo. É... muito valioso para minha família.

Observo o pomo de adão de Eric subir e descer quando ele engole em seco, e apesar de não ter nada a ver com isso, sinto meus olhos se encherem d'água. Meu pai não era nada como Eric — era carinhoso, receptivo, estava sempre rindo. Só que não consigo evitar pensar nele. No anel que papai me deu no meu aniversário de 21 anos, que agora está no fundo do mar depois de eu resolver nadar bêbada em Brighton que nem uma *idiota* no meu aniversário de 22 anos. Levo a mão ao meu colar, a corrente de ouro que mamãe me deu no meu aniversário de 21 anos — "algo diferente de cada um, você sabe como é aqui em casa, nunca concordamos em nada!".

— Isso é incrivelmente gentil de sua parte, senhor — diz Lucas, já que não consigo dar uma resposta. Ele me lança um olhar esquisito antes de voltar sua atenção para Eric. — Podemos oferecer uma bebida para o senhor e seu filho?

Eu me sacudo.

— Isso! E na verdade... — Olho para Charlie quando ele dá um passo à frente e pega o anel da minha mão com reverência. — Se estiver procurando uma linda localização para fazer seu pedido de casamento, acabou de encontrar o lugar perfeito.

Ele corre os olhos pelo hotel como se notasse onde estava pela primeira vez.

— Hum — responde ele. — Seria fofo, né? Considerando que o anel da mamãe estava aqui esse tempo todo.

— Podemos fazer uma reunião para discutir o assunto agora mesmo, se quiser — diz Lucas, sentindo o cheiro de dinheiro, sem dúvida. — Eu estou disponível.

— E eu também! — digo, já pensando em cancelar meus planos da noite.

Suspeito que Charlie vai querer pedir o namorado em casamento de uma forma grandiosa, e dinheiro pelo visto não é um problema para a família dele, o que significa que, nesse instante, eu sou fã número um de Charlie.

— Perfeito — diz Eric, caminhando até o bar. — Charlie! Um brinde antes da nossa reunião.

Charlie segue o pai, embasbacado.

— Você não vai receber o crédito por isso, se esse for seu plano, tentando se infiltrar aqui com essa sua "reunião" — digo para Lucas. — A Saga do Anel foi ideia *minha*.

— Dificilmente você esperava que isso acontecesse — bufa Lucas.

Aquilo me irrita, então abro um sorriso. Eu sei que esse sorriso deixa Lucas maluco. É o meu sorriso mais aberto e solícito — o que sempre faz os hóspedes se acalmarem quando estão bravos. Ele provoca o efeito oposto em Lucas. Eu imagino que ele saiba que quando sorrio para ele dessa forma na verdade estou pensando: *Você é um idiota, e eu vou ser tão legal com você que você nem vai notar que as coisas vão sair exatamente do meu jeitinho e não do seu.*

— Se você acha que pode se meter no assunto agora e depois falar para a sra. SB e o Barty que foi *você* quem arrumou essa recompensa para o hotel...

Lucas levanta o queixo de leve, os olhos arregalando.

— É isso que você acha que eu faria?

Hesito. As sabotagens de Lucas não costumam ser desonrosas, isso é verdade. Mas se ele não está planejando levar o crédito, então por que está ajudando?

— Eu também me importo com esse lugar, sabe — diz Lucas.

Inclino a cabeça, tipo: *Será que se importa, mesmo?* Eu sei que Lucas gosta do emprego dele, mas não tenho certeza se existe uma parte dele capaz de *amar* alguma coisa da forma como eu amo a Mansão Forest.

— Tá, tanto faz — digo. — Preciso vestir o uniforme de novo se vou comparecer a essa reunião.

Estou usando um suéter de lã branco que vai até os meus joelhos, calça jeans desbotada e meus tênis rosa-bebê — eu amo essa roupa, mas não é muito profissional. Pego a bolsa e a coloco no ombro, seguindo para o Achados e Perdidos. Tem bastante espaço lá agora que limpamos um pouco as coisas — ou, como Lucas disse mais cedo, "tiramos o conteúdo dessa sala horrível e largamos no saguão, onde todo mundo pode ver a bagunça".

Tiro o suéter e os tênis e então me abaixo para pegar o uniforme na bolsa. Eu gosto do uniforme da Mansão Forest — é uma camisa branca simples e calça preta, com o logotipo do hotel gravado no lado esquerdo do peito, mas eu me sinto bem-vestida assim. É como se estivesse entrando na pessoa que sou durante o trabalho. No hotel, nunca estou esgotada, nunca estou exausta; não sou a historinha trágica de ninguém. Eu sou aquela que... o que foi que a sra. Hedgers disse? Aquela que faz tudo brilhar.

— Ah, Izzy! Queria te perguntar dessa caixa de... Eita! — diz a Tadinha da Mandy, irrompendo pela porta atrás de mim e só então percebendo que estou só de calça jeans e sutiã.

Eu me viro. Lucas está em pé do outro lado do balcão, atrás de Mandy, e, por um brevíssimo instante, antes de Mandy fechar a porta, nossos olhares se encontram.

Hoje em dia, Lucas costuma me olhar de forma neutra e cautelosa, como se estivesse só esperando para ver como eu vou irritá-lo. Fica cada vez mais difícil acreditar que já vi alguma coisa no seu olhar quando ele me fitava. Só que, nesse instante, quando nossos olhares se cruzam, algo muda. Ele não está completamente no controle de si, e o que vejo faz minha pele formigar. Pela primeira vez desde aquela humilhante disputa de matar cachorro a grito no gramado do hotel, Lucas da Silva me olha como se me quisesse.

A porta se fecha e o momento já passou, mas ainda sinto minha pele aquecida pelo olhar dele.

Deus do céu. Eu entrego meu coração para o cara, digo para ele me encontrar embaixo do visco, e então apareço lá e o vejo beijando minha colega de apartamento. Eu digo que ele é um babaca insensível e ele me diz que eu estou *fazendo drama*. Ele passa o ano todo dificultando ao máximo o meu trabalho, se recusando a chegar a um acordo sobre qualquer coisa, mesmo depois do que ele fez no Natal.

E, *ainda assim*, consegue me deixar derretida com um único olhar.

Lucas

— Explica pra mim — diz Pedro, em português, a máquina de café fazendo seus estalos atrás dele. — Você a odeia porque...

— É complicado — respondo, encarando o café enquanto ele é despejado da máquina na minha caneca favorita, a cinza grandona que tem a alça do tamanho certo.

Já faz quase dois anos que frequento o Café e Bar de Smoothies do Pedro. Nós nos conhecemos na academia — escutei o sotaque dele do outro lado da área de pesos, e foi como respirar fundo e de repente sentir o cheiro de casa. Ele é de Teresópolis e mora no Reino Unido há alguns anos a mais do que eu. Me dá conselhos horríveis, mas faz um café excelente.

— Eu entendo de complicado — diz ele, e então, ao ver minha expressão de incerteza, completa: — Vai, pode falar. Eu posso te surpreender. Eu não tava certo de colocar abacate no seu smoothie?

Isso parece um pouco diferente, mas decido dar a ele o benefício da dúvida.

— Ano passado, a gente trocava uns flertes, mas ela sempre estava saindo com alguém, e nunca deu em nada. Aí, na festa de Natal do hotel, beijei uma mulher que só descobri depois que era a colega de apartamento dela. Foi debaixo do visco, sabe, nem foi nada sério. Só que Izzy agiu de uma forma superprotetora. Ela me arrastou até o gramado e gritou que eu tinha me comportado feito um ogro, e que, espera...

Eu seguro a caneca de café com as duas mãos enquanto tento me lembrar das palavras exatas.

— *Você não é bom o suficiente para ela de qualquer forma, seu robô de sapatos engraxados e coração gelado.*

— Uau. Estou vendo uns sinais de alerta aí — comenta Pedro.

— Eu sei.

— Você acha que ela ficou com ciúme?

— Izzy? Não. E seria loucura se fosse o caso. A gente não estava junto e nunca se beijou...

— Hum — diz Pedro, sem se deixar abalar. — Então ela só não achava que você era bom o bastante pra amiga dela?

— Exatamente.

Engulo em seco. Eu me conheço o suficiente para saber que *não ser bom o bastante* é algo com que tenho dificuldades, só que é mais do que isso. Eu gostava de Izzy. Eu respeitava as opiniões dela. Saber que ela pensava que Drew não deveria beijar um cara como eu me atingiu em um ponto sensível — me fez lembrar que, não importa onde eu esteja no mundo, as mulheres sempre me veem da mesma forma. "Você não tem coração, então nem adianta me dizer que eu parti o seu", disse minha ex-namorada antes de ir embora. Quando confessou que tinha me traído, Camila pareceu genuinamente chocada por me ver chorando. "Eu sinceramente não sabia que você era capaz disso", foi o que ela disse.

Fecho os olhos, bebendo o café enquanto Pedro se prepara para abrir o bar de sucos. Estou de folga hoje e amanhã, mas vou ficar trabalhando aqui, no meu assento favorito perto da janela — meu notebook está até aqui na mochila. Estou atrasado no curso e tenho um trabalho para entregar na sexta-feira. Além disso, Izzy convenceu Charlie a pedir o namorado em casamento na quinta-feira, e prometi todo tipo de elementos personalizados que agora precisamos arrumar, apesar de termos um orçamento limitado. Preciso focar.

E *realmente* tenho que parar de pensar em Izzy Jenkins vestida só de calça jeans e sutiã rosa-choque.

— Preciso da Izzy — diz a sra. SB, distraída, enquanto atravessa o salão a passos largos segurando diversos fichários mal equilibrados embaixo do braço.

É quinta-feira de manhã. Quase terminei meu trabalho do curso, e tudo que dava para fazer em relação ao pedido de Charlie sem precisar vir até o hotel ou coordenar as coisas com Izzy fora do horário de trabalho já está pronto. Observo enquanto a sra. SB desvia de um casal saindo do restaurante e abre um enorme sorriso de "está tudo sob controle" antes de derrubar um dos fichários no piso e soltar:

— Ah, droga.

— Izzy está...

— Estou bem aqui! — cantarola Izzy, saindo do restaurante e entrando no saguão.

Ela fica desconcertantemente bonita no uniforme de garçonete, com duas mechas do cabelo sedoso escapando do rabo de cavalo. Tento não pensar no sutiã rosa-choque, mas não dá certo.

— Ah, que bom — diz a sra. SB, antes de dar uma espiada no corredor que leva ao quarto Violeta. Ela abaixa a voz: — O sr. Townsend está muito incomodado com os pedreiros.

Nós três erguemos o olhar para os pedreiros ao mesmo tempo, que estão atualmente discutindo alguma coisa em cima do andaime ao lado da escadaria. Eles são incrivelmente invasivos. Já pedi que falassem mais baixo em diversas ocasiões, mas o único resultado que obtive foi que pararam de me cumprimentar quando chego de manhã.

O sr. Townsend é um hóspede bastante especial. Ele se hospeda no hotel há décadas, pelo que sei — primeiro vinha com a esposa; depois que ela faleceu, ele passou a se hospedar sozinho aqui durante o inverno. Normalmente, não converso sobre assuntos pessoais com os hóspedes, mas até eu tenho certo carinho pelo homem. A cada quinze dias, mais ou menos, dou carona para ele ir fazer umas compras, e começamos a tomar café juntos depois. O sr. Townsend me lembra muito o meu avô, com os óculos de leitura finos e o sorriso lento e pensativo. Ele tem doença de Parkinson e, a cada ano, tem mais dificuldade com os sintomas, mas continua perseverante.

— Hum — diz Izzy, tamborilando no lábio inferior com os dedos. — Tá. Deixa comigo.

A sra. SB sorri, já se afastando outra vez.

— Essa é minha frase favorita. Obrigada, querida!

Fico observando Izzy. Ela acomoda o sr. Townsend no sofá perto da janela e agacha na frente dele enquanto os dois conversam. Vejo como ela o escuta com cuidado, a gentileza com que explica a situação, e a forma carinhosa como ele a encara. Eles acabam conversando sobre a Saga do Anel — parece que todo mundo por aqui só está falando sobre isso, para minha irritação.

— Eu entendo por que esse projeto é tão importante para você, Izzy — diz ele, o que faz com que eu me aproxime um pouco mais para conseguir ouvir melhor, mas então ele começa a falar sobre a esposa. — Acho isso adorável. A minha Maisie gostava muito da aliança até o dia em que ela foi tirada de mim. — Ele se acomoda no assento enquanto a chuva começa a cair contra o vidro da janela atrás dos dois. — Quando nós começamos a nos conhecer...

Eu desvio o olhar. Entendo o motivo de a sra. SB querer que fosse Izzy a conversar com ele. As pessoas amam Izzy de graça. Eles não veem a Izzy que eu vejo o dia inteiro — não sabem como ela pode ser maldosa e intransigente.

Pelo visto, Izzy é absolutamente perfeita para todo mundo, menos para mim.

Os planos de Charlie para o pedido ficam mais exagerados conforme o dia vai passando. Ao anoitecer, nosso único jardineiro está arrumando fogos de artifício no canto do gramado, Arjun está procurando um tipo muito específico de champanhe nas redondezas e diversos membros da família Matterson e Tanaka estão reunidos no bar para uma celebração surpresa depois do jantar particular de Charlie e Hiro sob a pérgola.

Fico agradecido por estar do lado de fora por alguns instantes. Não diria que é tranquilo — Izzy veio comigo, mas as gotas de chuva da tarde cintilam nas árvores ao nosso redor, e o ar está fresco e agradável enquanto a noite cai.

Quando me mudei para cá, nunca imaginei que amaria tanto essa floresta. Achei que seria uma coisa pitoresca, talvez, mas não percebi o tipo de sentimento que algo tão antigo e bonito provocaria. É fácil encontrar tranquilidade em um lugar que é um milênio inteiro mais antigo que você.

— Acho que não está com cara de *pedido de casamento*. Precisamos aumentar o brilho da coisa — diz Izzy, dando um passo para trás a fim de avaliar a pérgola, inclinando a cabeça para o lado de forma crítica.

Solto o ar pelo nariz. Izzy anula qualquer propriedade calmante de New Forest. Minha pressão arterial já está subindo.

— Por que um pedido de casamento precisa de brilho?

A pérgola está chique — com velas, flores e pisca-piscas pendurados entre os oito pilares de carvalho.

— É um momento enorme na vida de alguém! Precisa ser épico — diz Izzy, e então, quando me vê revirar os olhos, acrescenta: — Ah, deixa eu adivinhar, você odeia pedidos de casamento? E alegria? E amor?

— Eu não odeio alegria e amor. Nem pedidos de casamento. Larga esses pisca-piscas — digo, exasperado. — Você vai arruinar o ambiente. Já temos luzes.

Qual a obsessão dessa mulher com essas coisas? Se tudo fosse do jeito dela, nós andaríamos pelo hotel parecendo árvores de Natal.

— Não tem luzes o *suficiente* — decreta Izzy, subindo a escada para pendurar ainda mais. — E eu não acredito em você. Eu literalmente não consigo imaginar você pedindo alguém em casamento. Você seria tipo... — Ela para de falar. — Tá, não vou tentar fazer um sotaque brasileiro. Mas você falaria algo muito factual, tipo, "Por que não nos casamos? Vou listar todos os motivos para mostrar que isso é uma boa ideia".

— Agora repete com o sotaque — digo, enquanto me aproximo para ficar embaixo da escada. Sem dúvida, se ela caísse e quebrasse algum osso, isso de alguma forma seria minha culpa. — E aí eu posso te contar como eu faria um pedido de casamento.

Aquilo parece pegá-la de surpresa — suas mãos hesitam no pisca-pisca e ela olha para baixo. Sustento seu olhar depois de um dia inteiro evitando encará-la a qualquer custo.

Os olhos dela são surpreendentes. Era de se esperar que, pela cor da pele e do cabelo, os olhos seriam castanhos ou cor de mel, mas são verdes como folhas de palmeira, com cílios compridos e charmosos. Izzy é "fofa". É assim que os homens a descreveriam — ela é pequenininha, com bochechas redondas e um nariz de botão. Fofa, e não sexy. Até encará-la nos olhos, aí qualquer um muda de ideia rapidinho.

— Não vou fazer o sotaque — diz ela, depois de um instante, voltando a atenção para o pisca-pisca.

— Tá bom.

— Não vou. É tão ruim que vai ser ofensivo.

— Tá bom.

Ela espera. Eu espero.

— Ai, tá, pelo amor de Deus. *Por que não nos casamos...* — Izzy começa a dizer, e então, quando eu solto uma gargalhada, ela acrescenta: — Foi bom! Achei que estava bom!

— Começou meio espanhol — comento, me endireitando e fungando enquanto tento recuperar o fôlego. — E ficou australiano no final.

Mesmo sob a luz fraca, consigo ver que ela está corada de tanta vergonha, e eu abro um sorriso, sentindo meu humor melhorar muito.

— Cala a boca, Lucas. Agora é sua vez. Como você pediria alguém em casamento? — pergunta ela, descendo da escada e seguindo em direção ao próximo pilar.

— Não seria assim — respondo.

Com todos os aquecedores externos ligados e a mesa toda bonita, esse tecnicamente seria um lugar ideal para um pedido de casamento. Só que a situação também parece meio travada.

— É muito...

— Espontâneo? Romântico? — sugere ela, subindo na escada outra vez enquanto o vermelho se esvai da bochecha.

— Espalhafatoso demais. E se o Hiro falar não? Metade da família já está esperando os dois no restaurante.

— Você *gosta* de ser estraga-prazeres, né? Nós estamos ajudando a criar algo mágico aqui, e você aí falando do Hiro partir o coração do Charlie.

Eu ignoro o comentário, me sentindo reconfortado — como vai acontecer muitas vezes — só de lembrar de Izzy tentando fazer um sotaque brasileiro. Ela é obstinadamente ingênua com esse tipo de coisa. Só estou sendo realista.

— Enfim, pedir alguém em casamento é uma pergunta — diz ela, por cima do ombro, equilibrada em um pé só para encaixar o pisca-pisca na viga mais distante. — Então sempre existe uma chance de a outra pessoa falar não.

— Se existe uma possibilidade de ela dizer não, então eu não faria a pergunta — digo.

Aquilo me parece óbvio, mas Izzy hesita enquanto desce a escada, me encarando.

— Você já saberia que ela diria sim? E qual é a emoção disso?

— Um pedido de casamento é um acordo — respondo. — É um compromisso de uma vida toda. Não se faz isso só por impulso.

— Bom, pelo menos isso faz sentido — diz Izzy, seca. — Eu nunca vi você fazer nada por impulso. Liga pra mim, por favor?

Eu ligo as luzes, um mau humor florescendo de repente no estômago. O que tem de tão bom nos impulsos? Não é só outra palavra para inconsequência?

— O que você iria querer, então? — pergunto a ela, enquanto damos um passo para trás e admiramos o efeito completo. — Iria gostar de ser pega de surpresa?

— Não, claro que não, eu só ia querer que fosse algo romântico, não o tipo de coisa combinada e acordada antes, sabe? Aaah, eles chegaram! — sibila ela, verificando se o aquecedor externo mais próximo está funcionando e, com a outra mão, acendendo a vela no centro da mesa.

Pedimos para Ollie servir o jantar não mais de quinze minutos depois que Charlie e Hiro estivessem sentados. Charlie quer fazer o pedido no começo da refeição, para que possa aproveitar o jantar. Ou — não consigo evitar o pensamento — para que tenha tempo de sair correndo se Hiro o rejeitar.

— Vai! Vai! Vai! — sussurra Izzy.

Ela corre na direção da floresta. Acompanho com os olhos o movimento de seu cabelo esvoaçante e das solas brancas do tênis antes de calmamente andar atrás dela. Correr é completamente desnecessário. E outra, ela está indo em uma direção totalmente aleatória. Hesito quando chego no caminho que me levará de volta para o hotel e a noite que eu tinha planejado aproveitar sozinho: ir para casa, esquentar um prato de feijoada que deixei no congelador e comer enquanto assisto a um episódio de *A Grande Família*. É o que eu sempre faço nas quintas-feiras. A cada dois meses, cozinho uma panelona gigante de feijoada especificamente para essa ocasião.

É uma coisa segura e confortável. Uma pequena alegria em uma semana estressante.

Se eu seguir Izzy floresta adentro, desconfio que não vou ter uma noite segura e confortável. Hesito mais um pouco, escutando Charlie e Hiro se acomodarem nos assentos: o murmúrio alegre de Hiro, a risada nervosa de Charlie.

Então saio do caminho.

Izzy

Já estou subindo na árvore quando percebo que Lucas me seguiu. Ele é surpreendentemente sorrateiro, de verdade.

— Izzy, você está subindo numa árvore?

O tom dele é seco e inexpressivo como sempre. Eu me remexo apoiada no galho para conseguir ver melhor, ignorando a umidade que encharca minhas roupas. Entre as árvores, a pérgola está iluminada em tons de amarelo e dourado, e se Lucas calasse a boca, eu conseguiria ouvir tudo o que Hiro e Charlie estão dizendo.

Esse lugar fica tão lindo durante a noite. Se New Forest parece um bosque de conto de fadas durante o dia, à noite é cheio de duendes e bruxaria. Não importa quão úmido ou frio esteja, sempre existe algo mágico no ar. Certa vez, vi uma coruja branca dar um rasante entre as árvores bem na minha frente enquanto andava para casa, seu rosto pálido e os olhos arregalados de surpresa virados na direção dos meus. E o céu noturno aqui é deslumbrante: muitas estrelas, tão volumosas e iluminadas quanto glitter derramado.

— Izzy, eu ouvi alguma coisa nessa árvore. É você? Ou algum gato?

Eu bufo.

— Ah, então é você. O que está fazendo?

— Dá pra ficar quieto? Estou tentando ver!

— Você subiu em uma árvore para espionar o pedido de Charlie?

— Sim, óbvio.

— Isso é um momento particular de duas pessoas que você não conhece.

— Tenha dó. Não é como se eu estivesse fazendo uma live. Awn, isso é tão *adorável*.

— O que é adorável?

— Ele... ah, meu Deus, isso é fofo demais.

— O que é fofo demais?

— Dá pra calar a boca ou subir logo?

— Eu não vou subir nessa árvore.

Um silêncio breve e maravilhoso paira sobre nós. Entre os galhos, a luz ilumina o rosto de Hiro enquanto ele leva a mão até a boca, chocado e fascinado, e eu sinto meus olhos se encherem de lágrimas. Lucas é tão cínico. Esse pedido é exatamente o que Hiro queria, e com certeza eles vão viver felizes para sempre.

— Me conta o que está rolando — pede Lucas.
— Você está me zoando?
— Você quer mesmo que eu suba na sua árvore?

Bom, é uma árvore meio pequena.

— Tá bom. Ele disse sim. Eles... awn...
— Você é horrível nisso.
— Você quer o quê, uma narração de partida de futebol?
— Seria perfeito.
— E ele está se inclinando, o anel já está no dedo de Hiro, não posso acreditar, e é gol pro Charlie! Ele conseguiu! Charlie Matterson pediu Hiro Tanaka em casamento, e Hiro aceitou. Hoje, aqui no gramado do Mansão Forest Hotel & Spa, Charlie mostrou ao mundo do que ele é capaz, e... ah, ele se aproxima para outro beijo! A plateia vai à loucura!
— Por favor, para com isso.

Comecei a ter um acesso de riso sozinha. Eu me desvencilho do galho da minha árvore e desço para outro mais baixo, e então pulo para o chão com um pouco menos de graciosidade do que eu desejava; acabo tropeçando e preciso me agarrar em um apoio, que no caso é o braço de Lucas, embora seja difícil diferenciá-lo do tronco de uma árvore, justiça seja feita.

Ele se afasta de mim na escuridão como se eu o tivesse queimado.

— O quê?! — exclamo, antes que consiga me impedir. — Eu não sou contagiosa.

É difícil decifrar a expressão dele — no chão, as luzes da pérgola são bloqueadas pelas árvores, e ele é uma figura sombria, delineada em dourado-escuro.

— O que foi que eu fiz de errado dessa vez? — pergunta Lucas, sem parecer rancoroso.

O chão da floresta está molhado, com o musgo encharcado da chuva de hoje. Começamos a caminhar de volta em direção ao hotel, desviando da clareira com a pérgola para dar mais privacidade a Charlie e Hiro. Nosso dever aqui está oficialmente cumprido — o resto cabe a Arjun, Ollie e os garçons.

— Você sinceramente me acha tão repulsiva assim? Sério mesmo?

Olho para o perfil de Lucas, o contorno duro da testa e do maxilar, as linhas precisas do corte de cabelo.

— Você uma vez disse que não queria chegar a dois metros de mim, "com ou sem pandemia" — diz ele. — Só estou respeitando sua vontade.

Estremeço. Eu de fato falei isso. Parece mais grosseiro do que engraçado na voz dele. Eu me forço a lembrar que esse foi o homem que leu o cartão de Natal em que eu confessava meus sentimentos por ele e *riu* disso. Não preciso me sentir mal por ofendê-lo.

— Foi logo depois que você me dedurou pra sra. SB falando que eu tinha quebrado a quarentena para fazer aquele casamento. Eu fiquei com raiva — digo, olhando para o caminho.

Estamos iluminados pelos balizadores no chão do jardim — eles brilham contra os sapatos ridiculamente engraxados de Lucas a cada passo.

— Eu não te "dedurei". Eu simplesmente mencionei minha preocupação, porque se você tivesse continuado arriscando a saúde de todo mundo no hotel para agradar um ou outro hóspede, você poderia ter acabado nos interditando.

— Era o dia do casamento deles — me justifico, e lá vem a maré de frustração que sempre sinto quando passo muito tempo com Lucas. — Eles queriam a família inteira presente, e tudo que fiz foi encontrar uma solução inovadora para celebrar com mais do que quinze pessoas *sem* tecnicamente todas estarem...

— Já passou — diz ele, cedendo quando chegamos ao gramado. — Nós já concordamos em discordar sobre isso estar certo ou errado.

Cerro os dentes. Estamos quase no estacionamento do hotel. É quase hora de fechar a porta no meu lindo carrinho Smart azul-celeste, colocar o álbum natalino de Harper Armwright para tocar e dirigir para longe de Lucas em velocidade máxima.

Meu telefone vibra na minha mão, acendendo a tela, e nós dois olhamos para a notificação. É um e-mail da sra. SB. Assunto: "Quinze mil libras de recompensa de Eric Matterson?!?!"

— Cacete — sussurro, parando onde estou e abrindo o e-mail.

Novo plano, diz o e-mail. *Devolvam todos os anéis. Se tivermos uma única outra recompensa igual a essa, vale cada centavo do esforço. Uau. Você é um gênio, Izzy. PARABÉNS!! Bjs.*

— Bem — diz Lucas, ficando tenso e voltando a caminhar para o estacionamento —, você de fato recebeu o crédito.

— Sim — concordo. — Fui eu que consegui, então... — Preciso dar dois passos de cada vez para alcançar o ritmo de caminhada dele. — Não fique com inveja. Agora isso virou missão do hotel. Você é oficialmente parte da Saga do Anel.

Ele aguarda um momento demorado antes de responder.

— Foi *mesmo* uma baita recompensa.

— Espera aí, isso foi uma confissão de que a Saga do Anel é uma ideia excelente e a partir de agora você vai me ajudar?

— Você não fez isso esperando receber uma recompensa.

— Fiz porque parecia a coisa certa a fazer, e uma boa ação para o universo gera uma boa ação de volta para nós. — Abro os braços assim que passamos pela cerca viva e entramos no estacionamento. — Não é a mesma coisa?

Ele me encara, inexpressivo.

— Espero muito que você não acredite de verdade que o mundo funciona assim.

Eu definitivamente acredito, então reviro os olhos para ele. Lucas diminui o passo, e eu olho para o carro dele. É um daqueles carros escuros e elegantes com janelas fumê, o tipo de carro que um supervilão teria. É a cara dele.

— E respondendo sua pergunta, sim, vou ajudar você nesse... projeto do anel — diz ele. — Já que a sra. SB quer que isso seja feito. E não. Eu não acho que você é repulsiva.

Ergo as sobrancelhas, chocada. O rosto de Lucas está virado na direção do hotel, com as lindas janelas do século XVIII brilhando em um tom de dourado. Aproveito a oportunidade para olhar de verdade para ele. As sobrancelhas são linhas duras, unidas em sua carranca habitual, mas os lábios são surpreendentemente cheios. Ele tem o tipo de boca larga e macia que seria descrita como *expressiva* caso pertencesse a alguém que possuísse mais do que uma única expressão.

— É uma das muitas coisas em você que me irrita — diz ele.

Minha intenção é rir e aproveitar o momento para me afastar. Só que ainda estou olhando a luz e as sombras que dançam pelo rosto dele, e, em vez disso, por impulso, eu me vejo respondendo:

— Isso vale pra você também, Lucas da Silva. Você é tão bonito que chega a ser ofensivo.

Aquilo claramente o pega de surpresa, o que *me* pega de surpresa — quer dizer, ele sabe que eu gostava dele. Além do mais, ele é tão obviamente gostoso que não pareceu ser uma coisa muito reveladora a se dizer — é como falar para Lucas que ele é alto ou mal-humorado. Ele sacode as chaves do carro na mão, e percebo que está sem graça, o que me deixa um pouco excitada. De repente, sinto vontade de fazer algo arriscado. Fazia um tempo que não sentia uma onda assim de ousadia, e tinha me esquecido do quanto poderia ser *divertida*.

— Se você vai me ajudar com a Saga do Anel — digo —, quer deixar as coisas um pouco mais interessantes?

— Interessantes... como? — pergunta Lucas, ainda balançando as chaves.

Pego as minhas próprias chaves do bolso, as luzes do Smart acendendo na escuridão do estacionamento quando aperto o botão de destrancar. Talvez eu precise fugir depois dessa conversa.

— Uma aposta. Quem devolver o próximo anel ganha.

O vento sopra pelo estacionamento, sacudindo os arbustos, fazendo com que uma solitária garrafinha de plástico se esconda embaixo dos carros.

— Ganha o quê? — pergunta Lucas.

— Bom... o que você gostaria de ganhar?

As chaves dele param de balançar. Do nada, ele fica extremamente imóvel.

— O que eu gostaria?

— Aham.

O ar agora parece mais frio, e a brisa, mais incisiva. Lucas parece um felino selvagem prestes a dar o bote.

— Quero um dia — diz ele. — Um dia em que você faça as coisas do meu jeito. Eu vou dar as ordens. E você obedece.

— Você amaria isso, né? — digo, com um tom irônico, mas fico sem fôlego.

Ele me encara com seus olhos escuros e brilhantes.

— Se você ganhar, pode ter a mesma coisa.

Lucas à minha disposição, concordando com tudo que eu disser, fazendo tudo do meu jeito? Parece bom demais até para imaginar. E estou confiante que consigo devolver um anel antes dele. Esse tipo de desafio é feito para mim — Lucas vai tentar usar estatísticas e planilhas, mas esse projeto tem a ver com entender *pessoas*. Ergo o queixo, afastando aquela sensação estranha e ao mesmo tempo quente e gelada que dominou meu corpo quando me deparei com o olhar firme de Lucas.

— Combinado — declaro, estendendo a mão para que ele a aperte.

Nossas mãos se encontram com força. A sensação dos dedos dele na minha fazem meu coração acelerar, como naquele momento logo antes de uma corrida — você ainda não começou a correr, mas sabe que vai precisar.

Lucas

Chego no hotel na manhã seguinte e vejo que Izzy já está aqui, e esparramou uma variedade de meias em cima do balcão. Depois de um instante, concluo que ela está tentando encontrar o par de cada uma, o que me parece um desperdício de tempo imenso —, mas, até aí, Izzy ama fazer o que chama de "superar expectativas".

— Resolvi o seu problema com a sra. Muller — diz ela, sem se dar ao trabalho de me cumprimentar primeiro.

Um dos pedreiros diz "Oi, Izz!" quando entra, ainda tragando um vape, e ela oferece um sorriso largo e um tchauzinho, e tudo isso me irrita. Embora tenha passado duas horas na academia, estou no limite — uma sensação que já dura a semana inteira. Sem dúvida é o estresse de trabalhar nos mesmos turnos de Izzy Jenkins.

— Não é o *meu* problema com a sra. Muller — digo, propositalmente passando as roupas empilhadas em cima da minha cadeira para a pilha dela, que parece prestes a cair. — Qualquer problema que a sra. Muller tenha é problema de todos nós.

A Tadinha da Mandy deixou um bilhete dizendo que Louis Keele pediu para que ligássemos para acordá-lo às 8h15 da manhã, então telefono para o quarto dele e desligo logo depois, o mais rápido possível — ele responde com um grunhido sonolento —, e aí espero Izzy me contar o que ela fez. Ela só continua separando meias, cantarolando para si mesma "Bad Habits", do Ed Sheeran. Ela deixou um Post-it grudado no meu teclado avisando alguma coisa sobre tinta na despensa, mas, como sempre, a caligrafia dela é totalmente ilegível. Izzy também deslizou o pote de canetas para o lado dela do balcão, quando deveria estar bem no meio. Fico mais irritado do que deveria por essas duas coisas. Talvez precise voltar para a academia depois do trabalho.

— E então? — pergunto.

— E então o quê?

— O que você resolveu com a sra. Muller?

Ela sorri, satisfeita, e pega o celular, abrindo uma foto das manchas de tinta no quarto da sra. Muller. Eu fico encarando, tentando entender, até ela se inclinar mais para a frente e dar zoom num cantinho em meio à bagunça. O cabelo dela cai para a frente do ombro, com as mechas verdes e azuis que escolheu para hoje, e eu cometo o erro de respirar. Ela cheira a canela outra vez.

— Está vendo? — pergunta Izzy.

Eu me aproximo mais, minha cabeça apenas a centímetros da dela. Vejo uma plaquinha presa na parede, em que se lê: "*Quando a musa chama*, por M. Muller, dezembro de 2022." É exatamente como aquelas placas que são colocadas ao lado de obras de arte no museu.

— Ela ficou emocionada — diz Izzy. — Honrada, de acordo com ela. Vai querer ficar no "quarto dela" no hotel todos os anos a partir de agora.

— Então vamos deixar a bagunça lá?

— É arte! — protesta.

Uma mensagem aparece no topo da tela do celular de Izzy: *Sameera diz: Dá pra você só foder ele com raiva num quarto vazio do hotel logo?*

Ela aperta o botão para a tela ficar preta e se afasta de mim imediatamente.

— Hum — murmura ela.

Eu me sento, voltando minha atenção para o computador, mas meu coração está acelerado. Quem essa Sameera pensa que Izzy deveria estar fodendo com raiva? Não conheço ninguém no hotel de quem Izzy tem raiva a não ser... eu.

— Acho que você viu isso — diz Izzy, separando as meias com entusiasmo até demais. Uma delas voa para o outro lado do balcão e pousa no tapete. — A mensagem.

— Vi — confirmo, olhando a caixa de entrada do e-mail do hotel, e então voltando para cima para ler as mensagens não lidas outra vez, porque acho que não absorvi nem uma única linha.

— Não é... A esposa do meu amigo Grigg só faz uns comentários muito inapropriados. Não vou foder ninguém. Definitivamente não com raiva. Transar quando se está com raiva nunca é uma boa ideia. Não que seja da sua conta.

— Eu não perguntei nada — replico, mantendo o tom mais seco possível.

Forço meu coração a desacelerar. A mensagem provavelmente se refere a alguém que não está no hotel. Só porque mencionou um quarto de hotel não significa necessariamente que seja sobre um dos colegas de trabalho de Izzy.

— Bom dia, Izzy. Lucas.

Louis Keele. Eu lhe dou um sorriso educado e então volto o olhar para a caixa de entrada do e-mail. Izzy pode lidar com ele. Ele quer Izzy, de qualquer forma. Escrevo alguns e-mails para possíveis proprietários de anéis, e logo depois o resto dos pedreiros aparece, sujando o saguão de lama fresca atrás de Louis. Pego o telefone e ligo para o pessoal da limpeza, mas Dinah aparece como se tivesse sido invocada por aquela falta de educação, fazendo uma carranca para os pedreiros e já carregando um esfregão.

Eu gosto de Dinah. Ela nunca supera expectativas — ela só as cumpre, e eu a respeito muito por isso.

— Queria só avisar uma coisa — diz Louis.

Ergo o olhar outra vez. Louis não é um homem grande ou particularmente impressionante, mas é o tipo de cara que me deixaria à beira de explodir se eu já não estivesse no limite. Ele é seguro de si e tem o tipo de charme caloroso que torna as conversas fáceis. Em outras palavras, é muito diferente de mim.

— Sr. Townsend, o cara bonzinho com o tremor? Quando estava saindo do quarto, eu o ouvi murmurando sobre esse "lugar horrível" e como vai ser "um Natal e tanto". — Louis faz uma cara de empatia. Ele é sempre muito mais legal quando Izzy está por perto. — Desculpe, só achei que talvez vocês quisessem um aviso antes de...

Nós todos nos viramos quando o sr. Townsend aparece. Ele está visivelmente chateado, com a cabeça baixa e parecendo meio atrapalhado. Desvio o olhar — suspeito que o sr. Townsend não goste que o encarem — e vejo o celular de Louis, que está nas mãos dele em cima do balão. Noto uma foto do saguão na tela. Franzo a testa.

— Ai, Deus — murmura Izzy, saindo de trás do balcão. — Obrigada, Louis. Agradeço muito. Sr. Townsend? Como o senhor está hoje?

— Ela é boa — comenta Louis, observando Izzy acalmar o sr. Townsend.

Ele se inclina mais no balcão e começa a jogar as meias na frente dele em uma pilha. Isso vai irritar Izzy, então não o interrompo.

— Ela nasceu pra isso — continua, lançando um olhar de soslaio para mim.

— E ela é bem bonitinha também.

O mau humor que sinto acumulado no meu peito começa a se inflar ainda mais.

— Estou pensando em investir, sabe — diz Louis, antes que eu possa responder. — Na Mansão Forest.

— Ah. Que boa notícia.

Talvez seja por isso que ele está tirando fotos. Eu deveria ficar feliz que ele está considerando investir, mas não consigo deixar de me perguntar o que ele faria com o hotel se pudesse interferir em como as coisas funcionam nesse lugar.

— Hum. Acho que tem potencial — continua ele, ainda observando Izzy enquanto ela leva o sr. Townsend para uma poltrona, com a cabeça baixa, escutando, atenta. — Meu pai ama construções desse tipo, bem antigas, sabe, que têm história.

— É um hotel muito especial — digo, em tom formal.

Não posso deixar de notar que Louis parece bem mais interessado em dar uma olhada no decote de Izzy do que em contemplar seu futuro investimento.

— Sim. Com certeza. O prédio tem muito potencial para reformas. Hum. Ela tem um corpão também, né? — acrescenta ele, inclinando a cabeça para o lado.

O prédio tem muito potencial para reformas? Mordo a parte interna da bochecha com tanta força que começa a doer. Isso parece algo que se diria se estivesse comprando uma mansão, e não investindo em um hotel. É isso que Louis quer? E será que os Singh-Bartholomew venderiam, agora que bateu de vez o desespero?

Olho para o que digitei no rascunho do e-mail para um potencial cliente interessado em fazer um casamento aqui. "Hiog[rwJIPR;Wkgk." Sim. Se existisse uma palavra para esse sentimento agora, provavelmente teria essa aparência. Louis não vê um motivo para Izzy não querer a atenção dele, assim como não vê motivos para não fazer o que bem entende com esse lindo hotel, e isso faz meu sangue ferver.

— Melhor eu ir. Foi bom o papo — diz ele, dando uma piscadela para mim ao ir embora.

Ele desvia do sr. e da sra. Hedgers, que estão a caminho do quarto com as crianças, murmurando furiosamente entre si. Izzy provavelmente tentaria descobrir o que está acontecendo. Eu os observo se afastarem. Acho que preferem ficar sozinhos.

Olho de volta para a tela, meu coração desacelerando. Um novo e-mail aparece na caixa de entrada, e eu clico nele.

Meu Deus!, diz a mensagem. *É minha aliança de casamento, sim! Posso ir na segunda-feira aí buscar? Meu marido vai ficar superfeliz!*

— Porra! — murmuro, já digitando a resposta.

Izzy

Eu me deito na cama, puxo o notebook para o colo e pego meu chá. É uma mescla com especiarias que compro a granel — dá um trabalhão preparar, mas eu amo, e ultimamente faz parte de um ritual nas minhas raras e preciosas noites de descanso. Abro a Netflix, procurando alguma novidade, mesmo consciente de que vou acabar revendo *Jovens Bruxas*, e cometo o erro de olhar o celular. Sessenta e oito mensagens não lidas em sete grupos.

Sou uma pessoa sociável. Sempre tive muitos amigos, e é exatamente assim que eu gosto, mas, nos últimos tempos, tenho sentido que só olho o WhatsApp por obrigação. Que respondo só para me livrar das mensagens, e não porque quero mesmo saber como andam os filhos dos meus antigos colegas, ou o que uma amiga da escola está achando do trabalho novo.

Um ex-namorado uma vez me disse que eu coleciono gente e não abro mão de ninguém, e o comentário me impactou muito. Na época, eu disse para ele que amigo nunca é demais e que lealdade não é ruim, mas, depois de tudo o que aconteceu ano passado com Drew, comecei a ver a situação com outros olhos.

Assim que a conheci, eu soube que nos daríamos bem. Ela queria alugar um quarto no meu apartamento, e quando se apresentou, com um sorrisão engraçadinho e óculos quadrados fabulosos, eu me apaixonei. Eu estava de licença e precisava do dinheiro, e sabia que quem se mudasse para o quartinho passaria muito tempo comigo — era o perigo de dividir apartamento durante o lockdown. Ela parecia tão divertida que eu relaxei imediatamente.

E Drew sabia mesmo ser divertida quando queria. Por exemplo, quando estava tentando alugar o quarto no meu apartamento. No entanto, depois de ela assinar um contrato de doze meses, virou outra pessoa. Eu me esforcei muito para redescobrir esse lado dela. Tentei animá-la quando ela resmungava de tédio no meu sofá; cedi aos pedidos dela para mudar a decoração do apartamento porque parecia "muito infantil" e "muito cor-de-rosa" no fundo das chamadas de vídeo. Basicamente, eu estava tão determinada a ser amiga da minha colega de apartamento que aguentei quase doze meses de palhaçadas sem fim. Até que Drew beijou o homem do qual ela *sabia* que eu gostava, e eu percebi que estava me esforçando por alguém que pouco se lixava para mim.

Minha perspectiva começou a mudar no ano pós-Drew. Talvez eu não precise manter todo mundo na minha vida a qualquer custo. Talvez não precise viver cercada de gente, que nem quando meus pais morreram. Algumas pessoas sempre me trazem felicidade — Jem, Grigg, Sameera. Porém, lendo minhas conversas mais recentes, me pergunto com quem de fato quero falar dessa lista, e a resposta é meio chocante. Não quero ver praticamente ninguém.

O celular toca na minha mão e eu solto um gritinho de surpresa, derrubando chá no edredom.

— Merda — digo, me secando ao atender a chamada de vídeo.

— Oi — diz Grigg, sem se incomodar por ser cumprimentado com um palavrão.

É difícil perturbar Grigg: ele é o pai exausto de um bebê de sete meses que acorda cinco vezes por noite — e, mesmo assim, se mantém inabalável. Nós nos conhecemos quando passamos as férias trabalhando no pub Fazendeiro Feliz perto do bosque e, mesmo aos dezesseis anos, ele já agia como um idoso pacato. Lembro de uma vez que o vi derrubar uma bandeja cheia de tulipas de chope: ele ficou parado um momento, olhando pensativo para aquele desastre, e então disse: "Quer saber, Izzy, acho que isso não é pra mim." Hoje em dia, ele é contador e ama o que faz.

Sameera, esposa dele, aparece no fundo e acena para mim com uma fatia de pizza na boca.

— Oi, amiga! — cumprimenta, mastigando.

— Como vai meu afilhado predileto? — pergunto.

— Está dormindo! Na hora de dormir!

— Maravilha!

— Não é? O Recepcionista Sexy Carrancudo viu mesmo a mensagem do Grigg? — pergunta Sameera, já rindo.

— A mensagem não era minha — diz Grigg. — Estava apenas transmitindo uma mensagem sua. Nunca falei "foder com raiva" na minha vida.

— Não ri, Sam! — digo, mas estou rindo junto com ela, que chega a tremer atrás de Grigg. — Foi a maior vergonha!

— Será que ele sabe que eu estava falando dele? — questiona Sameera, saindo da frente da câmera.

— Sei lá — respondo, e pego uma almofada para esconder meu rosto. — Eu obviamente tentei disfarçar para ele não perceber. Eu nem quero foder com ele! Foi *você* que falou, não eu! Mas agora ele vai achar que eu quero.

— E não quer mesmo? — pergunta Grigg.

Ele está mordiscando um pedaço de borda de pizza. Nos raros períodos em que o bebê, Rupe, está dormindo, eles costumam fazer tudo ao mesmo tempo — tenho quase certeza de que Sameera está botando roupa para lavar.

— Você não escreveu aquela carta de amor para ele no Natal passado? — insiste ele.

Sameera, fora do campo de visão, joga um monte de roupa suja em Grigg. Ele mal se esquiva.

— Grigg!

— Não foi uma carta de amor — respondo. — Foi um cartão de Natal, e, sim, eu já fui a fim dele, mas tudo que contei naquela mensagem pra você foi que estava rolando um *clima*... Mas nem por isso eu quero ficar com ele. A gente ainda se odeia.

— Você não precisa gostar dele para estar a fim dele — diz Sameera.

— Não? — pergunta Grigg, sem emoção.

— Eu não estou a fim dele — digo, mas, no mesmo instante, sei que é mentira.

No fundo, eu sei que não queria me cobrir quando Lucas me viu seminua pela porta do Achados e Perdidos, e que, se não sentisse atração por ele, teria gritado e saído correndo que nem um ratinho assustado.

— Ai, que merda — solto, escondendo a cara na almofada de novo.

— Eu acho isso bom! — diz Sameera. — Você sempre gosta de uns caras tão...

— Fracassados — conclui Grigg.

— Como é que é?

— Causas perdidas, caras que moram em porões escuros, homens com sonhos ambiciosos que vão começar a concretizar no ano que vem, quem sabe — define Grigg, antes de dar uma mordida na pizza.

— Ei! — protesto, mesmo que ele tenha acertado na mosca.

Penso em Tristan, que morava em cima da garagem dos pais, e em Dean, que queria abrir uma start-up, e faço uma careta.

— Grigg está certo — diz Sameera, animada. — O Sexy Carrancudo é motivado e ambicioso! É bem mais a sua cara! Você não tinha dito que ele perdeu o antigo emprego porque o lugar fechou, e que conseguiu uma vaga no seu hotel, tipo, *dias* antes de o visto vencer?

— Foi isso, sim — respondo, mordendo o lábio.

É uma das raríssimas informações que sei sobre a vida pessoal de Lucas — ele acabou contando durante uma conversa sobre as regras do lockdown. Graças a Deus essa época acabou. A gente discutia ainda mais quando as orientações do Governo mudavam a cada semana.

— Ele é motivado, sim. E também é o maior bundão — lembro.

— Tem bundão, é?! — exclama Sameera, e volta correndo para a frente da câmera, carregando uma pilha de roupas.

— Ele é um bundão, Sam — corrijo, e rio quando vejo a decepção em seu rosto. — Juro que não estou mais interessada em Lucas depois do que aconteceu no Natal — continuo, e levanto a mão quando os dois abrem a boca para falar. — Mas *reconheço* que ainda o acho atraente.

— Então qual é o problema de uma paquerinha? Não precisa ter medo de iludir ou magoar o cara, já que ele te odeia tanto quanto você o odeia. E se a paquera levar a um sexo furioso, maravilha! — diz Sameera, e levanta a mão em comemoração, jogando uma calcinha longe. — Se decidir que não quer transar com ele, aí significa que passou semanas deixando ele nervoso... e maravilha também!

— Bom — cedo, bebendo meu chá —, pensando assim...

— Ei, para que endereço quer que a gente mande seu presente de Natal? — pergunta Grigg, puxando a câmera de volta. — Eu vivo esquecendo de perguntar onde a Jem está morando.

— Pode mandar para cá mesmo — digo, ajeitando o travesseiro atrás de mim. — Eu levo quando for. Nem acredito que vocês dão conta de comprar presentes adiantado assim, enquanto Rupe ainda passa metade da noite acordado. Estão de parabéns.

— Chorei no sofá por uns bons quarenta minutos hoje cedo, meu bem! — responde Sam.

Escuto um baque que imagino ser da máquina de lavar fechando.

— Ai, Sam... Como eu posso ajudar?

Pela milésima vez, desejo que eles não tivessem se mudado para Edimburgo. Se ainda estivessem aqui em New Forest, eu podia lavar a roupa, fazer o jantar, botar Rupe para dormir.

— Que tal ter um caso tórrido e depois me contar tudo? — sugere Sameera, finalmente se jogando no sofá ao lado de Grigg.

Ele a puxa para um abraço e beija sua cabeça.

— Te amo — digo para ela —, mas tórrido não vai dar. Tórrido tem cara de caótico.

— Tórrido tem cara de *empolgante* — corrige Sameera. — Você está precisando de empolgação.

— Minha vida é pura empolgação — replico. — Tá, vou deixar vocês aproveitarem que o bebê dormiu para resolverem as mil coisas que precisam fazer. Tchau, meus amores. Tomara que Rupe durma bem.

— Tomara mesmo — responde Sameera, enfática.

Largo o celular no edredom e me aninho para ver *Jovens Bruxas*, tomar chá e ignorar o WhatsApp. E tento não ficar chateada por Grigg e Sameera terem gargalhado quando falei que minha vida é pura empolgação.

Normalmente, o inverno no hotel é um furacão. Almoços de Natal de empresas, fins de semana de spa entre amigas, casais tirando um tempinho de folga aconchegante e casamentos invernais luxuosos. Agora, está um silêncio desesperador. Em um dia comum aqui, eu sempre cumpro mil papéis diferentes (gerente de relações públicas, animadora infantil, destravadora de janela, o que a crise pedir), mas os papéis do momento não são tão divertidos. Por exemplo, esta segunda-feira estou fazendo uma limpeza profunda no carpete e organizando os guarda-chuvas do Achados e Perdidos, que são *todos* pretos. Preto me lembra enterros — não tenho uma roupa preta sequer, e meu guarda-chuva atual é azul-bebê de bolinhas, mas eu perco minhas sombrinhas com tanta frequência que é difícil lembrar.

O que me motiva no momento é a Saga do Anel. Depois de ligarmos para as mesmas pessoas com minutos de intervalo no sábado de manhã (que vergonha), eu e Lucas decidimos que cada um se concentraria em um anel, para minimizar o risco de nos esganarmos de frustração. A aliança de Lucas é um anel chique, incrustado de diamantes — claro que foi esse que ele escolheu —, enquanto eu escolhi uma aliança de ouro, gasta e antiga. As outras duas joias — o lindo anel de noivado de esmeralda e a aliança estilosa de prata martelada — vão ter que esperar eu ganhar essa aposta com Lucas.

Ele parece estar dando ainda mais azar do que eu. Ontem, escutei alguém gritar ao telefone com ele por "perturbar falando de aliança cinco dias depois de um pé na bunda". Vixe. Sei que eu deveria desejar que ele encontrasse os donos da aliança pelo bem do hotel, e *desejo*, claro, só... quero que *demore* para encontrar.

Volto sorrindo do almoço (sobras de comida com Arjun na cozinha) e noto o sr. Townsend na poltrona perto da janela do saguão. Isso, *sim*, foi um sucesso. Demorei um pouco para entender do que o sr. Townsend precisava na estadia aqui. Primeiro, tentei oferecer uma sessão no spa, achando que ele quisesse silêncio e descanso, mas agora acertei.

As pessoas vêm ao hotel nessa época por vários motivos, e percebi que o do sr. Townsend era exatamente o mesmo que o meu: ele não quer passar o Natal sozinho.

Por isso, o instalei bem aqui, no meio do movimento. Eu o incentivei a não ver os pedreiros como uma interrupção da atividade do hotel, e, sim, como *parte* dela. Agora que sabe que o rapaz alto odeia o do rabo de cavalo, e que o mestre de obras definitivamente está apaixonado pela única mulher da equipe, ele fica bem feliz sentado aqui no saguão, assistindo às presepadas deles — e às nossas.

— Já deu sorte com seu anel? — pergunta o sr. Townsend.

— Quase! Posso trazer alguma coisa para o senhor? Um chá? Um livro novo?

— Estou bem, obrigado. Você perdeu uma ligação — diz ele, indicando a bancada —, mas deixaram recado.

— Vou precisar começar a pagar salário para o senhor — comento, no momento em que Louis chega ao saguão.

— Oi, Izzy — cumprimenta ele. — Que tal aquele mergulho hoje?

Ele está de calça jeans e suéter de lã, com as mãos enfiadas nos bolsos. Tenho a impressão de que há algo em Louis além desse ar de moleque — um charme mais perigoso, talvez. Fico curiosa. Ele é diferente dos caras com quem já fiquei, e, depois da conversa com Grigg e Sameera, estou achando que isso é certamente uma qualidade. Talvez eu devesse investir.

Tento imaginar o que minha mãe diria dele. Meus pais sempre falavam que eu deveria escolher alguém gentil e atencioso — "você precisa é de um homem que sorria fácil", minha mãe me disse uma vez.

Com essa lembrança, me decido.

— Por que não? — respondo, bem quando Lucas sai marchando do restaurante, parecendo furioso com alguma coisa.

Louis sorri.

— Excelente. Nos vemos no fim do seu turno... é às cinco, né?

— Isso, perfeito — digo, antes de voltar a atenção para a carranca de Lucas. — O que foi?

Nós dois andamos nos evitando mais do que nunca desde a interação no estacionamento. Sempre que o vejo, aquela conversa me volta à memória — a intensidade dele, o jeito que Lucas me olhou quando falei que ele era *tão bonito que chega a ser ofensivo*.

— Você me ofereceu de garçom para o almoço da despedida de solteira?

Fecho a boca com força, tentando muito não sorrir. Esqueci que tinha feito isso.

— Você não pode? — pergunto.

— Posso — diz ele —, mas não quero. Você sabe que eu odeio servir grupos grandes. Especialmente de bêbados. *Especialmente* em despedidas de solteira.

— Mas você sempre faz tanto sucesso com elas!

— Se alguém tentar tirar minha roupa, é você quem eu vou processar — diz Lucas, sério.

— Bom, eu vou passar esse tempo separando moedas do Achados e Perdidos e levando para os correios. Podemos trocar, se você quiser.

Eu aponto para os potes de moeda enfileirados na beira do balcão. Lucas os olha.

— Precisa mesmo fazer isso?

— É dinheiro — argumento. — Quer que eu jogue no lixo?

Ele resmunga baixinho e sai batendo os pés para o restaurante. Até que para de andar e se vira, segurando a porta.

— Como anda sua busca pelos donos da aliança?

— Uma maravilha! — digo. — Estou entre cinco finalistas.

Cinco, dezessete... Que diferença faz, né?

— Que bom pra você — responde Lucas.

Eu franzo as sobrancelhas. O tom dele foi muito... simpático.

— E a sua, como vai? — pergunto.

— Uma mulher vem buscar o anel perdido às três da tarde — diz ele, e empurra a porta do restaurante, que deixa fechar ao passar.

Merda.

Olho para o relógio. Dois para as três. A dona do anel de Lucas vai chegar a qualquer segundo. Seria errado se eu interviesse? Trancasse as portas do hotel, só por uns dez minutinhos? Mandasse Lucas resolver alguma urgência e dissesse para a visita que o anel já havia sido recolhido por outra pessoa?

Seria errado, sem dúvida. Mas...

— Nem tente — diz Lucas, sem desviar o olhar dos castiçais de prata que está limpando na outra ponta do balcão.

— Eu não fiz nada!

— Mas você está... *tramando* — responde ele, usando uma palavra em português.

— Não sei que palavra é essa.

— Armando. Aprontando.

— Euzinha? — pergunto, quando ele se vira para mim, e faço minha expressão mais inocente.

— Essa cara não me engana — diz Lucas.

Seus olhos escuros e astutos sustentam o meu olhar. Sinto um frio na barriga. Até que ele se vira bruscamente para a porta quando uma mulher entra no saguão, trazendo com ela um sopro de ar gelado.

— Olá! — cumprimenta Lucas, com um entusiasmo que só o vi demonstrar quando alguém sugeriu atualizar o sistema de reserva de mesas do restaurante. — A senhora é a Ruth?

— Sou eu, sim, oi! — diz a mulher, abrindo um sorrisão.

Fico imediatamente desconfiada. É óbvio que o meu está na reta, mas vejo muita gente nesse trabalho, e desenvolvi certo radar para pessoas problemáticas. Para as que não pagam a conta do bar, que levam coisas do hotel além dos itens de higiene, que imprimem duas vezes o mesmo cupom. E essa Ruth tem a maior cara de encrenqueira, do rabo de cavalo impecável às botas que parecem ser caras, mas não são.

Não acredito que o anel de Lucas pertença a essa mulher. O anel é lindo, mas não é nada glamoroso: os diamantes são minúsculos, e o estilo, bem sutil. Eu diria que uma mulher com bolsa de grife falsificada provavelmente deseja uma aliança que grite seu preço, em vez de uma joia pequena e bonitinha.

— Muito obrigada por vir até aqui — digo, e me levanto com meu maior sorriso. — Imagino que a senhora entenda que precisamos confirmar algumas coisas para garantir que estamos entregando o anel à pessoa certa.

Dou crédito a ela: sua expressão nem muda.

— Claro — diz a mulher, puxando a bolsa um pouco mais. — Precisam do quê? Identidade?

— A senhora tem o recibo do anel? — pergunto.

— Talvez possa apenas nos descrevê-lo — interrompe Lucas, me olhando de soslaio.

Olho para ele e levanto as sobrancelhas. *Jura?*, transmito com a expressão. *Está tão preocupado com ganhar a aposta que está disposto a entregar uma joia valiosa para uma possível impostora? E se causar problemas para o hotel?*

Eu o vejo fechar a cara ao chegar à mesma conclusão.

— Eu comprei em um joalheiro — diz a mulher, passando a mão no cabelo — e não tenho recibo digital. Faz anos, já! Mas posso dizer que é um anel fino de ouro incrustado de diamantes.

Olho de novo para Lucas. A expressão fechada me indica que foi o que ele disse no e-mail inicial.

— A senhora vê nossa saia-justa — digo, ainda sorrindo. — Há algum modo de provar que o anel é seu?

— E dá para provar que não é? — questiona ela, agora com um tom mais duro.

— Talvez possa dizer quando ficou hospedada aqui? — pergunta Lucas.

Ela olha de mim para Lucas e de volta para mim. Engole em seco.

— Em 2020 — diz.

— Ah, puxa. Não foi isso — digo.

— Em 2018? — arrisca ela, a confiança evaporando nitidamente.

— Já sei! — exclamo, e me viro para Lucas. — Podemos perguntar se ela sabe do diamante lascado. Ai, droga — digo, cobrindo a boca.

— Sim! — responde ela, aliviada. — Um dos diamantes estava lascado! Como é que esqueci? Pronto. Não devem ser muitos os anéis que se encaixam nessa descrição, né? E... — continua, abanando a mão sem joias. — Eu definitivamente perdi minha aliança.

Poxa, que pena. Eu me viro para Lucas, que está pestanejando rápido, mantendo a expressão firme.

— Deixo com você? — pergunto, doce, e volto a me sentar.

Mencionar o diamante lascado foi genial, na minha opinião. É claro que não tem diamante lascado nenhum.

Isso foi muito útil. Percebi a vantagem que tenho sobre Lucas nesta corrida, porque meu anel tem algo gravado por dentro. Então, mesmo que ainda me reste uma longa lista de nomes para avaliar, quando encontrar o dono, vou saber que é verdade — e, assim, serei a vencedora, merecerei a glória, e Lucas obedecerá a todos os meus desejos.

Ah, e como vou fazê-lo sofrer.

Lucas

Entrei tarde hoje, então também vou sair tarde. Faz todo o sentido. E as cadeiras ao redor da piscina precisam muito de uma arrumação. Tem revistas aqui de uma época em que a maior preocupação no Reino Unido era se um homem chamado Jeremy Clarkson tinha ou não dado um soco em alguém.

É por isso que estou aqui: para arrumar. Não tem nada a ver com o fato de que Louis Keele está nadando vigorosamente de um lado para o outro da piscina, esperando Izzy chegar para... o que combinaram. O compromisso dos dois. O encontro deles?

— Me traz uma cerveja, Lucas? — pede Louis da piscina, se virando para boiar de costas.

Me traz uma cerveja. Parece até que sou um cachorro. Eu me viro, pronto para rosnar, mas então Izzy aparece na porta do vestiário feminino e eu perco completamente a linha de raciocínio.

— Lucas — diz ela, surpresa, usando um roupão aberto por cima do biquíni. — O que você está fazendo aqui?

Reconheço o biquíni: mora na caixa dela, debaixo do balcão. Notei quando reorganizei a caixa, um gesto que eu sabia que a irritaria, e que acabou parecendo meio sórdido, em parte por causa do biquíni. Não dá para ver um biquíni e não imaginar a dona usando.

E é um biquíni pequenininho. Verde-turquesa com alcinhas finas. No momento, só vejo alguns centímetros pela abertura do roupão, além de um lampejo chocante de pele lisa e clara, mas isso basta para me fazer perder o fôlego. Minha imaginação não chegou nem perto.

Ela está tão diferente... Descalça, com o cabelo preso em um coque, sem os apliques. Há algo de vulnerável nela assim, e sinto uma pontada de uma emoção que, em outro contexto, chamaria de medo. Mas não é, não pode ser — não tenho o que temer.

— Olá — digo, odiando soar tão travado. — Comecei tarde hoje. Então vou sair mais tarde.

Ela semicerra os olhos de leve. Estamos em uma construção de vidro que conecta a casa principal ao spa, onde antigamente ficava o estábulo. O espaço é iluminado apenas por uma fileira de lâmpadas fracas acima da água, então tem muita sombra. Atrás de mim, escuto o som molhado de Louis cruzando a piscina de forma metódica.

— Vai sair tarde... da área da piscina?

— Sim, vou arrumar o spa.

— Hoje?

— É.

Izzy franze ainda mais as sobrancelhas.

— Que joguinho é esse, Lucas da Silva? — pergunta.

— Joguinho nenhum. Estou trabalhando.

— Hum.

Estou suando. Não sei que joguinho é esse, para ser sincero. Agora que me encontro entre Izzy e a piscina, não dá para ignorar como reluto a abrir espaço para ela passar. Não quero que Izzy passe a noite de biquíni com Louis Keele. Não confio naquele homem metido com o futuro desse hotel, e muito menos com Izzy.

O que é ridículo. Engulo em seco e me afasto, voltando a atenção para as revistas todas marcadas nos cestos de vime perto das cadeiras. Quando volto a olhar, ela está largando o roupão em uma espreguiçadeira.

Caralho. Desvio o olhar bruscamente, com o coração martelando até a garganta, de repente com a plena consciência de que eu não deveria estar aqui. Ela não vestiu esse biquíni para mim. Não era para eu ver essa curva macia de cintura nua, as pernas compridas e expostas, a tatuagem minúscula bem na altura do nozinho da parte de cima do biquíni. Vê-la em um contexto tão diferente faz com que seja difícil lembrar que essa é a mesma Izzy Jenkins irritante de sempre, e, sem isso, ela é apenas uma mulher perigosamente linda de biquíni.

— E aquela cerveja, Lucas? — pergunta Louis.

Sei por que ele está pedindo. Não é porque quer uma cerveja. É porque quer que Izzy me veja ir buscar.

— É proibido beber no spa — retruco, seco.

— Poxa. Não dá pra fazer uma exceção? — pergunta Louis.

— Nada de exceção, Louis, nem pra você! — responde Izzy, entrando na piscina. — Vamos apostar corrida!

Louis olha para Izzy, admirado. Sinto outra pontada daquele medo novo e estranho. Enquanto eles apostam corrida, eu o vejo chegar perto de alcançá-la, cortando a água, e dou as costas, seguindo para a área central do spa, por que o que mais eu faria? Assim como ela não vestiu o biquíni para mim, eu não tenho o direito de me sentir assim por causa de um encontro de Izzy.

E eu a odeio, lembro. Eu a odeio e ela me odeia.

Depois de passar uma hora esfregando o piso do spa, tiro a camisa e fico só de regata. Fui e voltei várias vezes — precisava de vários equipamentos da casa principal, e para chegar aqui, só pela piscina. Dessa vez, quando passo por lá para guardar os produtos de limpeza no almoxarifado, Izzy está saindo da piscina, e preciso desacelerar para deixá-la pegar a toalha.

— Como foi seu encontro? — pergunto em voz baixa enquanto ela se cobre, prendendo a toalha debaixo do braço.

Louis acabou de entrar no vestiário masculino. Eu relaxo um pouco quando ele fecha a porta.

— Você ficou aqui o tempo todo — diz Izzy. — Me diga você, o que achou?

— Você ganhou todas as corridas — respondo, largando a bolsa de produtos e cruzando os braços. — Então eu diria que ele não é páreo para você.

— Talvez eu não esteja procurando um cara que tenta me superar — afirma ela, arregalando de leve os olhos, e aperta mais a toalha.

Aqui, nossas vozes ecoam, e a água murmura baixo ao nosso lado.

— Ah, mas ele tentou — provoco, com um sorrisinho irônico. — Conheço bem esse tipo. Insistente. Gosta de ganhar. Sem dúvida está tentando compensar alguma coisa. Ele só não é muito rápido.

— Jura? — pergunta ela, inclinando a cabeça. — Ele me pareceu um perfeito cavalheiro.

— E você acha que é disso que precisa?

Ela levanta as sobrancelhas, incrédula.

— Você acha que eu preciso de outra coisa?

— Acho que você está de saco cheio de homens que obedecem a todas as suas ordens — digo, e dou de ombros. — Já vi seus namorados, sempre pendurados em você, esperando você dizer o que eles devem fazer, te dando carona naqueles carros ferrados...

Seus olhos brilham de pura irritação.

— Essa vai ser sua primeira tarefa — diz Izzy —, quando eu ganhar a aposta. Me dar carona no seu carro ferrado.

— Meu carro é impecável.

— Na verdade — continua ela —, ele está meio arranhado hoje. Parece que a motorista do Smart é péssima de manobra.

— Você não faria isso — grunho. — É...

— Um exagero tremendo — confessa Izzy, aos risos. — Não, eu não faria. Mas você ficou furioso, né?

É verdade, estou tenso, e uma onda de calor me percorre.

— Esses músculos, o carrão... Tem certeza de que não é *você* que está tentando compensar alguma coisa? — pergunta Izzy, a caminho do vestiário.

Na quinta à tarde, quando volto para trás do balcão depois de passar o dia organizando o Achados e Perdidos freneticamente, minha irmã manda mensagem no grupo da família no WhatsApp: *Lucas, saudade! Está gostando do clima de Natal britânico?*

Essa mensagem no grupo é um lembrete nada sutil de que ando quieto demais, e provavelmente um sinal de que minha mãe está preocupada.

O tio Antônio não está no grupo. Às vezes me sinto culpado por isso, mas não tenho coragem de criar mais um espaço onde eu e Ana inevitavelmente nos sentiríamos inadequados.

Eu me encolho de repente assim que sinto alguma coisa na minha cabeça, e, quando me viro, Izzy está atrás de mim. Pego os chifres de rena que ela tentou colocar em mim.

— Não — digo.

— O clima não está festivo o suficiente! — reclama, ajeitando os próprios chifres por cima do cabelo preso em um coque outra vez, como naquela noite na piscina. — Já é dezembro, mas os pedreiros ainda não me deixaram decorar o corrimão e tiraram meu presépio...

— E aquilo ali? — pergunto, apontando para a árvore de Natal enorme que ocupa boa parte do saguão.

Izzy levou metade de um dia para decorar a árvore. Em algum momento, ela sugeriu descer de rapel do teto para colocar uma estrela no alto, e acho que não estava brincando. Eu não me meti, então ficou tudo exagerado, mas estou aprendendo a escolher minhas batalhas. Dá para aguentar decoração demais na árvore.

Mas me irrita. Sempre. E muito.

— Todo mundo tem árvore de Natal — diz Izzy, abanando a mão. — A gente precisa caprichar. Podemos não estar lotados, mas todas as mesas do restaurante estão reservadas quase toda noite até o Natal, e todos os clientes vão passar por esse saguão e se perguntar se deveriam passar o fim de semana aqui depois da reforma...

Ela está certa. Apesar da reforma, precisamos fazer uma boa propaganda do hotel no momento. Olho para a bagunça toda de itens do Achados e Perdidos e faço uma careta.

— Arrumar essas coisas todas seria um bom começo.

— Quase tudo que está aí já foi vendido, só estou esperando os compradores virem buscar. E, por sinal, eu vendi os negócios todos *sozinha*. O que você tem vendido?

Eu fecho a cara.

— Hoje levei uma caixa de coisas para leilão. Arrecadei quase mil libras. Você só fica por aí juntando par de meia e de brinco.

— É, mas é porque você pega todos os itens de valor! — diz Izzy, antes de atender o telefone. — Ah, oi! Obrigada por ligar de volta! Sim, eu adoraria falar do anel com Hans. — Ela vira a cadeira para dirigir seu orgulho a mim com força total. — Fantástico. Quando for melhor para ele.

Merda. Eu não avancei com a minha aliança desde a tentativa de fraude de Ruth, que foi um fiasco. Ainda tem quatro candidatos que não responderam aos meus telefonemas e e-mails. Mentalmente, deixo de lado todo o resto dos meus afazeres. Essa é minha nova prioridade.

— Aah, chifrinhos! — comenta a Tadinha da Mandy, cambaleando saguão adentro sob o peso de duas sacolas gigantescas de mercado.

Ela as desvencilha dos ombros e as deixa cair no tapete com um baque para pegar o celular— com a capinha balançando — e começar a tirar fotos nossas.

— Lucas, meu bem, coloca os seus também! Vai ficar uma maravilha no Facebook.

Izzy ajeita o celular na capinha com enorme cuidado e se vira para mim.

— Coloca os chifres, Lucas! — insiste. — Pelo Facebook!

Olho feio para ela, mas ponho os chifres. Preciso conferir o que a Tadinha da Mandy tem feito nas redes sociais do hotel — é uma das muitas coisas na minha lista de afazeres, logo depois de criar uma área de lazer no bosque e convencer outra pessoa a limpar a fritadeira.

— Ah, que beleza. Mandei para vocês — diz a Tadinha da Mandy, digitando no celular.

Ela tem o hábito de mexer a boca ou murmurar o que digita, então, antes mesmo do meu celular apitar, entendi que ela escreveu "Foto fabulosa de vocês, com amor, Mandy".

Olho para a foto por um momento. Izzy ficou do meu lado — está sorridente, os chifres já escorregando do cabelo. Hoje, passou algum tipo de brilho rosa-claro nas bochechas, e as luzes da árvore de Natal a deixam cintilante.

Depois de um momento, corto Izzy da foto para só eu aparecer, de chifres e olhando para o lado. Mando para o grupo da família e digo que já entrei no espírito natalino.

— Gente, gente, gente — diz Ollie, vindo a passos largos da cozinha.

Ollie já recebeu várias broncas por correr pelo hotel, então agora ele caminha rápido de um jeito esquisito que envolve mexer muito os braços.

As portas da cozinha oscilam atrás dele, quase acertando a cara de Arjun, que vem em seguida. A expressão do chef é tão furiosa que eu quero rir.

— A sra. SB está...

— Chorando — diz Arjun, interrompendo. — Ollie, tem cinco panelas no fogão, o que você veio fazer aqui? É perigoso.

Vejo Ollie hesitar por um momento sofrido, decidindo se vai argumentar que Arjun *também* está aqui, em vez de cuidando do fogão, e que veio depois dele. Ollie toma a decisão correta para a carreira e volta correndo para a cozinha.

— Como assim? Onde? — pergunta Izzy, se debruçando no balcão quando Arjun aponta para a janela.

A sra. SB passa lá fora, secando o rosto com um lencinho. Izzy já está indo atrás. Eu vou logo depois e seguro a porta de madeira pesada do hotel logo antes de acertar minha cara. Imagino que ela tenha pegado a ideia de Ollie.

Aqui fora está um gelo, e a penumbra cai sobre os jardins. A sra. SB passa pelo feixe das luzes que cercam a entrada do hotel e some pelo caminho que leva ao Chalé Opala.

— Tudo bem, sra. SB? — chama Izzy, apertando o passo.

— Tudo, querida!

A voz dela está abafada. Não é muito convincente.

— Fala com a gente — pede Izzy, quando nos aproximamos. — Quem sabe a gente pode ajudar.

A sra. SB vira o rosto para Izzy não ver as lágrimas, mas eu estou do outro lado.

— Ai, nossa — diz ela, parada entre nós.

Estamos no meio do roseiral, iluminados pelas luzinhas ao longo das bordas. O brilho destaca cada sopro da sra. SB enquanto ela tenta se recompor, secando os olhos.

— Estou só... um pouco... sobrecarregada — consegue dizer. — No momento.

— É claro — consola Izzy, fazendo carinho no braço dela.

— Me desculpem. Sinto que decepcionei muitíssimo vocês dois.

— A senhora não decepcionou ninguém! — diz Izzy. — Manteve este hotel funcionando por anos de lockdown e de crise financeira. É incrível. Não surpreende estar com dificuldades... Como não estaria?

Fico parado, de braços cruzados, insuportavelmente sem jeito. Quero abraçar a sra. SB, mas Izzy já está lá, então só posso tentar projetar o tanto que me importo com a situação — coisa que tenho consciência de que nunca soube demonstrar muito bem, mesmo quando abraçar era uma opção.

— A senhora se responsabiliza por tanta coisa — diz Izzy. — Podemos ajudar mais? Com a parte administrativa e de gerência, talvez? Lucas é ótimo nessas coisas... de planilha, organização e tal.

Eu a olho, surpreso. O rosto dela cora um pouco. Abro a boca para dizer algo parecido — há muito tempo acho que Izzy poderia ser mais bem aproveitada no hotel. Na minha opinião, é ela quem deveria administrar a reforma. Ela tem um bom olho para o que funciona no espaço, e é excelente em coordenar grupos grandes. Mas a sra. SB volta a falar antes que eu encontre as palavras certas.

— Ah, tenho vergonha de mostrar as contas para vocês, honestamente. E sei que Barty sente o mesmo.

— Não se envergonhe — digo, mas minha voz sai mais grossa do que eu gostaria, então eu pigarreio. — Eu adoraria ajudar. Quero o mesmo que a senhora e Barty querem. Quero que este lugar tenha sucesso, e que a nossa... que a família que construímos aqui...

Por que é tão difícil dizer isso?

— É um prazer ajudar — concluo abruptamente.

Izzy está me encarando como se eu tivesse acabado de anunciar que, no futuro, gostaria que distribuíssemos todos os comunicados internos por pombo-correio. Desvio o rosto e olho para o céu. As estrelas estão começando a piscar entre nuvens cinzentas.

Eu deveria procurar outro emprego. A Mansão Forest provavelmente vai falir antes de o ano virar. Porém, aqui parado, respirando o ar da floresta, diante da construção grandiosa que é o hotel... Não imagino me sentir tão à vontade em outro lugar.

Sei por que Izzy fica tão surpresa de me ouvir falar do hotel como família: ela acha que eu não me importo. Que não tenho coração. Mas, se isso é verdade, por que meu peito dói só de pensar em deixar para trás essa parte da minha vida?

— Acho que posso mandar os registros contábeis para você. Talvez você possa procurar soluções melhores — diz a sra. SB, fungando, e se solta do abraço de Izzy. — Para ser sincera, sempre achei essa coisa toda meio difícil. Nunca fui boa com números.

Flexiono os dedos ao pensar em acessar os valores por trás das decisões do hotel. Vou poder ver como a Mansão Forest realmente funciona. Todas as pecinhas envolvidas. Posso fazer mais do que arrecadar umas centenas de libras com as tralhas do Achados e Perdidos — posso ajudar *de verdade*.

— Eu gosto de números — digo, sentindo a dor no peito diminuir. — É só me mandar.

— Obrigada. Obrigada.

Ela aperta nossos braços e segue para o Chalé Opala.

Nós a vemos partir.

— Obrigado pelo que você falou — digo para Izzy, finalmente. — Das planilhas. Quando eu tiver chance, gostaria de dizer à sra. SB que você também merece a oportunidade de expandir seu trabalho aqui no hotel.

— Como assim?

— Quer dizer... Você pode fazer muito mais aqui também.

Ela se incomoda.

— Já faço muita coisa, valeu. E de nada. Só... Seja cuidadoso quando for falar com ela sobre dinheiro, tá? Alguns de nós são humanos, e não robôs.

Ela vai embora por entre as roseiras, voltando ao hotel. A palavra *robô* arde como um tapa. *Também sou humano*, quero dizer. *Dói quando você é grossa comigo.*

Meu celular pisca com uma mensagem de Ana enquanto ando atrás de Izzy. Ela mandou minha foto de volta com um círculo vermelho enorme ao redor da parte minúscula do ombro de Izzy que está visível na foto.

Quem é essa pessoa???

Ah, que porra.

É uma mulher??, pergunta minha mãe.

Merda. Elas perceberam que é uma mulher. Mas como? São só três milímetros de blusa branca e... ah. Uma mecha visível de cabelo rosa comprido. Droga.

Hesito, decidindo o que fazer. Minha mãe e minha irmã estão convencidas de que preciso de uma namorada, mesmo que eu tenha vivido feliz solteiro por anos. E, quando namorei, foi muito ruim.

??! LUCAS?!

Essa mensagem é de Ana. Coço os olhos com o polegar e o indicador.

É só uma colega de trabalho, digito.

Ela é bonita?, pergunta Ana.

Meus dedos hesitam. Se eu disser que sim, elas não vão ficar satisfeitas até Izzy ir ao Brasil para um casamento imenso. Então a resposta óbvia é que não, ela é feia. Olho para Izzy entrando no saguão e a vejo ajeitar o cabelo atrás da orelha com a mão pequena e impaciente, o brinco de argola dourada balançando com o movimento.

É muito difícil trabalhar com ela. *A gente não se dá bem*, respondo, e espero para ver se consigo me safar assim.

Então ela é linda!, diz Ana.

Fecho o grupo. Não posso ter essa conversa agora. Preciso trabalhar.

Izzy

Estou começando a achar que minha bela aliança de ouro é um belo de um embuste quando *finalmente* dou sorte na sexta-feira.

> Oi, Izzy,
> Muito obrigado pelo e-mail. Me lembrou como seu hotel é bonito — vou reservar outra estadia em breve com certeza!

Eu sorrio. Se jogar coisa boa para o universo...

> Tenho quase certeza de que essa aliança é da minha esposa. Ela já comprou uma nova desde que a perdemos, mas ainda adoraríamos recuperá-la. Segue em anexo uma foto do anel da minha esposa e do texto gravado. É igual?
> Abraço,
> Graham

É, *sim*, é o mesmo texto. Eu me recosto na cadeira da recepção, me deleitando na emoção, e olho para a escada atrás dos andaimes. Ganhar é uma maravilha.

Tiro outra foto do anel e começo a responder o e-mail de Graham. Franzo a testa — o e-mail com que ele me respondeu é um pouco diferente daquele que eu usei para contatá-lo. Só por garantia, incluo o outro em cópia.

> Oi, Graham!
> Que notícia fantástica! Por favor, venha assim que puder para recuperar a aliança da sua esposa! Fico muito feliz pelo anel voltar para os donos. E que foto linda do casamento de vocês! Segue outra imagem da aliança em si, para confirmar que é a mesma 😁
> Atenciosamente,
> Izzy

Depois de enviar, me pergunto se exagerei nos pontos de exclamação, mas já é tarde. Sempre gostei de exclamações. Pontos finais parecem tão... adultos. Quando eu não quiser mais jantar bala, posso começar a usar ponto final. Isso, sim, é ser adulta de verdade.

— Nossa — diz a Tadinha da Mandy, entrando na recepção e largando a bolsa em um espaço entre caixas do Achados e Perdidos.

Amo que Mandy tenha aceitado nosso projeto de Achados e Perdidos sem nunca reclamar da bagunça. Pena que Lucas não é mais parecido com ela...

— Acabei de esbarrar naquela sra. Hedgers, a coach, lá fora. Ela é muito... — Mandy abana a mão na frente do rosto como se precisasse se refrescar, embora lá fora faça dois graus e aqui dentro não esteja muito melhor, já que estamos tentando economizar ao máximo com aquecimento sem irritar os hóspedes. — Intensa, né?

Penso no que a sra. Hedgers me disse sobre relaxar e faço uma careta. Ontem, depois de sair para beber alguma coisa com meus amigos da escola, passei duas horas tentando calcular quanto custaria viajar para uma despedida de solteira em janeiro. Concluí que me custaria 380 libras, sofri pensando se dava para desistir desse plano por causa disso e peguei no sono no sofá enquanto assistia à última temporada de *Casamento à Primeira Vista: Austrália*, que eu prometi a Jem que assistiria para a gente fazer uma noite de reality por Zoom.

Não sei se isso conta como relaxar.

— O que ela te falou? — pergunto, remexendo na próxima caixa de Achados e Perdidos.

Esta é de canetas. Nem eu acho que a gente deveria ter guardado tudo isso.

— Ela perguntou se eu tinha dificuldade de ser assertiva — diz a Tadinha da Mandy. — Eu falei que não sei, mas acho que não? Aí ela me falou um monte de coisas sobre como é essencial definir bem os próprios limites, e agora estou me sentindo meio... — continua ela, enquanto se larga na cadeira — esquisita.

Mordo o lábio, sorrindo e acenando para a sra. Hedgers, que está a caminho do Ervilha-de-Cheiro. Mandy *com certeza* tem dificuldade de ser assertiva. Ela é ridiculamente solícita. Será que a sra. Hedgers também estava certa a meu respeito, então?

Quando estou trabalhando, sempre dou um pouquinho a mais, vou um pouquinho mais longe, sou um pouquinho mais simpática. Mas não quero mudar — eu *gosto* de ser excelente no que faço. Gosto de ser a pessoa que traz o brilho. É assim que todo mundo me vê, e é quem eu quero ser.

Contudo, para ser totalmente sincera, às vezes eu queria, sim, baixar a bola um pouco e passar o dia de cabelo sujo e cara feia. Só às vezes. E eu não tenho tanta oportunidade de fazer isso nem fora do trabalho — estou sempre acompanhada, mas, ultimamente, desde que Jem, Grigg e Sameera se mudaram, quem está comigo não são as *minhas* pessoas. Não estou com gente com quem posso relaxar cem por cento. Tenho que ser a Izzy simpática, entusiasmada, que vive para agradar o tempo todo.

Exceto com Lucas, óbvio.

Mandy se estica para atender o telefone.

— Alô, Mansão Forest Hotel & Spa — diz, e me olha de relance. — Não, Lucas não está, mas quer deixar um recado?

A Tadinha da Mandy anota em seu modo típico, insuportavelmente lento. É assim que as pessoas conseguem ter uma letra bonita? Não vale a pena, na minha opinião.

Eu me empertigo para ler por trás dela.

Ligar sobre a aliança. Urgente. E um número de telefone.

Merda, merda, merda.

— Eu levo para o Lucas — digo, pegando o recado no balcão.

— Ah, obrigada, querida! — diz a Tadinha da Mandy, inocente, enquanto me afasto.

Vale tudo no amor, na guerra e na picuinha profissional, né?

Anoto no celular o número do recado da Tadinha da Mandy e amasso o papel. Acabei indo para o spa. Estava me dirigindo ao restaurante, mas jogar o recado no lixo me pareceu exageradamente frio. Entretanto, se por acaso molhasse e o número fosse perdido até, por exemplo, eu devolver o *meu* anel primeiro... Afinal, estou quase lá. Graham logo vai aparecer para buscar a aliança perdida da esposa.

Vou de fininho até a piscina, com o recado na mão. A água balança e ecoa no ar pesado e quieto.

— O que é isso aí?

Eu me viro e escorrego no piso molhado. Por um momento horrível, quase caio de bunda no azulejo bem na frente de Lucas da Silva, como se o universo tivesse decidido que ainda não me humilhei o suficiente na frente desse homem. Eu me equilibro bem a tempo. Ele cruza os braços, um sorriso puxando sua boca.

Ainda estou com o recado na mão.

— É só... um negócio — digo, e faço uma careta para mim mesma. — Um negócio que a Mandy me deu — prossigo, me aprumando. — Não é importante.

— Por isso você estava prestes a jogar na piscina?

Olho para o rosto dele — pura arrogância e mandíbula esculpida — e semicerro os olhos.

— Não estava, não.

— Estava, sim. Quase — diz ele, e estende a mão. — A Mandy avisou que você tinha um recado para mim.

— Argh. Tá bom. Mas eu não ia jogar na piscina — digo, ao entregar para ele. — Provavelmente — acrescento, meio contrariada.

— Jogo sujo — diz Lucas. — É assim que chamam isso, né?

Eu ruborizo.

— Eu chamo de jogar para ganhar — respondo, e passo por ele batendo os pés.

Os ombros largos dele ocupam tanto *espaço*. Dou a volta pela lateral da piscina e, porque estou com raiva e mal-humorada, e talvez — só um pouquinho — porque quero ver a reação dele quando nos tocarmos, passo bem pertinho. Só que ele se mexe na mesma hora, se inclinando levemente para o meu lado, como se tivesse a mesma ideia. Então eu esbarro nele e...

— Merda! — exclamo.

... caio na piscina. O choque do tombo me faz perder o fôlego. Eu ofego, balançando os braços na água, os olhos ardendo com o rímel.

— Seu escroto! — grito. — Você me jogou na piscina!

— Não joguei, não — diz ele, e se agacha para estender a mão para me ajudar a sair.

Ele guarda o papel no bolso com a outra mão e, quando a raiva me inunda, quando minhas roupas encharcadas pesam no corpo, me vem uma ideia.

Há mais de um jeito de molhar aquele recado.

Pego a mão de Lucas e puxo com força. Ele está agachado, equilibrado na ponta lustrosa dos sapatos, e eu o desequilibro.

Ele afunda na água que nem uma pedra gigantesca. Só tomba, em câmera lenta, ainda encolhido, com os joelhos junto ao peito. Apesar de a raiva estar revirando meu estômago, eu acabo rindo — mais de surpresa do que qualquer outra coisa. Não acredito que realmente o joguei na piscina.

Ele rompe a superfície e encontra meu olhar imediatamente. Seus olhos estão *faiscando* de raiva. Solto um gritinho nervoso. Ele está puto mesmo. Já perdi a conta de quantas vezes vi Lucas irritado, mas poucas vezes o vi furioso assim. Chega a ser... Nossa. É má notícia eu achar meio sexy?

Ele fala alguma coisa comprida e supostamente muito ofensiva em português. Eu nado de costas, tentando abrir um pouco de distância entre nós, mas ele é muito maior do que eu, e precisa de apenas um movimento para puxar minha perna.

— Você — diz ele, com a voz grave e furiosa — não vai a lugar nenhum.

Ele solta minha perna assim que dou um chute, mas eu nem continuo a nadar, só fico boiando, tentando não sorrir. A onda de raiva passou tão rápido quanto veio; agora estou precisando me esforçar muito para não rir de nervoso.

— Você me empurrou, eu te empurrei — digo, e minha blusa gruda na pele com o movimento; não é *nada* confortável nadar de roupa. — Se for fazer alguma coisa, Lucas, precisa lidar com as consequências.

— Eu não te empurrei.

— Bom, e tecnicamente eu também não te empurrei — argumento, e sei que meu sorriso o está irritando, o que só dificulta controlar.

— Como você é *infantil* — cospe ele, secando os olhos e avançando.

— Vai fazer o quê, me afundar?

— Bem por aí — diz, e, com as duas mãos, joga uma onda imensa na minha cabeça.

Eu me engasgo, arfando.

— Meu Deus do céu!

Eu jogo água nele também. Ele joga em mim de novo. Estamos encharcados, a água se revirando, e eu esbarro as costas na beira da piscina, com a blusa deslizando que nem seda no corpo. Quando a água se acalma, Lucas está bem na minha frente, com um braço de cada lado do meu ombro, segurando a beirada. O peito dele está ofegante. Os olhos ainda têm aquelas faíscas, mas, quando nos encaramos, pingando, sua bochecha treme muito de leve.

— Pode sorrir — digo, me apoiando nos cotovelos na beirada da piscina, repuxando a camisa encharcada. — Não tem perigo.

Ele sorri. Eu retiro o que disse. Esse Lucas molhado, de olhos sombrios, é um ser diferente do homem de uniforme que trabalha ao meu lado na recepção. Com a camisa branca colada nos músculos do peito e gotinhas pingando do pescoço, ele não é só tão bonito que chega a ofender, é *gostoso*.

— Vou ganhar nossa aposta — promete ele, com a voz baixa, tão próximo que enxergo o brilho e os tons diferentes em seus olhos castanhos. — Você sabe que vou. É por isso que faz coisas tipo me jogar na piscina e tentar destruir números de telefone.

— Eu não...

Eu paro de falar. Ele baixou o olhar, me percorrendo. Sinto uma gota d'água escorrer atrás da outra na clavícula, descendo pela minha blusa encharcada, e o vejo notar esse minúsculo momento, com as pupilas dilatadas.

— O quê? — pergunta Lucas.

Ele olha para minha boca. E, por um momento louco e ousado, penso em beijá-lo — abraçar seus ombros, colar nossos corpos úmidos...

Respiro com dificuldade.

— Eu salvei o número no meu celular. Você sabe que eu nunca faria nada para prejudicar o hotel. Nem para te irritar.

Lucas me observa, com uma expressão ilegível.

— Por que a gente é assim? — pergunta ele, depois de um momento. — Eu e você?

— Assim como?

O cloro arde na minha garganta, e eu engulo em seco. Seu olhar encontra o meu.

— Por que a gente vive brigando?

Ele para um instante, respirando rápido, como se hesitasse. Então desvia o olhar de mim, e eu suspiro, como se ele tivesse me soltado.

— Bom — continua ele. — Desde o Natal.

Pronto. Desvio o rosto. Não quero mais olhar para ele, não enquanto estivermos conversando sobre isso.

— Acho que você acabou de responder à própria pergunta — digo. — Sabe por que eu te detesto.

Ele faz uma leve careta quando eu digo *detesto*, e eu quase desejo voltar atrás, embora não saiba o motivo — ele sabe, eu sei. Respiro mais fundo e volto a encontrar seu olhar.

— Sempre imaginei que você me odiasse porque sou tudo que você não suporta acumulado em uma pessoa só — continuo. — E você sabe que foi escroto no Natal e não gosta que eu esteja certa quanto a isso. E aí? Acertei?

Lucas solta a beirada da piscina de um dos lados para secar os olhos. A tensão entre nós está escoando, sendo substituída por algo muito mais familiar.

— Você acha que é tudo que eu não suporto? Acumulado em… uma pessoa só?

— Não sou?

Ele volta a me olhar.

— Não — diz, por fim. — Não mesmo.

Eu me remexo, desconfortável.

— Mas você me acha estranha.

— Um pouco.

Isso dói mais do que deveria. Achei que nenhum insulto de Lucas fosse me magoar — mas acabei de entregar a ele o que mais dói.

Lucas se movimenta para o lado, até se apoiar de costas na beirada da piscina também.

— Ser estranha é ruim assim? — pergunta.

Pelo visto, meus pensamentos ficaram bem nítidos em meu rosto.

— Não. Agora me orgulho de ser meio estranha.

— Agora?

— Vamos dizer que, na época da escola, eu era a menina estranha — respondo, e dou de ombros, engolindo em seco. — Não era tão legal. Os outros alunos nem sempre me tratavam muito bem. Ser estranha pega mal aos treze anos.

— Você sofreu bullying? — pergunta ele.

Eu olho para o jardim, embaçado e enevoado pelo vidro da piscina. Achei que pudesse falar sobre esse assunto com ele sem me sentir patética — justificar por que reagi assim quando ele me chamou de estranha, para ele saber que não foi isso que me afetou, e sim meu histórico. Mas é mais difícil do que imaginei, especialmente com meu corpo ainda formigando. Estou tensa, exposta; odeio essa sensação. Espero que ele não tenha percebido como cheguei perto de beijá-lo.

— Um pouco — digo, balançando devagar as pernas na água. — Deve parecer besteira para você, mas essas coisas afetam a gente.

— Alguém ajudou? Seus pais? Os professores?

Balanço a cabeça.

— Eles não sabiam.

— Nem seus pais?

— Não. Sou ótima em fazer cara de feliz quando estou péssima.

Errei um pouco o tom — ele me olha de soslaio, e tenho medo de olhá-lo de volta, de ver dó em seu rosto.

— Não parece besteira — diz Lucas, baixinho. — E agora, seus pais sabem?

Ai. Essa conversa também não. Estou tão balançada emocionalmente que chega a ser preocupante — foi tudo meio demais.

— Meus pais morreram quando eu tinha 21 anos, então, não. A gente não teve a chance de conversar sobre isso — digo, e me impulsiono com os braços para sair da piscina.

— Seus pais faleceram? — pergunta Lucas.

— Sim.

Estou sacudindo as pernas para arrancar os tênis escuros e encharcados e puxar as meias. Quero sair daqui. A área da piscina está muito quente, e as roupas molhadas me sufocam.

— Meus pêsames.

Ele soa muito formal. Queria não ter contado. As pessoas sempre mudam quando sabem. Se ele começar a me tratar bem só porque sou órfã, eu *não vou aguentar*.

— Como eles faleceram?

Eu pestanejo.

— Desculpa, isso foi meio...

— É, foi — digo, olhando para ele de relance enquanto guardo as meias molhadas nos tênis igualmente molhados.

A água da piscina oscila e balança. Estou me levantando para ir embora quando ele diz:

— Meu pai morreu quando eu ainda era pequeno demais para lembrar. Minha mãe só foi me contar como ele morreu quando eu já era adolescente. Então eu vivia inventando motivos para a morte dele. Mordida de tigre. Acidente de asa-delta. Ou, se estivesse muito ansioso, imaginava que era uma doença hereditária que minha mãe sabia que eu também tinha e por isso não me contava.

Eu viro o rosto devagar para olhá-lo. A postura dele não dá nenhum indício do que está sentindo — está falando de um jeito tão frio e casual quanto como se estivéssemos conversando sobre o restaurante do hotel. O que ele acabou de dizer, no entanto... Posso até não gostar de Lucas, mas meu coração chega a *doer* pelo menino que ele foi.

— Sinto muito, Lucas, que horror.

— No fim, foi um acidente de trabalho. Ele era operário. Mas é. Desculpa por perguntar dos seus. Foi só... hábito.

Depois de hesitar por um momento, eu me sento de pernas cruzadas nos azulejos, torcendo a água da piscina da barra da calça.

— Meus pais adoravam velejar, fazer umas aventuras loucas pelo mundo — digo, minha voz quase inaudível em meio ao som da água. — Nunca foi minha praia, honestamente, mas, quando eu saí de casa, eles compraram um veleiro novo e passaram a viajar para todo canto. Para os Estados Unidos, o Caribe, a Noruega... Até que, um dia... o barco naufragou.

Observo Lucas, que não mudou de expressão. Eu me pergunto se essa opção estava em sua lista. É bem o tipo de morte que uma criança imaginaria para um pai de quem nem lembra. Para mim, contudo, sempre pareceu completamente impossível. Meus pais eram velejadores tão experientes que eu nunca considerei suas aventuras perigosas. Era apenas algo que eles sempre fizeram.

— Foi muito repentino — conto. — As pessoas dizem que é melhor assim, mas eu não sei. Foi como se o mundo virasse um lugar horrível de um segundo para o outro, e eu não tivesse capacidade nenhuma de lidar com isso.

Escuto a estranheza da minha voz, tentando soar tranquila.

— Enfim, agora você sabe por que sou tão "infantil", como você diria. A vida é tão curta! Dá para acabar assim — digo, estalando os dedos, e me levanto, vendo a poça gigantesca que deixei nos azulejos. — A gente tem que viver e aproveitar todos os momentos.

Lucas inclina a cabeça e não diz nada. Vou pegar uma toalha, mas paro quando ele diz:

— Não tem, não.

— Como é que é?

— A gente não tem que aproveitar todos os momentos. Ninguém consegue fazer isso. Seria... exaustivo.

Fico abalada. Acho que não precisava ficar com medo de que Lucas fosse ficar cheio de dedos por conta da morte dos meus pais.

— Bom, mas eu aproveito — digo, meio na defensiva. — É assim que eu vivo.

— Não — replica Lucas.

Ele se vira para mim, gotas escorrendo pelas mandíbula firme.

— Não é, não — insiste ele. — Você tem dias ruins também. Todo mundo tem. Como você vive me lembrando... você é humana.

— Quer saber? A maioria das pessoas não aproveita a história da morte dos meus pais para me dizer que estou vivendo errado — retruco.

Mas é difícil reunir minha frustração habitual — não consigo esquecer sua voz baixa e lenta dizendo *Eu vivia inventando motivos para a morte dele.*

— Não foi isso que eu disse — diz Lucas. — Só que você não está sendo sincera.

Ele se impulsiona para sentar na beira da piscina e, mesmo no meio dessa conversa, perco o fôlego ao ver a água colando a camisa na pele dele como se estivesse pintada. Vejo todos os músculos de aço, todos os contornos. Depois de um momento, me pergunto o que *ele* vê, e ao olhar para baixo percebo que minha blusa grudou no sutiã como se eu estivesse em alguma comédia escrachada dos anos 2000. Merda. Eu me viro e pego uma toalha do cesto perto da parede.

— Você é muito positiva, especialmente considerando tudo que viveu — diz Lucas atrás de mim. — Mas você ainda é uma pessoa. Você solta palavrão quando derruba alguma coisa, e acha alguns hóspedes idiotas. Você joga sujo para ganhar a aposta.

— É, mas...

Só com você, quase digo. Mais ninguém neste hotel diria que eu falo palavrão, ou que não gosto dos hóspedes. Se perguntasse a Ollie se eu jogaria sujo por uma aposta, ele diria: *Izzy Jenkins? Que nada. Ela é um amor.*

Eu me embrulho na toalha, e isso só cola ainda mais as roupas frias e molhadas na minha pele — preciso tirar essa roupa e entrar em um banho quente. Estou começando a tremer, tomada pela bagunça emocional que Lucas sempre parece causar em mim: frustração, incerteza e a mágoa difusa recolhida ali desde o ano passado.

— Então nenhum de nós é perfeito — digo.

— Exatamente — confirma Lucas, satisfeito.

Ele sai andando até o vestiário masculino, sem nem pegar toalha, a blusa colada nos músculos das costas. E eu acabo com a impressão irritante de que, de algum modo, provei o argumento dele.

A tinta nem borrou. A Tadinha da Mandy deve ter usado uma caneta especial pró-Lucas. No sábado de manhã, desanimada, escuto Lucas ter uma segunda conversa com a dona da aliança de diamantes. Estou tentando entender exatamente qual é a complexidade — porque definitivamente tem alguma coisa complicada na história.

— Ah, eu entendo — diz Lucas. — Hoje não vai ser possível, mas...

Ele me olha de relance. Eu finjo estar extremamente ocupada.

— Sim — continua ele. — Vou estar lá.

Depois que Lucas desliga, eu não faço qualquer pergunta. Continuo a não perguntar enquanto é humanamente possível, até que desisto, porque coexistimos em um silêncio frio desde que cheguei hoje, e eu não suporto silêncio assim.

— E aí? — pergunto.

— Vou devolver o anel à dona amanhã.

— Vai devolver? Vai sair do hotel?

— Por que não? É serviço para o hotel. De alta prioridade.

Suponho que seja, sim, tecnicamente. Eu franzo a testa.

— E tem certeza de que o anel é dela? — pergunto.

— Não — concede ele. — Mas amanhã vou descobrir.

— Então eu vou junto — declaro, afastando minha cadeira do computador e girando para ficar de frente para ele. — Não confio em você.

Ele levanta as sobrancelhas devagar, ainda organizando recibos antigos.

— Quem vai ficar na recepção?

— O Ollie. Ele me deve um favor.

— O Arjun vai te matar se você tirar o Ollie dele por um dia.

— Eu me resolvo com o Arjun. Vou com você. Quero ver o reencontro do anel, inclusive... afinal, o importante não é *só* a aposta, lembra? — digo, embora eu definitivamente ande esquecendo isso. — Onde mora essa mulher?

— Londres. Little Venice. Vou no trem de... — diz ele, olhando a tela do computador. — Nove e trinta e três.

— Ok, está ótimo. Nos vemos na plataforma.

— Ótimo — replica ele, seco, e grampeia cuidadosamente um bolo de recibos.

Click, faz o grampeador. Tão preciso, detalhista e inexplicavelmente irritante como sempre.

Lucas

A sra. SB me encaminhou os registros contábeis dos últimos cinco anos, e passei quatro horas debruçado nisso.

Nem lembro a última vez que fiquei tão feliz.

Tudo que aprendi no curso ganha vida agora que estou lidando com as contas de um hotel de verdade — é completamente diferente dos estudos de caso que analisei. Não é teórico. É um lugar importante para mim e, enquanto estudo os nossos gastos, notando áreas em que podemos economizar, percebo como me senti impotente aqui atrás da recepção enquanto o hotel desaba ao meu redor.

— Tudo bem, Lucas? — diz Louis Keele, tocando a sineta algumas vezes, mesmo que eu esteja bem aqui.

É, lá se foi meu bom humor.

— A Izzy está por aí?

— Não sei.

Percebo que acabei soando grosso, então ergo o rosto e tento parecer educado e profissional, mas Louis nem notou minha falta de educação. Ele está olhando para os papéis impressos na minha frente.

— São as contas do hotel? — pergunta.

Eu cubro o material com o braço, tentando fingir que estou só pegando o mouse. Não sei o que fazer. Investidores tendem a ver esses números todos? Ou é melhor esconder? Não precisei de quatro horas para descobrir que não são muito favoráveis. Se a sra. SB não compartilhou essa informação, eu também não vou fazer isso.

— Por que está procurando a Izzy? — pergunto.

Por mais que eu não queira falar de Izzy com Louis, preciso de uma distração.

— Estou pensando em convidá-la para jantar — diz Louis, ainda olhando os documentos.

Talvez seja melhor eu só mostrar os registros.

— Na verdade — diz Louis, finalmente voltando a me olhar —, talvez você seja útil. Você a conhece melhor do que eu. Qual é a melhor estratégia? Rosas vermelhas? Piquenique surpresa? Rima engraçadinha? — pergunta, com uma expressão levemente maliciosa. — O que *você* faria se estivesse a fim dela?

Mesmo sem querer, eu penso na pergunta. Izzy gosta de coisas para as quais ninguém dá bola. Bijuterias baratas de segunda mão; aquelas séries horríveis de adolescente que ninguém admite assistir; drinques com nomes ridículos. Uma vez, vi Izzy pesquisar no Google se podia ter uma ratazana de estimação. Ela não iria querer rosas vermelhas. Preferiria um buquê de "matinho interessante".

Piquenique surpresa é ligeiramente melhor. Ela gosta disso. Mas lá fora está congelando, e ela é friorenta — quando sai do hotel à noite, vai sempre embrulhada como se fosse explorar a Antártida.

Uma rima engraçadinha é arriscada. Ela ri de tudo, mas também é muito engraçada, e não tenho lá muita certeza de que Louis compartilhe do seu senso de humor.

Eu deveria responder mais ou menos isso. Não tenho motivo para atrapalhar. Só que percebo o olhar calculista de Louis — a mesma expressão de quando viu o teto danificado do hotel semanas atrás. E me volta a sensação que bateu quando Izzy entrou com ele na piscina.

— Eu optaria por um encontro clássico — acabo dizendo. — Rosas vermelhas, champanhe, restaurante caro.

— Jura? — pergunta Louis, franzindo um pouco a testa. — Ela não me parece tão tradicional.

— No fundo, ela é muito convencional — digo, voltando a atenção para o computador.

— Saquei, bom, valeu, cara — diz Louis e, mesmo sem olhar, pressinto o sorriso relaxado e charmoso que sem dúvida o ajudou a chegar muito longe na vida.

Olho para o celular enquanto ele se afasta e vejo uma mensagem nova do tio Antônio. Ele me mandou o link de um artigo sem comentário. A manchete é "Dez sinais de que você não está alcançando o seu potencial (mesmo achando que está)".

Viro o celular e respiro fundo, tentando me lembrar do que é realmente importante. Minha mãe, minha irmã. A felicidade delas e — cada vez mais — a minha. Todos os pequenos aspectos em que eu faço a diferença na vida das pessoas aqui.

Com o perfume caro de Louis ainda no ar, contudo, é ainda mais difícil lembrar que a vida que construí aqui é mais do que suficiente para mim.

Na manhã de domingo, faz tanto frio que o fôlego congela na garganta. A previsão é de neve pesada, mas a previsão britânica sempre promete climas extremos que, normalmente, acabam sendo só garoa, então não chego a me preocupar tanto.

Izzy chega antes de mim na estação de Brockenhurst, com botas forradas e um casaco acolchoado de capuz que me lembra um saco de dormir. Ela está em uma chamada de vídeo, sem dúvida com um dos inúmeros amigos. Quando me aproximo, reconheço quem é: Jem, uma mulher alta e sorridente de trancinhas, que tem vários piercings no rosto e um cachorrinho barulhento. Ela morava por perto e visitava o hotel com frequência, trazendo o cachorro debaixo do braço. Faz uns meses desde a última vez que a vi, quando ela foi se despedir antes de se mudar. Ela e Izzy passaram tanto tempo abraçadas que fiquei com medo do cachorro morrer sufocado.

— Grigg e Sameera planejaram um Natal escocês caprichado? — diz Jem.

— Sim! — confirma Izzy, com a voz um pouco alegre demais. — É, mal posso esperar. E você vai ter um... um...

Jem começa a rir.

— Nem Izzy Jenkins consegue ver o lado positivo de passar o Natal com a minha família. Estou fodida.

— Você vai ter um... Natal! — diz Izzy, também rindo. — E aí vai ter acabado, dever cumprido, e ano que vem você passa aqui comigo.

— É — responde Jem, sorrindo.

Olho para ela por trás de Izzy. Ela está usando um chapéu felpudo que tenho certeza de já ter visto Izzy usando, e os piercings das sobrancelhas cintilam.

— Vai ser bem melhor — continua. — Vou morrer de inveja de você passando o Natal bêbada com seus amigos.

Izzy me nota atrás dela.

— Tenho que ir! Dá um beijinho no Piddles por mim. Te amo muito!

— Também te amo, pombinha — diz Jem, e sopra um beijo para a câmera antes de desaparecer.

Eu paro atrás de Izzy.

— Piddles?

— O cachorro. Barulhento e feroz. A não ser para Jem, porque, neste caso, ele é um fofo mal compreendido.

— E pombinha?

— É uma piada interna. Um apelido carinhoso. Você não entenderia.

Eu só levanto as sobrancelhas. Pombos têm uma certa agressividade que combina com a versão de Izzy que conheci nesse inverno — talvez eu entenda melhor do que ela imagina.

Quando o trem chega, nós entramos na fila mais próxima. Eu reservei meu assento, mas Izzy, não, e, depois de eu criticá-la por isso, ela fica se achando por encontrar um lugar vazio bem na frente do meu.

Planejo passar a viagem redigindo uma proposta de orçamento para a sra. SB, mas é difícil me concentrar. Izzy tirou as muitas camadas de roupa de frio e está de blusa azul-bebê sem alças jogando paciência com um baralho velho.

— Quer jogar alguma coisa? — pergunta.

Eu estava olhando para as cartas para não encarar seu colo, exposto pela roupa. Penso por um momento.

— Pôquer? — sugiro.

— Só nós dois?

— Dá pra jogar. Texas Hold 'em? Mas... — De repente, desejo não ter sugerido. — Não quero apostar dinheiro — acrescento, envergonhado.

— Claro que não — diz Izzy, como se a ideia de apostar fosse ridícula. — Mas estamos no trem, então strip poker não vai rolar.

O fato de strip poker ser considerado em outro momento me abala. Ela remexe a bolsa e tira uma caixinha de passas, do tipo que crianças comem de lanche.

— Para usar de ficha — explica, abrindo a caixa. — Quem estiver ganhando quando chegarmos em Waterloo pode decidir como decorar o saguão?

— Não quero decorar o saguão mais do que já está decorado — digo, franzindo a testa.

— Exatamente. Já eu acho que está faltando mais brilho.

Ela sorri para mim e eu engulo em seco.

— Topa o desafio? — diz Izzy.

— Claro — respondo, e pego o baralho.

Tento ser generoso no trajeto de Waterloo a Little Venice. Eu sabia que Izzy seria uma péssima jogadora de pôquer. Tudo sempre transparece em seu rosto. Ela não aceita a derrota, como eu esperava, e fica rabugenta até chegarmos à casa de Shannon.

A mulher que nos recebe está usando um chapelão com os dizeres *A fila andou*. Olho para trás dela e vejo que todo mundo na sala espaçosa está usando o mesmo adereço. A música já está à toda, mesmo que ainda seja hora do almoço.

— Não conheço vocês — diz a mulher na porta. — Foi ele quem mandou os dois aqui? Caralho, se for, pode dizer que a Shannon tem direito, sim, de...

— Ninguém nos mandou — interrompe Izzy, rápido. — Shannon nos convidou. Viemos por causa do anel.

— Ah! — exclama a mulher, se alegrando. — Podem entrar, ela está preparando o bolo na cozinha.

A cara fechada de Izzy foi substituída pela expressão animada e fascinada de quando está se divertindo de verdade. Ela é má perdedora, mas se distrai muito fácil.

Shannon é uma mulher alta e loira de vestido de lantejoulas com um avental por cima. Minha primeira impressão ao entrar na cozinha é de que ela parece uma dona de casa de série estadunidense. Entretanto, o bolo que está decorando tem a forma de um pênis, o que bagunça um pouco essa imagem.

— Oi — diz ela, soltando o saco de confeiteiro e limpando as mãos no avental. — Você deve ser o Lucas! Trouxe sua namorada?

— Namorada, não — respondemos, em uníssono.

— Melhor ainda — diz Shannon.

— Izzy, prazer — se apresenta Izzy, estendendo a mão. — E parabéns!

Parece ser a coisa correta a dizer, porque Shannon abre um sorrisão.

— Muito obrigada! Estava bem animada para hoje. Queria dedicar tanta energia quanto dediquei à festa de casamento. Não é maravilhoso que todo mundo tenha tirado férias pra isso? Vamos passar minha deslua de mel em Madeira — diz ela, e aponta para as pessoas na sala. — Sabe o que eu fiz na minha lua de mel de verdade? Trilha nos Alpes. Gosto de trilha? Gosto de neve? Nem fodendo! Mas sabe do que eu gosto?

Ela pega o saco de confeiteiro de novo e o aponta para nós.

— De sol e bebida com as pessoas que me apoiaram.

— Esse, *sim*, é meu tipo de viagem — comenta Izzy. — Amei. Posso pegar um chapéu?

— Ah, os chapéus são obrigatórios — diz Shannon, apontando uma pilha na bancada da cozinha.

Izzy me olha.

— Perfeito! Lucas *ama* chapéus engraçados.

— Eu trouxe o anel — digo para Shannon.

Alguém precisa colocar a conversa de volta nos trilhos. Embora eu ache improvável ganharmos uma recompensa de quinze mil libras por um anel de um casamento que acabou.

— Precisamos confirmar que é seu primeiro... — continuo. — Isso é, se ainda quiser.

— Já me adiantei — declara Shannon, ainda decorando o bolo, e pega o celular com a outra mão. — Aqui estão as fotos do casamento.

Olho da tela para a cara de Shannon.

— Relaxa — diz ela. — Não fico mais triste de olhar. Estou bem onde quero estar, não importa como cheguei aqui.

— Nossa, que incrível pensar assim — comenta Izzy, já de boca cheia, comendo um bolinho que tirou de algum lugar.

Com seu chapéu de *A fila andou*, Izzy parece cem por cento integrada à festa — já está à vontade. Fiquei surpreso quando ela me contou que sofreu bullying na escola. Todo mundo ama Izzy. Mas agora percebo como ela se encaixa nos lugares com facilidade. Desconfio que seja um talento que aprendeu por necessidade.

— Tem certeza de que é sua aliança? — pergunta ela para Shannon. — Pode ser só... parecida?

Shannon olha para ela, surpresa. Izzy faz uma careta de arrependimento, com a bochecha cheia de bolo.

— Foi mal. A gente fez uma aposta — explica ela, e engole. — Se for seu anel, eu perco.

— Ah. Bom, desculpa — diz Shannon, e abre as mãos. — Mas, se servir de consolo, toda derrota pode ser uma vitória, né?

Izzy absorve o que ela disse e se volta para mim.

— Uma palavrinha? — pergunta, e me puxa para o canto, perto do carrinho de bebidas. — Ela não *provou* que é dona do anel — sussurra.

— Perdeu toda a dignidade, Izzy — digo, me divertindo imensamente. — Talvez seja hora de você aprender a perder com elegância.

— Ela pode só ter comprado o mesmo anel na mesma joalheria!

— E se hospedado no hotel na mesma época que outra pessoa que tinha o mesmo anel e também o perdeu?

— É!

Cruzo os braços e olho para ela. O cabelo de Izzy está bagunçado debaixo do chapéu ridículo, e, por um momento, essa competitividade implacável não me irrita — acho charmoso. Ela se importa *tanto*.

Até que os ombros dela murcham.

— Merda — diz.

Izzy parece genuinamente arrasada. Eu desvio o rosto. A vitória não é tão doce quanto eu esperava.

— Hoje é um dia de recomeços — diz Shannon, quando voltamos a ela. — De limpar o passado. Se isso for importante para vocês, são bem-vindos na festa.

Olho o horário no relógio acima da porta da cozinha. É melhor a gente voltar. Ollie está sozinho na recepção e nosso trabalho aqui acabou, tecnicamente.

— Temos que ir — dizemos eu e Izzy, em uníssono.

Fazemos uma pausa, até que eu me pego dizendo:

— Talvez a gente possa ficar um pouquinho. Uma hora, só.

Izzy me encara, levemente boquiaberta. Sinto uma pequena pontada de triunfo por tê-la surpreendido.

— Quer ficar na festa?

— Podemos ir embora, se você preferir — digo, enquanto Shannon dá os toques finais no bolo.

— Não. Eu quero ficar. Combinei do Ollie cobrir o dia todo, de qualquer jeito — diz Izzy, e fica na ponta dos pés para botar um chapéu na minha cabeça. — Preciso me alegrar. E aposto que todo mundo do trabalho diria que um recomeço nos cairia bem.

Agora entendo por que Shannon queria tanto recuperar o anel hoje. Estamos reunidos em volta de um homem de óculos de proteção e luvas grossas que monta um equipamento misterioso na sala de Shannon. No centro está uma base larga, onde se encontra a aliança.

— Shannon, se quiser dizer algumas palavras... — sugere o homem, abrindo espaço.

— Obrigada — diz ela, avançando, também com um par de óculos de proteção. — Estamos reunidos aqui hoje para celebrar a união não de duas pessoas, mas de uma comunidade — começa, e sorri. — Vocês todos me apoiaram em todos os momentos dos últimos cinco anos de sofrimento. Foram vocês que me disseram que não tem problema desistir de um amor que não é saudável... porque não é amor. Sem vocês, eu não estaria aqui hoje.

Todo mundo aplaude. Uma mulher baixinha de cabelo cacheado ao meu lado seca uma lágrima com a mão. Há alguns casais aqui também, que parecem tão comovidos quanto as outras pessoas.

Que evento estranho. Não sei o que sentir. Quero acreditar que casamento é para sempre. Quando *eu* decidir me casar, vai ser assim.

No entanto, há algo de inegavelmente especial nisso também, e, ao olhar para Izzy, vejo que ela está impressionada. Ela tem a cabeça muito mais aberta do que eu. Normalmente, tenho a impressão de que é apenas um idealismo exagerado, mas, agora, sinto uma pontinha de inveja de como ela é receptiva a novidades.

Volto a olhar para Shannon e tento enxergá-la da mesma forma que Izzy: sem julgamentos. Tento imaginar o que esse anel representa para Shannon agora, e vejo que há algo bonito no que ela diz. Todos nós nos enganamos e perdemos o prumo de vez em quando. Talvez não haja mesmo vergonha nisso, desde que a gente se dê conta antes que seja tarde demais para mudar.

— Hoje, eu quero deixar o passado para trás — anuncia Shannon. — Quero sempre lembrar que, se queimar um diamante... ele só fica mais forte.

Ao dizer isso, ela se ajoelha e dispara a chama do maçarico na aliança apoiada na base.

O ouro derrete rápido — mais rápido do que eu esperava. Com apoio cuidadoso do homem de óculos, Shannon divide o anel entre um montinho de diamantes e uma bolinha de ouro.

Todo mundo comemora e aplaude. Volto a olhar para Izzy, que está no meio de uma conversa com dois desconhecidos; ela ri, escondendo a boca com a mão. Ultimamente, olhar para Izzy me faz sentir um emaranhado de coisas. Medo, desejo, desconfiança, possessividade. Porém, ao vê-la agora, em meio à multidão, enxergo uma mulher alegre e ousada de quem os pais sentiriam muito orgulho, e a ideia me causa um aperto no peito.

Ela me encontra um pouco depois no quarto de hóspedes. Estou no notebook, sentado em uma poltrona, mexendo na planilha da sra. SB. Izzy para de repente, com uma taça de champanhe na mão, os ombros expostos agora salpicados de purpurina vermelha e dourada. Pela janela a seu lado, vejo que a neve cai em flocos leves e grossos.

— Ai, meu Deus do céu — diz Izzy. — Não acredito que você está trabalhando.

Fico imediatamente na defensiva.

— Era para *nós dois* estarmos trabalhando.

— Ah, fala sério! Foi você quem sugeriu ficar. Além do mais, não tenho como trabalhar daqui. Vem dançar. Estão tocando músicas dos anos 2000 com letras machistas pra caramba. Metade da sala está curtindo e a outra metade está desconstruindo as músicas problemáticas. Basicamente, essa festa é maravilhosa.

Ela estende a mão para mim. Nunca dei a mão para Izzy — exceto quando ela me puxou para a piscina.

— Vamos recomeçar? — diz ela, abaixando um pouco a voz. — Podemos tentar isso? Por uns minutos só, antes de voltar para casa?

Encontro seu olhar. Noto certa malícia ali — que nem quando ela encontrou meu olhar pela porta do Achados e Perdidos, de sutiã cor-de-rosa. Que nem quando ela estava encostada na beirada da piscina.

Sou cauteloso, mas Izzy faz eu me sentir imprudente.

Há uma atração física entre nós que se torna cada vez mais óbvia. Mas ela não me respeita. Nada a impede de pegar o que quer de mim e parar aí.

Não deveria ser um problema. Não *seria* um problema se eu a odiasse como ela me odeia. Estaríamos no mesmo barco e não haveria perigo de ninguém se magoar.

Então, de repente, percebo o problema. Eu não odeio Izzy Jenkins nem um pouco.

— Izzy — diz ela, já que não respondo —, prazer.

Estendo a mão devagar e aperto a dela, fria e pequena. Meu coração bate mais forte, forte até demais.

— Lucas da Silva — digo. — O prazer é meu.

Dançamos. No começo, distantes um do outro — como seria, imagino, se fôssemos mesmo desconhecidos, como estamos fingindo que é o caso. Porém vamos nos aproximando devagar, uma música depois da outra, até meu quadril esbarrar no de Izzy e o cabelo dela deixar um rastro no meu braço sempre que ela balança a cabeça. A música é um pop estadunidense ruim, mas não me incomoda. Quero dançar com Izzy. Quero me entregar à batida do desejo que me percorre quando a vejo. Quero ignorar a vida real só uma vez e fingir que sou um cara em uma festa dançando com uma mulher linda.

— Você é bom — comenta ela, mais alto do que a música. — Sabe dançar!

— Você também.

— É, claro — diz, como se fosse óbvio. — Mas achei que fosse clichê essa história de todo brasileiro saber dançar.

— É clichê. Nem todos sabem dançar — digo, pensando na minha irmã, que sempre diz que perde o ritmo que nem perde namorado.

— Mas, se algum brasileiro fosse dançar mal — continua Izzy —, achei que seria você.

Olho feio para ela, que ri.

— E como você sabe que sou brasileiro?

Ela faz uma careta por ter saído da personagem.

— Quer dizer, ah, de onde você é? — pergunta.

— Niterói — respondo quando a música muda, e vejo seu corpo mudar também, se adaptando ao novo ritmo. — Fica no Rio de Janeiro, no Brasil.

— Brasil! Como é lá nessa época?

— Quente — digo, sustentando seu olhar.

Tomo um gole de cerveja.

A batida do desejo fica mais forte. Ela está mais perto, me olhando, a purpurina nos ombros cintilando à luz do lustre de Shannon.

— E você? De onde é?

— Surrey — diz ela, e sua perna esbarra na minha. — Bem menos emocionante. Mas eu amei crescer lá.

Algo passa em seu rosto — uma memória dos pais, talvez.

— E o que você faz da vida? — pergunto, para trazê-la de volta.

Ela cambaleia de leve quando alguém passa por nós, e eu a sustento com a mão em sua cintura. Por algum motivo, me parece bom deixar a mão ali, e agora não estamos só dançando, mas dançando *juntos*. Ela apoia as mãos de leve nos meus ombros e acompanha o ritmo do meu quadril.

— Trabalho em um hotel.

Tento imaginar o que eu diria se não estivesse todo dia ao lado dela na recepção. Está difícil me concentrar. Ela mexe o corpo em sincronia com o meu, e apenas o tecido macio da blusa azul-clara separa minha mão de sua pele. Ela está quente, um pouco sem fôlego. Sinto seu cheiro de canela toda vez que inspiro.

Eu me decido pela pergunta que sempre me fazem.

— Algum hóspede já mentiu o nome para encontrar a amante?

Ela abre um sorrisinho entendido.

— Várias vezes. Também têm uns caras que aparecem pelados debaixo do sobretudo. Sempre acontece.

Eu solto um *ah* de reconhecimento quando começa a tocar "Envolver", da Anitta. Izzy repara e encontra meu olhar. Estamos colados um no outro: ela não está mais com os braços apoiados nos meus ombros, mas envolvendo meu pescoço, e minha mão está em sua lombar, sincronizando nosso ritmo.

— Traduz essa música para mim? O que a letra diz? — pergunta ela.

— Bom, é que é em espanhol...

— Ah — diz Izzy, e cora. — Desculpa. Achei que fosse português.

Dessa vez, não tenho interesse em envergonhá-la.

— Meu espanhol não é tão ruim, então vou tentar... Mas, hum, a música é meio explícita.

— A gente acabou de dançar "212" — diz ela, inclinando a cabeça para trás para me olhar, seu cabelo fazendo cócegas na minha mão em sua cintura. — Acho que aguento uma letra de cunho sexual.

Tomo um gole da cerveja.

— Ela está falando tipo... "Me diz o que fazer se a gente se quer tanto assim." Diz... "Se a gente transar, você não vai durar cinco minutos".

Izzy ri disso, ainda dançando.

— E mais o quê?

— Ela diz que não vai deixar o cara se envolver com ela. Que o que acontecer lá vai ficar lá.

Dançamos juntos até Izzy acabar com os mínimos centímetros entre nós, e eu perceber o que é mesmo *junto*. A barriga dela encostada no meu quadril, os seios, no meu peito. O contato faz o desejo me invadir. Estou duro, e ela já deve ter notado, mas continua a dançar mesmo assim.

— Que ideia interessante — diz, me olhando nos olhos.

Sinto o celular dela vibrar no mesmo instante em que ela sente. É esse o nível de proximidade da minha mão e do bolso de trás da calça jeans dela. Izzy olha para baixo e se desvencilha para pegar o celular.

— É o Ollie — avisa, e, de repente, voltamos.

No meio de uma pista improvisada na sala de uma desconhecida, quando deveríamos estar no trabalho. A sala parece menor, e a música, incômoda de tão alta.

Não consigo escutar a conversa, mas a acompanho para sair da pista e observo sua linguagem corporal. Ela se tensiona e prende o cabelo para cima com a mão, antes de soltá-lo enquanto fala.

Quando desliga, ela se vira e me encontra imediatamente.

— A gente precisa voltar — diz.

— O que houve?

— É que... — Ela morde o lábio inferior. — A esposa de Graham chegou no hotel.

— A dona da aliança?

— Nããão — responde Izzy. — A *outra* esposa de Graham.

Izzy

Aparentemente, Graham tem dois e-mails diferentes mas parecidos por um motivo. Porque ele tem duas vidas diferentes mas parecidas.

E quando copiei o outro endereço de e-mail na nossa conversa... dei à Esposa nº 1 acesso a um papo sobre uma aliança de casamento que pertencia à Esposa nº 2, o que acabou criando certo drama, óbvio. A Esposa nº 1 apareceu no saguão do hotel, se esgoelando e exigindo respostas do coitado do Ollie, que não fazia a mínima ideia do que ela estava falando. Aparentemente, ela agora se recusa a deixar o hotel até que "consiga alguma resposta de seja lá quem mandou aquele e-mail".

— Dá pra gente chegar até Woking.

Lucas está andando de um lado para outro no corredor de cima de Shannon, alheio às pessoas que aparecem para usar o banheiro e precisam contorná-lo como se ele fosse um chefão de final de fase de algum jogo antigo de Game Boy. Ele encara fixamente o telefone, o aplicativo da rede de trens aberto na tela. Não consigo acreditar que só meia hora atrás eu estava me esfregando nesse homem na pista de dança. Essa lembrança parece completamente surreal.

— Tá, ótimo — respondo, mordiscando a unha do dedão.

Eu fiz uma cagada daquelas. Bem, na verdade a culpa é de Graham, mas eu levei essa confusão para o hotel, e agora nem estou lá para resolver — estou aqui, dançando de uma forma sexy com Lucas. O que eu estou *fazendo*?

— Talvez de Woking a gente arrume um ônibus — diz Lucas, digitando furiosamente no celular.

Olho pela janela no patamar da escadaria. A neve está caindo mais rápido, determinada, rodopiando e soprando como uma daquelas pinturas que Van Gogh fez das estrelas.

— As estradas do Reino Unido não são feitas para tempestades de neve — comento, e me recosto na parede.

Alguém hesita ao sair do banheiro, e então passa correndo um instante antes de Lucas dar meia-volta e começar a andar na outra direção.

— Acho que as chances de encontrar algum ônibus saindo daqui a algumas horas são mínimas — digo.

— É só um pouco de neve! E só está um pouco frio! — vocifera Lucas.

— Bom, tá, mas eu não sou a droga da Secretaria de Trânsito, né? — retruco, incomodada.

Ele está se comportando como se aquela dança não tivesse acontecido. O homem todo solto que sorria de leve e mexia os quadris junto aos meus se foi — o Lucas irritadiço e ranzinza está de volta, descontando em mim coisas que não são minha culpa.

— Por que ficamos até tão tarde? — questiona ele, passando o dedo para baixo para tentar atualizar a tabela de trens outra vez.

Fico observando enquanto o texto vermelho aparece, os atrasos aumentando.

— Porque a gente estava se divertindo. Antes de você voltar a ser o Lucas de sempre, que é incapaz de se divertir e briga comigo por tudo.

Ele ergue o olhar para mim finalmente, parecendo surpreso.

— Eu não estou brigando com você.

Faço uma cara incrédula, abrindo os braços.

— Oi? Você acabou de gritar comigo por só estar um pouco frio.

— Não estava gritando com *você*. Por que eu gritaria com você por causa disso? Não é sua culpa, é?

Ele parece genuinamente perplexo. Eu o encaro em silêncio, tentando compreender a falha de comunicação.

— Desculpa, essa é a fila do banheiro? — pergunta um homem baixinho de calça de alfaiataria, chegando ao topo das escadas.

Faço um gesto para que ele siga adiante.

— Então você só estava... gritando normal?

— Isso é frustrante — diz Lucas, olhando outra vez para o celular para atualizar a página. — Quero voltar para o hotel. E eu odeio... essa situação. Não estou frustrado com você.

— Certo. — Faço uma pausa, mexendo no colar. — Espera aí, não. Eu não acho que está tudo certo.

Ele pisca, aturdido, absorvendo as palavras.

— Você não precisava levantar a voz — digo.

Estamos entrando em um território novo aqui: nunca chamei a atenção dele por isso antes, mas no momento que começo a falar, percebo como esse hábito me irrita. Ele faz isso o tempo todo no hotel. Eu me pergunto quantas vezes nossas discussões começaram porque ele aumenta o tom de voz e só isso basta para me atiçar.

— Eu também estou frustrada — acrescento. — E não estou gritando.

— Em vez disso, você só está dizendo coisas desagradáveis — responde ele. — Acha que é mesmo assim tão melhor?

— O quê?

Fico genuinamente aturdida com o comentário. Já fui chamada de muitas coisas ao longo dos anos — esquisita, idiota, burra —, mas *nunca* me falaram que eu era desagradável.

— Eu sou *incapaz de me divertir*. Foi você que disse isso.

— Ah, eu...

Eu falei isso mesmo. Acho que quando se trata de Lucas, eu sempre digo coisas desse tipo, e ele sempre devolve na mesma moeda, então nunca me ocorreu que isso seria desagradável. Consigo sentir minhas bochechas corando. Pressiono o dorso da minha mão na pele quente.

— Eu achei... — começo. — Achei que era só, tipo... o que dizemos um pro outro. Meio tipo... uma piada.

— É mesmo? — Lucas volta a andar de um lado para outro. — Nenhum de nós dois parece rir muito quando a gente conversa.

Não sei o que dizer. Estou começando a me sentir envergonhada.

— Está tudo bem com vocês dois? — grita Shannon pelas escadas. — O nosso voo foi adiado, então todo mundo vai voltar pra casa hoje. Vocês conseguem voltar?

Nós nos encaramos.

— Tenho certeza de que vamos ficar bem! — respondo. — Os trens estão meio instáveis, mas vamos conseguir.

— Ótimo — diz Shannon, soando aliviada. — Ofereceria o quarto de visitas pra vocês, mas alguns amigos que moram mais longe precisam de um lugar pra dormir, então...

— Nós vamos indo — digo, olhando para os trens na tela do celular de Lucas.

Outro trem foi cancelado. Pontos de exclamação em triângulos amarelos aparecem por toda a tela.

— Obrigada por nos acolher, Shannon!

— Se cuidem! — responde ela, os sapatos de salto ressoando na direção da cozinha.

Se isso fosse um filme de Natal, ela teria nos hospedado no quartinho de visitas e nós ficaríamos acordados conversando a noite toda. Seria aconchegante e lindo. Só que não estamos em um filme de Natal, então Lucas e eu acabamos sentados na frente de uma loja na estação em Waterloo, encarando taciturnos o quadro de partida dos trens, ainda remoendo nossa última discussão.

Sob o candelabro de Shannon, eu tinha chegado perto de beijá-lo. Ele é irritante, tem pavio curto e umas cem outras coisas que não gosto nele, mas não posso negar que sinto tanta atração pelo homem que chega a quase *doer*. Fico pensando no que Sameera e Grigg disseram, que não tem problema ter um casinho com ele — ninguém vai sair ferido se sequer gostamos um do outro.

Mas é normal querer transar com alguém que odiamos? Isso é algo que eu deveria avaliar mais? Fiz alguns anos de terapia depois da morte dos meus pais, e aprendi o bastante sobre pensamentos saudáveis para suspeitar que esse seria um tópico que minha antiga terapeuta provavelmente gostaria de discutir.

Olho para Lucas. Ele está comendo um sanduíche com raiva, o que eu não sabia que era uma possibilidade, mas ele está de fato fazendo isso com maestria. Reviro os olhos. Ele é tão dramático. Tão mal-humorado, soturno e *grosseiro*.

Além do mais, ele acha que eu sou desagradável. Pressiono a mão contra a base das costelas quando aquele pensamento me atinge, acompanhado de uma sensação de vergonha. Meus pais tinham uma placa pendurada em cima do forno da nossa cozinha que dizia "nenhum ato de bondade é um desperdício" — era importante para eles que, seja lá o que eu decidisse da minha vida, eu fosse sempre gentil, e de repente fico aterrorizada de ter decepcionado os dois. Pensar nisso me deixa sem ar.

— Ali! Na plataforma sete! — grita Lucas, saindo do assento feito um raio.

A embalagem do sanduíche sai voando enquanto nós disputamos uma corrida até o trem coberto pela neve. Ele corre rápido, mas eu sou mais ágil —

quando finalmente pulo no trem, ele ainda está tentando se espremer entre dois turistas e sua bagagem.

— Ha! — digo, mostrando a língua quando ele finalmente passa pela porta, respirando com dificuldade.

Fico esperando uma resposta sobre como eu sou infantil, mas quando ele me olha, por um instante, o rosto dele é um livro aberto. Ele está sorrindo.

— Que foi? — pergunto, desconfiada.

O sorriso desaparece.

— Nada — diz Lucas, passando por mim em direção, é claro, ao único assento disponível.

A sra. SB nos manda uma atualização por mensagem quando chegamos em Woking: *Dei para a sra. Rogers nº 1 nosso quarto extra no Chalé Opala pela noite e convidei o sr. Graham Rogers e a sra. Rogers nº 2 para tomarem um brunch aqui e terem uma conversa civilizada de manhã. É incrível o que a promessa de uma refeição grátis pode fazer.* A mensagem termina com um emoji de joinha. A sra. SB só sabe usar esse emoji sem nenhuma ironia, então ela deve estar mais calma do que quando Ollie me ligou. Ainda assim, eu me sinto horrível por ter causado toda essa confusão. É a última coisa da qual ela precisa nesse instante — e mesmo que tenha sido superlegal de ter nos dado folga para essa viagem, eu me sinto *muito* culpada por largar o hotel por uma tarefa que um funcionário poderia fazer sozinho.

A estação de Woking está lotada de viajantes putos da vida, todos alternando entre encarar seus celulares e as telas com os avisos de chegadas e partidas. Está frio demais; meu nariz até dói. Só quero voltar para casa e me enfiar embaixo das cobertas.

— Os ônibus foram cancelados — rosna Lucas, sem erguer os olhos do celular. Ele murmura algo em português e então diz: — O que vamos fazer agora?

Fico chocada que ele esteja me perguntando. Lucas geralmente gosta de seguir sempre em frente, destemido, tomando as próprias decisões e esperando que eu o acompanhe trotando alegremente.

— Táxi? — pergunto, já estremecendo.

— Eu não *posso* — diz Lucas, e sinto uma agonia real na voz dele só de pensar na possibilidade.

Eu entendo: também não estou nadando em dinheiro, e um táxi daqui custaria pelo menos duzentas libras. Pego meu celular e abro o Google. Tem um hotel barato ao lado da estação com quartos disponíveis a partir de quarenta libras. Duvido que vão ficar nesse preço por muito tempo — logo mais, outras pessoas terão a mesma ideia.

— Olha, parece que todo mundo está bem no hotel nesse momento, e não podemos pagar um táxi, então... — sugiro, virando o celular para mostrar a tela.

Ele me encara por um instante. Seu olhar encontra o meu.

— Podemos pegar dois quartos — digo rapidamente. — Se você quiser.

— Eu prefiro... Bom, você que sabe.

— Um só está bom para mim. Eu posso dormir no chão.

Ele me lança um olhar irritado.

— Sou *eu* que vou dormir no chão.

— Não sei se vai ter espaço o bastante no chão pra você — digo, indicando o tamanho dele.

Seus lábios levantam de leve.

— Faça a reserva — diz Lucas, decidido. — Antes que seja tarde demais. Eu transfiro a metade do valor agora.

Ele volta a mexer no celular antes que eu abra a boca para dizer que ele não precisa se preocupar e que isso pode esperar. Engulo as palavras. Eu sei que Lucas não tem muito dinheiro, mas ele também é muito orgulhoso.

— Obrigada — digo, em vez disso.

Alguns cliques depois, está feito. Inacreditavelmente, incompreensivelmente, estou prestes a passar uma noite em um hotel com Lucas da Silva.

A primeira coisa que noto no quarto é que ninguém vai conseguir dormir no chão por aqui. Cada centímetro vazio do quarto é tomado por uma escrivaninha, uma cadeira, mesas de cabeceira e uma banqueta acolchoada grande demais para aquele espaço. Além disso, também conta com uma daquelas coisas ridículas que deixam para os hóspedes apoiarem a bagagem, como uma rede minúscula para malas. Quem é que usa isso, e por quê?

Obviamente, não trouxemos malas. Eu nem sequer tenho uma escova de dentes. Tento passar a língua de forma vigorosa nos dentes, o que não tem nenhum efeito além de machucá-la, e então me jogo na cama com um grunhido bem alto e demorado.

Pelo menos está quentinho. Uma entrada de ar está zunindo em cima da porta do banheiro, soprando vento quente. Tudo aqui é em um tom de cinza fácil de lavar. É completamente impessoal — o oposto da Mansão Forest Hotel & Spa. Esse hotel não é um lugar onde as pessoas se esforçam para ir além, é um lugar onde colegas de trabalho vão para a cama juntos quando não deveriam fazer isso.

Ergo o olhar para encarar Lucas, que ainda está examinando o quarto com os braços cruzados. Nós não vamos fazer esse tipo de coisa, óbvio.

Exceto que, algumas horas atrás, eu realmente queria transar com Lucas, e aquele pensamento ainda não se desfez por *completo*.

— Você fez uma coisa boa hoje — diz ele, de repente.

Meus pensamentos imediatamente voltam para a pista de dança. A voz da Anitta, a sensação da mão de Lucas na base das minhas costas...

— É melhor que essas duas mulheres saibam da verdade — completa ele.

Ah. Graham. Sim. Graham, o traidor. O outro grande acontecimento do dia.

— Não foi uma coisa muito boa pro hotel, no caso — digo. — Deixei a vida da sra. SB e do Barty ainda mais estressante.

Lucas dá de ombros.

— Algumas coisas são importantes o bastante para valer o drama.

Ergo as sobrancelhas. Não é como se Lucas algum dia tivesse sido a favor de drama.

— Está cedo demais para dormir — diz ele, verificando o relógio. — Acho que vou dar uma volta.

— Uma volta? No centro de Woking? No meio de uma nevasca?

Lucas volta sua atenção para a janela, como se acabasse de se lembrar do problema.

— A gente pode ir para o bar — sugiro, me apoiando nos cotovelos.

Lucas faz uma careta. Ah, é. Nada de gastar dinheiro desnecessariamente. Pego o controle remoto e ligo a TV. Está passando *Simplesmente Amor*. Eu solto um gritinho contente e me ajeito na cama para ficar apoiada nos travesseiros.

— Você já viu esse filme, né? — pergunto para ele.

Ele observa a tela por alguns segundos.

— Não.

— Meu Deus do céu. Senta aí. Isso é um crime contra o Natal. Ele não é famoso no Brasil? Tem até um cara brasileiro musculoso supergato no filme e tudo.

Ele mexe a boca.

— Você acha que todos os caras brasileiros musculosos e supergatos se conhecem?

Fico corada.

— Não, não foi... Ai, deixa pra lá. Você precisa assistir.

Ele parece levemente esgotado, mas se empoleira na cama ao meu lado, e, depois de um instante, coloca as pernas em cima do colchão.

— É *Simplesmente Amor*? Minha irmã diz que eu preciso ver esse filme o tempo todo — comenta ele. — O que eu perdi? Quem é esse cara?

— Só assiste, vai — digo.

Porque é claro que Lucas é um desses caras assertivos que precisa falar na hora de um diálogo crucial.

Na tela, David encontra Natalie pela primeira vez. Lucas se acomoda ao meu lado, os dedos unidos em cima do torso.

— Então ele vai se apaixonar por essa mulher? — pergunta ele, quando Annie aparece na tela.

— Não, essa é a chefe de gabinete dele — digo, rindo. — Ele se apaixona pela Natalie. Seu radar de romance é horroroso.

Então eu hesito. Será que isso foi desagradável?

— Desculpa — acrescento.

No mesmo instante, Lucas pergunta:

— Então eles são colegas de trabalho. Isso significa que eles não podem ser nada além disso?

Mantenho os olhos fixos na cena se desenrolando na TV e desisto de escutar qualquer coisa.

— Bom, acho que... o primeiro-ministro dormir com a chefe de gabinete dele seria meio ruim?

— Hum — diz Lucas, absorvendo a informação.

— Como é com romances no ambiente de trabalho no Brasil? O pessoal é tranquilo com isso?

— Depende muito de como você age. Precisaria ser apropriado.

— Entendo. É a mesma coisa aqui na Inglaterra.

Penso naquele dia que puxei Lucas para a piscina, nós dois inteiramente vestidos dentro dela, jogando água um no outro loucamente. Não tenho certeza se alguém chamaria nossa conduta de "apropriada".

Nós assistimos ao filme em silêncio. Eu me pergunto o motivo de Lucas ter questionado sobre a coisa de colegas de trabalho se envolverem romanticamente. Eu me pergunto se é por minha causa. Eu me pergunto se estamos prestes a cruzar uma linha sem volta, se eu me importo com isso, e eu já sei que não me importo nada.

Lucas vira de lado, me encarando. Eu viro a cabeça para encará-lo de volta. E me permito vê-lo de verdade: aqueles olhos castanhos sérios, as sobrancelhas retas, o leve vazio das bochechas. Estamos perto o bastante para que eu sinta a respiração dele no meu rosto.

— Você sempre me disse o que pensava de mim — diz ele, por fim, com a voz baixa. No fundo, a televisão continua tagarelando. — Você sempre foi sincera.

— Isso é verdade.

Eu mudo de posição para deitar de lado também, e coloco uma das mãos embaixo da bochecha. Ele imita o gesto, a outra mão tamborilando inquieta na coberta entre nós dois.

— Me diz o que está pensando de mim agora?

Não estava esperando essa pergunta. Não sei o *que* pensar de Lucas ultimamente. Acho que ele é sério demais e não sabe rir de si mesmo; acho que ele é pedante e grosseiro. Acho que, no Natal passado, ele se comportou como um babaca. Só que também acho que ele é sexy e complexo, e que existe algo caloroso em algum lugar lá no fundo, debaixo de todas aquelas carrancas.

— Acho que talvez eu não te conheça de verdade — digo, devagar.

A expressão dele muda minimamente. Eu não teria notado se não estivéssemos tão próximos. E, de repente, sou levada pela vontade de só... sacudi-lo. Ele é tão contido. Quero fazê-lo se soltar.

Levo a mão até o queixo dele, repousando-a na lateral do rosto, a base dela contra o seu pescoço. A barba por fazer é áspera. Sinto o maxilar dele se tensionar, mas Lucas continua imóvel, me observando com aqueles olhos escuros e líquidos. O calor que senti na pista de dança começa a crescer no fundo da minha barriga, uma batida baixa e selvagem.

A decisão que estou tomando é uma decisão ruim — sei disso enquanto me inclino na direção dele, os olhos fixos em seus lábios entreabertos. Só que eu não me importo. Eu não me *importo*. Eu quero isso, e estou cansada de tentar descobrir o porquê.

Eu beijo Lucas. Aquele calor parece aumentar dez vezes dentro de mim, como se eu tivesse soprado uma chama, e por um segundo, talvez dois, Lucas retribui o beijo.

Então, ele logo se afasta, virando na cama para se sentar de costas para mim. Eu encaro seus ombros encolhidos, como levantam e abaixam a cada respiração. Também estou ofegante, minhas bochechas quentes.

— Merda — murmuro. — Desculpa. Eu pensei que...

— Está tudo bem. — A voz de Lucas é firme. — Eu só... isso não seria uma boa ideia.

Ele olha por cima do ombro por um instante antes de voltar os olhos para o tapete. É rápido demais para que eu veja qualquer coisa no rosto dele.

— Não estou querendo um relacionamento, se é isso que te preocupa — digo, magoada. — Eu sei que você não vai querer colocar alguém como eu em um avião para ir conhecer a sua mãe.

Ele se vira ao ouvir aquilo, como se quisesse me ver de verdade. *Simplesmente Amor* continua passando ao fundo, e eu tateio de forma impaciente atrás do controle remoto, desligando a TV.

— Hã? Alguém como você?

— Só estou falando que seu tipo provavelmente são mulheres que vestem roupas minúsculas para ir à academia com você e bebem suco verde. Mas que também gostam de filmes estrangeiros. E futebol. E que tem pernas supercompridas.

Eu estou só tagarelando, aquecida por doses iguais de desejo e vergonha. Preciso voltar a ter controle da situação. Ao menos reconheço a expressão dele: levemente exasperada, aquela com que ele sempre fica quando está só me deixando falar. Tudo bem. Pelo menos não é pena.

— Você não sabe nada do meu tipo — diz ele. — Pelo visto.

— Bom, eu sei um pouco, não é? — Eu me sento e me viro para o canto da cama. — Não importa. Eu não gosto de você, você não gosta de mim, achei que a gente poderia só se divertir um pouco por uma noite, mas você não quer. Fim da história. Vou dar uma volta.

— No centro de Woking? No meio de uma nevasca?

Olho injuriada para ele por ousar repetir minhas palavras feito um papagaio.

— Sim — digo, levantando o queixo, pegando meu casaco e saindo pela porta. — Vejo você na hora de dormir.

Meu Deus, isso vai ser constrangedor.

Lucas

É difícil imaginar como essa situação poderia ter sido pior.

Por que ela me beijaria logo depois de dizer que não me conhece? Por que naquele momento? Foi uma frase que me machucou, mas também me deu esperanças: ela nunca *tentou* me conhecer, mas talvez, se eu pudesse fazê-la querer tentar, ela poderia...

Pressiono as mãos contra os olhos. Nossa, mas que dia horrível. Uma grande constatação veio se aproximando feito um trem vindo na minha direção, e, deitado aqui nessa vergonha que ousam chamar de quarto de hotel, não tenho outra escolha a não ser reconhecer que eu quero que Izzy Jenkins goste de mim.

Porque eu gosto dela. Eu gosto das mechas de cabelo coloridas e da forma como ela joga sujo. Eu gosto que ela me desafie. Eu gosto que ela seja muito mais interessante do que deixa transparecer na primeira impressão. Eu quero ser a pessoa que conhece cada centímetro da verdadeira Izzy.

Meu celular vibra: é outra mensagem do grupo de família no WhatsApp, que se tornou um jogo infindável de vamos-encher-o-saco-de-Lucas, com uma pausa para diversas perguntas rápidas da minha irmã sobre churrasco.

Ei, Lucas, como está seu encontro??, pergunta Ana, mandando um GIF de um elefante rindo, cujo significado eu nem sequer seria capaz de entender.

Hesito por um instante, e então, por impulso, clico no nome dela e aperto o botão para fazer uma videochamada.

Ela atende depois de três toques, com os cachos presos e cílios falsos gigantescos que se estendem até as sobrancelhas.

— Oiê — diz, inclinando a cabeça.

— Não é um encontro — digo.

Sempre que eu ligo para alguém da minha família, soa estranho voltar a falar português. Eu sou um homem um pouco diferente na minha língua nativa. Mais ousado, mais firme, mais barulhento. Não acho que o Lucas Inglês ou o Lucas Brasileiro seja um mais verdadeiro que o outro, mas os dois idiomas despertam lados meus diferentes, e, no momento, quero me lembrar da versão de mim mesmo que respira através dos "Rs" e vai atrás do que quer.

— Mas bem que você queria que fosse — replica Ana.

Ela está se encarando no espelho, ajustando os cílios.

— Aonde você vai? — pergunto.

— Pra um encontro de verdade — diz ela, fazendo biquinho para o reflexo.

— Ele vem pra cá.

— Não é meio da tarde agora aí?

— Hora do cochilo. Tenho umas duas horas livres e um cara de mente aberta. Não muda de assunto, você me ligou por um motivo. O que rolou?

— Ah, eu não vou me aproveitar das suas horas liv...

— Lucas.

— Tá. Vou falar rápido. Acho que eu gosto dela. Da Izzy. Minha colega de trabalho. Ela tentou me beijar e eu rejeitei porque... ela me odeia. Eu não quero beijar ela *desse jeito*, sabe?

Ana puxa o fôlego entredentes.

— E ela ficou chateada.

— Uhum. Agora ela me odeia mais do que nunca.

— O orgulho dela ficou ferido. Existe um motivo para ser mais difícil para as mulheres irem atrás dos homens do que o contrário. Quando o mundo dita que o desejo dos homens é que define o seu valor, é difícil aceitar quando eles não têm interesse, e aí ficamos com medo de levar um fora. Você acabou de dar um golpe nela. Agora precisa se esforçar pra fazer ela se sentir melhor.

— E como eu faço isso?

Ana aperta os lábios. Não sei se é algo a ver com o batom ou se tem a ver comigo.

— Como ela é? O que faz ela se sentir bem?

— Ela é muito independente. E vive rodeada de amigos. E gosta de coisas de brechó, e de doces.

De repente, o rosto de Ana se alegra com um sorriso.

— Ih, você tá caidinho.

Solto um grunhido.

— Você sabe o que fazer. Se gosta mesmo dela, vai saber o que fazer, porque se vocês forem feitos um pro outro, você foi feito para ajudar ela a se recuperar quando está magoada. Preciso ir, mas fiquei feliz que você me ligou. Fico tão orgulhosa de te ver aí, estudando, trabalhando, indo atrás do que você quer. Tô com saudade.

— Também tô com saudade. Te amo — respondo. Isso também é algo muito mais fácil de falar em português. — Aproveita o seu encontro. Espero que...

A porta se abre e uma Izzy de nariz vermelho e cheia de neve enfia a cara dentro do quarto.

— Ah, desculpa, você tá no telefone? — pergunta ela, parando antes de entrar.

— É ela? — pergunta Ana, graças a Deus falando em português.

— Tchau — digo para minha irmã, antes que ela possa falar algo muito incriminador e fácil de traduzir. — Não se preocupe — digo para Izzy enquanto desligo a chamada. — Já acabamos.

— Olha — diz Izzy —, está muito frio lá fora, e um ônibus passou em cima de uma poça e me encharcou toda, então preciso muito de um banho quente. Dá pra gente concordar em coexistir em silêncio e esquecer... — ela aponta para a cama — ... que isso aí aconteceu?

Não vou me esquecer daquele beijo. Sim, aconteceu na hora errada, e sim, minha cabeça estava a mil por hora, mas a sensação dos lábios de Izzy contra os meus, da mão dela no meu rosto, da língua, do aroma de canela e açúcar... Meu corpo *despertou*, como se aquele beijo fosse um fósforo atirado na lenha, e precisei de toda a minha força para resistir.

— Tudo bem — digo, pigarreando. — O que você preferir.

Ela vai até o banheiro e fecha a porta. Penso no que Ana disse, que se eu fui feito para Izzy, vou saber como fazê-la se sentir melhor. Mas tenho certeza de que seja lá do que ela precisa agora, não estou oferecendo no momento. Encaro o teto e tento pensar. Ela vai querer deixar claro que não *precisa* de mim. Izzy não gosta de precisar de ninguém. Ela vai querer se sentir atraente, porque eu sou um imbecil e provavelmente a fiz se sentir como se eu não a quisesse, apesar dessa mulher assombrar meus sonhos há muito mais tempo do que eu gostaria de admitir.

E ela vai querer ganhar de mim outra vez, porque é assim que nós somos.

Talvez essa seja a resposta. Talvez, por mais doloroso que seja... eu precise deixar Izzy ganhar alguma coisa.

***

Ela sai do banheiro enrolada em uma toalha provocantemente pequena, os pés descalços e o cabelo molhado. As mechas desapareceram. Nunca me ocorreu que ela deve tirá-las quando lava o cabelo, mas ela também não estava usando na piscina. Nunca vi alguém com mechas falsas antes de conhecer Izzy. Deveria parecer cafona, mas não é o caso. Izzy tem esse efeito.

Cumprindo com sua palavra, ela não fala comigo. Só agarra a bolsa e então volta para o banheiro, fechando a porta de maneira enfática. Quando aparece outra vez, está vestida, com o cabelo seco e voltou a usar as mechas. Enquanto isso, terminei de assistir a *Simplesmente Amor* e estou me sentindo extremamente sentimental.

— Escuta — começo, e ela ergue uma das mãos.

— Isso parece o começo de uma frase sobre o incidente sobre o qual concordamos em não falar.

Ela dá a volta para sentar na banqueta, espanando rastros de neve da calça jeans.

— Eu só queria falar que...

— Lucas.

— Eu não queria que você pensasse...

— Eu não deixei tudo claro?

— Não é que eu não...

— Meu Deus do céu, você é incapaz de me escutar ou...

— Não é que eu não te ache bonita.

Eu quase berro a frase para me fazer ouvir, mas, assim que falo, ela fica em silêncio. Por fim, acaba me olhando. Eu me ajeito nos travesseiros, cruzando os braços.

— Você é linda — digo, em tom mais baixo. — E o beijo foi...

— Lucas... — O aviso é mais fraco dessa vez.

— Também foi um beijo bonito, só que...

— Tá. Foi idiota. Pessoas que não se gostam não deveriam se beijar, isso é... esquisito e uma péssima ideia — diz ela, olhando pela janela a seu lado. — Eu me obriguei a lembrar disso na caminhada cênica que fiz agora pouco.

Escolho minhas palavras com cuidado.

— Meu tipo não são mulheres com roupas de academia minúsculas que assistem a filmes complexos. Nesse momento, é uma britânica baixinha e irritante com olhos verdes maldosos que está ocupando todos os meus pensamentos, mesmo que meu cérebro saiba que não deveria ser o caso. Você me entende?

Ela arregala os olhos.

— Mas nós não vamos nos beijar — decreto.

— Você está sendo muito mandão. Você sabe que isso me irrita.

Ela não *parece* muito irritada.

— Beijar está fora de cogitação — digo.

Ela ergue uma sobrancelha.

— É perigoso demais — acrescento.

Eu me sento na cama, observando como o corpo dela responde aos meus movimentos — ela se inclina um instante depois que eu me inclino, como se eu a puxasse para mais perto. Como se ainda estivéssemos dançando.

— Você tem razão. Seria uma idiotice — prossigo, minha voz mais baixa. — Mas, não importa o que você diga, eu de fato sei me divertir. E é por isso que gostaria de propor outro jogo de pôquer.

Se eu estivesse com alguma dúvida sobre o que sinto por Izzy, então cada rodada triunfante que ela ganha teria me dado certeza, porque é uma agonia deixá-la ganhar no pôquer. *Uma agonia.*

— Você é ruim mesmo nisso — comenta ela, alegre, puxando as fichas para si (ainda estamos usando uvas-passas). — Você teve uma baita sorte no trem, né?

— Sim — respondo, entredentes. — Parece que sim.

— Então tire a camisa — diz Izzy, erguendo os olhos para mim enquanto distribui as cartas outra vez. Seu olhar está cheio de malícia.

Strip poker. Ou eu sou um gênio por sugerir a ideia, ou um completo idiota. Por um lado, definitivamente a animou, mas, por outro, acabei de me comprometer a me despir por completo na frente de Izzy sem nem ao menos tocá-la. Isso parece um tipo de tortura brutal.

Sentado em cima da cama, tiro a camisa lentamente. Ela está com a calça jeans e o top azul sem alças, e não planejo deixá-la ir além disso. Por mais que eu queira despi-la, não é assim que vai acontecer. Se algum dia eu tiver a chance de ver Izzy nua, vai ser porque nós dois queremos exatamente isso.

Ela percorre meu corpo com o olhar. Eu solto o fôlego, tentando não ficar tenso. Gosto dessa sensação, de vê-la me observando. Deixando-a me olhar sem tentar ganhar algo em troca pela primeira vez na vida.

— Então, qual é a de todos os músculos? — pergunta ela, distribuindo as cartas no edredom entre nós.

Estou prestes a dar uma resposta grosseira — "todos os músculos" parece depreciativo, mas eu engulo o impulso. O que ela me disse sobre levantar a voz me pegou de jeito, porque é assim que discussões acontecem na casa do meu tio. Todo mundo começa a falar alto e a gritar. Não tinha percebido o quanto eu reproduzo essa atitude.

— Eu fico tenso às vezes. A academia é aonde eu vou para desestressar.

Ela me lança um sorriso rápido.

— Você? Tenso? Quem imaginaria!

Fico feliz de ver aquele sorriso outra vez. Verifico as cartas: ás de ouros, valete de ouros. *Ah, cara...*

— Comecei a fazer exercício quando eu era adolescente.

Engulo em seco, me perguntando se consigo me abrir totalmente com ela. Relembrando o momento em que Camila disse que eu não tinha coração e foi embora.

— Acho que era por causa do meu pai. Pelo medo de eu ter alguma doença fatal. Saber que eu estava saudável e cuidando do meu corpo fazia eu me sentir mais seguro.

Ela arregala os olhos.

— Sinto muito, Lucas. Que horrível. Queria que sua mãe tivesse te falado o que aconteceu com o seu pai.

Balanço a cabeça.

— Ela tinha dificuldade de falar do assunto. Não era culpa dela. Enfim, isso me fez perceber o quanto me exercitar era bom. Como ajuda a me acalmar. Então... não é tão ruim.

— Hum — diz Izzy, ainda franzindo a testa. — Eu passo — anuncia ela, virando as cartas para baixo. — Essa mão foi um lixo.

— O que você faz pra relaxar quando eu te irrito? — pergunto a ela. — Não, espera, deixa eu adivinhar. Você liga pra um amigo pra reclamar?

Ela abre um sorriso de leve.

— É, às vezes. Ou fico quieta vendo alguma coisa relaxante na Netflix, se eu não estiver saindo com alguém. Para me lembrar que o mundo é cheio de coisas boas e legais além de brasileiros rabugentos.

Deixo o comentário passar. Ela distribui as cartas de novo. Por um tempo, ficamos apenas jogamos pôquer, só falando quando é necessário para o jogo. Eu deveria dizer alguma coisa, mas não sei bem como falar com ela agora. Coisas demais aconteceram hoje. Tudo parece *esquisito*, como se alguém tivesse virado a minha vida de cabeça para baixo.

— Vai ser assim de agora em diante? — pergunta Izzy, por fim. — Se eu soubesse que a única coisa que precisava fazer pra calar sua boca era te beijar, eu teria feito isso muito antes.

Ela olha para as próprias cartas, deixando o cabelo esconder o rosto. Quero afastar as mechas e erguer o queixo dela. Dizer que ela não precisa se esconder de mim.

— Eu te chamei de rabugento e você nem falou nada — diz ela, ainda olhando para as cartas. — É esquisito.

— Não foi o beijo — digo. — Estou tentando ser menos... pavio curto. Depois do que você falou sobre eu gritar. — Respiro fundo outra vez. — Meu tio sempre ergue a voz. Eu não quero ser assim.

Confessar meus sentimentos dessa forma é como tentar me contorcer do jeito errado — não é natural. Meu corpo fica cada vez mais tenso com aquele esforço. Ela me observa com os olhos ainda meio baixos, tão quieta que chego a estranhar.

— Ele não é *ruim* — continuo. De repente, me sinto muito mais nu do que me sentia vinte segundos atrás. — É só... enérgico. E só respeita pessoas fortes que batem de frente com ele. Meu tio foi alguém bem presente na minha infância, então eu me tornei forte.

— E a sua mãe? — pergunta Izzy, baixinho. — Como ela é?

— Ela também é forte. — Abro um sorriso. — Mas forte tipo você. Ela aguenta firme, mas ainda dá muito de si para as outras pessoas.

Izzy engole em seco. Dá para ver que eu a surpreendi. Os olhos dela descem para meu peito por um instante, o olhar se demorando na minha tatuagem, uma única palavra tatuada em cima do meu coração.

— Por essa eu não esperava — diz ela, indicando a tatuagem com a cabeça. — Você não faz o tipo tatuado.

E não faço mesmo, mas quando eu estava de mudança para o Reino Unido, de repente entendi o impulso das pessoas de marcarem algo permanentemente no corpo, para dizer, *isso nunca vai mudar*.

— O que isso significa? — pergunta Izzy. — Sou... da-dei?

— *Saudade* — corrijo, na pronúncia em português.

Izzy tenta outra vez. Ela não consegue falar a última sílaba direito, mas, ainda assim, gosto de como o português soa na língua dela.

— Significa... sentir falta. É um anseio por algo que a gente não tem no momento. Não existe uma palavra cem por cento equivalente no inglês. Eu fiz a tatuagem quando soube que ia me mudar pra longe da minha família. Da minha mãe, irmã e da minha avó. E do meu avô também, que faleceu pouco antes de eu vir. Minha família é muito próxima, e eu sabia que sentiria muita falta deles. Queria marcar o quanto isso é importante pra mim. O quanto eles são importantes.

Ela inclina a cabeça.

— E por que você resolveu se mudar?

É uma pergunta tão complicada, tão cheia de camadas... Os motivos de eu querer morar na Inglaterra quando era criança são diferentes dos motivos que tinha para me mudar quando me tornei adulto — e as razões pelas quais fiquei também são outras. E não quero falar para Izzy sobre o curso, que foi um fator enorme para eu me mudar para essa parte do Reino Unido.

Só a minha família sabe que estou estudando para conseguir um diploma. Nem mesmo o Pedro sabe. Ele acha que quando estou trabalhando no bar, estou fazendo coisas do hotel. Sempre achei que me sentiria mais confortável para falar sobre o assunto quando eu iniciasse o curso. Depois, achei que seria melhor esperar passar o primeiro semestre. Só que no instante em que penso em falar para um amigo ou colega sobre isso, eu me imagino sendo reprovado ou precisando desistir ou que por algum motivo não conseguiria arcar com os custos do semestre, e então fecho a boca.

Eu sei que sou orgulhoso demais — eu não deveria me importar tanto com o que os outros pensam sobre mim. Porém é difícil ignorar a voz do meu tio, mesmo depois de todos esses anos, e ele nunca foi de tolerar fracassos.

— Sempre fui fascinado pela Inglaterra — digo. — E ficar em casa não parecia ser o caminho certo para mim. Trabalhando em hotéis, eu senti isso ainda mais. As pessoas chegavam de vários lugares empolgantes, e eu estava sempre ali, exatamente onde comecei. Nunca senti que estava no lugar certo.

— E agora?

Passo os dedos pelas cartas.

— Não sei. Acho que talvez eu não estivesse procurando um lugar, na verdade. Mas eu gosto daqui. Gosto do trabalho. Gosto do interior.

Gosto de saber que estou fazendo meu curso em um dos melhores lugares do mundo para estudar hotelaria, e que estou fazendo isso por *mim*.

— E você? — pergunto. — Aquela tatuagem nas suas costas?

Os olhos dela encontram os meus, buscando algo em meu rosto.

— Hum… quando foi que você viu minha tatuagem?

Sinto o rosto esquentar. Acabei de confessar que estava olhando para ela de biquíni quando ela estava de costas.

— Quando você… quando você estava nadando com o Louis.

Ela ergue as sobrancelhas.

— Ah, é?

— Você virou de costas quando eu… eu só… vi. Sem querer.

Ela abre um sorriso devagarzinho e leva a mão até as costas, traçando o lugar no centro da coluna onde vi a tatuagem.

— E por *quanto tempo* você estava "sem querer" me olhando de biquíni? Viu mais alguma coisa interessante? Posso fazer uma prova oral pra ver onde ficam minhas pintas?

— Foi muito rápido — respondo, imediatamente pensando na minúscula pinta perfeita que ela tem no quadril.

— A-ham. Bom. É uma clave de sol.

Eu espero.

— Por causa dos meus pais. Sempre fomos só nós três. Meu pai não falava muito com a família e minha mãe era filha única, então a gente não era muito desse negócio de vários tios e tias e uma penca de primos. Éramos só nós três. "Uma clave de sós", era o que meu pai dizia. Por isso a… tatuagem. — Ela dá de ombros. — É só um trocadilho tosco. Eu tinha 21 anos e achei que era divertido.

— Não acho tosco. É criativo.

Izzy me lança um sorrisinho. Um tipo de sorriso diferente do de costume.

— Não consigo nem imaginar o quanto deve ter sido difícil pra você perder os dois.

— Me mudou completamente — diz ela, apenas.

— E como você era antes?

Ela faz uma pausa, como se não esperasse aquela pergunta.

— Eu era quietinha, na verdade — responde. — Eu me segurava muito. Agora eu só aproveito, porque, como falei, a vida é curta demais para ficar se arrependendo das coisas.

Hesito antes de continuar a conversa. Não tenho certeza se Izzy "aproveita" mesmo. Ela é espontânea e trabalha duro, mas parece não se arriscar muito. Dá para ver isso pelos homens fracassados com quem ela costuma sair. Pelo trabalho, onde ela está há oito anos sem receber uma promoção sequer. Pelos amigos que ela tem pelo mundo todo, e como ela raramente tira férias para visitá-los.

— Você acha que agora não se segura? Que você *realmente* aproveita as coisas?

Ela me olha com perspicácia. Depois de um instante, bufa.

— Tire as calças, Lucas. Não pense que vai conseguir me distrair dando uma de sra. Hedgers pra cima de mim.

Por mais estranho que pareça, eu tinha me esquecido por um instante que estava sentado sem camisa em cima da cama.

— Sra...

— Sra. Hedgers, a *coach* de mudança de carreira no Ervilha-de-Cheiro? Ela ainda não atacou você? Ela pegou a Tadinha da Mandy e eu de jeito outro dia. Disse pra Mandy que ela não se impõe o suficiente.

Izzy está alegre e descontraída outra vez, como se não tivéssemos mencionado os pais dela. Gostaria de insistir e fazer mais perguntas, mas sei que não vou conseguir nada.

— Nesse tempo que conheço a Mandy — digo —, ela nunca se impôs.

— Né?

— O que a sra. Hedgers disse sobre você?

Izzy muda um pouco de posição e esconde os pés embaixo de si. Ela perdeu as meias no pôquer, quando jogou uma mão ruim no começo do jogo.

— Ela disse que eu não sei relaxar.

Interessante.

— Na quinta-feira, você vai tentar algumas das minhas formas de relaxar.
— Ah, eu vou, é?

Ergo as sobrancelhas, me recostando nos travesseiros, e apoio as mãos atrás da cabeça.

— Já esqueceu? Quinta-feira é meu dia. Eu é que mando.
— Ah, merda, é mesmo.

Uma emoção transparece no rosto dela. Eu me pergunto se é preocupação.

— Eu não... se você quiser mudar de ideia sobre a aposta...
— Você tá me zoando? Até parece. Eu nunca teria dado essa oportunidade pra você se eu tivesse ganhado.
— Só que é diferente. Eu sou homem. Sempre estamos mandando, então...

A frase não sai como eu gostaria que saísse. Ela me fuzila com os olhos. Tento encontrar as palavras certas, me lembrando da forma sucinta com que Ana falou quando explicou por que é diferente uma mulher ir atrás de um homem.

— Não, só estou falando que não é a mesma coisa porque a sociedade sempre coloca os homens no controle de qualquer forma, então eu falar pra você o que você tem que fazer poderia ser meio...
— Ah. — O rosto dela desanuvia. — É, pode ser encrenca. Bom, na verdade, estranhamente, eu confio que você vai ser um cavalheiro quanto a isso. Quer ter uma palavra de segurança ou algo do tipo? — Ela ri ao ver minha expressão. — Se eu disser "vai se foder, Lucas", aí você precisa deixar quieto. Concorda?
— É uma boa frase de segurança — digo, solene, e dá para ver pela cara de Izzy que ela não sabe se eu estou brincando.
— As calças — lembra ela, apontando para meus joelhos.
— Ah. É.

Eu vou até a beirada da cama e fico em pé para tirá-las.

A atmosfera no quarto muda no instante em que começo a desafivelar o cinto. Izzy fica quieta, me observando desabotoar a calça jeans enquanto aperta o lábio inferior entre o dedão e o indicador. Pensei que tirar a roupa a faria se sentir no comando, mas ela não está rindo ou me humilhando. Só observa, e eu sinto um arrepio sob o olhar dela. Faz um tempo que não tiro a roupa por uma mulher, mas, nessa altura, geralmente elas já estão me tocando. A distância entre nós dois deveria tornar isso menos íntimo, mas, de alguma forma, acontece o oposto.

Deito de costas outra vez, minha cabeça apoiada no travesseiro. Todo exposto para ela, com as cartas e aquele montinho de passas entre nós. Eu a escuto prender o fôlego, e o som faz algo revirar dentro de mim.

— Se eu ganhar a próxima rodada, você vai ficar pelado — diz Izzy.

— Hum.

— Eu ia te obrigar a correr pelo estacionamento na neve. Mas agora isso parece meio cruel.

— E como você ia conseguir fazer isso? — pergunto, entretido.

Ela dá de ombros.

— Eu ia te desafiar.

O quarto é muito pequeno e muito silencioso. Izzy agora prende o lábio inferior entre os dentes. Também prendo o fôlego.

— Mas acho que desafios são uma ideia meio ruim agora também.

Acho que estamos em um daqueles momentos decisivos. À beira de uma escolha que não vai ter volta. Estou com dificuldades de me lembrar por que eu não deveria só me inclinar sobre as cartas e puxá-la para um beijo — não o tipo de beijo que ela me deu, doce e lento, mas do tipo intenso, como um choque, que te deixa com tesão em meio segundo.

— Vou me aprontar para dormir agora, Lucas — anuncia Izzy, a voz rouca e baixa.

— Tá — digo.

Ela não se mexe.

— Eu não te entendo — diz ela. — Nem um pouquinho.

Eu abaixo o queixo, e ela respira fundo, sem se mexer.

— Você ficaria pelado na minha frente, mas não quer me beijar?

— Eu nunca disse que não queria te beijar.

Os olhos de Izzy percorrem meu corpo.

— Então me beija.

Cerro os dentes. Ela está tão perto. Eu poderia agarrá-la com um braço e colar o corpo dela no meu antes mesmo que ela conseguisse respirar. A imagem de Izzy naquele biquíni continua aqui — a curva suave do peito, o sulco na base das costas. Eu sei que ela se encaixaria direitinho em mim.

Tenho um bom autocontrole, mas até eu tenho limites. O momento se demora, me testando.

— Tá — diz Izzy, finalmente se mexendo. — Meu Deus, eu devo adorar ser rejeitada por você, né?

E o momento se estilhaça. Ela bate a porta do banheiro com força, e fico deitado ali, ofegante, lembrando a mim mesmo que o que é verdade na academia também se aplica aqui: aguentar firme mais um pouco sempre dá resultado.

Talvez seja a pior noite de sono que já tive na vida, e já dormi no chão de aeroportos, em muitos sofás minúsculos e, uma vez, em uma festa horrível para a qual minha irmã me arrastou, no fundo de um closet.

Izzy dorme quieta. Fica encolhida, virada para mim, com os joelhos dobrados e as mãos apoiando a bochecha. Mesmo na escuridão, noto coisas que nunca notei antes. Percebo como as sobrancelhas dela arqueiam em um ponto, e como uma linha fina acompanha cada canto da boca, como o projeto de um sorriso.

Por alguns minutos perigosos, entre as duas e três da manhã, eu imagino como seria minha vida se Izzy fizesse parte dela. Devaneio sobre o que ela pensaria do meu apartamento, me pergunto qual lado da minha cama ela iria preferir, imagino como seria erguê-la contra a parede do meu quarto e ter suas pernas em volta da minha cintura.

Então, passo a hora seguinte questionando se cometi um erro terrível por não tê-la beijado. E se ela nunca me vir como nada além de um "robô" que atrapalha a vida dela todo santo dia? Então tudo que fiz foi perder minha única chance de ter algum pedaço dela. Às três da manhã, um beijo com más intenções parece muito melhor do que tentar mudar a cabeça de Izzy, o plano não funcionar e a gente acabar sem beijo nenhum.

Consigo dormir algumas horas antes de ser acordado pelo sol de inverno que entra pelas cortinas puídas. Izzy nem se mexeu, mas o cabelo está em outra posição, com duas mechas em cima de sua bochecha. Chego muito perto de levantar a mão para afastá-las antes de me lembrar de como aquilo seria inapropriado.

Saio da cama em silêncio e pego minhas roupas antes de entrar no banheiro. Quero voltar para a Mansão Forest. Esse quarto parece uma armadilha — se passar mais tempo aqui com Izzy, vou acabar beijando-a.

Ela ergue a cabeça quando saio do banheiro.

— Ah — diz, esfregando o rosto. — Lembrei. Woking. A nevasca. Argh.

Ajeito meu travesseiro. Não sei para onde olhar. Ela dormiu de camiseta e calcinha, a calça jeans apoiada na banqueta.

— Deveríamos ir logo. Os trens voltaram a funcionar.

— Ah, é? Parou? — pergunta Izzy. — A neve — explica, quando eu a encaro sem expressão.

Ela se levanta e caminha até o lugar onde deixou o resto das roupas. Eu me viro rapidamente, prendendo a respiração, enquanto ela se abaixa para vestir a calça.

— Uau — diz, abrindo as cortinas.

Dou a volta na cama e olho por cima do ombro dela. Lá fora, a cidade parece um lugar diferente — está coberta de neve, cada ângulo afiado suavizado, cada bloco de apartamentos coberto por uma camada branca.

— Uma folha em branco — diz Izzy, e o sorrisinho que ela lança por cima do ombro me deixa esperançoso.

Izzy

Nós voltamos para casa em silêncio, que só foi quebrado duas vezes: quando Lucas disse "por favor, pare de chutar a perna da mesa" e quando eu protestei que Lucas estava ocupando espaço demais com as pernas abertas. Porém, para minha preocupação, no instante em que ele afasta o joelho, descubro que meio que queria que ainda estivesse ali.

Fico em pânico ao pensar na noite de ontem. No beijo. No strip poker. Lucas na cama só de cueca. É difícil sequer definir por onde começar a processar, então, em vez disso, fico encarando a paisagem coberta de neve e escuto um podcast sobre reaproveitamento, com plena consciência de que já estou esquecendo tudo que o apresentador está falando no episódio.

Quando voltamos para o hotel, há uma mulher de cabelo escuro sentada nos degraus da frente, encolhida e aos soluços, os ombros sacudindo. Uma camada fina de neve cobre a pedra ao redor dela, mas o casaco azul-marinho está aberto, como se ela não estivesse sentindo frio.

Lucas e eu trocamos um olhar e aceleramos o passo.

— Senhora? — pergunta Lucas. — Podemos ajudar?

Ela ergue o rosto para nós, os olhos escondidos por lágrimas e pela armação azul dos óculos.

— *Vocês* — diz ela, com a voz pingando veneno. — Vocês são os responsáveis por essa coisa do anel, não são?

Merda. Será que essa é a Esposa nº 1? Ou a Esposa nº 2? Ou mais alguém cuja vida eu consegui arruinar por completo?

— Sim — responde Lucas calmamente, abaixando-se para sentar no degrau ao lado dela. — Somos nós.

Isso é bondade dele — acho que todos sabemos que esse é o *meu* projeto pessoal. Não hesitei em lembrá-lo disso quando recebemos uma recompensa de quinze mil libras.

— Vocês arruinaram tudo. Graham é... era, ele *era* um bom marido. Nós éramos *felizes*.

A maquiagem dela escorre com as lágrimas. Ela é linda, uma beleza clássica que envelhece bem, e eu me pego pensando: *Como alguém poderia trair uma pessoa como ela?* Como se pessoas bonitas fossem imunes aos danos de um homem escroto.

Meu estômago se revira. Eu me sinto péssima. Nunca, nunca imaginei que a Saga do Anel pudesse prejudicar alguém. Eu só pensei em quanto eu desesperadamente gostaria que alguém me devolvesse o anel que meu pai me deu, caso o encontrassem. Só que talvez seja melhor algumas coisas continuarem perdidas.

— Sra...

— Rogers. Na verdade, esse é o nome dele. Então... srta. Ashley agora.

— Entendo — diz Lucas. — Srta. Ashley, eu sinto muito pela dor que isso lhe causou.

Ela volta a soluçar. Reviro as mãos e sento do outro lado da srta. Ashley, mordendo o lábio quando a neve congelante encharca minha calça.

— Mas Graham *não* era um bom marido — completa Lucas, a voz firme.

Olho para o rosto dele, surpresa — achei que ele só ficaria ouvindo e soltaria uns murmúrios de apoio, mas ele começou com uma declaração incisiva.

— Alguém que mente para você com tanta facilidade e dá o amor dele para outra pessoa quando prometeu tudo a você... isso não é ser um bom marido.

A srta. Ashley apoia o rosto nas mãos.

— Ah, meu Deus. Mas Graham é tão *bonzinho*. Todo mundo diz isso.

Ela ergue o olhar para mim. Eu quase recuo ao ver a expressão em seu rosto.

— Não escute os outros — diz ela. — Está me ouvindo? As pessoas são imbecis. Escute seus instintos. Os seus, e de mais ninguém. Todo mundo disse que eu deveria dar uma chance para Graham porque ele era um dos bons e agora *olha só para mim, cacete*!

Tento não pular quando ela começa a gritar. Ergo a cabeça e vejo que um carro está entrando no estacionamento.

A srta. Ashley se levanta.

— São eles. *Filho da puta!* — grita ela para o carro.

Arregalo os olhos para Lucas, ficando em pé e espanando a neve das pernas.

— Ah. — A voz da sra. SB ressoa atrás de nós, da porta do hotel. — Todo mundo chegou cedo para o café! Que bacana. Sra. Rogers...

— Srta. Ashley — corrigimos Lucas e eu, em uníssono.

— Srta. Ashley — diz a sra. SB, sem pestanejar. — Eu estava me perguntando para onde a senhorita tinha ido. Não quer voltar para dentro e se aquecer?

— Acho que não consigo fazer isso — diz a mulher, encarando a caminhonete quatro por quatro que está estacionando.

Dentro da cabine está um casal sério. Graham, imagino, e a outra sra. Rogers.

— Olha aquele carro. É o carro dele? Ele nunca dirigiria um carro desses, mas está dirigindo esse carro aí agora. Como é possível? — A srta. Ashley volta a olhar para mim. — Ele sempre pareceu bom demais para ser verdade — sussurra ela, agarrando meu braço. — Eu já deveria saber.

Eu aperto a mão dela, me sentindo um pouco desesperada. Quero abraçá-la, mas tenho certeza de que ela não aceitaria.

— Você não tinha como saber, srta. Ashley, não é sua culpa.

— Não consigo fazer isso — diz ela. — Não consigo sentar no mesmo cômodo que eles. Ontem achei que conseguiria, mas não consigo. Meu Deus.

O casal sai do carro. A outra sra. Rogers parece estar vibrando de raiva. Ela bate a porta com força e passa pelo marido. Ela é mais jovem, com um corpo mais curvilíneo, e o cabelo loiro-arruivado está preso em uma trança em forma de coroa.

— Querida — diz Graham, correndo atrás dela. — Por favor. Fale comigo. Eu te amo.

Ele de fato *parece* um cara legal. Do tipo britânico meio atrapalhado que usa roupa de tweed e é cheio de boas intenções. Percebo que ele ainda não viu a srta. Ashley — ela se escondeu atrás de uma das cercas vivas. Então, ela sai do esconderijo, de braços cruzados, tremendo.

— E qual "querida" seria essa? — pergunta ela.

Ver Graham tomar sua decisão é extraordinário. Em um, dois segundos, várias emoções passam pelo rosto dele: indecisão, astúcia, determinação. Agora ele não parece nada bem-intencionado. Enquanto a outra sra. Rogers hesita diante da visão da srta. Ashley, Graham escolhe a vida que ele quer viver.

— A verdade, querida, é que... — começa ele para a esposa loira com quem dirigiu até aqui. — Tudo isso foi um erro horrível. Eu conheci essa mulher no passado. E sinto muito por ter que te dizer isso... mas ela é louca.

A srta. Ashley fica boquiaberta. A sra. Rogers loira semicerra os olhos, mantendo-os fixos na mulher diante dela.

— Me conte — diz ela.

A srta. Ashley não hesita.

— Ele se casou comigo há oito anos, em Godalming. Nós moramos juntos em New Milton. Ele viaja muito a trabalho. Nós tivemos dois gatos, perdemos um bebê durante a gravidez, fizemos oito viagens de férias para a Espanha, e três dias atrás ele me disse que me amava mais do que nunca.

— É tudo mentira — diz Graham imediatamente.

A sra. Rogers assente uma vez.

— Nesse caso... nada de café da manhã — diz ela, redirecionando a atenção para a sra. SB. — Em vez disso, nós vamos chamar a polícia.

A srta. Ashley fica tensa. Todos aguardamos, nos perguntando a qual *nós* a sra. Rogers se refere, até que ela lentamente se vira para o marido.

— Bigamia é um crime sério, *querido* — diz ela.

Quando o carro da polícia entra na estradinha de cascalho até o hotel, a maior parte dos funcionários, o sr. Townsend e até os Jacobs (com o bebê acenando animado) já estão aqui para assistir ao desenrolar do drama.

As duas ex-senhoras Rogers estão em lados opostos da multidão, ambas sérias. Já o sr. Rogers se encontra boquiaberto diante do policial que lê seus direitos.

— Isso é ridículo — diz ele, olhando para nós.

Ele está com aquela postura detestável de esse-tipo-de-coisa-não-acontece--com-homens-como-eu, o que me faz querer que o policial o algeme.

— Vocês estão mandando me *prender*? Estão falando sério?

— Acho que estão falando sério, colega — diz o policial. — Eu sei que *eu* com certeza estou falando sério. Entre no carro.

— Isso tudo é um grande mal-entendido — implora Graham, na direção das duas esposas.

O policial dá um tapinha no teto do carro.

— Entre. Agora.

— Olha, veja bem... — começa a dizer Graham.

E então, sob aplausos da multidão, o policial coloca a mão na cabeça de Graham e o empurra com um gesto firme para o banco. Depois, fecha a porta do carro.

A srta. Brown mostra o dedo do meio para Graham enquanto a polícia o leva embora, e a srta. Ashley solta uma série de palavrões tão diversa que o sr. e a sra. Hedgers imediatamente pegam seus filhos e saem em disparada de lá antes que Ruby peça para alguém repetir o que foi falado.

— Está cedo demais para ficar bêbada? — pergunta a srta. Brown para Barty e a sra. SB.

— Isso fica a seu critério — diz Barty. — Mas devo dizer que temos licença para servir álcool o dia inteiro.

— Perfeito — responde a srta. Brown, entrando. — Venha. — Ela chama a srta. Ashley, sem olhar para ela. — Acho que nós duas precisamos conversar.

As duas se acomodam em nosso bar de mogno gigantesco, cada uma com um Bloody Mary, e noto que minhas mãos estão tremendo quando vou entregar o cardápio para elas. É só que... eu sempre tento ver o melhor nas pessoas. Acredito que todo mundo é fundamentalmente bom. E então alguém faz uma coisa terrível dessas, e eu fico pensando: *como a gente vai saber em quem confiar?*

Remexo no colar que ganhei de presente da minha mãe. São nessas horas que mais sinto saudade dos meus pais.

— Eu te odeio muito nesse momento — declara a srta. Ashley, quando me aproximo das duas.

— Ah, eu também, meu bem — responde a srta. Brown. — Talvez a gente chegue na parte da solidariedade depois.

— Se bebermos o bastante — diz a srta. Ashley, dando uma mordida feroz no aipo que acompanha o coquetel.

— Posso indicar algum prato de café da manhã para acompanhar...? — pergunto, minha voz saindo como um guincho.

— Você — diz a srta. Ashley, virando-se para mim enquanto suga metade do drinque pelo canudo. — A intrometida do anel.

— Eu realmente sinto muito — digo, devastada.

Parece que hoje estou tendo o efeito oposto de adicionar brilho. Deixei tudo significativamente mais tenebroso.

— Não é sua culpa, meu bem — afirma a srta. Brown, pedindo mais uma bebida para Ollie de longe. — Muitos homens são um lixo. Você tenta evitar esses ao máximo, mas...

Ollie se encolhe no canto, batendo o próximo coquetel da maneira mais silenciosa possível.

— Izzy! — chama Arjun. — Tem uma coisa pra você na recepção! Me pergunte como eu sei disso!

Eu me viro para encará-lo. O cabelo dele está uma bagunça e ele não está de avental, o que sempre o deixa com uma aparência estranha, como se estivesse descalço.

— Como você sabe? — pergunto, prestativa.

— Porque você está aqui, Lucas está por aí e Ollie está no bar sacudindo aquele Bloody Mary, então *eu* precisei sair da cozinha para atender a sineta da recepção!

Olho para as duas mulheres, mas elas não parecem se importar que outra pessoa esteja gritando um pouco.

— Nada de comida, flor — diz a srta. Brown. — Só continue mandando a bebida. — Essa última parte é direcionada a Ollie.

Vou atrás de Arjun, e então me lembro de algo.

— Ah! Você quer o anel? — pergunto, desajeitada, apalpando o bolso.

A srta. Brown me encara, e então olha para sua mão, depois para a da srta. Ashley. As duas ainda estão usando suas alianças de casada.

— Acho que já temos anéis o suficiente aqui, né? Pode vender e ficar com o dinheiro. Parece que esse lugar aqui está precisando — diz ela, indicando Arjun com a cabeça. — Que tal contratar um assistente para aquele ali?

Quer dizer, não acho que esse anel valha o bastante para contratar um sous--chef para Arjun, mas aprecio a intenção, e fico feliz que conseguimos *alguma coisa* com esse desastre. Eu agradeço e deixo as sras. Rogers conversando, indo para o saguão enquanto Arjun corre de volta para a cozinha.

Louis está esperando por mim na recepção. Vejo um buquê de rosas vermelhas gigantescas ao lado dele. Elas parecem surreais — tipo, genuinamente parecem falsas, de tão perfeita que é cada pétala e folha. As flores estão amarradas com um laço branco grosso, e vejo um cartão ao lado delas. Meu coração aperta. Realmente não é o tipo de coisa que eu gosto.

— Abra o cartão — diz Louis, dando um tapinha nele.

Abro o envelope. "Venha jantar comigo no Asa de Anjo hoje à noite", diz o bilhete.

— Louis... — começo.

O Asa de Anjo é um restaurante superchique perto de Brockenhurst — é o tipo de lugar que o pessoal de Londres gosta de frequentar quando quer passar uns dias no interior mas continuar comendo como se estivesse na capital. Tem até código de vestimenta e tudo.

— É demais? — pergunta ele.

Não consigo dizer exatamente por que não quero ir. Topei um encontro para nadar, e existem muitos motivos para tentar alguma coisa com Louis: ele é bonito, atencioso, e definitivamente tem a ambição que Sameera acha que eu deveria procurar em um homem.

— O Asa de Anjo é muito caro... — começo.

— É por minha conta — diz Louis. — Eu deveria ter falado isso.

— Izzy! — grita Lucas da cozinha. — Arjun precisa de você!

Sério isso? Eu *acabei* de ver Arjun. Não sei de onde Lucas surgiu, mas é a cara dele me chamar logo agora, apesar de ter desaparecido por pelo menos uma hora.

Louis indica as flores e o cartão com a cabeça.

— Só pensei que um gesto romântico seria a coisa certa a fazer, já que...

— Isabelle! — grita Lucas.

Isabelle? Fala sério! Só Jem pode me chamar de Isabelle, e isso porque ela é minha amiga desde que eu tinha oito anos e recebeu o direito de me chamar do que quisesse depois de duas décadas de amizade.

Lucas vem marchando da cozinha. Quando os olhos dele passam pelo buquê de rosas, sua expressão muda.

— Estou interrompendo? — pergunta, em um tom que sugere que ele sabe muito bem que está, sim, e acredita piamente que não há momento nenhum que ele não possa interromper.

— Só nos dê um instante, tá? — diz Louis, parecendo estranhamente irritado.

A bochecha de Lucas se contrai de leve.

— Precisam de Izzy. Ela está trabalhando. Ela estará disponível para discutir questões pessoais com você depois das cinco da tarde, quando o turno dela acabar.

Fico boquiaberta. Que audácia! De repente, ele é o senhor "Não pode durante o trabalho", depois de passar o dia anterior dançando Anitta comigo em um apartamentinho em Little Venice. Parte de mim fica feliz que ele esteja sendo só o Lucas de sempre agora que voltamos para cá — assim é mais fácil esquecer o homem que vi entregue naquele quarto de hotel, ou dançando comigo no apartamento de Shannon. É mais fácil fingir que as últimas 24 horas nunca aconteceram.

E também é mais fácil tomar esta decisão.

— Obrigada, Louis — digo, virando para ele com um sorriso no rosto. — Adoraria ir jantar com você hoje à noite. Te vejo às sete e meia.

Não divido o apartamento com ninguém desde Drew, e essa é a primeira vez que me arrependo da decisão de morar sozinha. Não consigo decidir o que vestir, e ninguém responde meus pedidos urgentes por conselhos no WhatsApp. Estou tentando me concentrar no encontro que vou ter, mas, em vez disso, fico pensando no olhar julgador de Lucas quando perguntou se estava interrompendo algo. Por fim, depois de bater com o rímel no nariz pela terceira vez, compreendo por que aquilo me incomodou tanto.

Acho que Lucas estava com ciúme. Não estava me julgando por ser pouco profissional. Era *ciúme*.

Mas o que eu faço com essa informação, caramba?

Enquanto ajeito três dos meus colares favoritos, percebo que minhas mãos estão suadas. Faz um tempo que não vou a um encontro. Não foi uma decisão consciente — só fiquei exausta de ter que peneirar as pessoas no Tinder e raspar as pernas para homens que não se provavam dignos de vê-las.

Olho para o meu reflexo e a memória volta à toda: os lábios de Lucas contra os meus, e então aquele silêncio terrível e constrangedor enquanto ele virava de costas para mim.

Foi *tão* humilhante.

Pelo menos eu ganhei no strip poker. No entanto, foi mesmo uma vitória se a consequência foi ficar com a imagem de Lucas indiscutivelmente sexy só de cueca para sempre grudada na minha pálpebra?

Quando chego ao Asa de Anjo, Louis está me esperando de terno, mas sem gravata. Ele abre a porta para mim, e então a outra porta, depois pega meu casaco e afasta a cadeira para eu me sentar. Eu digo "obrigada" vezes demais, e acabo me atrapalhando.

O encontro em si é... legal. É divertido conversar com Louis. Não existe um motivo para desgostar dele. E tanto a comida quanto as bebidas são incríveis. Arjun é um chefe de cozinha fantástico, então estou habituada a comer bem, mas ele não costuma preferir as coisas francesas banhadas a creme que fazem parte do cardápio do Asa de Anjo.

Porém, na hora que a sobremesa chega, por baixo de todo o vinho e lactose no meu estômago, está um sentimento de pavor. Não consigo parar de pensar no que a srta. Ashley disse. *Escute seus instintos*. E embora Louis seja o tipo de cara certo na teoria, e mesmo com a certeza de que meus pais teriam amado todo o seu cavalheirismo... tem algo me dizendo que isso não está certo.

Deveria estar, mas não é o caso.

— Louis...

— Você não está a fim?

A voz dele é tão leve e casual, o mesmo tom que estava usando instantes atrás para me falar o quanto amava jogar golfe.

— Desculpa. Você é um cara incrível...

Ele faz um gesto de que não tem importância.

— Eu entendo. Eu entendo por que você está mais hesitante dessa vez.

Franzo a testa de leve. Eu contei a ele sobre meus últimos relacionamentos, mas agora estou me perguntando se exagerei muito nos relatos das situações meio lixosas com Tristan e Dean, porque o comentário parece um pouco estranho.

— Coloquei pressão demais nas coisas com as flores e tudo o mais — diz Louis, esticando a mão para me servir mais vinho enquanto a garçonete traz o nosso pudim de chocolate. — Vamos levar as coisas com calma.

— Não tenho certeza se somos muito compatíveis — confesso, hesitante.

Ele balança a cabeça.

— Vamos, não feche a porta antes de me conhecer de verdade, Izzy. Me deixa te levar para outro encontro daqui a alguns dias. Podemos só dar uma volta e tomar um café, talvez... alguma coisa mais tranquila. Vamos só curtir a companhia um do outro, ver qual é a sensação, descobrir onde isso vai dar...
— Ele coloca uma colherada de pudim na boca e fecha os olhos, soltando um gemido. — Nossa! Experimente o seu.

— Sabe, nós podemos sair de novo, sim, se você quiser — digo —, mas eu preciso ser sincera e falar que acho que não vou mudar de ideia. Desculpe. Não quero que você perca seu tempo comigo quando...

— A escolha do que fazer com meu tempo é minha. Eu sei me cuidar, Izzy — diz ele, dando uma piscadela. — Só relaxe e se divirta, tá? Não vou te pressionar.

Não tenho certeza de como argumentar contra isso. E esse encontro até que foi legal. Mas foi melhor do que com Tristan e Dean? Não lembro de me sentir particularmente arrebatada nos meus outros primeiros encontros, e os dois se tornaram meus namorados depois.

Então, por que não tentar com Louis?

Mando mensagem para Jem quando chego em casa para contar como estou me sentindo, e ela me responde com um áudio.

— Pombinha, entendo o que você está dizendo, mas... Ok, seus pais queriam que você namorasse um cara legal e fofo, só que isso foi há oito anos. Você era tão novinha, Izzy. Agora você já é adulta. É mais sábia. Eu sei que dói muito que seus pais não estejam aqui para te aconselhar, mas, se vale de alguma coisa, acho que eles falariam que agora é você que sabe quem você quer namorar. Se algo no seu coração diz que esse cara não é o certo pra você, acho que eles prefeririam que você ouvisse seu coração.

O áudio me faz chorar. Eu dou play mais duas vezes. Ela está certa: dói *mesmo* que minha mãe e meu pai não estejam mais aqui para me aconselhar. Dói muito que eu precise descobrir como ser adulta sozinha, e que todos os conselhos que me deram estão congelados no passado. Nunca vou poder levar um cara para a casa em que cresci, fechar a porta da cozinha e perguntar: "E aí, pessoal? O que vocês acharam dele? De verdade!".

Louis me mandou uma mensagem enquanto eu estava escutando o áudio de Jem: *Quer dar uma volta na feirinha de Natal em Winchester na sexta-feira à noite? Não pense demais no assunto.* 😊 *Sem pressão, só me dê uma chance!*

Hum. Agora virou um passeio *noturno*, e provavelmente vai envolver comida — parece algo além de uma voltinha e um café.

Tomo uma decisão imediata: eu vou para a feira de Natal com Louis, e, se ainda não estiver sentindo que o santo bate, vou parar por aí. Ele pode dizer que não se importa em perder tempo, mas a vida é curta demais para eu perder o meu.

Outra mensagem de Jem aparece. *Estou aqui por você, sempre.*

Seguro o celular. Foi difícil não me sentir abandonada durante o último ano, depois de todas as minhas pessoas favoritas se mudarem para outra parte do mundo. Sei que isso não tem nada a ver comigo, mas não posso evitar desejar que ainda pudéssemos contar uns com os outros como antes.

Porém existem jeitos diferentes de estar *presente*. Dou play no áudio de Jem mais uma vez e me sinto grata pelos amigos que ainda guardam espaço para mim em meio a suas vidas turbulentas; pelas pessoas que sabem exatamente o motivo de algo doer e que sabem exatamente o que dizer para tornar tudo melhor.

Obrigada, respondo. *E eu por você, sempre.* Então, escolho meu pijama favorito, coloco água para ferver na chaleira para minha garrafa de água quente e me enrosco na cama. Tenho alguns dias estranhamente tranquilos pela frente, e acho que vou passá-los no sofá. Foi uma semana louca, mesmo para os meus parâmetros — e eu preciso voltar aos eixos. Quando retornar para o trabalho, tenho certeza de que estarei de volta ao modo Izzy, pronta para encarar qualquer coisa.

Mesmo que, nesse momento, isso pareça meio exaustivo.

Lucas

É quinta-feira. Meu dia. O dia do Lucas. Minha chance de fazer Izzy mudar de ideia.

Chego à porta dela às seis da manhã. Ela leva um tempo considerável para abri-la.

— Meu Deus do céu, o que tem de errado com você? — pergunta ela, já voltando para dentro de casa.

Eu avalio aquilo como um convite para segui-la, mas então ela dá meia-volta e estende a mão para me impedir.

— Sem atravessar o batente — diz.

— É quinta-feira — digo, parando e segurando a porta aberta.

— Sim, eu sei.

Ela está vestindo pijama — rosa-choque com estampa de bolinha. O cabelo está preso em um coque alto e ela tem a mesma aparência adoravelmente sonolenta daquela manhã em Woking. Ela pega uma tigela de cereal e começa a comer, em pé no meio do apartamento, parecendo um pouco perdida, como se não conseguisse compreender como foi que acabou ali.

— Meu dia. — Eu a relembro. — Porque eu ganhei.

— Mas por que você chegou aqui tão cedo? — O tom de voz dela é levemente lamurioso.

— Nós vamos pra academia.

— *Academia?* — Ela vira na minha direção. — Por quê?

— Porque eu estou mandando.

O olhar se transforma em uma carranca. Eu reprimo um sorriso.

— Você tem alguma roupa de exercício?

— Claro que eu tenho — diz ela, parecendo um tantinho envergonhada. — Eu não... eu me exercito às vezes.

Por um momento, penso no comentário que ela fez sobre meu tipo de mulher — com suas "roupas de academia minúsculas" — e percebo que estou sendo um idiota.

— Nós vamos pra academia porque é assim que eu relaxo — explico. — Não é por você. Você não precisa se exercitar. Não estou dizendo que você precisa fazer exercício. Não estou tentando falar nada do tipo.

A expressão dela se suaviza enquanto eu fico me remexendo no batente.

— Fique aí — ordena ela, virando de costas para mim. — Não vou te convidar para entrar. Já vi episódios demais de *Diários de um Vampiro* pra cair nesse truque.

Eu me inclino contra o batente e Izzy fecha a porta do quarto. O apartamento dela fica no último andar de uma casa. Ela o decorou com tons pastel claros: um tapete cor de creme fofo, uma manta azul-clara em cima de um sofá cor de menta. A decoração me faz lembrar vagamente uma daquelas lojas britânicas antigas de doce.

Izzy surge do quarto, agora usando roupas de academia. Uma legging cinza apertada e um cropped amarelo-claro, com mechas vermelhas e laranja no cabelo.

Ela está linda. Por um instante, queria ter o sentimento que tive antes da nossa viagem para Londres — a forma como eu costumava olhar para ela e pensar: *Sim, ela é linda, mas também é um pé no saco.*

Ainda penso dessa forma, mas, de repente, também penso no quanto gostaria de abraçá-la. Passar o braço pelo ombro dela quando sairmos do apartamento. Beijá-la como se fosse algo que fizéssemos o tempo todo.

Ela se abaixa para pegar os tênis atrás da porta e uma mochila gigantesca. Quando lhe lanço um olhar inquisitivo, ela diz:

— Eu arrumei a bolsa para qualquer eventualidade. Tenho a sensação de que você inventou várias atividades estranhas para mim.

— Nós só vamos trabalhar — digo, entretido. — Isso não é uma despedida de solteiro.

— Aham — diz ela, trancando a porta do apartamento. — Bom, desde que começamos a trabalhar juntos cinco dias por semana, eu fui jogada dentro da piscina do hotel, dancei com estranhos em uma festa de divórcio e caí de cara na neve na frente de uma pizzaria em Woking.

Ergo as sobrancelhas enquanto nós dois caminhamos pela rua.

— Não sabia dessa última.

— Ah. Bom. É, enfim, minha volta em Woking não foi muito divertida.

Um pônei corpulento de New Forest está mastigando um arbusto na calçada. Nenhum de nós dois comenta nada a respeito. Quando me mudei para New Forest, fiquei embasbacado ao me encontrar em um engarrafamento causado por uma tropa de pôneis despreocupados, mas agora já me acostumei com eles. Eles ficam soltos por essas bandas — é tão normal quanto ver um pombo na cidade.

— Caramba, seu carro é tão brilhante — diz Izzy quando nos aproximamos. — Você passa cera nele?

Eu passo, na verdade, mas conheço Izzy bem o bastante para saber que é melhor não confessar isso para ela. Esse carro é minha razão de viver. Eu sou o terceiro dono e ele tem 112 mil quilômetros rodados. Eu o consertei com a ajuda de um amigo que mora na minha rua, e foi um processo doloroso. Agora, está novinho em folha. Quando era criança, sempre sonhei em morar na Inglaterra e ter um carro como esse. Na época, era porque eu queria ser o James Bond e não sabia a diferença entre um Aston Martin que custava duzentas mil libras e uma BMW 55-reg consertada. Agora, é pelo significado que ele carrega: a liberdade de morar e trabalhar nesse país estranho e úmido pelo qual me apaixonei de forma tão inesperada.

Abro a porta do passageiro para Izzy. Ela faz cara de choque e depois me encara, desconfiada.

— Por que você está sendo legal? — pergunta ela.

— É tudo parte do meu plano para torturar você por um dia — digo, fechando a porta do carro assim que ela entra.

As expectativas que ela tem de mim são baixíssimas, mas não sei se posso culpá-la. Nós ficamos nos provocando durante meses — e eu fui mesquinho, difícil e questionador.

Eu fui exatamente como meu tio, na verdade. Essa conclusão é dura de engolir.

Enquanto dirijo até a academia, Izzy olha para algo no celular, mordendo o lábio inferior. Eu olho para ela.

— É outro não para o anel de esmeralda — explica ela. — Esses últimos dois estão complicados.

— Então você ainda não desistiu? Mesmo depois do que aconteceu com Graham Rogers?

— Claro que não. Não é porque um ovo está podre que a gente precisa jogar o resto da caixa fora, sabe?

Eu não sei se isso é alguma expressão britânica ou apenas uma expressão de Izzy, mas é melhor só assentir.

— Ainda acredito que estamos fazendo algo importante. Talvez esse anel de esmeralda tenha um grande valor sentimental para alguém.

Eu quase digo "E como é que isso vai ajudar o hotel, exatamente?", mas me seguro a tempo. Isso importa para ela. Não entendo o motivo, mas estou tentando ser mais mente aberta, e isso significa aceitar que as pessoas não são sempre lógicas. Afinal, eu mesmo não tenho sido lá muito lógico ultimamente. Por exemplo, neste instante, estou tentando conquistar uma mulher que passou o último ano inteiro tornando minha vida o mais infernal possível, e que inclusive passou dois meses tentando convencer a sra. SB e Barty a contratarem alguém para tocar gaita de foles e começarem a fazer "Sextas da Folia" no saguão, só porque mencionei que odiava o instrumento.

— O outro também parece valioso, sabe? — diz ela, esfregando o lábio inferior enquanto olha a paisagem. — *Talvez* tenha outra recompensa.

— Espero que sim — digo, chegando ao estacionamento. — Estamos precisando.

Izzy assente, sem falar nada. Ela não viu as planilhas. Não sabe o tamanho do buraco nas finanças do hotel — como o tanto de dinheiro que juntamos com a venda de todos aqueles itens não serviu nem para começar a cobrir o fundo. Porém ela não é ingênua. Consigo ver pela testa franzida que ela sabe a verdade: sem algum pequeno milagre, não teremos mais Mansão Forest Hotel & Spa depois do Ano-Novo.

Quando entramos na academia, começo a me preocupar. Os ombros de Izzy se encolheram e ela está repuxando a barra do cropped, com o peso nos dedos dos pés. Eu não esperava por isso. No instante em que entro em uma academia, eu me sinto confortável. Até mesmo o cheiro me relaxa — aquela mistura de odorizador de ambiente, suor e borracha.

Fica nítido que tenho trabalho a fazer por aqui. Eu a levo na direção dos colchonetes primeiro. Não tem nenhum equipamento intimidador, nem ninguém na área por enquanto.

— Vamos aquecer primeiro — digo.

Izzy fica mais alegre.

— Tá bom — diz ela. — Consigo fazer isso.

Ela não está mentindo. Eu a observo tocar os dedos do pé e tento pensar só em coisas puras.

— Por que você não gosta de academia? — pergunto a ela, enquanto começo a alongar os quadríceps.

Estão doloridos da corrida de ontem, mas meus braços estão ótimos. Eu pulei o treino de braço na terça para que eles estivessem descansados para hoje. É essencial que Izzy não descubra essa informação.

— É que todo mundo aqui é muito... — Ela olha em volta, ainda curvada, com as mãos sobre os pés. — Igual a você. Tipo pessoas superpoderosas.

Percebo que isso não é bem um elogio, mas não consigo evitar sentir uma faísca de prazer ao ouvir aquilo, de qualquer forma.

— Não são — digo. Eu olho em volta, avaliando o que ela está vendo, e ergo a mão para acenar para algumas pessoas que conheço. — Todo mundo é bem-vindo na academia. E se você *falar* com as pessoas que estão sempre na academia, você vai ver que ninguém é tão ruim quanto parece.

A expressão dela ainda é duvidosa, mas não estou mais preocupado, porque minha carta na manga acabou de chegar.

Kieran, o primeiro amigo que fiz em New Forest, e o melhor *personal trainer* que já encontrei na vida. Ele é um cara branco pequeno meio magricela, careca e com tatuagens demais. Além disso, Kieran é uma coisa muito rara: alguém de quem gostei imediatamente.

— Lucas! — exclama ele, abrindo um sorriso e acenando com os dois braços, como se estivesse fazendo sinal para um avião estacionar. — Uau, oi! — acrescenta para Izzy, e ela se endireita.

— Oi! — cumprimenta ela, parecendo levemente surpresa.

É uma resposta comum à chegada de Kieran. Ele age no dia a dia como se estivesse em um programa infantil na TV.

— Vamos nos exercitar! — diz Kieran, começando a dar pulinhos. — Mas de um jeito divertido! *Muito* divertido! Você gosta de ganhar do Lucas nas coisas?

— Sim, eu gosto, na verdade — responde Izzy.

Eu talvez tenha fornecido a Kieran um pouco de contexto antes de marcar essa aula. Custou mais do que eu poderia pagar, mas já dá para ver que vai valer a pena.

— Mas eu nunca vou ganhar dele na academia. Olha só pra ele — argumenta Izzy, gesticulando na minha direção.

— He he — diz Kieran, esfregando as mãos uma na outra. — Espere só pra ver.

Izzy

Nem adianta negar: estou me sentindo incrível. Kieran insistiu para eu passar no mínimo quinze minutos no chuveiro depois do treino e, agora, seca e vestida com o uniforme do trabalho, parece até que estou flutuando. Nem lembro a última vez que malhei assim — a sensação sempre foi essa? Parece que acabei de fazer uma massagem no corpo, mas também no meu cérebro.

É óbvio que, durante o exercício, foi quase tudo horrível. Mas Kieran me prometeu que melhora com a prática, e o efeito depois é *mesmo* uma delícia.

Ganhar do Lucas também foi ótimo. Kieran estava certo: em algumas coisas, eu me saí melhor do que ele. Fui melhor pulando corda, e na esteira corri mais rápido do que ele. Até quando a gente fez coisas que eram mais a praia dele do que a minha, Kieran não fez com que eu sentisse que estava perdendo. Nem Lucas, para ser sincera.

É interessante vê-lo aqui. Ele é diferente nesse contexto. Todo mundo parece conhecê-lo — as pessoas vêm abraçá-lo e me dizem coisas do tipo "Sem esse cara aqui, eu não teria conseguido me mudar", ou "Sabe, quando meu gato morreu, Lucas foi meu herói". Eu gostaria de dizer que me choca saber que há pessoas que contam com Lucas, mas, na real, não me choca, não — imagino que ele seria de grande ajuda depois da morte de um gato, ou para uma mudança. Desde que não seja seu arqui-inimigo.

O principal problema que enfrentei hoje são esses *músculos implacáveis* de Lucas. Na academia, não dá para evitar nada sobre eles. Os bíceps expostos, os ombros impossivelmente largos, o suor. (Por que será que os homens ficam sexy quando suam e eu fico parecendo um pimentão?) Nunca senti atração por homens grandalhões e bombados, e quando olho para outros caras sarados por aqui, não sinto nada. O problema é só com Lucas. Pior tipo de problema.

O único consolo é o fato de que o peguei me secando também. Percebi no final do treino, na hora do alongamento — notei que ele estava me olhando pelo espelho, com as pálpebras pesadas e uma expressão de quem estava gostando do que via. Ele desviou o rosto bruscamente quando se deu conta de que eu tinha percebido. O que não me surpreende. Afinal, ele já me rejeitou três vezes. Lucas pode até me desejar, mas seu autocontrole é inabalável, e o cérebro dele já decidiu que não está interessado. E tudo bem, porque meu cérebro decidiu a mesma coisa.

Mas gostei bastante de ver que não sou só *eu* que tenho dificuldade de seguir com essa decisão.

Ele me pediu para encontrá-lo na entrada, e já estava batendo papo com a recepcionista quando cheguei, todo arrumadinho vestindo o uniforme do trabalho, impecável como sempre. E com os bíceps perigosos seguros dentro da manga da camisa.

— Deixa eu pagar pelo treino — digo, quando chego.

Ele faz aquela cara travada de quando está com vergonha.

— Não precisa — diz, seco.

Hum. Obviamente é mentira. Quando a recepcionista estende a maquininha, eu me estico e encosto meu cartão antes que Lucas possa pegar a carteira.

— Izzy! — exclama ele, exasperado.

Eu abro meu sorriso mais fofo.

— Foi mal.

Vejo Lucas tentar se conter. Ele não *suporta* a ideia de eu lhe fazer um favor, mas sei que, no fundo, ele sabe que não tem como pagar. Sinto um aperto no peito.

— Obrigado — diz, sem encontrar meu olhar. — Agora vamos tomar café da manhã — acrescenta, já a caminho da porta.

Ele esquece de segurar a porta para eu passar, então acho que aquele cavalheirismo de abrir a porta do carro não vai durar muito.

— Não, de jeito nenhum — digo, quando percebo aonde estamos indo. — Suco não é comida.

— Vitamina, não suco — replica ele, e pega meu cotovelo para me conduzir com firmeza até lá.

Sinto um calor onde ele encostou, e depois no resto do corpo. É muito raro a gente se encostar — só roçamos a mão vez ou outra, mas nada mais. Fora a vez em que dançamos. E quando eu o beijei, óbvio.

Argh. Lá vem aquela lembrança de novo. Será que um dia vou me sentir menos horrível com isso?

— Vitamina é só um suco que a gente não sabe se tem que mastigar.

Lucas parece levemente horrorizado.

— Bom, mas é de graça, porque o Pedro é meu amigo. Então é o que você vai tomar. O café dele também é excelente — diz, e cumprimenta com um aceno o homem atrás do balcão antes de fazer sinal para eu me sentar.

Na real, é exatamente o lugar que eu teria escolhido: uma das banquetas cor-de-rosa cintilantes com vista da rua pela vitrine.

— Amigo da academia? — suponho, ao observar Pedro, que chega a *brilhar* de saúde.

É de dar nojo, sinceramente.

— É. Ele também é do Rio.

— Ah! Que legal.

Abro um sorriso hesitante para Pedro e ele sorri de volta. O cabelo dele é escuro, ondulado e cuidadosamente penteado e a camiseta apertada que ele está usando deixa seus músculos em evidência — parece ter potencial para ser a estrela revelação da nova temporada de *Love Island*, o participante de reality por quem o país todo se apaixona.

— Olá — me cumprimenta Pedro, secando as mãos ao sair de trás do balcão. — Você é a Izzy?

— Sou — digo, levemente desconfiada. — Por quê? O que o Lucas falou?

— Só que você é linda — responde Pedro, sorridente, e puxa a banqueta ao meu lado.

Lucas puxa a banqueta de volta bem quando o amigo está prestes a sentar, mas Pedro consegue se salvar do tombo ao se segurar em Lucas, que quase cai também. Começo a gargalhar, e Pedro ri junto; Lucas se ajeita e nem muda de expressão.

— Não falei nada disso — diz Lucas, sentando na banqueta que Pedro queria. — Ignore o Pedro. Ignore tudo que ele disser.

Volto a olhar para o amigo dele, interessada.

— Bom, mas você é linda — comenta Pedro —, então se o Lucas não disse, deveria dizer. Vai querer tomar o quê? É cortesia. Posso recomendar a Farra de Pêssego?

Ele se debruça sobre o cardápio comigo, me orientando e olhando de mim para Lucas. Um sorrisinho malandro vai crescendo em seu rosto conforme a expressão de Lucas se fecha mais e mais — tenho a impressão de que ele está me usando para implicar com Lucas e ainda não entendi muito bem por quê, mas ok, eu topo —, até que Lucas pega o cardápio e vai batendo o pé até o balcão.

— Ei! — digo, me virando. — Ainda não escolhi.
— O dia é meu — lembra ele. — Dá para alguém me servir?
Pedro se levanta, rindo.
— Não pede um daqueles de proteína! — exclamo para Lucas. — Não quero ficar toda musculosa que nem você.

Vejo Lucas apertar o cardápio com mais força e se voltar para mim.
— Não dá para ganhar músculo só bebendo... — começa ele, mas se interrompe quando eu caio na gargalhada. — Pedro! — exclama. — Faz alguma coisa com brócolis pra ela, por favor.
— Ah, acho que encontrei minha alma gêmea — me diz Pedro, voltando alegre para trás do balcão, os tênis limpinhos quicando no piso de madeira polida. — Alguém que sabe irritar Lucas tanto quanto eu.

Bebemos o café no balcão e levamos as vitaminas para tomar no caminho de volta ao carro. Pedro felizmente preparou uma bebida deliciosa para mim, com um toque de gengibre fresco e um monte de frutas tropicais. Admito que é bem refrescante, mas ainda não acho que isso seja café da manhã. Já cereal de chocolate, isso *sim* é café da manhã.

Quando entramos no hotel, a sra. Muller passa por nós, vindo da sala de jantar. Ela está com o cabelo envolto por um turbante de seda e um pincel encaixado atrás da orelha.
— Bom dia, sra. Muller! — cumprimento.
— As musas me chamam! — responde ela, acenando com um gesto lânguido. — Não fale comigo!

Eu só assinto. Me parece justo. O sr. Townsend sorri da poltrona e dobra o jornal no colo assim que nos aproximamos.
— Lucas! — chama ele. — Você pode me levar ao mercado amanhã, por favor?
— É claro.

É uma tradição quinzenal: o sr. Townsend gosta de ter petiscos muito específicos no quarto, e Lucas gosta de qualquer desculpa para dirigir o carro dele.

— E depois tomamos café?

Olho para Lucas, surpresa. Ele não costuma socializar muito com os hóspedes, mas, pelo jeito como o sr. Townsend fala, dá a impressão de que o café já faz parte do passeio.

— Seria um prazer. Agora, com licença — diz Lucas, com um aceno de cabeça —, preciso falar com Arjun.

Quando Lucas some cozinha adentro, pergunto ao sr. Townsend:

— Como foi a noite?

No momento, não temos recepcionista noturno, mas o sr. Townsend normalmente sabe tudo o que acontece por aqui em qualquer horário: ele dorme tarde e acorda cedo.

— O bebê dormiu que nem pedra — relata o sr. Townsend, indicando o quarto da família Jacobs. — Só acordou uma vez para comer, às duas da manhã. Aquelas cortinas blecaute que você comprou fizeram maravilhas.

— E o senhor?

— Já descansei mais do que suficiente — diz ele, sorrindo. — Maisie dizia que é bom manter um pouquinho de fadiga no sistema. É o que nos mantém na luta.

Faço uma careta, procurando tarefas no saguão.

— Que intensa — comento.

— Ela era atriz — diz ele. — Fazia teatro. Acho que só queria uma desculpa para ficar na rua até ainda mais tarde do que já ficava. Dançava tanto que parecia ter mais pés do que uma centopeia.

— Parece meu tipo de mulher — digo, arrumando o galho de abeto em cima da lareira.

Na realidade, porém, faz séculos que não danço. Tirando aquele dia na casa de Shannon, que agora preciso me esforçar muito para não lembrar.

— Então, o que ele planejou para você? — pergunta o sr. Townsend, apontando para a direção que Lucas tomou.

— Como assim?

— É o dia do Lucas, não é?

— Quem disse isso?

O sr. Townsend tenta fazer cara de mistério por um instante, mas logo desiste e responde:

— Ollie.

— Quem contou para *ele*? Não, nem precisa responder, foi o Arjun. Todo mundo sabe?

— Acho que Barty não — diz o sr. Townsend —, mas Barty nunca parece saber nada do que acontece por aqui, né?

Consigo segurar a risada e me dou uma rara nota dez pelo profissionalismo. Uma família passa a caminho do brunch na sala de jantar, e eu e o sr. Townsend interrompemos a conversa por educação antes de voltar ao assunto.

— Acho que, oficialmente, pode ser um dia do Lucas, mas, na verdade, é um dia da Izzy — digo. — Afinal, o senhor está feliz...

— Perfeitamente — diz o sr. Townsend, pegando os óculos.

— As musas não param de falar com a sra. Muller...

— As camareiras sem dúvida adoraram a notícia.

— E consegui fazer o bebê Jacobs dormir!

— É um dia da Izzy, certamente — declara o sr. Townsend, sério.

Eu levanto o queixo e dou os toques finais na decoração da lareira. Eu diria que Lucas precisa caprichar mais.

— Nossa senhora, não.

— Não?

— *Não!*

— É um *não, Lucas, vai se foder*?

Faço uma careta.

— Tá, não, não chega a tanto. Mas não quero fazer isso. Achei que você fosse me mandar fazer coisas nojentas, tipo limpar o banheiro! Não imaginei que fosse me obrigar a — digo, agitando as mãos na frente do computador — *digitalizar*.

— Se você se familiarizar com o sistema, vai ver como é útil. Até a Tadinha da Mandy aprendeu a gostar.

— Ela gosta quando você pergunta. Quando eu pergunto, ela prefere a agenda de agendamentos.

— Claro que prefere. Mas e se tiver um incêndio e a agenda de agendamentos pegar fogo? Vamos perder tudo para sempre.

Eu *sei* que o sistema on-line é mais sensato. Não sou tão ignorante assim. A questão é que eu amo o ritual da agenda de agendamentos, e os hóspedes também gostam — de assinar com a caneta-tinteiro e folhear as páginas finas, do peso da capa de couro ao se fechar... É tudo parte da experiência do hotel, como a sineta dourada que tocam para nos chamar se não estivermos na recepção. Poderíamos instalar um sistema de interfone, mas não fazemos isso porque a sineta é mais divertida.

— Hoje, vou atualizar os perfis dos hóspedes — diz Lucas —, então você também vai. Aqui — continua, empurrando uma antiga agenda de agendamentos para mim. — Pode ficar com 2011. Seu anel foi perdido no verão desse ano, talvez você ache algo de útil aí.

Relutante, pego a agenda e a puxo para mais perto. Lucas assente, satisfeito, e volta a atenção para o computador, digitando.

— Eu preciso fazer isso por quanto tempo? — pergunto, enquanto faço log-in.

— Até eu dizer para parar.

Dá para *sentir* o sorriso dele.

Ele me faz ficar no balcão por uma hora e meia. Talvez seja o tempo mais longo que já passei sentada e quieta no trabalho, e com certeza é o tempo mais longo que já passei ao lado de Lucas sem que algum de nós falasse com um hóspede ou saísse com pressa para resolver outra coisa.

É estranhamente confortável. Não conversamos, mas vez ou outra Lucas faz um comentário solto e, em certo ponto, para meu espanto, ele me oferece uma xícara de chá. Basicamente, coexistimos. Fico surpresa por termos essa capacidade.

Por mais que isso me enfureça, Lucas está certo: eu encontro, *sim*, uma informação útil sobre o meu anel. Ao transferir tudo para o sistema de Lucas, percebo que tinha deixado escapar alguns hóspedes de estadias mais longas na hora de fazer minha lista de contato, porque o check-in tinha sido feito semanas ou meses antes de quando encontramos a aliança.

Anoto seus nomes, e paro quando chego a *sr. e sra. Townsend*. É meio feliz e meio triste pensar que Maisie estava com ele na época. Decido falar com ele — a joia não pode ser de Maisie, que usou a aliança até morrer, mas talvez o sr. Townsend se lembre de alguém que perdeu um anel de noivado em algum período em que ele esteve no hotel.

Finalmente, Lucas olha o relógio, tampa a caneta e declara que acabamos. Ele coloca a placa de Barty na recepção — "Por favor, toque a sineta, que o atenderemos em um instante!" — e me leva até a despensa. Está mais arrumada do que da última vez que entrei aqui: ele ajeitou as prateleiras e separou e espanou todas as latas de tinta.

— Aquela ali — diz ele. — Você consegue carregar?

Fulmino Lucas com o olhar e percebo que é apenas implicância.

— Lembra que agora eu já te vi malhar — acrescenta ele, pegando duas latas de tinta sozinho. — Você nunca mais vai poder fingir que precisa que eu carregue tudo que é pesado.

Que droga. Eu nunca tenho saco de mexer nos móveis do jardim, e os hóspedes *sempre* mudam de lugar. Uma das pouquíssimas vantagens de dividir o turno com Lucas é que normalmente consigo convencê-lo a fazer isso por mim.

Eu o acompanho pelo bar até o jardim de inverno nos fundos do hotel. É uma área acarpetada, com uma coleção descombinada de várias poltronas. O espaço sempre foi meio desperdiçado — normalmente é onde os idosos se reúnem para fugir do barulho nas festas de casamento. Faz um tempo que não venho aqui, então paro na porta, boquiaberta.

— Lucas!

— Que tal?

Olho ao redor, admirada. Ele esvaziou totalmente o local, arrancou o carpete e fez uma faxina das boas também — as janelas estão reluzindo, revelando o vasto jardim geado lá fora. Não é mais um jardim de inverno antigo, está mais para uma...

— *Orangerie* — digo, batendo palmas. — Podemos chamar de *orangerie*! As pessoas podem comer petiscos aqui. Ou até se casar! Na verdade, seria lindo para cerimônias menores! — exclamo, e dou uma volta, admirando o espaço. — A tinta é para o piso?

Lucas confirma. Quando se vira para mim, está com um olhar caloroso; acho que ele ficou feliz por eu ter gostado. Eu desvio o rosto.

— Uma camada fina — digo, inclinando as latas de tinta para conferir a cor. — Um branco meio desbotado?

— Essa é sua tarefa até a hora do almoço.

Arregaço as mangas e começo a abrir a lata de tinta. Isso é *muito* melhor do que digitalizar coisas. Lucas nem se dá conta de que me ofereceu uma tarefa que eu prefiro fazer a praticamente qualquer outra coisa. Sorrindo, mergulho o pincel e começo a trabalhar. É definitivamente um dia da Izzy.

Lucas

Encher o saco de Izzy é satisfatório. Gosto de fazê-la morder a isca e semicerrar os olhos de raiva, e de como o humor dela muda quando está me dando um fora.

Mas descobri que deixar Izzy feliz é mil vezes mais satisfatório.

— Acabei. Está uma *beleza* lá — diz ela, saltitando pelo saguão. — E agora?

— Almoço — respondo.

Normalmente comemos a comida do Arjun no almoço, mas hoje eu pedi para ele fazer algo especial. Ele me olhou com imensa desconfiança quando eu disse que precisava de um favor, mas foi só dizer que era para Izzy que ele aceitou sem reclamar. Foi uma experiência rara e agradável.

— Vamos comer lá em cima — digo, e aceno para Irwin, o pedreiro que me deu permissão para usar a escada recém-reconstruída.

A primeira instrução dele foi: *Pule o quarto e o oitavo degraus.* E a segunda: *E se cair do teto enquanto estiver flertando lá em cima, é melhor morrer logo, para não me processar.*

Eu a levo lá para o alto, para o quarto do torreão. É o segundo quarto mais caro do hotel, depois do que Louis ocupou. Tem metade do tamanho, mas, na minha opinião, é muito mais impressionante. É dividido em dois andares, e uma das paredes é curvada. No segundo andar, há uma área de estar com vista para o jardim e a floresta, e foi lá que montei nosso almoço.

— Ah, não — diz Izzy, desacelerando ao se aproximar da escada.

Não era a reação que eu esperava diante do banquete na mesa. Tem moqueca, arroz, feijão tropeiro e farofa, claro — são poucas as refeições que minha mãe serve sem farofa. É uma linda seleção de alguns dos meus pratos brasileiros prediletos. Por mais que Arjun me irrite, ele é um cozinheiro excepcional e escutou todos os conselhos da minha mãe que transmiti para preparar a comida. O cheiro não chega a ser *exatamente* o mesmo, mas é o mais perto que já senti desde que cheguei no Reino Unido, e já estou com água na boca.

— Peixe — diz Izzy, desanimada, e me olha devagar. — Mandou bem.

Merda.

Ela está meio pálida. Será que eu sabia que Izzy não gostava de peixe? Entro em pânico, tentando lembrar de todas as vezes que comemos com pressa no meio do caos do dia.

— Nossa, só o cheiro... — diz ela, cobrindo o nariz com a manga da roupa. — Tenho que comer isso?

Eu me sento e engulo a decepção.

— Não — digo.

Escuto a tensão na minha própria voz e me seguro por um momento. Não é culpa de Izzy eu ter preparado um almoço de que ela não gosta. Eu não perguntei se ela gostava de moqueca. *Não se irrite*, penso. *Você é melhor do que isso.*

— Mas pode te surpreender — acrescento.

Não surpreende. Eu a vejo tentar engolir a moqueca e imediatamente sirvo um copo d'água que ela vira de um gole só.

— Pronto — diz ela, secando a boca. — Provei. Agora posso comer esse negócio de feijão com linguiça? Ai, nossa — comenta, já mastigando. — Isso, *sim*, é uma delícia.

Bom. Já é alguma coisa.

Bem no fim do almoço, meu celular toca. É Ana.

Dou uma olhada para Izzy, que está raspando o que sobrou da farofa, com o cuidado de evitar a colheradinha minúscula de peixe ainda intocada no prato. Será que é uma boa ideia? O celular não para de tocar — preciso decidir já.

— Lucas! Parece que finalmente está comendo direito! — diz Ana, em português, quando atendo.

Izzy arregala os olhos ao perceber o que está acontecendo.

— Quer que eu...? — pergunta, indicando a porta.

Uma pontada de nervosismo me toma quando eu viro a tela para incluí-la na chamada.

— Ah, oi, quem é essa? — diz Ana, arregalando os olhos tanto quanto Izzy.

Quando minha mãe escuta Ana mencionar outra pessoa ao telefone, ela surge do lado de minha irmã na velocidade da luz.

— Oi! — diz Ana, agora em inglês. — Você deve ser a Izzy!

Eu me pergunto por que estou fazendo isso. Só consigo pensar que quero que Ana e minha mãe conheçam Izzy. E quero que Izzy saiba que minha família é composta por gente boa e honesta. Talvez isso a ajude a me ver de outro modo.

— Sou! — responde Izzy, se empertigando um pouco. — Oi. Prazer.

— A gente já ouviu falar muito de você — comenta minha mãe, e Ana revira os olhos. — Eu sou a Teresa, mãe do Lucas. Essa é a Ana.

— Conta tudo, Izzy — diz Ana. — Como é o Lucas no trabalho? Os hóspedes reclamam muito desse jeito rabugento dele?

Izzy ri. Agradeço pela minha irmã, com quem sempre posso contar para aliviar os momentos mais tensos. Ela ainda cuida do irmãozinho atrapalhado, mesmo estando a mais de oito mil quilômetros de distância.

— Não. Na verdade, todo mundo ama ele. Quem reclama sou só eu — responde Izzy.

Ana sorri.

— Aposto que as crianças adoram ele. As crianças sempre amam o Lucas — diz ela, e faz uma careta, me imitando. — Olá, pessoinha, como vai hoje? Deseja discutir política? Parece até o tio Antônio.

Eu me encolho, e Ana repara.

— Desculpa — diz ela. — Foi uma piada boba. Você não tem nada a ver com ele, Lucas.

— Essa Izzy é muito bonita — comenta minha mãe em português para Ana, avançando a conversa.

O rubor no rosto de Izzy deixa óbvio que ela entendeu a frase.

— Como vocês estão? — pergunta Izzy, com um sorriso hesitante, e me olha de relance. — Estão animadas para o Natal?

As duas respondem ao mesmo tempo, em uma mistura de inglês e português, bem quando Bruno cai no choro, pertinho do celular. Izzy parece ao mesmo tempo fascinada e perdida.

— Estão — resumo. — Estão, sim. E estão bem. E com saudade de mim.

— Ninguém disse isso — replica Ana.

— Estou morrendo de saudade! — diz minha mãe ao mesmo tempo.

Eu sorrio ao notar que Izzy reconheceu a palavra *saudade*.

— Essa moqueca está meio seca — acrescenta minha mãe, ainda em português, atenta à tela. — Foi você quem fez, Lucas?

— Tenho que ir — digo para elas, em inglês para Izzy não se sentir excluída. — Mas que bom que conseguimos nos falar.

— Está com a cara seca mesmo — comenta minha irmã, pegando Bruno no colo. — Você devia era vir para cá comer a moqueca da mamãe.

Sinto a garganta apertar.

— Em breve — prometo.

— Ah, quem é esse aí? — pergunta Izzy, sorrindo para Bruno.

Ana o apresenta, orgulhosa, e aproxima Bruno da câmera, o que ele não acha especialmente agradável, considerando a expressão indignada.

— Como ele é fofo! — diz Izzy.

Assim que vejo seu rosto ao olhar para meu sobrinho, entendo por que atendi o telefone. Era isso que eu queria: juntar as coisas mais importantes para mim.

— Uau, nossa — diz Izzy, depois de nos despedirmos e desligarmos.

E então, para meu horror, seus olhos se enchem d'água.

Antes de me dar conta do que estou fazendo, eu me vejo ao lado dela, abaixado, com a mão em seu ombro.

— Estou bem! — afirma ela, secando os olhos com a manga da roupa. — Caramba, desculpa. Que vergonha.

Pego a caixa de lencinhos da mesa de centro e ela seca o rosto, tentando não borrar a maquiagem. Eu me agacho ao lado dela e me repreendo internamente. Eu não tinha pensado no que Izzy sentiria ao ser apresentada à minha família. Ela não tem família — não tem ninguém para lhe dizer que está com saudade e logo depois criticar sua moqueca.

— Desculpa — digo. — Foi insensível da minha parte atender a ligação da minha família agora.

— Não sei por que fiquei tão abalada — diz ela, assoando o nariz. — Ver famílias superfelizes sempre me afetava, mas faz séculos que não fico assim. Acho que às vezes só volta. E... sei lá. Eu estava meio desacostumada. Não me preparei. — Ela sorri com certa tristeza. — Talvez eu não ande me cuidando muito bem? Isso sempre afeta minha capacidade de lidar com esse tipo de coisa.

Tento pensar na coisa certa a dizer, mas só me vem: *Quero cuidar de você. Para você não ter que fazer tudo sozinha, pelo menos dessa vez.*

— Enfim — acrescenta ela, secando os olhos com um gesto decidido. — Hoje o dia é seu, e não meu, né? Então é melhor eu deixar esse autocuidado para depois.

O almoço foi um desastre. Eu me pergunto se deveria só mandá-la tomar um banho de banheira e ver um filme em casa. Mas... acho que meu plano para a tarde vai deixá-la feliz. Acho que vou conseguir consertar a situação. Por isso, me levanto e digo:

— Descanse um pouquinho. E depois a gente se encontra lá embaixo.

De mãos na cintura, Izzy analisa o resultado dos meus dias de folga.

— Se achou que eu não daria conta disso — diz ela, com os olhos cintilando —, então me subestimou muito.

Eu planejava terminar o playground de aventura até o Natal, mas, quando eu e Izzy decidimos que quinta era Dia do Lucas, eu soube que teria que acabar antes. Pedi todos os favores possíveis e irritei Pedro ainda mais com minha chatice e perfeccionismo. Embora esteja longe de estar finalizado, já dá para o gasto. Como a Tadinha da Mandy gentilmente vai cuidar da recepção nas próximas horas, tudo que precisamos fazer é subir em cordas e no trepa-trepa.

Eu conheço Izzy. Ela tem o coração bondoso de uma criança e ama uma aventura. Uma tarde na tirolesa e subindo em árvores certamente vai deixá-la feliz. E se ela precisar pular no meu colo em algum momento, eu também não vou reclamar.

— Você vai ser minha cobaia — digo. — Vamos fazer a rota completa.

Aponto o mapa que desenhei ontem, que mostra a ordem em que cada elemento do playground deve ser utilizado.

O sorriso dela é contagiante.

— Manda bala — diz.

Ela se alegra a cada degrau da escada e a cada passo na ponte de corda. Não tenho a oportunidade de puxá-la para mais perto, nem de ajudá-la a passar por uma das torres de pallets, nem mesmo de ficar apertadinho com ela na casa da árvore, porque ela mal pisa ali antes de disparar na tirolesa. Mas tudo bem. Talvez seja melhor assim. Sabemos que há química entre nós. O objetivo de hoje é mostrar para ela que podemos ser *felizes* juntos. Que podemos argumentar em vez de brigar. Que podemos ficar em um silêncio confortável em vez de gélido.

E também que eu não sou um babaca. Mesmo que isso pareça ainda mais difícil do que eu esperava.

— Ahá! Pronto! Toma, Lucas da Silva — diz ela, jogando o capacete quando pula da rede de cordas na grama. — Você achou que eu ia ficar com medo, né?

— Não — digo, tranquilo.

Ela me olha com desconfiança.

— Pode confessar. Você queria me ver pendurada no meio daquela tirolesa que nem o Boris Johnson.

Não saquei a referência, mas deu para entender o que ela quis dizer.

— Não era para você passar vergonha — começo, mas as últimas palavras são engolidas pela chegada das crianças Hedgers, seguidas pelo pai, que vem correndo atrás delas, o cabelo grisalho balançando.

— Tia Izzy! — grita o Hedgers mais velho. — Quero brincar!

— Ai, merda — murmuro. — Essa área ainda não está aberta!

— Desculpa, desculpa, eu vi a placa... — diz o sr. Hedgers, pegando no colo o mais novo e segurando a mão de Ruby a caminho do mais velho. — Não, Winston, não... Ai, nossa. Não se preocupem, prometo que não vamos processar ninguém — garante ele para mim e Izzy enquanto Winston brinca na torre de pallets.

— Obrigada — diz Izzy, olhando para Winston e pegando o capacete. — Vou só...

Ela corre para ajudar o menino.

— Na verdade, eu queria falar com você — declara o sr. Hedgers para mim, vendo Izzy se agachar, temerosa, abaixo do filho dele, de braços esticados, pronta para segurá-lo caso ele caia.

— Claro.

Deixo Ruby soltar a mão do sr. Hedgers e vir se pendurar no meu joelho que nem um macaquinho, me olhando cheia de alegria.

— Uma das coisas que mais amo na minha esposa é sua fé inabalável de que ela é capaz de qualquer coisa — começa o sr. Hedgers. Ele parece cansado. É um homem alto e magro, naturalmente curvado, mas seus ombros estão mais encolhidos do que de costume. — Mas não é. Francamente. E precisamos de ajuda. O seguro disse que pagaria por nossa estadia aqui por causa da inundação, mas tem um limite no valor. Parece que teríamos que pagar do nosso bolso a partir do dia 23 de dezembro. Annie está lutando como pode, mas nem ela tem como convencê-los. Estava no contrato que a gente assinou — continua ele, e dá de ombros, exausto. — São milhões de páginas, é claro que só lemos por alto...

— Alguém deveria ter destacado isso para vocês.

— Eu sei. Mas ninguém fez isso. E as crianças estão muito animadas para passar o Natal aqui. Não queremos sair e ir para um lugar mais barato logo no Natal.

Eu engulo um suspiro e olho para o playground. Os Hedgers são uma família adorável, e as crianças trouxeram muita alegria ao hotel nos últimos meses. Eles merecem um Natal lindo, mas...

— Vou conversar com os proprietários — prometo. — Mas devo dizer logo que o hotel está passando por dificuldades no momento. Talvez não... Bem, deixe-me conversar com a sra. Singh-Bartholomew e o marido.

O sr. Hedgers abre um sorriso cansado.

— Obrigado. E, se não se incomodar, pode não mencionar para Annie que eu pedi? Ela odeia a ideia de ser alvo de caridade.

Quando conseguimos tirar Winston do playground — um processo que me lembra o de arrancar craca de uma rocha —, conto a Izzy a situação do seguro. Ela está furiosa a caminho do Chalé Opala, o cabelo com mechas de fogo quicando nos ombros.

— Por que essa escrotice toda? Até parece que a seguradora não tem dinheiro de sobra.

— Para eles, é só negócio — digo, e engulo qualquer outro comentário diante do olhar furioso que ela me dirige.

— Bom, mas são pessoas de verdade, não só números. Coitadas das crianças. Elas já devem estar nervosas de qualquer jeito. E a gente acolheu elas tão bem no hotel! — diz Izzy, começando a chorar de leve. — Eu escolhi a estrela favorita de Ruby para o topo da árvore!

Como é que eu um dia fui capaz de odiar essa mulher?

— Aquelas planilhas de contas em que você anda mexendo... — lembra Izzy, me olhando. — Estão... estão *muito* feias?

Já estavam feias antes de o teto cair. Na tentativa de nos recuperarmos do prejuízo da pandemia, acumulamos dívidas, adiamos trabalhos de manutenção essenciais e diminuímos os preços para tentar atrair novos hóspedes — uma manobra que não deu resultado. Temos pouquíssimas reservas, o que, por sua vez, dificulta conseguir investidores. A sra. SB e Barty vivem dizendo que não são "dos números", e é óbvio que o hotel não tinha uma boa situação financeira nem quando gerava lucro. O resultado é que agora estamos em apuros sérios, de verdade.

— Estão — digo, baixinho. — Estão muito, muito feias.

Izzy suspira e bate na porta do Chalé Opala, apertando mais o casaco.

— Ah, perfeito! — diz a sra. SB.

Ela acaba de abrir a porta já se virando de volta para a casa. Adentramos o calor do ambiente e tiramos os casacos para pendurá-los nos ganchos tortos de ferro perto da porta.

— Estou fazendo pão! — anuncia a sra. SB.

Izzy e eu nos entreolhamos. Não sabíamos que a sra. SB fazia pão. Quando entramos na cozinha, entendemos o que de fato ela quis dizer: Barry está amassando a massa do pão, de avental, e a sra. SB lê as instruções do livro de receitas.

Explicamos a situação financeira dos Hedgers enquanto Barty estapeia a massa e a sra. SB diz que ele não usou fermento suficiente. Ele leva na boa. Eu os observo conforme Izzy fala. Como eles combinam, mesmo quando estão se irritando discretamente. Nunca olhei assim para outros casais, mas, de repente — agora que entendi o que sinto por Izzy —, vejo todo mundo de outro modo. Quero sentar com eles e perguntar: como vocês conseguiram? Como vocês foram de desconhecidos para isso, como se fossem uma pessoa só dividida em duas?

Nenhum dos meus relacionamentos passados foi assim. E, por mais que eu ache que foi um erro minha ex ter dito que eu não tenho coração... ali, no calor da cozinha dos Singh-Bartholomew, eu me pergunto se cheguei mesmo a dar meu coração para Camila.

— Normalmente, eu falaria que sim sem nem pensar — diz a sra. SB, triste. — Vocês sabem que eu adoraria ajudar os Hedgers. Mas preciso, acima de tudo, cuidar de todos vocês. É esse meu trabalho, que eu não tenho feito bem.

Barty segura a mão dela por um momento, a sua suja de farinha, antes de voltar a amassar o pão.

— Sra. SB, isso não é... — começa Izzy, mas a sra. SB a cala com um aceno.

— Nem diga — responde ela. — Vou chorar. Vamos falar de trabalho, por favor — continua, fungando. — Da festa de Natal.

Izzy e eu ficamos paralisados.

A festa de Natal é um tema que não discutimos.

— O que foi? — pergunta a sra. SB, nos encarando.

— Nada — digo, pois sou o primeiro a me recompor. — O que a senhora queria dizer?

— Só queria saber como anda o planejamento deste ano.

— A senhora quer dar uma festa de Natal este ano? — pergunta Izzy, escondendo muito mal o pavor.

— Claro. Pode ser nossa saideira, afinal — diz Barty, secando a testa suada.

A sra. SB nos olha, cheia de expectativa. Ano passado, a festa aconteceu no meio de dezembro, em parte porque meu voo para o Brasil estava marcado para o dia 17, e era eu quem estava organizando o evento. Mas hoje já é dia 15.

— Já que vocês dois vão passar o Natal aqui, que tal fazer na véspera mesmo? — pergunta a sra. SB.

No Brasil, o foco da comemoração de Natal é mesmo no dia 24, então seria perfeito para mim. Não tenho outros planos para o dia, e uma festa no hotel seria o jeito ideal de aliviar um pouco a saudade da minha família.

Olho de relance para Izzy. Ela está de cara fechada. Sem dúvida, se lembrando da briga no jardim na última festa de Natal. Quando eu me irritei com ela e ela gritou comigo. Quando Drew, parada na entrada do hotel, observou a cena e depois disse a Izzy: "Você sabe que não é dona da gente, né?"

Era verdade, mas tinha atingido Izzy que nem um tapa na cara.

Quanto mais vou conhecendo Izzy esse inverno, menos entendo a reação dela naquela noite. Sempre achei que ela estivesse protegendo a amiga, mas Drew parece ter desaparecido da vida de Izzy sem deixar rastros. Eu achava que as duas eram muito íntimas, mas, se fosse o caso, Izzy nunca deixaria Drew para lá assim — ela não parece deixar *nenhum* amigo para lá.

Então por que ela ficou tão furiosa quando eu beijei Drew?

Quero acreditar na sugestão de Pedro: que foi por ciúme. Mas, mesmo assim... a reação foi tão exagerada. Passei o ano todo pensando que Izzy era daquele jeito: sempre exagerada, mesmo que ninguém pareça reparar. Mas aquela atitude não tem muito a ver com a Izzy que está ao meu lado agora.

— Está ótimo no dia 24 — diz ela, a voz esganiçada.

— Ah, acho que preciso falar com os pedreiros para saber a previsão da obra até lá... — comenta a sra. SB, olhando, distraída, para o celular.

Eu aproveito a deixa.

— Se quiser delegar o trabalho com a obra e a decoração, Izzy seria uma escolha excelente.

A cara que Izzy faz é exatamente o que eu gostaria de ver todos os dias. Preciso até desviar o olhar.

— Izzy?

— Eu adoraria. Com o maior prazer. Posso lidar com isso daqui pra frente, é só me encaminhar o orçamento, essas coisas, e eu posso só... tirar esse peso de você.

— Delegar — diz Barty, apontando um dedo sujo de massa para a esposa. — Viu?

— Bom, obrigada! Para os dois. E como andam os anéis?

Nós nos entreolhamos.

— Ah — diz a sra. SB, com o sorriso murcho. — Me digam que não vai acontecer nenhum outro barraco no estacionamento. Não quero mais saber de traição, por favor.

— Não, não — garante Izzy, rápido. — Só... estamos meio empacados. Mas não se preocupe. Eu e Lucas vamos resolver.

— Que bom! Agora juntem essas cabecinhas e comecem a organizar a festa — diz a sra. SB, acenando para nos dispensar.

Na saída, a ouvimos reclamar:

— Barty! Assim você vai tirar *todo* o ar do pão!

Izzy

Lucas pede para eu encontrá-lo no carro às 17h15. Chego cinco minutos antes, me tremendo toda, de casaco felpudo e gorro de lã.

Lucas chega às 17h15 em ponto. Ele voltou para as roupas casuais e, debaixo do casaco aberto, usa um suéter macio cinza-escuro e calça jeans — parece uma celebridade pega no flagra saindo para um café em uma manhã de inverno. Ele tem essa beleza, o tipo de beleza que torna alguém famoso.

— Obrigada pela carona — digo, entrando no carro.

— Não vou te levar pra casa — diz ele.

— Como assim?

— Ainda estamos no meu dia.

— Mas o dia útil acabou — resmungo.

Hoje o dia foi tão divertido que fiquei até confusa, mas passei tempo *demais* com Lucas, e não sei se aguento algo além disso.

— Ainda não acabei com você — diz ele, com um sorrisinho.

— Aonde nós vamos?

— Para minha casa — responde, saindo do estacionamento.

Eu nunca fui à casa do Lucas. Imagino que tudo seja extremamente organizado, e que os móveis sejam de madeira bem polida. A ideia de entrar em seu espaço particular assim me deixa um pouco nervosa e *muito* curiosa.

Ficamos quietos no trajeto. Boto a bolsa no colo e a abraço como se fosse meu animal de apoio emocional. Lucas mora a uns quinze minutos de carro do hotel, mas parece que leva horas.

Ele mexe no rádio e começa a tocar "Last Christmas". Eu bufo e viro o rosto para a janela. Essa música sempre me lembra dele, e não é por bons motivos. Sinto que ele está me olhando, curioso, mas foco na neve cinza derretida na estrada lá fora. A música é um bom lembrete de que, por mais lindo que ele seja, por mais que ele me apoie com a sra. SB, ainda é o homem que beijou minha colega de apartamento no dia em que confessei o que sentia por ele e depois agiu como se fosse loucura minha me incomodar. Um problema atrás do outro, basicamente.

O apartamento dele não é nada do que imaginei. É surpreendentemente aconchegante e cheio de personalidade. O sofá é de couro velho e surrado, e a mesinha de madeira parece artesanal. Tem uma quantidade impressionante de livros na estante, uma mistura de edições brasileiras e inglesas. Eu não sabia que Lucas lia tanto — a maioria dos livros é de não ficção, então desconfio que eu ainda esteja longe de convencê-lo a encarar minha coleção da Sarah J. Maas, mas ainda assim fico impressionada.

— Quer uma cerveja? — oferece ele, abrindo a geladeira.

— Ah. Pode ser. Valeu — digo, e aceito a *lager* que ele me entrega. — E aí, vamos fazer o quê? Que tortura preparou para mim?

— Vamos fazer o que eu faço toda noite — diz ele, pegando uma variedade de verduras da geladeira. — Nada de especial. Mas, sem dúvida, você vai dar um jeito de achar uma tortura aí no meio.

Ele aponta com a faca para a tábua pendurada na parede da cozinha.

— Gengibre, por favor. Bem picado.

Um serviço previsivelmente péssimo. Começo a descascar o toquinho de gengibre, enquanto discretamente vejo Lucas fatiar um pimentão.

— Sabe, você errou em algumas coisas hoje. Eu amei o playground. E pintar o piso foi uma loucura. Quer dizer, é bem o tipo de coisa que eu gosto — explico, porque o vejo franzir a testa, da forma que faz sempre que não entende muito bem uma expressão que eu uso.

— Por que você gosta de pintar piso?

— Eu adoro melhorar as coisas — digo, depois de pensar um pouco.

Cozinhar assim, juntos, parece íntimo demais. É assustador. Sinto falta da presença sólida e reconfortante da recepção, do murmúrio familiar das vozes do restaurante.

— Antes de os meus pais morrerem, eu estava estudando design de interiores — continuo, preenchendo o silêncio. — Tinha a ideia de montar um negócio para redecorar espaços, só que sem usar nenhum objeto novo. Eu usaria o máximo de material reciclado e, quando possível, reutilizaria o que já estava lá, só que restaurado.

— Reaproveitamento — diz Lucas.

— Isso! — digo. — Exatamente. Enfim. Óbvio que essa ideia acabou ficando meio de lado, mas quem sabe eu não volto pro curso se a gente perder o emprego.

Eu o sinto ficar tenso ao pegar o gengibre, combiná-lo com o alho na própria tábua e jogar tudo no azeite quente na panela. Ele está com as sobrancelhas bem franzidas. Está estressado com a situação do hotel, percebo — e não sei por que isso não me ocorreu antes. Acho que é porque eu estou mais triste do que estressada. O que me devasta é perder a família que formamos no hotel. Nem pensei tanto em precisar encontrar outro emprego — confio no meu currículo e sei que tem algumas vagas abertas na área. Mas acho que, para Lucas, o risco é maior. Não sei quanto tempo ele pode ficar desempregado no Reino Unido e sei que a situação financeira dele é apertada.

— Pode ser que fique tudo bem. Acho que o Louis está mesmo considerando investir — digo.

— Hum — responde Lucas. — Alguma coisa ele está considerando, sem dúvida.

Eu franzo a testa.

— Como assim?

— Ele quer a construção. Não sei se quer o hotel.

Eu arregalo os olhos.

— Você acha que ele quer comprar *o terreno*? Tirar das mãos dos Singh--Bartholomew?

Agora que ele falou, lembro de Louis fazer uma oferta de brincadeira pelo hotel no Natal passado, e da sra. SB rir e recusar. *Será?* Eu nunca considerei a ideia de a Mansão Forest ser outra coisa, mas acho que daria belos apartamentos, ou escritórios, ou...

— Não — digo, balançando a cabeça. — Louis teria me falado.

Lucas se tensiona ao ouvir isso.

— A comida está pronta — diz, empurrando talheres para mim.

Comemos no sofá. Espero Lucas ligar a TV, mas, em vez disso, ele pega uma pilha de cartões amarelos da mesinha e começa a lê-los enquanto come. Eu dou uma espiada por cima do ombro dele — parecem fichas de revisão de estudo.

— Você está estudando? — pergunto, surpresa, porque ele nunca mencionou o fato.

Ele confirma, mastigando. Fico esperando que diga mais alguma coisa, mas ele continua calado, e também não me olha. Eu me estico para pegar os cartões ainda na mesa e começo a folheá-los. *Modelar a tomada de decisão do consumidor... segmentação de mercado... inventário e perecibilidade... prestação de serviços hoteleiros...*

— Hotelaria? — pergunto. — Você estuda hotelaria?

Ele confirma de novo e passa para o próximo cartão. Como se não tivesse a menor importância.

— É esse seu plano, então? — pergunto, sentindo um calor no peito, e dou uma garfada forte no mexidão. — Assumir a Mansão Forest um dia?

— Não. Nada disso.

— Aí você poderia me dar ordens, e eu não teria escolha a não ser obedecer.

— Na verdade — diz ele —, meus estudos não têm nada a ver com tentar ganhar de você em alguma coisa, Izzy. Estou fazendo isso por mim.

— Claro — digo. Estou agitada e triste e nem sei o porquê. Queria não ter falado do curso de design de interiores no qual nem me formei. — Tá, que bom pra você.

Eu sempre soube que Lucas se acha melhor do que eu no trabalho, mas também sempre achei que ele estivesse equivocado. Só que agora ele vai oficializar, com diploma e tudo. Não que faça a menor diferença — nós provavelmente vamos nos despedir no Ano-Novo de qualquer jeito. Ele pode virar gerente de um hotel chique qualquer, e eu, aceitar aquela vaga de garçonete que está sempre disponível na vitrine do café Tilly em Brockenhurst — e *tudo bem*. Eu ficaria completamente ok assim.

Lucas se levanta de repente, anda até a porta dupla na nossa frente e a escancara. Ele está só de camiseta e calça jeans — tirou o suéter enquanto cozinhava —, e lá fora está um gelo. Eu levanto as sobrancelhas quando o frio me atinge depois de alguns segundos, e ele diz:

— Está um calorão aqui.

Não consigo me segurar: lembro de Lucas na academia, um pingo do suor escorrendo entre os ombros dele. Jesus amado. Como é possível eu achar esse homem tão chato e *ao mesmo tempo* tão gostoso? Agora mesmo, quando ele sai para a varandinha e apoia os antebraços no parapeito de vidro, noto os músculos em movimento nas costas, a pele exposta e marrom-clara do pescoço.

Seria razoável imaginar que todas as vezes que ele me rejeitou me fariam desejá-lo menos, mas não. Não sei o que isso diz sobre mim. Pelo menos sou consistente. Não me deixo abalar facilmente por, sabe, a realidade.

Ele só fica ali parado, sem dizer nada, então eu puxo a manta das costas do sofá e cubro meu colo — preciso de algo para me reconfortar. Estou instável, como se um tremor percorresse o apartamento e sacudisse tudo.

— Izzy — diz ele.

Só isso. Só *Izzy*. Ele nem se vira. Agora está chovendo, aquela garoa fina e passageira que cintila ao refletir a luz.

— Você não gosta de mim, né?

A pergunta me surpreende. Está meio óbvio, né? Eu e Lucas nos detestamos, todo mundo sabe. Ele é teimoso, ranzinza e se irrita fácil; é propositalmente difícil comigo no trabalho, e já me rejeitou tantas vezes que, mesmo se eu não fosse nada orgulhosa, seria difícil não nutrir um *pouco* de ressentimento. E, principalmente, ele sempre vai ser o homem que beijou minha colega de apartamento no dia em que lhe ofereci meu coração.

— Não — respondo, devagar. — Não gosto de você.

— Você já *gostou* de mim — diz Lucas, olhando para trás por meio segundo antes de se voltar para a chuva. — Até que eu beijei sua colega de apartamento.

Eu puxo mais a manta. A gente não fala disso. Na única vez que conversamos sobre o assunto, acabamos aos gritos no jardim do hotel, e ele voltou para o Brasil no dia seguinte.

Sempre penso naquele cartão. Agora que conheço Lucas melhor, imagino a vergonha alheia que sentiu quando leu as partes mais emotivas. "Meu coração carinhoso e aconchegante." Eca. Escrever isso no cartão de Natal dele tinha parecido ousado e corajoso, o tipo de coisa que uma protagonista de comédia romântica faria. Jem tinha tanta certeza de que acabaria em romance, e eu me deixei levar, imaginando nosso beijo debaixo do visco, como ele me abraçaria e diria que sentia exatamente o mesmo.

Que se danem Jem e suas historinhas de amor.

— E aí... acabou? — pergunta Lucas, olhando para a garrafa de cerveja em suas mãos.

— Bom, você meio que estragou tudo, né? — digo, e volto a sentir todos aqueles sentimentos: o choque, a vergonha, a decepção depois da conversa horrenda com Drew.

Ela *sabia* o que eu sentia por Lucas e o beijou mesmo assim. E talvez não tenha sido uma boa ideia cobrar o aluguel atrasado no meio da discussão, mas, ao ir embora, ela literalmente jogou um enfeite de árvore de Natal na minha cabeça, então acho que eu ganhei na competição de melhor comportamento.

— Eu *estraguei tudo*? — pergunta ele, finalmente se virando. — O que era para eu fazer?

Eu o encaro.

— Ah, sei lá, *não* beijar minha colega de apartamento debaixo do visco?

— Izzy, fala sério. Eu nunca entendi por que isso foi um crime tão grande.

Eu desvio o olhar.

— É óbvio que você tem e tinha o direito de beijar quem quiser.

— Obrigado.

Esse "obrigado" me faz ranger os dentes. Apoio a cerveja na mesa com um pouquinho de força demais.

— Ainda sou obrigada a estar aqui? — questiono, brusca.

Ele recua.

— Ah. Não. Claro que não.

— Tá. Bom, então vou te deixar em paz. Boa noite, Lucas.

— Izzy.

Só *Izzy* outra vez. Começo a me afastar, mas logo perco o fôlego. Ele está bem atrás de mim, com a mão no meu braço. Ele se deslocou tão rápido; o contato é inesperado, e eu não estava preparada. Estou quente de raiva, lembrando tudo que senti ano passado, e a pele dele na minha me faz arder ainda mais. Ele me gira, e eu o olho, minha boca entreaberta, o hálito frio.

A expressão dele é aniquiladora. Já vi frustração nos olhos de Lucas mil vezes, mas hoje tem uma profundidade diferente, e eu sei — eu *sei* que ele me quer.

— Você me deixa louco — declara ele, com a voz rouca, o olhar fixo na minha boca.

Eu não digo nada. Estamos os dois ofegantes, muito próximos um do outro, mas não vou ceder e fazer outra proposta que ele recusará. Hoje, se ele quiser alguma coisa, vai ter que tomar a iniciativa.

— Eu tentei — diz ele. — Tentei muito mesmo. Mas...

Ele se aproxima ainda mais, me forçando a levantar o queixo se quiser olhá-lo no rosto. Ele é tão imenso, puro músculo, todo retesado.

Eu não resisto. Tem alguma coisa a ver com o jeito dele de se conter — atiça a parte de mim que adora um desafio. Sinto que ele está a um instante de ceder.

Eu roço o peito no dele. Ele inspira bruscamente e é isso, é *isso*. O que estava segurando Lucas arrebenta. Ele me beija.

E é puro fogo. Ele me inclina para trás e me beija de tal forma que perco o ar e o equilíbrio de uma só vez; ele meio que me levanta, meio que me joga nas almofadas do sofá, com a mão na minha coxa enquanto enrosco as pernas nele. É uma bagunça feroz, como se beijar fosse uma briga. A língua dele encontra a minha, e eu afundo as unhas nas costas dele. Nunca senti uma onda de desejo assim, nunca mergulhei tão rápido. Agora, se ele quisesse, eu me entregaria para ele.

Mas ele diminui o ritmo do beijo — não interrompe, só alivia. Me dá beijos lentos, lânguidos, em vez de famintos. Eu solto um gemido fino e viro a cabeça de lado, com vergonha do desespero que ele escutará na minha voz. Ele vira meu rosto de volta com o dedo e me encara bem de frente.

— Se formos fazer isso — diz, com a voz rouca, o sotaque forte —, você não pode desviar o olhar de mim.

Eu engulo em seco. Estou largada ali, ofegante, vulnerável, Lucas me olhando de cima. Não sei se é por hábito ou por orgulho, mas sinto uma necessidade repentina e forte de recuperar a vantagem.

— Se formos fazer isso — retruco —, precisamos de regras.

Estamos um de cada lado do sofá, nos observando com desconfiança. Ele cobriu o colo com uma almofada, que nem um adolescente, e eu abracei meus joelhos para ele não notar que estão tremendo.

— Por que você não me beijou antes? No hotel? — pergunto, e pigarreio. — Por que agora?

Ele olha para a varanda. A porta ainda está aberta, mas acho que nenhum de nós está sentindo frio.

— Foi o que você disse. Duas pessoas que se odeiam se beijando... — diz ele, e engole em seco. — É esquisito e uma péssima ideia.

— Certo.

Eu fui sincera? Acho isso mesmo? Agora, só consigo pensar em como foi gostoso, e como quero muito repetir a dose.

— Então o que mudou? — questiono.

Ele olha para a almofada.

— O que mudou é que parei de me incomodar com isso de "péssima ideia". Eu quero você — diz, e ergue o olhar. — Você me quer. Somos adultos, podemos tomar nossas decisões, desde que ninguém se magoe.

Eu concordo.

— Também acho. Por isso é bom determinar umas regras. Fazer isso de um jeito sensato e sensível, e se livrar de uma vez dessa vontade.

Ele faz uma careta.

— Que foi? — pergunto, já tensa.

Eu sei, sim, que Lucas me quer — agora não dá para negar —, mas, depois de me expor para ele tantas vezes, parte de mim espera que ele caminhe até a varanda de novo e volte a ser frio comigo.

— Então vai acontecer uma vez só? — pergunta ele.

— Claro — respondo, levemente horrorizada. — Nossa, não é pra... Não estou te pedindo em namoro nem nada. Só sugerindo uma ficada.

A expressão dele é indecifrável. Depois de um momento, ele concorda.

— Tá.

— Então, primeira regra — digo, me empertigando. — Isso não muda nada. Você não precisa fingir que a gente se dá bem só porque transou comigo.

Ele me encara diretamente.

— Você quer que a gente se comporte normalmente no trabalho?

— Exato.

— Então você vai continuar reorganizando o material de papelaria e me fazer dizer "agenda de agendamentos" o dia todo?

— Que foi? Achou que uns beijos iam me convencer a ser mais legal com você?

Ele ergue um canto da boca.

— Não — diz. — Não exatamente. Tá. E a próxima regra?

— Não contar para ninguém no trabalho.

Ele fecha a cara.

— Você tem tanta vergonha assim de mim?

— Não! — exclamo, franzindo a testa. — Não é isso, é só que... somos colegas de trabalho.

— Hum.

— Vai pegar mal no hotel se todo mundo fofocar da gente. Você sabe como eles são.

Ele retoma a típica expressão rígida.

— Está bem. Eu não contaria para ninguém, mesmo.

Dá para notar que minha tentativa de dominar essa conversa o está irritando. É terreno conhecido, não chega a me incomodar. Meu corpo ainda está vibrando com a força do beijo, e eu *gosto* disso. Eu gosto dessa tensão entre a gente.

— Última regra — digo. — É *só* sexo. Não vou dormir aqui hoje. Não vamos ficar de conchinha. Assim, é mais... — A palavra que me vem é "seguro", mas não é o que eu digo. — Simples.

Ele tensiona a mandíbula.

— Simples — repete.

Ele me encara por tanto tempo que começo a me remexer, o que diminui um pouco minha confiança. Levei tantas patadas de Lucas. Sei que ele não gosta de mim, ele já deixou isso bem claro. Estou contando que a atração entre nós é forte o suficiente para levarmos essa ideia adiante, mas sempre existe o risco de o cérebro dele voltar a funcionar a qualquer momento e se lembrar de todos os motivos para desistirmos de vez.

E dá para notar que ele está pensando nisso. O que é má notícia.

Até que o momento passa e, de repente, como se tomasse uma decisão, Lucas joga a almofada no chão, pega meu tornozelo e o envolve entre o indicador e o polegar. Ele nem mudou de expressão, mas vejo seu peito arfar mais rápido do que de costume.

— Mais alguma regra? — pergunta ele, subindo a mão pela minha panturrilha. — Ou já acabou?

Não consigo pensar em mais regra nenhuma. Não consigo pensar em quase nada com ele me tocando desse jeito.

— Mais nada.

— Então — diz Lucas, quando sua mão chega à minha coxa. — E agora?

Ele vai subindo os dedos muito, muito devagar. A tensão no meu corpo também sobe, se espalhando que nem brasa na madeira.

A pontinha do dedo dele para na costura da minha calça jeans. Estou imóvel, o olhar fixo no dele. Não faço ideia do que fazer. Imaginei transar com Lucas inúmeras vezes, mas sempre achei que fosse ter um começo explosivo, que nem o beijo de agora há pouco. Nunca achei que fosse começar com ele me tocando lentamente e fazendo contato visual; achei que fôssemos cair um no colo do outro, e eu não fosse precisar avançar.

Ele me encara. Estou sentindo uma mistura tumultuada de tesão e pavor. Tenho tanto desejo por Lucas, mas não confio nele nem um pouco. Será que consigo fazer isso? Transar com ele sem me apegar, sem baixar a guarda? Apesar de todas as minhas regras, nunca transei com alguém de quem não gostasse.

Lucas desce a mão de volta pela minha perna e para no tornozelo, onde começou.

— No direito do consumidor — diz ele —, há cláusulas de arrependimento.

Eu pestanejo.

— Ah. É?

Fomos de mão na coxa para direito do consumidor em um piscar de olhos; meu corpo ainda está vibrando de desejo.

— É. Tem um período em que é possível mudar de ideia. Acho que a gente precisa disso.

— Como é que é? Não — digo, rápido, e me endireito. — Estou de boa. Já me decidi.

Eu me aproximo dele no sofá, e Lucas sorri. É um sorriso lento e lânguido que nunca vi nele. É *extremamente* sexy. Um sorriso que diz: *Sei o que você quer, e sei que posso te satisfazer.*

— Ainda assim — diz Lucas, soltando minha perna. — Acho melhor... a gente esperar um ou dois dias.

— É o quê? Não. Não!

— Um dia ou dois?

Eu o encaro. Ele enlouqueceu? Quer que eu vá embora agora mesmo?

— A gente não precisa esperar.

Ele levanta minimamente as sobrancelhas.

— Um ou dois?

Meu Deus do céu. Por que ele é tão, *tão* insuportável?

— Lucas...

— Um ou dois?

Puta que pariu.

— Você não quer isso? — pergunto, recuando e dobrando meus joelhos outra vez. — Porque...

— Izzy — diz ele —, estou tentando ser cavalheiro. Hoje é meu dia, lembra? Não quero que você sinta... pressão.

— Bom, mas não senti! Já deixei bem claro o que eu quero.

— Hum — murmura ele, e inclina a cabeça. — Então amanhã ainda vai estar claro. A gente pode esperar uma noite.

Eu engulo em seco e passo as mãos pelo cabelo, tentando me recompor. Parece até que meus ossos desapareceram. Quero só derreter nele.

— Izzy — diz Lucas, agora com a voz mais gentil. — Quero que você pense nisso. Quero que tenha certeza.

— Eu *tenho* — insisto, mas me calo diante de sua expressão determinada.

Eu conheço essa cara. Lucas se decidiu.

— Tá bom — digo, e me levanto. — Amanhã. Depois do expediente.

Sinto os rastros da última meia hora em todo canto: o calor da mão dele no meu tornozelo, a barba por fazer arranhando meu rosto, a tensão frustrada dentro de mim. Ao olhar para ele no sofá, mais uma vez me impressiona ver como fica diferente aqui. No trabalho, ele é sempre sério e certinho, mas aqui está de camiseta amarrotada, relaxado, com os olhos enevoados. É muito sexy ver Lucas assim. Quero montar nele e beijar aquela curva insolente de seu lábio inferior.

— Só para você saber — digo —, se for mesmo me fazer esperar até amanhã à noite, vou fazer de tudo para dificultar seu dia.

Ele ergue só um tiquinho os cantos da boca.

— É uma oportunidade de me torturar — diz. — Eu não esperaria nada de diferente.

Lucas

Izzy achou que o dia para poder desistir fosse só para ela, e eu não a corrigi. Mas a verdade é que quem precisa disso sou eu.

— É uma ideia ótima — diz Pedro em português, em meio ao ruído da cafeteira. — Eu não falei que era pra você transar com ela logo de cara?

— Provavelmente foi por isso que vim falar com você hoje em vez de ligar pra minha irmã — digo, irônico, e olho para os clientes esperando Pedro atendê-los.

Puxei uma banqueta para perto do caixa. Cheguei a cogitar me oferecer para ajudá-lo com a clientela, mas, da última vez que ajudei, Pedro não parou de me dar chicotadas com o pano de prato, então desisti da oferta.

— Espero que você me fale que não enlouqueci — digo.

— Enlouqueceu nada! Mocha com leite de aveia? — pergunta ele, passando para o inglês e lançando um sorriso charmoso para a primeira mulher na fila.

Ela sorri de volta e joga os cachos loiros para trás do ombro.

— Obrigada, Pedro — diz ela. — Você é demais.

— Pode crer — responde ele, com uma piscadela.

Eu suspiro.

— Que foi? — pergunta ele.

— Assim fica difícil te achar sensato. Homens sensatos não piscam assim — digo, pensando, desanimado, em Louis, que dá no mínimo uma piscadela por dia e definitivamente é um idiota.

— E por que você quer sensatez, afinal? Você está a fim dessa mulher, não tá?

Eu faço que sim, mexendo a cabeça enquanto tomo minha vitamina Yowsa (gengibre, rúcula, laranja e cenoura).

— Então pega ela!

— Pedro...

— Ela está te oferecendo alguma coisa. Ok, não é tudo que você quer, porque você quer casamento, filhos e tal.

Eu olho feio para ele, que sorri.

— Mas é um começo.

— É um começo.

Foi isso que eu disse para mim mesmo ontem. Izzy parece programada para pensar o pior de mim — se tudo que fiz ontem saiu pela culatra foi porque ela passou o tempo todo pensando que eu queria fazê-la sofrer ao máximo. Quando chegamos lá em casa, eu estava derrotado, aí ela quis ir embora, e eu *sabia* que ela me beijaria se eu a beijasse. Resistir pareceu impossível.

— As regras dela são boas... vão te proteger dos sentimentos — comenta Pedro.

Ele seca a cafeteira e joga o pano de prato no ombro.

Essas regras me deixaram furioso. Mas sei que Pedro está certo: já estou com uns sentimentos perigosos e, se não houver limites quando eu passar a noite com ela, estarei correndo um risco real de me magoar.

— Você já é adulto, Lucas — diz Pedro. — Está com medo do quê?

Eu fecho os olhos.

— Acho que eu estava segurando minha única carta na manga, e agora decidi jogar — digo, por fim. — Tenho só uma coisa que desperta o interesse dela, e estou prestes a entregá-la.

A próxima mulher da fila faz um pedido. Pedro abaixa a cabeça para escutá-la e se vira para começar a preparar um café com leite e chocolate branco.

— Você tá falando que nem uma garotinha americana prestes a perder a virgindade, cara — diz Pedro, até que percebe que estava falando em inglês e cai na gargalhada quando a fila toda se vira para me olhar.

— Valeu por essa.

— Foi mal. Só quero dizer que você não tá abrindo mão de nada. Transar com ela significa intimidade. Papo na cama depois, e aqueles hormônios todos que batem nas mulheres quando transam com você.

— Pedro — digo, massageando a testa.

— Tá, se quiser ser romântico, você pode mostrar como seria se vocês ficassem juntos de verdade. Muitas histórias de amor começam na cama. A esposa do meu irmão era a ficante que ele pegava pra superar a ex! E agora eles têm uma quantidade horrenda de filhos.

Na verdade, isso até que me ajuda.

— Valeu, Pedro.

— Não tem de quê! Agora, cara, não esquece de se cuidar. A camisinha é sua amiga!

Isso, claro, ele diz em inglês. Eu termino de beber a vitamina, lanço um olhar sério para Pedro, que não para de rir, e sigo para a porta.

Quando chego para o expediente na Mansão Forest, percebo que esse frio na barriga é bem conhecido: é de chegar no trabalho e me perguntar o que Izzy vai aprontar comigo hoje. Mas também tem novidade. Tem a excitação, a expectativa para hoje à noite. Penso no corpo dela, sabendo que *posso* pensar, porque, daqui a algumas horas — se ela não mudar de ideia —, vou poder abraçá-la.

Mas quem chega depois de mim não é Izzy, é Louis. Ele está de camisa branca com o colarinho aberto embaixo de um casaco de lã caro, puro suco do inglês moderno.

— Lucas, oi — diz ele, com um tapinha no balcão.

A bancada está coberta por antigas caixas de charuto — Mandy estava tirando fotos para "aqueles videozinhos com música no Instagram" no fim do expediente dela.

— A Izzy tá por aí? — pergunta ele.

— Ainda não chegou. Quer uma mesa no bar para tomar um café?

Odeio ter que ser educado com ele. Odeio que ele possa comprar flores para Izzy, e eu, não.

— Não, não posso demorar. Só queria saber se meu compromisso com ela hoje à noite está confirmado.

Demoro demais para responder, e ele inclina a cabeça, levantando as sobrancelhas. Lembro a mim mesmo que ele é um cliente e não posso ignorá-lo.

— Não sei — digo. — Mas ela não mencionou nenhum plano para hoje à noite.

— Vou levá-la à feirinha de Natal em Winchester. Estacionar por lá é um pesadelo, mas um amigo me emprestou a vaga dele em Fulflood, então tudo certo — diz ele, com um sorrisinho, como se quisesse dizer "Não sou sortudo?".

Ela não pode sair com Louis hoje. Hoje, a noite é *nossa*.

— Quer deixar recado para ela? — pergunto, seco.

— Não, deixa pra lá — diz Louis, com mais um tapinha no balcão antes de se afastar. — Eu mando um WhatsApp.

Toda a tensão que liberei na academia volta a percorrer meu corpo. O telefone toca, e eu atendo rápido até demais, desesperado para ser interrompido. A pessoa do outro lado chega a levar um susto.

— Ah, oi — diz.

Louis acena a caminho da porta, e eu resisto à tentação de responder com um gesto grosseiro.

— Aqui é o Gerry — continua o homem ao telefone. — Meu filho disse que uma mulher ligou, perguntando de um anel...

Eu me empertigo.

— Sim, senhor — respondo. — Posso ajudar?

— Faz muito, muito tempo, mas eu lembro, sim, que uma moça perdeu o anel de noivado quando eu estava no seu hotel. Ela pediu ajuda para procurar. No fim, não encontramos em lugar nenhum. Ela me disse que faria uma réplica para não chatear o marido, que era uma simpatia de homem, perdidamente apaixonado por ela. Perdão, não lembro o nome deles.

Eu anoto a informação.

— O senhor pode me dizer a qual anel se refere?

— Um de esmeralda. Foi Izzy Jenkins quem me mandou o e-mail, acho.

— Muito obrigado pelo telefonema — digo. — Já anotei tudo, vou dar o recado para ela.

Izzy chega bem quando eu estou deixando o recado anotado debaixo do teclado dela, ao lado da lista de afazeres. Meu corpo fica tenso ao vê-la, e eu sorrio — nem se quisesse conseguiria me segurar. Ela está linda. De uniforme, com a bolsa pendurada no braço, anéis e brincos de ouro reluzindo.

— Lucas — diz ela, arqueando rapidamente a sobrancelha.

— Izzy.

Eu a observo dar a volta no balcão, deixar a bolsa debaixo da cadeira e ligar o computador. Ela me olha de soslaio, com o rabo de cavalo balançando. O cabelo dela ainda está com mechas vermelhas e laranja, e ela usa um colar com um pingentinho de coração partido junto com a correntinha fina de ouro com que sempre está. Eu me pergunto por que essas escolhas: o cabelo cor de fogo, o coração.

Ela lê o recado e franze a testa.

— Que foi? — pergunto.

— Nada, é só que... isso complica ainda mais a situação do anel de esmeralda. Se o marido nem sabe que perdeu porque a mulher escondeu o segredo... — diz ela, e torce a boca. — Deixa pra lá. Vou me virar. — Ela arregala os olhos de leve ao ler a lista de afazeres. — Tem *tanta* coisa para fazer hoje. Conversar com Irwin sobre as pendências do corrimão, negociar uns preços para conseguirmos pagar os funcionários da festa de Natal, torturar você incessantemente até chegar a noite...

Ela encontra meu olhar, com uma expressão de pura malícia. Meu coração fica mais leve: Izzy não vai sair com Louis hoje. Ela tem planos *comigo*.

— Vai ser um longo dia — diz ela.

Izzy me faz esperar até as onze antes da primeira jogada. Volto do correio e, quando a encontro, ela está atrás do balcão, me olhando com um sorriso malandro que faz meu coração acelerar. Ela se levanta, pega minha cadeira e a empurra até o Achados e Perdidos.

— É para eu usar sua cadeira hoje, ou...?

— Por aqui, Lucas! — declara ela.

Eu a sigo. Eu iria aonde ela quisesse — talvez sempre tenha feito isso. Quando entro no Achados e Perdidos, paro de andar. Tem uma mesa dobrável montada ali e, sobre ela, uma variedade de tintas para pintura facial.

— Estou enferrujada e preciso de uma cobaia para treinar antes da festa de Natal — diz ela, apontando para minha cadeira, no centro da sala.

Ela volta à porta e a fecha com um clique. O som faz um calafrio percorrer minha pele, como a carícia de um dedo.

— Senta aí — diz ela, porque ainda estou de pé.

— Hoje o Dia da Izzy? — pergunto, levantando as sobrancelhas.

— Senta aí, *por favor?* — repete ela e, dessa vez, eu obedeço.

Ela mergulha um pincel pequeno e fino em um retângulo de tinta azul, umedece na água e passa na tinta outra vez. Eu a vejo franzir a testa de concentração e afastar o cabelo dos olhos com o dorso da mão. De repente, tudo em Izzy se tornou extremamente fascinante.

Eu me pergunto quando isso aconteceu. Se houve um momento de virada, quando comecei a me apaixonar por ela. Será que cheguei mesmo a odiá-la? Agora me parece impossível.

Izzy encosta o pincel na minha têmpora, chegando tão perto que esbarra as coxas nos meus joelhos. A tinta está fria e eu me encolho de leve; ela faz um barulhinho de repreensão, ainda mexendo o pincel, fazendo cócegas na minha pele. Mergulha, pinta. Mergulha, pinta. Sempre que ela se inclina, tenho que lutar contra a tentação de olhar seu decote.

— Então — digo, enquanto ela desce o pincel pela lateral da minha mandíbula —, estou à sua mercê. O que você vai fazer comigo?

— Estou pensando em uma coisa meio Jack Frost — diz ela, mas o cantinho levantado de sua boca me diz que ela entendeu o que eu quis dizer.

Izzy pega a tinta de novo e se volta para mim, se aproximando ainda mais. Sinto um calor se desenrolar pela minha coluna e, por impulso, mexo os joelhos até prender a perna dela entre as minhas. Ela inspira fundo rápido, parando com o pincel na minha bochecha. Eu cedo à vontade e me permito olhar o triângulo de pele pálida na abertura da camisa, na altura do pescoço. Vejo a borda de um sutiã de renda branca e a curva macia do seio.

Eu não deveria ter olhado. Não me ajudou em nada.

— E aí, você mudou de ideia? — pergunta ela, se virando para alcançar a tinta, mas mantendo a coxa presa entre meus joelhos. — Em relação a hoje?

O pincel sussurra na minha bochecha. Izzy umedece o lábio inferior. Eu poderia pegá-la no colo em meio segundo. Eu quero. Ela sabe que eu quero.

— Não. Não mudei de ideia. E você?

— Eu disse que estava decidida.

Inclino a cabeça em resposta quando ela se afasta um pouco para pegar mais tinta. Desta vez, quando se volta para mim, ela faz pressão com o polegar no meu queixo para me forçar a levantar a cabeça e virar para o lado, expondo meu pescoço. Ela encosta o pincel na pele sensível abaixo da orelha, e eu inspiro fundo, fechando os olhos. Izzy mal está me tocando, e meu sangue já está fervendo.

— Eu podia ter ido para a sua cama ontem — diz ela. — Bastava uma palavra.

Eu sabia. Senti isso em todos os minutos demorados da noite.

— Você tem mesmo um autocontrole de ferro, né?

Ela nem imagina.

— Quero saber o que acontece quando você se entrega — sussurra ela, se curvando. — Porra, eu quero fazer você subir pelas paredes.

Pelo amor de Deus. Meu coração está a mil.

— Prontinho — diz ela, tranquila, e recua, soltando a coxa de entre meus joelhos. — Quer ver?

Assim que abro os olhos, vejo Izzy me encarando com uma expressão irritantemente conhecida: o sorriso satisfeito de quando ganha de mim em alguma coisa.

Ela estende um espelhinho de maquiagem para que eu me veja. Nem imagino o que vou encontrar — podem ser renas, ou bonecos de neve, ou até *Lucas é um escroto* escrito no meu queixo. Mas é lindo. Uma cascata de flocos de neve brancos e azuis descendo da minha têmpora direita até o lado esquerdo do meu pescoço.

— Ficou bom — digo. — Agora posso fazer em você?

— Você? Pintar minha cara?

— Uhum.

A sineta da recepção toca. Olhamos para a porta em sincronia.

— Salva pelo gongo — diz ela, já saltitando até o saguão. — É melhor você... esperar um minutinho.

— É — digo, me ajeitando na cadeira. — Talvez seja melhor você atender.

No almoço, nós dois acabamos de garçons. Izzy troca de uniforme no Achados e Perdidos e deixa a porta entreaberta, me provocando, me tentando a ir atrás dela. Quando sai e me vê paralisado na cadeira, determinado a não olhar, ela abre um sorriso convencido, como se dissesse: "Não aguentou a tensão, né?"

Achei que o trabalho no restaurante seria seguro, mas nós nos cruzamos com frequência, sempre próximos o suficiente para que nossos braços se rocem, nossos olhares se encontrem. Nunca a perco de vista no salão — sei exatamente onde ela está. Em certo momento, quando passa por mim a caminho da cozinha, Izzy sussurra:

— O tempo está demorando a passar, Lucas? Nunca vi você olhar *tanto* para o relógio.

Estou encarando-a do outro lado do salão quando o sr. Townsend chega. Quando finalmente consigo voltar a atenção para a placa anunciando os especiais do dia, ele está me observando com um olhar curioso. Eu engulo em seco.

— Posso ajudar, sr. Townsend? — pergunto. — Houve algum telefonema?

Este inverno, acabamos contando muito com a ajuda do sr. Townsend: ele é a única pessoa que temos certeza de que estará sempre no saguão.

— É hora do mercado — diz ele.

Merda. Olho para o velho relógio da família Bartholomew pela porta do restaurante, que está aberta para que eu e Izzy consigamos ver a recepção. Depois de alguns cálculos rápidos, percebo que o sr. Townsend está certo.

— O horário de almoço acaba daqui a meia hora — digo. — Depois disso, estou ao seu dispor.

— Maravilha — diz o sr. Townsend, e faz uma pausa. — Que tal levar a Izzy?

— Infelizmente, a equipe precisa dela aqui.

— Eu gostaria que ela fosse.

Eu o olho, desconfiado. Ele me olha de volta com uma expressão de inocência que lembra a da própria Izzy.

— Na verdade, talvez eu até insista — diz o sr. Townsend. — Acho que faria bem a todos nós sairmos juntos do hotel.

— Licença — interrompe uma mulher cujo filho pequeno está desenhando com sopa de ervilha na toalha de mesa. — Pode me trazer a conta, por favor? O mais rápido possível? Imediatamente, de preferência?

— Meia hora — aviso ao sr. Townsend. — No saguão.

— Com a Izzy.

O cara é mais teimoso do que eu esperava.

— Vai depender dela — digo. — E da sra. SB. E — acrescento, pensando melhor — de Barty.

O sr. Townsend sorri.

— Deixe que eu falo com a Uma — responde ele, apoiando a bengala e seguindo para o saguão. — Ela nunca diz não para um hóspede.

— Olha que legal! — diz Izzy, do banco de trás do carro. — Um passeio de equipe no mercado!

A situação ficou mais complicada. Não sei se o sr. Townsend está tão feliz — desconfio que o objetivo dele fosse me dar a oportunidade de passar um tempo com Izzy longe do hotel, pois percebeu como eu a olhava no restaurante e decidiu bancar o cupido. Mas Ollie nos escutou falar da ida ao mercado durante o almoço e, de tão determinado a não acabar cuidando da recepção de novo, inventou um ingrediente obscuro que precisava comprar — pessoalmente — para Arjun. Aí Barty o escutou e disse que ia também para comprar uns donuts. Acho que a sra. SB ficou na recepção, um trabalho que ela não faz há aproximadamente quarenta anos. Não sei nem se ela sabe mexer naquele computador.

— Tudo bem aí, Lucas? — pergunta o sr. Townsend, gentil, do banco do carona.

— Com certeza — digo, embora tenha suor escorrendo entre meus ombros.

Neste momento, comigo no carro, estão Izzy, um hóspede idoso, um assistente de cozinha e meu chefe. Mas toda vez que olho no retrovisor, só vejo *ela*. O calor malicioso naqueles olhos verde-palmeira. O jeito que ela sempre parece saber que estou olhando para ela. O olhar que encontra o meu, rápido, forte, como uma luta de espadas.

Ela disse que ia me torturar hoje, mas nem precisou — o dia em si já está sendo uma tortura. Cada minuto lento que resta entre agora e a noite com Izzy.

Quando chegamos ao mercado, dá tudo certo por dez minutos, impressionantemente. Longe do hotel, fico mais calmo. É mais fácil pensar em algo além de Izzy Jenkins, mesmo que ela esteja aqui no mesmo corredor.

Selecionamos uma caixa de donuts depois de uma longa discussão sobre qual sabor é melhor (nenhum tem tanta graça, porque donuts são só bolinhos de chuva com cobertura demais e pouca personalidade). O sr. Townsend escolhe o primeiro lanchinho (biscoitos amanteigados com um formato muito específico). Barty grita "a sra. SB gosta de meter mesmo a mão!" no corredor de congelados (ele estava falando de massa folhada). E então Izzy abre a bolsa e tira o Tupperware de alianças, bem ali na frente das geladeiras.

Eu prendo a respiração por um instante.

— Por que você trouxe isso para cá?

— Queria conversar com o sr. Townsend sobre o anel de esmeralda depois daqui, no café — diz, tentando abrir a tampa, e aperta o pote junto à barriga, curvada, enfiando a unha no canto. — Ele estava no hotel quando o anel foi perdido, e talvez se lembre de alguma coisa, mas só quero conferir que está mesmo aqui, porque eu tirei para limpar, e… Argh!

A tampa pula. Os dois anéis saem voando.

— Merda. Merda! — exclama Izzy, e se joga no chão, como se para fugir de um tiro.

— O que foi? O que houve? — grita Barty, olhando desesperadamente para os lados.

— Não entrem em pânico! — diz Izzy, rastejando pelo piso do mercado. — A aliança de prata está comigo! Só falta a de... esmeralda...

Ela levanta a cabeça devagar. O anel está entre os sapatos sociais confortáveis do sr. Townsend. Ele o olha, assustado. Um vendedor do mercado para atrás dele, claramente pensando em perguntar sobre a posição de Izzy, mas toma a decisão sensata de deixar para lá e fingir que não viu nada de incomum.

Também estou tentando fingir que não tem nada de incomum em Izzy nessa posição. Para isso, olho fixamente para o teto.

— Sr. Townsend? — pergunta Izzy.

— Esse anel — diz ele, com a voz trêmula.

Ela se levanta e estende a joia para ele. As luzes fortes do supermercado batem na esmeralda do anel, refratando luz verde pelo piso de vinil.

— É a aliança da Maisie — declara o sr. Townsend, quase em ar. — É exatamente essa, bem aí. Ela foi enterrada com o anel. Que diabos ele está fazendo no seu Tupperware?

Vamos todos dali para o café e nos sentamos ao redor da mesa redonda para comer os donuts do mercado com o café da cafeteria. Eu fico bem desconfortável com a situação, mas Barty não tem a menor vergonha, e foi ele quem pagou por tudo.

Izzy explica o que Gerry contou por telefone. Que a mulher que perdeu o anel mandou fazer uma réplica para não magoar o marido. Que ela o amava muito e não queria chateá-lo ao admitir que perdera seu precioso anel.

— Não estou triste — diz o sr. Townsend, em tom pensativo. Ele volta o rosto para a chuva lá fora, e pisca rápido atrás dos óculos. — Isso é a cara da Maisie, na verdade. Ela não suportava chatear ninguém. Eu ficava doido com o esforço que ela fazia para evitar causar qualquer incômodo. E ela sempre usava joias falsas no palco, então imagino que soubesse como mandar fazer uma dessas.

— Eu acho romântico — comenta Izzy.

— Pois é — diz Ollie. — Ela se esforçou *muito* para não magoar o senhor. É bonito, né?

— É. É, sim.

O sr. Townsend abre a mão e olha o anel. É lindo. Acho que é o preferido de Izzy — ela vive mexendo nele.

— Eu e Maisie nunca fomos um casal simples — conta ele. — Ela dizia que a gente ia e voltava que nem ônibus.

— Vocês terminaram?

Não sei se é porque o sr. Townsend é velho, ou se é porque a esposa dele faleceu, mas sempre imaginei que eles tivessem um relacionamento fofo e pacato. Na minha cabeça, a sra. Townsend provavelmente era uma senhorinha bondosa de roupa floral que gostava de fazer doces.

Mas eu sempre idealizei os mortos. Vide meu pai, mordido por uma víbora venenosa ao salvar um vilarejo, ou morto em uma perseguição de carros.

— Ah, o tempo todo — diz o sr. Townsend, irônico. — Mas sempre voltávamos um para o outro. Nossa história era assim — continua, e dá de ombros. — Nossos amigos não entendiam. Mas sempre digo que o amor se manifesta de formas diferentes para cada pessoa. Alguns se apaixonam do jeito clássico, enquanto outros têm um percurso mais... sinuoso.

O sr. Townsend me lança um olhar profundo. Eu encaro meu café enquanto o celular de Izzy começa a tocar ao lado da xícara dela.

— Licença — diz ela, se levantando. — É a sra. SB. Vou chutar que... — começa, e tamborila o dedo no lábio. — Que Dinah passou alvejante em uma antiguidade.

— Que Ruby subiu em alguma coisa perigosa — retruco.

Ela contém um sorriso.

— Quem chegar mais perto ganha?

Faço que sim e ela atende o telefone.

— Oi, sra. SB! Ah, o bebê Jacobs fez xixi naquele tapete do século XVIII, foi? Izzy murmura "Ganhei" sem som para mim ao sair, e eu levanto as sobrancelhas. Eu diria que é discutível.

— Refil? — pergunta Ollie.

Ele pediu um café que dá direito a refil à vontade. Não sei se ele deveria poder tomar tanta cafeína.

— Vou com você para esticar as pernas — diz Barty, e se levanta.

— Nunca me ocorreu que um desses seus anéis especiais pudesse ser meu — comenta o sr. Townsend, enquanto eles seguem para o balcão. Ele fecha a mão trêmula com a aliança dentro. — Tanta correria, tantas ligações. Desculpe por não ter poupado vocês desse trabalho.

— Não é sua culpa — digo. — E acho que Izzy está gostando da investigação. Parece ser muito importante para ela.

— Bom, mas é claro — diz o sr. Townsend, ainda de olho no punho fechado.

— Visto o anel que ela perdeu.

Ele ergue o rosto ao notar que eu não respondo.

— Ah. Era segredo?

— Ela não... compartilha histórias tão pessoais comigo — digo, a voz um pouco sofrida. — Ela perdeu um anel?

— Ela me contou faz alguns anos, quando conversamos sobre a família dela. Foi presente do pai no aniversário da Izzy de vinte e um anos, e ela perdeu enquanto nadava no mar em Brighton — conta o sr. Townsend. — Uma tristeza.

Eu me lembro da expressão dela naquela primeira conversa com a sra. SB — dos olhos reluzindo, marejados.

Sou tomado por um impulso totalmente ridículo de vasculhar o mar. Talvez o anel de Izzy tenha ido parar em uma praia qualquer? Será que eu consigo... aprender a mergulhar...?

— Já faz anos — comenta o sr. Townsend, gentilmente. — Esse anel se perdeu de vez.

Eu pigarreio e olho para minha xícara, envergonhado. Não sabia que eu era tão transparente.

— Então é por isso que ela se importa tanto — digo, tomando um gole para tentar me recompor.

— Imagino que em parte, sim — diz o sr. Townsend. — Mas acho que Izzy gosta de tudo que tem história. E anéis são objetos aos quais nós damos muito valor. Símbolos de eternidade, dedicação, enfim, muitas coisas. Não tinha como não chamar a atenção dela — continua, antes de me olhar. — Lucas... você tem carinho por ela?

Sou pego tão desprevenido, e estou tão abalado pelas emoções do dia que quase dou uma resposta honesta. Porém, ao abrir a boca, meu tio me vem à memória e imagino o que ele diria se soubesse que eu estava desabafando com um hóspede sobre minha vida amorosa. Basta isso para eu me fechar. Meu corpo inteiro responde ao pensamento. Costas retas, queixo erguido, rosto neutro.

— Ela é uma colega muito talentosa — digo.

Odeio ainda ser assim, mesmo estando a milhares de quilômetros de Antônio. Mesmo que eu tenha meu próprio carro, meu próprio apartamento, meu próprio emprego, meu próprio diploma — quase. Essas características estão tão inculcadas em mim que não sei desaprendê-las.

De tanta vergonha, quase esqueço algo importante que o sr. Townsend disse: que Izzy gosta de coisas que têm história. Só me volta no caminho do hotel, com todo mundo batendo papo no banco de trás. Izzy só olhou para mim — olhou *de verdade* — algumas vezes nas últimas semanas, e foi sempre num momento em que a deixei ver algo que não queria necessariamente mostrar. Quando contei por que eu faço exercício. Quando expliquei por que às vezes falo num tom de voz mais alto, e por que quero tanto mudar esse hábito. Momentos em que mostrei que eu tenho história.

É uma conclusão desconfortável. Não gosto de compartilhar questões íntimas com ninguém — não fui criado assim. Mas não quero mais ser desse jeito. Eu gostaria de ter um pouco da coragem, da abertura de Izzy. Gostaria de acreditar que posso deixar alguém me ver e que, depois, a pessoa talvez goste mais de mim, e não menos.

Izzy

Fico tão feliz que o sr. Townsend recebeu bem a notícia. Não tenho certeza se eu aguentaria ver o plano da Saga do Anel sair pela culatra outra vez. Já estou me sentindo bastante esgotada hoje sem essa. Torturar Lucas é bem torturante para mim também — devo admitir que eu estava torcendo *muito* para que ele cedesse e me seguisse até o Achados e Perdidos quando eu estivesse me trocando.

— Nunca mais saiam daqui — diz a sra. SB quando voltamos. Ela lança um olhar severo para o sr. Townsend. — E você, senhor, usou todos os seus privilégios de hóspede.

— Eu só requisitei dois deles — justifica-se o sr. Townsend, caminhando até a poltrona. — Não me culpe pelos penetras.

— Seu safado — diz a sra. SB para Barty quando ele se aproxima para beijá-la do outro lado do balcão. — É melhor você ter me trazido um donut.

Barty fica com uma expressão de culpa. Tenho quase certeza de que ele comeu ao menos quatro.

— Então, mais um anel resolvido! — exclama Ollie.

Ele atravessa o saguão correndo, meio abaixado, o que significa que não quer ser visto pela janelinha na porta do restaurante. Fugir de Arjun se tornou um hábito para qualquer um que acabou como sous-chef nesse inverno, mas Ollie é particularmente bom nessa atividade.

— Mas sem uma recompensa — diz ele, juntando-se a nós no balcão. — Ontem a sra. SB me disse que provavelmente vamos falir e perder nossos empregos. Então dá pra vocês continuarem e devolverem um anel bem caro? Salvar o dia e tal?

— Ollie, isso foi uma versão muito simplificada da nossa conversa. Mas sim — diz a sra. SB, estendendo uma pilha de cartas para mim, e então virando-a de cabeça para baixo para que o COMUNICADO FINAL esteja no fundo em vez de no topo. — Mais uma única recompensa como a dos Matterson poderia fazer toda a diferença agora.

— O último anel de fato parece chique — respondo, tentando não rir enquanto Lucas nota que a sra. SB ajustou a cadeira dele, e precisa fazer muito esforço para não reclamar disso. — Talvez cinco seja o número da sorte.

O último anel é elegante, de prata batida e levemente torto. Eu o adoro. Não é tão lindo quanto o de Maisie, mas nitidamente é de alguma joalheria de luxo, e aposto que o antigo dono, quem quer que seja, foi uma pessoa interessante. Dá para sentir.

Arjun aparece na janelinha da porta do restaurante.

— Ollie! — rosna ele.

— Merda — diz Ollie, tentando se abaixar.

— Ainda consigo ver você!

— Ele só me faz cortar coisas desde terça-feira — diz Ollie, sofrido, arrastando os pés ao se virar na direção da cozinha. — Se conseguir uma recompensa imensa para o último anel, pode me comprar uma capa da invisibilidade?

— Você me disse ontem que amava ajudar a preparar a comida — responde a sra. SB.

— Sim, mas eu estou com *bolhas* nas mãos — replica Ollie, em tom de lamúria, enquanto se dirige à cozinha com o ar de um homem que foi responsabilizado por salvar o planeta contra sua vontade.

— Ele realmente veste o chapéu de chefe com graça, não é? — comenta a sra. SB, seca, enquanto nós o observamos abrir a porta.

— Ele está indo muito bem, para ser sincera — digo.

— Eu sei. Ele é uma estrela. Vocês todos são. Isso vai ser bom para ele — diz a sra. SB, indicando a cozinha com a cabeça. — Ele gosta de receber ordens. Agora, vocês *dois*... Vocês gostam de uma competição saudável.

Ela abre um sorriso para nós, e por um instante tenho um vislumbre da mulher que deve ter sido quando ela e Barty se apaixonaram: alguns anos mais jovem do que ele, e muito menos convencional.

— Eu soube que vocês fizeram uma aposta para ver quem acharia os donos de dois daqueles primeiros anéis. Devemos fazer outra?

— Outra aposta? — pergunto, enquanto Lucas lentamente ergue o olhar da tela do computador.

— Sim. Sabem, esse ano, estou liberando a Tadinha da Mandy de ser o elfo de Natal — diz a sra. SB.

— Não! — exclamo.

A Mandy é um elfo de Natal *incrível*. Ela entrega todos os cartões e presentes do hotel — eu escrevo cartões para todos os hóspedes, a sra. SB e Barty compram uma lembrancinha para todo mundo e a Tadinha da Mandy distribui todos eles usando uma fantasia de elfo totalmente ridícula que deve ter sido adquirida em 1965, por aí. É um marco do Natal na Mansão Forest.

— Sim — diz a sra. SB com firmeza. — A coitada nunca reclama, e aquela fantasia nem serve mais nela, não está certo. Ia pedir para um de vocês fazer isso.

Lucas vira lentamente a cabeça na minha direção.

— Então talvez... a pessoa que não conseguir devolver o anel fica com o trabalho de elfo.

— De jeito nenhum — diz Lucas.

— Taí uma ótima ideia — digo.

É perfeito. Eu não tenho problema algum em vestir uma fantasia de elfo e entregar presentes, fora o fato de que gosto que meu Natal seja *exatamente* como os Natais passados, e eu teria preferido que a Tadinha da Mandy fizesse isso só por esse motivo. Mas Lucas vestido de elfo? Sim, por favor.

— A fantasia não vai caber em mim — justifica ele.

A sra. SB agora está do lado dos clientes do balcão. Ela se apoia nos antebraços, parecendo um pouquinho alegre.

— A Mandy é uma excelente costureira.

— Mas então ela não poderia ajustar a fantasia para caber nela?

— Vai, Lucas — digo. — Tá com medinho?

— Você por acaso tem cinco anos? — pergunta ele, encontrando meu olhar.

— Vai ser divertido.

— Isso é sério. Tudo isso. Eu não estou atrás de *diversão*.

O tom dele mudou: os olhos estão mais sombrios. Eu engulo em seco, desviando o olhar, consciente de que a sra. SB está parada do outro lado do balcão. Nós estamos fazendo isso o dia todo, Lucas e eu. Mesmo discutindo como sempre, algo escondido permeia tudo — a realidade da noite que teremos nunca está muito longe. Cada vez que me lembro do que estamos planejando fazer hoje mais tarde, meu estômago dá uma cambalhota, como se estivéssemos em um avião que acabou de entrar em uma zona de turbulência. Provocar Lucas sempre foi uma forma fácil de sentir que estou no controle, mas a verdade é que eu não faço ideia do que vai acontecer no instante em que o relógio bater cinco horas.

— Eu sei que a situação é séria, ok? Eu sei muito bem o que está em jogo — digo, tentando manter a voz neutra. — Mas a sra. SB tem razão. Nós trabalhamos melhor quando estamos competindo. — Pego uma das caixas do Achados e Perdidos, porque preciso de algo para ocupar as mãos. — Acho que uma aposta faria muito bem para o hotel.

— E você acha o mesmo? — pergunta Lucas à sra. SB.

— Ah, com certeza — afirma ela.

Lucas suspira.

— Tudo bem — diz ele. — Vou curtir muito ver você naquelas botinhas de elfo, Izzy.

Aquela coisa escondida se faz presente outra vez. Aquele tom na voz dele, mesmo quando estamos falando de uma porcaria de fantasia de elfo.

— Eu não vou perder essa — digo. — E, aliás, eu ficaria incrível com as botas, e você sabe disso.

Lucas me encara de soslaio.

A sra. SB dá uma risadinha, tamborilando os dedos no balcão por um instante.

— Excelente — diz ela. — Excelente!

O rosto de Lucas continua implacável. Eu o imagino usando aquela fantasia de elfo, e descubro, de forma perturbadora, que Lucas da Silva pode fazer com que *qualquer coisa* seja sexy.

Finalmente, finalmente, o velho relógio da família Bartholomew bate cinco horas.

Lucas para de digitar imediatamente. Ele vira a cabeça para me olhar. Depois de passar o dia inteiro o provocando em todas as oportunidades possíveis, estou com a sensação de que receberei o que mereço.

— Eu dirijo — anuncia ele, pegando a mochila e indo até a porta.

Eu me apresso para alcançá-lo, enfiando os braços nas tiras da minha mochila enquanto saio do hotel.

— Você não vai me levar — digo alto, e ele diminui o passo sem se virar, à medida que atravessa o terreno de cascalho até o estacionamento.

— Ah. Então você vai sair com Louis — diz ele.

— Quê? Não. Não. — Agora eu finalmente o alcanço. — E como é que você sabe que Louis queria sair comigo hoje à noite?

Eu só me lembrei dos planos que tinha com Louis de manhã. Mandei mensagem mais cedo para cancelar, e ele respondeu com: *Então vamos amanhã à noite?*

A persistência dele é admirável, mesmo que levemente exasperante.

— Ele me disse. — Lucas me olha, os olhos escuros. — Em detalhes.

— Eu remarquei para amanhã, já que nós temos... planos hoje. Eu só estou falando que você não vai me levar porque não vou ficar na sua casa — digo. — Depois. E não posso só largar meu carro aqui.

Ele me olha de verdade agora. Eu estremeço. Estou empolgada, nervosa, eletrizada e um pouco incrédula, porque o *depois* que acabei de mencionar parece um mundo que nunca imaginei. Como vai ser ver Lucas nu? Tocar nele? Deixar que ele toque em mim?

— Ah, sim — diz Lucas, lentamente, quase arrastado. — Essa foi uma das suas regras. — Ele pega as chaves do carro no bolso e volta a andar. — Eu te busco no seu apartamento amanhã cedo e te trago para o trabalho.

Ele senta no banco do motorista, largando a bolsa atrás. Eu hesito, olhando na direção do Smartie.

— Que tal irmos em dois carros? — rebato.

— Isso é ridículo.

É ridículo *mesmo*: gasolina é uma coisa cara, o planeta está morrendo, e dirigir seguindo Lucas em um comboio faz isso tudo parecer meio infame.

Entro no carro dele, sentindo o aroma de couro limpo e de Lucas. É tudo *tão* arrumado aqui. Meu carro é cheio de coisas aleatórias: elásticos de cabelo, CDs (ele é das antigas), garrafas de água vazias que ficam rolando embaixo do assento se eu der uma guinada brusca. O carro de Lucas é impecável.

Minha perna balança enquanto ele dirige, os joelhos tremendo. Eu queria ter me trocado antes de sairmos — meu uniforme não é nada sexy. Ao menos estou vestindo uma lingerie bonita. Fiquei com a calcinha enfiada em diversas partes do corpo durante o dia todo, mas agora fico grata por isso. Meu corpo aquece de ansiedade e fica gélido com o nervosismo.

Lucas coloca a mão no meu joelho.

— Você ainda pode mudar de ideia, *meu bem*.

O último pedaço da frase é em português, e não entendo. Minha respiração parece alta demais, e todo o resto está silencioso.

— Não quero mudar de ideia.

— Mas isso é sempre verdade. Você sempre pode mudar de ideia.

Eu relaxo de novo no assento. Eu sabia, claro, mas me deixa mais calma ouvi-lo falar isso em voz alta. Algo mudou desde que fechei a porta do carro. Tudo está diferente. Por exemplo, a mão de Lucas continua no meu joelho enquanto ele dirige. Eu a encaro: a mão de Lucas da Silva na *minha* perna. Meus neurônios fritam. Como chegamos aqui? E o que significa "meu bem"?

— Você me deixou louco hoje — diz ele, tirando a mão para mudar a marcha, e então voltando a colocá-la no meu joelho.

— Eu não te deixo louco todos os dias?

— Deixa — responde ele, a voz quase aveludada. Os olhos dele continuam na estrada. — Mas não dessa forma.

— Não?

— Não. Hoje você estava particularmente irresistível.

Eu nunca fui chamada de irresistível antes. Devagar, estico a mão e toco na mão dele na minha perna, passando meus dedos sobre os dele, escutando a forma como sua respiração muda ao sentir aquele contato. É tão estranho tocar nele dessa forma. É tão estranho vê-lo como um homem em que *posso* tocar.

— Isso é esquisito, né? — sussurro. — Esquisito, mas...

Empolgante é o que quero dizer, porque sinto uma adrenalina bêbada e eufórica percorrendo meu corpo, como se eu tivesse voltado a ser adolescente.

— Esquisito, mas bom — diz ele, a voz rouca e suave.

— Eu posso...

Minha boca está seca. Engulo, virando meu corpo na direção dele o quanto o cinto de segurança me permite. A mão dele se mexe na minha coxa, e aquele movimento minúsculo faz toda a minha atenção se voltar para aquele único lugar, como se de repente o calor da mão dele na minha perna fosse a única coisa no mundo que importasse.

— Sim — diz ele, calmamente. — Você pode. Fazer o que quiser. — Ele se vira para olhar para mim por um milésimo de segundo, e seus olhos estão tão escuros quanto o céu lá fora. — Eu sou seu.

— Só essa noite — sussurro, e os olhos dele faíscam.

— Sim. Só essa noite.

Quero esticar a mão para tocá-lo, mas antes que eu possa fazer isso, o carro dá uma guinada e eu sou jogada para a frente. A mão de Lucas aperta minha coxa com força e depois volta para o volante. O motor engasga, e faz isso outra vez; o carro sai dando solavancos, e Lucas nos guia para um acostamento de emergência nessa estrada escura do interior, e de repente estamos parados, com o freio de mão puxado, ofegantes.

— Cacete — digo. — O seu carro...

— Não sei direito — diz Lucas, tentando soar muito mais calmo do que eu me sinto.

— Você acha que a gente deveria...

Ele está tentando ligar o motor. Faz um som igual ao de um trem a vapor. Nós dois estremecemos. Eu me pergunto quanto tempo levaria para voltar até o meu carro daqui. Nós estamos dirigindo há quase dez minutos em uma estrada de alta velocidade. Talvez... uma hora e meia a pé.

Puta que pariu. Estou com tesão demais para caminhar.

— Vou chamar o guincho — diz ele, tirando o celular do bolso. Ele abre a porta como se fosse sair, percebe que está congelando lá fora e fecha a porta com força, falando um palavrão baixinho em português.

A conversa é rápida — típico de Lucas — e a conclusão é que vão chegar daqui a uma ou duas horas.

— Preciso esperar até eles chegarem — anuncia ele. Soa calmo, mas seus ombros estão tensos, e ele murmura mais alguma outra coisa em português antes de soltar o cinto de segurança para se virar para mim. — Se você...

Lucas para de falar. Eu o encaro, vendo os olhos dele mudarem de uma concentração fria para algo mais lento e caloroso. Nós nos encaramos por tanto tempo que começa a parecer um desafio — uma competição de quem desvia o olhar por último. Eu repuxo o lábio inferior entre os dentes, bem de leve, e aquilo resolve: os olhos dele baixam até a minha boca. Venci.

— Se eu o quê? — sussurro.

Eu o observo tentar se recompor.

— Se você quiser ir embora, não precisa esperar comigo — diz ele.

— Eu posso esperar — digo, mas a verdade é que, a essa altura, eu não consigo.

Ele me beija com força, rápido. É exatamente como da última vez — de zero a cem em questão de segundos, feroz e violento, e estamos retorcidos de um jeito estranho no assento e batalhando para tocar um ao outro por cima do câmbio e o espaço que existe entre nós dois, até que nos afastamos, frustrados e ofegantes.

— Vem aqui — diz ele.

Ele afasta o banco para trás o máximo que consegue, e eu subo no colo dele. Lucas ergue o olhar para mim, afastando o cabelo do meu rosto, descendo as mãos pelo meu corpo.

— É claro que a gente não...

— Não, aqui não — diz ele, sorrindo, e inclina o queixo para cima para me convidar para outro beijo.

Já beijei muitos caras. Eu sei qual é a sensação de se deixar levar quando está beijando alguém, como o mundo parece desaparecer e só resta seus corpos e a sua respiração. Só que isso é... maior. Mais intenso. Eu não sabia que beijar alguém poderia provocar essa sensação — como se estivesse limpando todos os meus pensamentos até só restar essa sensação.

Lucas beija com total segurança, mandão até mesmo quando está preso embaixo de mim, uma das mãos chamando meu corpo para mais perto, e a outra emaranhada no meu cabelo, inclinando minha cabeça para que possa me beijar ainda mais. Eu o quero tanto que começa a doer, um impulso desesperado — preciso chegar mais perto, ter mais dele, e dar mais de mim.

Em dez minutos, estamos ofegantes e já perdemos a cabeça. O "é claro que a gente não" se transforma em "a gente provavelmente não deveria", e depois de vinte minutos de pegação em cima do assento do motorista como se fôssemos adolescentes, sem nenhum carro passando por nós naquela rua escura, se transforma em "a gente poderia" e "eu quero você" e "meu Deus, Lucas" e "por favor" e "por favor" e "sim".

— Meu Deus. Você transou com ele no *carro*?

Apoio a cabeça no volante do carro por um minuto. Estou parada no sinal e Jem está no alto-falante, no assento do passageiro.

— Nem eu consigo acreditar nisso — digo. — A gente estava no meio de uma estrada.

— Izzy! Eu não sabia que você era tão ousada!
— Nem eu! Mas ele me deixou com tanta vontade.

Jem ri.

— Com tanta *vontade*. Você é tão fofa. Bom, fico feliz por você. Então foi bom? Foi bom, né?

Engulo em seco, engatando a primeira marcha quando o sinal fica verde. Foi *ótimo*. Ótimo de uma forma desconcertante e inebriante. Estávamos os dois esmagados dentro do carro com o volante cutucando minhas costas, ainda vestidos com metade do uniforme, e eu nunca me descolei tanto da realidade. Eu poderia estar em qualquer lugar. E todas as sensações estavam ampliadas, como um sonho. Minha testa contra a dele, as mãos dele segurando minha cintura, a forma como ele se mexia embaixo de mim como se soubesse exatamente o que eu queria, mesmo quando eu mesma não poderia dizer.

— Foi intenso — respondo, expirando enquanto acelero até o hotel. Cheguei cedo demais. Eu nunca chego assim cedo, mas só não conseguia dormir. — Como a gente se odeia tanto, acho que meio que multiplicou tudo... É um sentimento tão intenso, né, e sempre existiu aquele fogo entre nós dois. Talvez transar com raiva seja a melhor forma de fazer sexo da vida?

— Aham, tá — diz Jem, lentamente.

— Você não concorda?

— Bom, não, na verdade, mas é que é mais tipo... não acho que vocês se odeiam de verdade, sabe?

Aquilo me pega desprevenida. Noto que estou a setenta quilômetros por horas e faço uma careta, botando o pé no freio.

— É claro que a gente se odeia. Ele foi muito babaca comigo no último Natal. Você não lembra disso?

— Eu lembro — diz ela. — Mas talvez você o tenha perdoado por isso.

— Quê?! Eu *não* perdoei. — Fico indignada com o que acabo de ouvir. — Ele nem pediu desculpas ou se explicou!

— Tá bom, eu sei que você guarda rancor igual o Gollum guarda coisas brilhantes... mas você chegou a perguntar para ele o que aconteceu, pombinha? Talvez ele nem tenha recebido seu cartão.

Considerei essa última opção muitas vezes no último ano. Logo depois do incidente debaixo do visco, tinha tanta certeza de que essa era a explicação que fui atrás da Tadinha da Mandy na casa dela e perguntei se a coitada tinha *certeza* de que ela havia entregado meu cartão para Lucas. Ele *definitivamente* tinha lido o que estava escrito?

E ela me disse que sim, ele tinha lido, e dado risada.

— Ele recebeu o cartão, sim — digo, engolindo em seco. Não gosto nem de pensar mais nisso, quando meu corpo ainda está todo macio e dolorido e satisfeito do que aconteceu ontem à noite. — Enfim, eu nem te contei a pior parte. O pessoal do guincho apareceu antes da hora...

— Ah, essa *não*.

— Não foi tão ruim. Eu já estava de volta no meu banco. — Estremeço ao lembrar da cara da mulher, o quanto ela pareceu se divertir ao ver meu cabelo bagunçado e as bochechas vermelhas. — Mas ela se ofereceu para me dar uma carona até meu carro, já que iam consertar o do Lucas ali mesmo, aí eu só falei tchau para o Lucas e fui com ela.

— Como foi que você disse tchau? — pergunta Jem.

— Ah, dei um tchauzinho esquisito.

— Pombinha. — O tom de Jem é todo carinhoso, e isso me faz ter mais saudade do que nunca. — Você é fofa demais.

— Vergonhosa, no caso. Mas foi ótimo. Eu só voltei pra casa, tomei banho e cuidei da minha vida! Acho que sexo casual é definitivamente o que preciso fazer de agora em diante.

— Sério?

— Sim! Por que não?

— Bom, talvez eu não seja a melhor pessoa para perguntar...

— Você sempre é a melhor pessoa para eu perguntar — digo.

— Você sabe muito bem que isso nunca teria acontecido comigo — diz Jem, entretida. — Não consigo nem *imaginar* isso, Izz.

Jem é demissexual. No caso, ela só sente atração quando já estabeleceu uma conexão emocional com a pessoa. Uma noite de sexo ótimo com alguém que se odeia é uma contradição total para ela, imagino.

— Você acha que eu fui muito idiota? — pergunto. — Você acha que eu não deveria ter transado com ele?

— Claro que não? Eu não vou te julgar. Você sabe que nunca faço isso. Só não estou convencida que você está recebendo o que quer de um relacionamento, Izzy. Você gosta de... *aconchego*. Você sempre quis alguém que gosta de suéteres quentinhos, tem um sorriso bonito e uma família adorável.

Queria que ela não tivesse dito *aconchego*. Isso me faz lembrar da porcaria do cartão de Natal outra vez.

— Bom, não é um relacionamento, então você não precisa se preocupar — eu a lembro. — Agora... falando de famílias adoráveis — digo, desviando de um bueiro.

— Nem começa. Estou literalmente do lado de fora, na calçada, com o Piddles, no lugar onde eu fumava quando era adolescente, sonhando com o dia em que eu ia vazar daqui. Algumas coisas nunca mudam.

— Sabe, você *pode* vazar. Você é uma adulta agora. Não precisa passar o fim de ano com eles só porque acabou outra vez em Washington. Eles deixam você muito mal, Jem.

— Ah, mas eles são minha família — diz Jem, e posso ouvi-la esfregando a própria testa, da forma que sempre faz quando está se sentindo triste ou culpada. — Sou muito sortuda por tê-los na minha vida.

Eu sei o que ela quer dizer. *Quando você não tem uma.*

— Eles é que são sortudos de ter *você* — digo. — Eu amaria se você pudesse entrar naquela casa e mostrar a mulher que eu sei que você é. E daí se você não é médica, advogada ou uma mulher de negócios super-rica? Você está indo atrás de um sonho diferente, e é incrível nisso. Deveriam ter orgulho de você.

— Eu sou uma dançarina que acabou de conseguir o primeiro papel bom aos vinte e nove anos de idade, Izzy — replica Jem, seca. — Eu recebo tipo, doze dólares por mês, sem os impostos.

— E quem se importa?! Você tem um dom, e tem o coração mais puro e gentil do mundo, e eu pessoalmente acho que isso é muito mais importante do que ser um "sucesso". O que você é, aliás. Então você já ganhou e pronto. Não que a gente compre essa ideia de tudo ser uma competição. Meu Deus, é muito complicado superar as expectativas de todo mundo, né?

— É mesmo. — Jem funga. — Obrigada, Izz. Caramba, você me fez chorar.

— Posso fazer quantos discursos motivacionais incoerentes você quiser — respondo. — Você quer um por hora, em horário fixo, caso precise?

— Você quer que eu passe o Natal inteiro chorando?

— Mas só de um jeito bom! — digo, finalmente chegando ao estacionamento do hotel.

Lucas

Eu tinha um plano. Envolvia um bom vinho tinto e velas. Beijos lentos e conversas ao pé da cama.

Meu carro no acostamento não fazia parte do plano.

— Isso não é o tipo de conversa que você deveria ter com um dos seus amigos da academia? — pergunta Ana no meu fone de ouvido.

Estou na academia nesse instante. É o único lugar onde me sinto são. Estou na esteira, correndo e entrando em pânico.

— E aquele tal do Pedro? — indaga Ana.

— Foi o Pedro que me envolveu nessa bagunça — digo, tirando uma gota de suor do queixo.

Ainda não tem muita gente por aqui, e o pessoal que vem à academia de manhã é mais sério e tranquilo. O que é ótimo para mim.

— A não ser que "Pedro" agora seja um apelido do seu pênis, não acho que isso é verdade — diz minha irmã.

Eu solto um grunhido.

— Fui eu que ferrei com tudo, não foi?

— Você está sentindo que ferrou com as coisas? Que, tipo, deu tudo errado?

Foi a experiência mais intensa e sexy de toda minha vida. Eu nunca, nunca quis tanto alguém antes. Em cada instante que passamos juntos naquele carro, eu sentia que estava me afogando na euforia do momento, mesmo enquanto implorava a mim mesmo para esperar e me lembrar de tudo, porque o que estava acontecendo era precioso.

Mas eu só tinha uma chance.

Queria que Izzy me levasse a sério. Queria contar a ela a minha história, mostrar a ela que eu tenho um coração, independentemente do que ela sempre pensou de mim. Em vez disso, me comportei igual a um adolescente imprudente. Deveria ter esperado o guincho chegar. Deveria ter levado ela de volta ao meu apartamento para um jantar, trocado beijos lentos no sofá e dito que ela era linda.

— Foi incrível, mas não era para ter acontecido assim. Eu tinha um plano.

— Ah, um *plano*. Eu sei que você ama seus planos.

Cada vez que Ana fala a palavra *plano* sinto o desdém fraterno com que ela pronuncia a palavra. Faço uma carranca, aumentando a velocidade na esteira.

— Não é isso. Eu só queria que fosse especial.

— E não foi?

Foi, sim, mas não foi *certo*. Aquela era minha chance de mostrar a Izzy que existe algo real entre nós — tudo precisava ser perfeito. Em vez disso, eu quase entrei em pânico de tanto desejo, desesperado para ter mais dela, e então as pessoas apareceram para consertar o carro e...

— Alô? Lucas? Aqui ainda está muito, muito cedo e Bruno acabou de mamar, então eu só estou acordada porque sou uma ótima irmã, mas se você não falar algo logo, vou acabar caindo no sono.

— Foi mal. Pode voltar para a cama — digo. — Te amo. Dá um beijo no meu sobrinho por mim.

— Também te amo. E sem chance — diz ela. — Não vou acordar esse bebê a não ser que o prédio esteja pegando fogo.

Abro um sorriso e pego o celular para mudar da ligação para a minha playlist de treino. Mal posso esperar para ver o Bruno de novo em fevereiro. Assim que aquele pensamento me ocorre, imagino Izzy lá comigo: conquistando minha irmã, fazendo cócegas em Bruno e rindo comigo enquanto fazemos um churrasco no quintal. Aquela visão é tão potente que perco meu equilíbrio e preciso me agarrar nas barras da esteira.

Não quero ficar sem Izzy. Isso está mais claro do que nunca depois do que aconteceu ontem à noite. Quero aquela mulher, por inteiro. Sua bondade, sua dedicação, seu cabelo colorido e a forma como ela me coloca no lugar. Quero levá-la para casa para que eu possa dizer que ela é minha.

Assim que chego no hotel, fica claro que Izzy ainda está levando suas regras a sério.

— Lucas — diz ela, abrindo um sorriso alegre quando chega à recepção. — Tenho uma pista do último anel. Melhor você se dedicar mais se não quiser acabar como ajudante do Papai Noel. E, ah! Arrumei um mágico para a festa, e Irwin disse que vão acabar a reforma na escadaria bem a tempo.

Ela é tão... eficiente. E fria. Porém, ainda cheira a canela. Eu sei qual é a sensação da curva da sua cintura e passei minha língua por cada centímetro da clavícula que vejo exposta embaixo da gola da camiseta.

— Tudo bem você cobrir a recepção hoje de manhã para eu conseguir acelerar as coisas da reforma?

— Sim, claro — digo. — Mas, Izzy...

Ela sai correndo, o cabelo voando.

Passo a manhã inteira embalando os itens do Achados e Perdidos que conseguimos vender e tentando decifrar a lista de afazeres de Izzy. Faço as tarefas de forma mecânica, finalizando as coisas, enquanto passo o tempo todo pensando: *Isso é tudo que vou ter de Izzy?* Aquele pensamento, aquela perspectiva... me deixa completamente vazio.

E ainda tem o fato de que Izzy vai sair com Louis hoje à noite. Isso está deixando tudo consideravelmente pior.

Nunca senti tanto ciúme com outra mulher, mas, até aí, eu nunca tinha sido traído antes de Camila. Izzy é a primeira com quem me importo desde que meu último relacionamento terminou. Talvez seja isso que Camila tenha feito comigo — apesar de todos os seus protestos de que ela não conseguia me mudar.

Faço uma pausa na sala de Achados e Perdidos, pressionando os dedos nas pálpebras, tentando me acalmar. Eu *detesto* a ideia de que meu relacionamento com Camila me deixou mais fraco. Eu me lembro de como me senti quando Izzy entrou na piscina com Louis — aquele sentimento que eu tinha certeza de que não deveria chamar de medo — e me pergunto se, afinal, seria *mesmo* medo. Ciúmes é isso, não é? O medo de perder alguém?

— Que coisa idiota — sussurro enquanto volto para o saguão.

As imagens passam outra vez no fundo da minha mente: Louis caminhando com Izzy pela multidão da feirinha de Natal, entrelaçando os dedos nos dela, virando-se para ela embaixo do visco...

A sineta da recepção toca.

— Desculpe incomodar, Lucas — diz o sr. Hedgers quando tomo um susto. — Parece que você está com a cabeça cheia hoje.

Na verdade, estava imaginando Louis dançando lentamente com Izzy em uma pista de patinação no gelo sob a noite estrelada, mas espero que o sr. Hedgers não perceba minha ansiedade.

— Como posso ajudar, sr. Hedgers? — pergunto, me acomodando na cadeira.

Não está do jeito que eu gosto desde que a sr. SB se sentou nela. Eu me remexo de um lado para outro, mas não adianta nada.

O sr. Hedgers me lança um sorriso perplexo.

— Estou com um mistério em mãos, e espero que você me ajude a esclarecer. A sra. Singh-Bartholomew nos avisou ontem que nós podemos ficar, e que nossa estadia está garantida até o Ano-Novo. Só que minha esposa me disse que a seguradora não arredou o pé. Na verdade, ela estava discutindo com eles no telefone hoje de manhã — diz ele, fazendo uma careta. — Não consigo entender como a sra. SB cometeu um erro desses.

Franzo a testa. É improvável que a sra. SB tenha mudado de ideia. Eu mandei um e-mail para ela ontem com um resumo das minhas sugestões para melhorar as contas do hotel, e *não podemos* arcar com atos de caridade, por mais que eu queira ajudar a família Hedgers.

Eu prometo investigar a fundo e mando um e-mail rápido para a sra. SB, pedindo uma reunião mais tarde.

Depois disso, eu só... trabalho.

Só isso.

Não vejo Izzy o dia inteiro. Ela entra e sai do saguão, mas desaparece antes que eu possa falar com ela. Não consigo decidir se ela está me evitando de propósito. Espero que não seja o caso. Ou talvez espero que seja. O que *significa* ela me evitar?

Quando eu por fim a encontro, estamos do lado de fora do Chalé Opala, e estou prestes a ter minha reunião com a sra. SB. A chuva cai em gotas firmes e constantes, e ela está embaixo de um guarda-chuva azul-claro cheio de bolinhas. Estou com o meu guarda-chuva preto e grande o bastante para dois, e isso nos mantém distantes, como se cada um estivesse caminhando dentro da própria bolha.

— Oi — diz ela, e imediatamente fica corada.

Eu relaxo levemente. Aquelas bochechas rosadas me dizem que ela não se esqueceu de nada do que aconteceu ontem.

— Oi — respondo, sustentando o olhar dela, e as bochechas de Izzy ficam ainda mais vermelhas.

A sra. SB abre a porta e Izzy corre para dentro. Eu a sigo devagar, observando-a de perto, a forma como fala rápido, movimentando as mãos, como se precisassem de distração. Ela me olha de soslaio, e então afasta o olhar outra vez.

— Vou ferver água para o chá — diz ela, a voz ficando mais aguda.

Abro um sorriso quando ela corre para longe. Agora me sinto bem melhor. Uma Izzy inquieta é uma Izzy que está sentindo coisas que ela não esperava sentir. Uma Izzy inquieta significa que houve uma *mudança*.

— Sra. SB, os Hedgers... — começo, enquanto Izzy bate panelas na cozinha.

O rosto da sra. SB se ilumina.

— É maravilhoso, não é?

— Bem, sim, estou feliz que vão ficar, mas...

Olho para Izzy. Ela não vai gostar nem um pouco dessa história. Algumas semanas atrás, isso não teria me incomodado, mas agora detesto pensar que vou magoá-la.

— Nós não podemos arcar com os custos disso.

Izzy olha por cima do ombro, franzindo a testa.

— Ah, eu sei — diz a sra. SB, parecendo confusa. — Foi por isso que fiquei tão contente quando a doação apareceu.

— A doação?

— Na página de vaquinha do hotel.

Eu a encaro.

— A Tadinha da Mandy que organizou — conta ela, rindo da minha expressão chocada. — Ela está fazendo todo tipo de coisa na internet durante os turnos dela. — A sra. SB suspira, acomodando-se na poltrona enquanto Izzy volta trazendo uma xícara de chá. — Estamos ganhando um dinheirinho por lá, mas não vai ser o bastante. Precisamos de um investimento real. Eu vi seu e-mail, Lucas, e não respondi porque, sinceramente, é deprimente demais para colocar em palavras. Já tentei de tudo, com empréstimos e com as pessoas. Louis Keele é nossa última esperança.

Noto que estou trincando os dentes, e espero que não seja audível. Eu não confio nas intenções de Louis com a Mansão Forest nem um pouco.

— Izzy, sei que você é amiga de Louis. Claro que não pediria a você para perguntar ou fazer algo que a deixe desconfortável...

Definitivamente está audível agora.

— Mas você conseguiria descobrir se existe alguma esperança ali? Caso ele *possa*...

— Claro — diz Izzy, apertando o ombro da sra. SB. — Vou falar com ele, tá? Vou me encontrar com ele hoje à noite.

— Perfeito — diz a sra. SB, fechando os olhos.

Não, não é nada perfeito. Nadinha *mesmo*.

Saímos do Chalé Opala, Izzy à minha frente. Eu a alcanço em poucos passos, colocando a mão no braço dela. Ela dá um pulo e se vira. A chuva diminuiu um pouco, e nenhum dos dois abriu o guarda-chuva para a caminhada curta de volta ao hotel. Izzy cruza os braços e aperta mais o casaco.

— Oi? — diz ela. — Que foi?

— Oi. — Tento sustentar o olhar de Izzy, mas ela desvia outra vez. — Então não vamos falar do que aconteceu? Mesmo?

— Foi o que a gente decidiu, não foi?

— Nós decidimos continuar sendo profissionais no trabalho. — Afundo a ponta do meu guarda-chuva na grama, meus nós dos dedos apertando o cabo. — Eu só vejo você no trabalho. Significa que nunca mais vamos falar disso de novo?

— Podemos falar sobre o que aconteceu, se você acha que a gente precisa. — Ela ergue o olhar para mim. — A gente precisa?

Eu não sei. Quero pedir desculpas por não ter feito uma coisa mais romântica, mas ela nunca exigiu que eu fosse romântico. Imagino que Louis fará esse papel hoje à noite. Engulo em seco, olhando na direção do Chalé Opala. A chaminé solta fumaça e a árvore de Natal está visível pela janela à esquerda. Estamos um pouco além do jardim, sob o antigo carvalho.

— Então sua vontade passou? — pergunto, olhando de volta para ela.

Fico mudando o cabo do guarda-chuva de uma mão para a outra, e Izzy as observa.

— Aham — diz ela. — Tudo resolvido. E a sua?

Algo na voz dela me faz hesitar. Com cuidado, tento me aproximar. Ela não se mexe, seus olhos encontrando os meus. Cautelosos, mas também excitados, acho. Penso na forma como ela ficou corada e inquieta quando chegamos ao chalé e me pergunto se Izzy passou tanto tempo pensando em mim hoje quanto eu passei pensando nela.

— Não, Izzy. Minha vontade ainda *não passou.*

Começou a chover mais forte outra vez, pingando nos galhos acima de nós. Estico a mão para afastar uma gota de chuva da bochecha dela lentamente com meu dedão.

Ela prende a respiração quando faço contato, o olhar fixo no meu, mas não se afasta, então continuo com a mão ali, emoldurando o rosto dela. Meu coração começa a bater daquela forma teimosa, rápida e insistente, no ritmo que sempre entra quando estou prestes a beijá-la. Observo aqueles pequenos movimentos que me indicam o que o corpo de Izzy quer. Ela se endireita de leve, como se eu a puxasse na minha direção, e suas pupilas ficam dilatadas. Depois de uma única noite frenética no carro, já consigo ler o corpo de Izzy melhor do que jamais li sua mente.

— Mas você não me quer mais, certo? — pergunto.

— O que você achou que ia acontecer? A gente ia transar e, de repente, você ficaria irresistível para mim? — pergunta ela, mas sua voz falha, o que me deixa mais confiante.

Ela não respondeu minha pergunta.

— Já faz um tempo que você me acha irresistível — digo, e então abro um sorriso quando os olhos dela faíscam, irritados. Quando se trata de Izzy e eu, sempre existe uma linha tênue entre estar irritado e com tesão. — Esse é o problema, não é?

— Eu não diria que... — começa ela, e então para de falar.

Dei um passo para mais perto, e ela fica encurralada contra o tronco da árvore, o cabelo cintilando por conta da chuva, o peito subindo e descendo, ofegante.

— Lucas — sussurra ela.

Meu coração agora bate feito um tambor. Levanto a mão do rosto dela e apoio o antebraço na árvore acima da cabeça de Izzy para sustentar os centímetros de distância entre nossos corpos. Ela ergue o olhar para mim, os lábios entreabertos. Eu vejo a mudança em seu olhar no instante em que ela relaxa. Ela também está se soltando. Se esquecendo da vida real e lembrando de mim. Eu achei que aquilo faria eu me sentir triunfante, mas, em vez disso, sinto uma pontada inesperada de emoção — amo o fato de que o corpo dela confia no meu.

— Se você falar "Vai se foder, Lucas", eu vou embora — sussurro, abaixando a boca para que fique pairando um pouco acima daquele lugar secreto e macio no pescoço dela que descobri ontem à noite. — Diga que você não me quer mais.

— Eu...

Ela não termina a frase. Recompenso aquela confissão com um beijo quente contra a pele gelada dela, e Izzy solta um gemido.

— O que você achou que ia acontecer? — repito a pergunta que ela me fez, a boca contra a pele dela. — A gente ia transar e, de repente, conseguiria resistir um ao outro?

A porta do Chalé Opala bate com força e nós dois nos mexemos ao mesmo tempo: ela se desvencilha de mim e eu me afasto da árvore, pegando o guarda-chuva quando ele escapa da minha mão.

— Pois diga aos Barclays para enfiar isso no lugar onde não bate sol! — grita Barty enquanto vem andando do jardim. — Ah, oi, vocês dois — diz ele, virando a esquina e nos encontrando ali parados e cheios de culpa embaixo da árvore. — Estão voltando para o hotel?

— Não, é melhor... eu... — As bochechas de Izzy estão mais rosadas do que nunca. — Vou por aquele lado — diz ela, e segue na direção do bosque.

— Está tudo bem com ela? — pergunta Barty, enquanto eu o acompanho até o hotel.

Eu pigarreio, minha temperatura corporal voltando a baixar. Não sei o que foi aquilo, aquela cena embaixo do carvalho, mas sinto a empolgação percorrer meu corpo. Porque definitivamente não foi nada. E depois de passar um dia inteiro pensando que nunca mais beijaria Izzy outra vez, uma coisa que não é nada parece incrível.

— Ela está bem — digo. — Só estávamos discutindo outra vez.

— Ah, vocês dois... — diz Barty, balançando a cabeça. — Sempre em cima um do outro, né?

Dou uma tossidinha.

— É por aí.

Izzy

Qual é o meu problema?

O objetivo de ontem à noite com o Lucas foi justamente impedir que coisas desse tipo acontecessem. Quando finalmente volto para o hotel — fazendo um desvio desnecessário e gelado pelo bosque —, estou encharcada, e Lucas está na recepção. Ele ergue o olhar para mim, com os olhos intensos e alegres. Apesar de a caminhada na floresta ter me deixado mais sóbria, sinto meu corpo inteiro aquecer quando o olhar dele encontra o meu.

— Quer que eu busque uma toalha pra você, Izzy? — pergunta ele.

— Não — respondo, com teimosia, pingando no tapete do saguão. — Estou bem.

Os lábios dele se contraem, e ele volta a encarar a tela do computador.

— Como preferir — diz Lucas, como se não tivesse acabado de me encurralar contra uma árvore, beijar meu pescoço e me *derreter*.

Esse homem-robô maldito que me deixa furiosa.

Eu me troco na área do spa e consigo evitar Lucas pelo resto do dia, mas isso requer um pouco de astúcia da minha parte. Em certo momento, preciso fingir estar com cólica, e quando Ollie me pede para levar uns guardanapos para Lucas, peço para Ruby Hedgers fazer isso por mim. Ela me informa que isso seria trabalho infantil e tenta me extorquir uma quantidade exorbitante de dinheiro. Só evito uma ida ao tribunal depois de dar a ela um pacotinho de doces.

Ao menos estou chegando em algum lugar com o meu anel. Tem um nome na lista de hóspedes que me chamou atenção essa semana: Cachinhos Dourados. Quando alguma celebridade visita o hotel, normalmente escolhe um pseudônimo na hora de fazer o check-in — e apenas alguns membros da equipe sabem da sua verdadeira identidade. Cachinhos Dourados me parece muito um pseudônimo. Questionar todo mundo pelo hotel sobre isso me faz perder quase a tarde inteira, e é a distração perfeita.

— Se eu me lembrasse quem ficou aqui em 2019 sob o apelido de Cachinhos Dourados, Izzy — diz Arjun, exasperado, depois de eu aparecer na cozinha pela terceira vez para perguntar —, eu diria só para você calar logo a boca. Parece que você cheirou cocaína. O que é que te deixou tão frenética?

— Nada! — respondo com um gritinho, saltando do balcão e desejando que meus colegas não me conhecessem assim *tão* bem.

Quando chego em casa e seco meu uniforme molhado no aquecedor, tudo parece muito mais simples. Tive uma recaída momentânea no Chalé Opala. Foi só isso. Não é fácil achar Lucas irresistível em um instante e repulsivo um segundo depois. Vou precisar de um período de transição. Estou nesse estágio. Não é um problema.

Oiêeeeeee, diz a mensagem que recebo de Sameera. *Estávamos aqui questionando se você e o Recepcionista Sexy Carrancudo estão igual coelhos agora que já "molharam o biscoito". Hahahahaha bjs.*

Jogo meu celular do outro lado da sala, em cima do sofá, e volto a focar em secar as roupas. "Molhar o biscoito" não é uma questão aqui. É *me livrar da vontade* de me jogar em cima dele. Sinceramente. Do que Sameera está falando?

Enquanto caminho pela feirinha natalina de Winchester acompanhada de Louis mais tarde na mesma noite, respiro fundo para me acalmar e me conter. A feirinha é tão fofa que meu coração aconchegante está prestes a explodir. Sidra quente com especiarias, o cheiro de laranja seca e gemada, o som das crianças rindo enquanto correm entre as barracas... É mil vezes mais agradável. É o segundo encontro perfeito.

Então por que fico desejando estar em outro lugar?

— Não é uma questão tão simples quanto ter dinheiro para investir ou não — está dizendo Louis.

Ele fica colocando as mãos nas minhas costas enquanto percorremos a multidão. Não é como se ele fosse um tarado nem nada, mas está começando a me irritar.

— O dinheiro existe, claro, mas preciso pensar sobre a amplitude do meu portfólio — continua Louis. — Pensar com a cabeça, e não com o coração.

— Bom, essa não é bem a minha área — respondo, alegre. — Mas posso dizer que estamos planejando várias coisas para a Mansão Forest.

Tento não ficar desanimada, focando nas coisas boas que Louis tem a oferecer. Como ele se encaixa em todos os requisitos. Como eu disse que daria a ele outra chance. Porém, desde o jantar no Asa de Anjo, sinto que minha conexão com ele está ruindo, e uma vez que esse processo começa, é difícil voltar atrás. De repente, o cabelo penteado parece mais oleoso do que elegante, e ele dá piscadelas *demais*. Estou até começando a achar que seu jeito cavalheiresco e gentil não é tão genuíno quanto achei que fosse.

— Ah, e eu queria perguntar... qual é a do Arjun? — pergunta Louis. — Há quanto tempo ele está na Mansão Forest?

— Arjun? Ah, desde sempre. Mas ele treinou com algum chefe de cozinha superchique que tem uma estrela Michelin e tudo em algum lugar do Norte. Por que?

— Só estava curioso. Ele sabe alguma coisa sobre vinhos?

— Bastante, para falar a verdade. Nossa adega é extraordinária. Se você quiser experimentar algo em particular, pode muito bem me pedir.

— E por que você acha que Arjun ficou na Mansão Forest por tanto tempo?

Franzo a testa, pensando no que Lucas disse sobre os planos de Louis com a Mansão Forest. Aperto os dedos doloridos na caneca de chocolate quente com gengibre.

— Acho que ele ama o hotel. Assim como eu.

— Certo, mas... — Louis parece perceber que isso mais parece um interrogatório do que uma conversa, então ele ri. — Desculpa. Só queria garantir que ele continuaria por ali. Ele é um trunfo, e se eu for investir na Mansão Forest...

Eu relaxo um pouco. Se ele quer ficar com Arjun, então não deve estar planejando transformar o prédio em um monte de apartamentos.

— E *por que* vocês amam tanto a Mansão Forest? — pergunta Louis. — É quase certo que o hotel vai falir no Ano-Novo. Mas nenhum de vocês foi embora. Qual é o raciocínio aí?

Tento procurar as palavras certas para capturar o sentimento. A magia da Mansão Forest em seu melhor dia: as luzes das arandelas brilhando, música ao vivo, o burburinho caloroso de pessoas animadas no restaurante. Todos os casamentos: aquelas histórias de amor que encontraram seus finais felizes com as lindas paredes de arenito ao fundo. E, para mim, os cafés e conversas sinceras com Arjun depois que a cozinha foi encerrada e nenhum dos dois quer voltar para casa; a amizade desenvolvida ao longo de anos com hóspedes, como o sr. Townsend, que passam um tempo no hotel ano após ano; a sensação de pertencer a um lugar que traz alegrias em um mundo cruel e assustador.

— Sabe quando as pessoas falam sobre se sentir em casa mesmo estando longe de casa? — pergunto. — Acho que é isso. Para todos nós. Então quando falamos de perder nosso emprego... estamos falando de perder nosso lar também.

— Ah, certo. Que legal.

Dá para ver que ele não entende. De repente, não consigo mais fingir que estou a fim de continuar aqui. Eu planejava ficar mais um tempo, mas enquanto caminhamos lentamente entre as barracas, me vejo dizendo:

— Louis, acho que a gente não deveria sair de novo. Só não estou mesmo sentindo essa conexão.

— De novo isso! — diz ele, me cutucando. — Izzy, você falou que iria relaxar e me dar uma chance de verdade.

Franzo a testa.

— Mas eu estou relaxada. E te dei uma chance.

— Tá, claro — diz ele, tranquilo. — Entendi o recado. Você quer um vinho quente?

— Quê? Não, Louis, eu quero voltar pra casa, tá?

— Certeza?

— Certeza — digo, enfática.

— Tá bom. — Ele sorri. — Então vamos voltar para o meu carro.

Ele fica tagarelando até chegarmos ao meu apartamento. No começo, presumo que Louis esteja só fingindo — ele estava tão ávido no jantar no Asa de Anjo —, mas ele parece genuinamente bem. Talvez também estivesse perdendo o interesse, ou talvez Louis só não queira que eu me sinta mal por colocar um ponto-final nisso. Seja lá qual for o motivo, fico aliviada: estava preocupada que ele pudesse ficar mesquinho, ou que isso afetasse seu potencial investimento no hotel, mas ele faz mais perguntas sobre a Mansão Forest enquanto ficamos do lado do meu apartamento e depois me dá um abraço de despedida como se fôssemos amigos. É bom poder dar um tchau para ele sem nenhum arrependimento.

Assim que entro em casa, eu me acomodo no sofá com uma tigela de cereal e coloco um episódio de *Diários de um Vampiro* que vi tantas vezes que já sei quase todas as falas. É tudo de que eu preciso.

Exceto pelo fato de que fico checando o celular. Abrindo o WhatsApp e fechando de novo. Se é para ser sincera comigo mesma, estou pensando em Lucas. Quero saber o que ele está fazendo hoje à noite.

Por algum motivo.

Argh.

Encaro a TV. O problema é que a noite passada foi tão... memorável. Sinto que cada pedacinho foi traçado na minha pele — como se, em vez de esquecer Lucas, eu o tivesse tatuado ali. Sua respiração ofegante, os músculos firmes dos ombros, as palavras que ele sussurrou depressa em português, rouco...

Engulo em seco. Talvez o problema seja que tudo foi às pressas.

Talvez eu realmente não consiga esquecê-lo com uma única hora roubada dentro de um carro. Talvez eu precise de um pouco... mais.

E então, assim que estou prestes a ceder e abrir o WhatsApp, uma nova mensagem aparece. De Lucas. Que não me manda mensagem desde 2021.

Como estava a feirinha?

Franzo o nariz. Desde quando Lucas pergunta como está minha noite?

Estava linda, respondo depois de um instante. *Muito festiva.*

Paro por um instante, e então faço algo muito ruim. Eu digito: *Mas eu estava meio preocupada.*

Preocupada com o quê?

Pensando. Em ontem à noite.

Quinze minutos se passam sem que nenhuma outra mensagem dele chegue, e sinto como se estivesse prestes a morrer de vergonha. Fico me remexendo no sofá, tentando me concentrar na televisão. *Eu vou só me demitir*, penso comigo mesma. Nunca mais vou para o trabalho, assim não vou precisar ver Lucas depois de mandar essa mensagem e não receber mais nada.

Quando ele finalmente me responde, a mensagem me deixa furiosa.

E como estava o Louis? É tudo o que ele diz.

Digito uma resposta antes de pensar duas vezes.

Ficou com ciúmes?

A resposta dele é imediata dessa vez.

Fiquei.

Eu sabia.

Foi um encontro?

E daí se foi?, pergunto.

Você pode só me dizer se ele foi respeitoso?

Reviro os olhos e digito: *Lucas.*

Pois não?

E por acaso é da sua conta o que rola entre mim e Louis?

Ouço uma batida na porta. Enfio o resto do cereal na boca enquanto caminho até a entrada, deslizando a tigela vazia no balcão da cozinha.

Lucas está parado na minha porta, digitando algo no celular. Ele deve ter saído do apartamento dele no instante em que falei que estava pensando sobre ontem à noite. Ele não ergue o olhar quando abro a porta; meu celular apita na minha mão. Ele está usando o casaco preto de sempre por cima de calças de corrida soltas e uma camiseta de manga comprida, com uma mochila aos pés. Vê-lo ali no meu corredor parece estranho, improvável e empolgante, tanto quanto a visão dele inclinando a cabeça para trás contra o assento do motorista, os músculos retesados nos ombros, os olhos sustentando os meus.

Depois de um longo momento nos encarando no batente, eu tiro os olhos de Lucas e vejo a mensagem na tela do celular.

Não. Mas pode ser da minha conta ver se está tudo bem com você?

— Não — respondo em voz alta.

— E por que não?

Semicerro os olhos para ele, mas minha pele está formigando. Passei o dia todo tentando evitar essa sensação.

— Você não pode ficar com ciúmes — digo. — Você nem gosta de mim, Lucas. Na verdade, eu diria que essa questão não tem nada a ver comigo, e sim com outro cara. É essa coisa possessiva de machão, e, pra mim, isso é um sinal de alerta, como se você já não tivesse um monte desses.

— Posso garantir — diz ele — que não estou pensando em Louis agora. Estou pensando em você. — Seu tom é objetivo, e os olhos dele estão escuros. — Vai me deixar entrar?

— E por que eu deixaria?

Ele não responde. Não como se ele não soubesse, mas mais como se achasse que a resposta é óbvia.

— Você está sendo completamente ridículo — digo. — Nós tínhamos regras. Você está quebrando essas regras.

— Então me diga para ir embora.

Ficamos nos encarando, cada um de um lado do batente. Devagar, muito devagar, o olhar dele desce. Observando meu corpo. Meu vestido de moletom, as leggings, as meias de lã que calcei quando entrei em casa. Ele volta para a gola do meu vestido, o único lugar em que tenho pele à mostra. E quando o olhar dele encontra o meu outra vez, sinto como se eu tivesse sido despida. Agora, o formigamento virou uma vibração insistente, como a adrenalina de uma dose de tequila indo direto ao estômago.

— Nós dissemos uma noite — insisto, mas até eu consigo ouvir a falta de convicção na minha voz.

— Então eu vou embora — diz Lucas, sem se mexer.

Eu não digo nada. Ele espera.

— É isso que você quer, Izzy?

Evidentemente, não. Porém nós fizemos essas regras por um motivo. Apenas uma noite parecia algo seguro — eu conseguiria fazer isso sem me machucar. Só que dar a ele mais do que isso, a esse homem, que me deixa louca todos os dias, que faz de tudo para dificultar minha vida e que *riu* quando eu disse que sentia algo por ele?

Isso parece perigoso.

— Me diz para ir embora — pede ele, a voz baixa e rouca, ainda ali parado no meu corredor, a um passo de entrar.

Só que eu não digo. Apesar de todos os motivos para mandá-lo embora, aquela vibração quente se acomodou no meu corpo, e nenhuma parte de mim quer mandar Lucas embora. Agora eu sei como é a sensação de estarmos juntos. Não é só uma fantasia. É real, e isso é ainda mais difícil de resistir.

Eu cruzo o batente entre nós e o beijo com força, puxando-o para dentro, deixando que a porta se feche atrás de nós com uma batida rápida e firme.

Ele não fica necessariamente, ele só... não vai embora.

Nós cochilamos por alguns momentos, mas passamos a noite toda juntos na cama. Desde o instante em que ele entrou no meu apartamento e me pegou nos braços, Lucas mal disse uma palavra em inglês. Ele sussurra em português contra minha barriga, minhas coxas, minha nuca, mas não conversamos.

Acordo de novo às sete horas, deitada em cima de Lucas, minha orelha pressionada contra o peito dele e minhas pernas enlaçadas com as dele. Não acredito que dormi assim — não acredito que *ele* dormiu. O corpo dele está quente debaixo do meu, mas estou com frio. O edredom acabou perdido no chão em algum momento da noite. Ergo a cabeça, descansando o queixo nas costas de Lucas, examinando-o. Ele se remexe embaixo de mim, e a sensação da sua nudez envia uma onda pelo meu corpo, exausto, distante, mas ainda ali.

Lucas abre os olhos, erguendo a cabeça para me olhar. Nós não falamos nada. Eu me pergunto se deveria me sentir envergonhada, ou tímida, mas não sinto nada disso. Não consigo reunir energia para essas coisas.

Ele esfrega meus braços.

— Você está com frio — diz ele, a voz rouca e calorosa.

Eu me viro de lado, saindo de cima dele e tateando a lateral da cama para alcançar o edredom. Ele me ajuda a puxá-lo para cima da cama e se certifica de que meus pés estão cobertos. Eu me acomodo virada de lado, e Lucas faz o mesmo, a mão repousando no meu quadril. Aquele toque casual não parece estranho, o que torna tudo mais estranho ainda.

— Desculpa — digo, minha voz um pouco rouca. — Não queria ter caído no sono.

Ele me lança um olhar firme, a luz do quarto acesa porque não a desligamos ontem.

— Não precisa ser só uma noite — diz ele. — Ou duas.

Já consigo sentir o quanto vou ansiar por Lucas quando ele for embora. A ideia de que eu poderia aplacar meu desejo com uma noite na cama me parece totalmente idiota agora que conheço o corpo dele dessa forma. Conheço os sons que ele faz, a forma como as mãos dele percorrem minha pele, a confiança fácil com a qual ele me deixa louca.

Eu deveria pôr um fim nisso. É uma ideia tão errada que não consigo nem dizer por onde começar.

Em vez disso, falo:

— A gente vai se irritar tanto.

— Talvez. — As sobrancelhas dele se remexem. — Mas temos suas regras para ajudar.

— Tá, as regras. — Mordo o lábio inferior. — É. Mas... acho que precisamos de mais uma.

— Mais regras — diz Lucas. — Ah, que bom.

— Nada de falar sobre o passado quando estivermos juntos. Se a gente brigar, só vai virar uma situação tóxica.

Os olhos dele percorrem meu rosto, como se procurassem uma resposta para uma pergunta. Eu me viro, encarando o teto, meu corpo de súbito quente demais debaixo do edredom. Não posso esquecer que Lucas já me mostrou quem ele é de verdade. Preciso me lembrar disso.

Por um momento doloroso, queria poder ligar para minha mãe, dizer que transei com um cara que não deveria e deixar que ela me dissesse o que fazer. Deixar que *ela* me protegesse de um possível coração partido. Ter uma manhã de folga dessa luta constante que é cuidar de mim mesma.

— Tudo bem. Mas eu também tenho uma regra.

Eu me viro de volta para ele. Lucas está mais nebuloso essa manhã: um início de barba por fazer, um olhar cansado. A mão dele saiu da minha cintura quando me mexi, mas ele a coloca de novo ali, o dedão subindo e descendo pela minha costela inferior.

— Nada de sair com outras pessoas — diz ele.

Isso não me surpreende muito.

— O Louis, no caso?

Ele não diz nada e continua me observando. Fico chocada com a bizarrice de tê-lo ali na minha cama, e isso faz meu corpo se arrepiar. Ele sente isso, e aperta mais minha cintura por um instante, como se estivesse se esforçando para me manter ali.

— Você é tão esquisito com relação ao Louis — digo para ele, tentando me concentrar.

— Você gosta dele?

Hesito. Eu sei exatamente o motivo de eu não falar para Lucas que não existe nada entre mim e Louis. Por mais que eu tenha falado sobre o sinal de alerta, uma parte pequena e culpada de mim gosta que ele esteja sentindo ciúmes.

— Não — confesso, por fim. — Eu fui muito clara com Louis que não existe nada entre mim e ele, e nunca vai existir. Feliz?

Depois de um longo momento, Lucas abre uma sombra de sorriso.

— Feliz — responde ele.

Desvio o olhar, pegando meu celular para ver a hora.

— A gente deveria ir para o trabalho — digo.

Outro calafrio me percorre, porque vou precisar ficar ao lado de Lucas na recepção, e ele vai ser pedante e grosseiro, e tudo isso — esse sonho lento e sexy dessa noite — vai desaparecer no minuto em que sairmos dessa cama.

Eu o observo se aprontar. Como ele muda do homem que me desvendou para o homem que eu vejo todos os dias: a camiseta perfeitamente arrumada, a barba feita perfeitamente, as costas perfeitamente eretas. Enquanto ele veste o colete, abro o Instagram, procurando uma distração, e passo por um vídeo de cachorro, uma recomendação de livro e um post de Drew Bancroft.

Hesito. Volto para ver o post. Ela está diferente. Seu cabelo era comprido e cacheado, e agora está cortado na altura das orelhas, e ela trocou os óculos quadrados grandões por uma armação redonda. *Dá pra acreditar que esse rostinho não está conseguindo encontrar emprego?!*, é o que está escrito na legenda. *Se você tem uma oportunidade, me manda, por favor, prometo que sou incrível e NUNCA me atraso (até parece, rs, mas estou melhorando).*

Olhar para ela faz com que seja *muito* mais fácil me lembrar da humilhação daquela noite. Ver a mão de Lucas na cintura dela enquanto eles se beijavam no mesmo lugar em que eu sonhara beijá-lo, gritar com ele no gramado e observar o rosto dele ser tomado por desdém...

— Você vai se atrasar — diz Lucas, olhando para mim através do espelho.

Desligo a tela do celular.

— Não vou.

Ele olha para o relógio.

— Vai sim.

— *Não vou.*

Puxo o edredom para cobrir meu peito e tento desacelerar minha respiração. Não acredito que ele passou a noite aqui. Não acredito que concordei em fazer isso de novo. Não acredito no quanto eu *quero* fazer isso.

Estou surtando de leve. É compreensível, até, mas eu prefiro surtar quando Lucas *não* estiver parado na frente do espelho no meu quarto.

O rosto dele fica neutro quando ele se vira para olhar para mim por cima do ombro.

— Izzy, já são sete e quinze. *Eu* vou me atrasar. Você ainda está pelada embaixo desse edredom.

— Só vai logo, Lucas. Tá?

Ele franze a testa, pegando a mala.

— Tudo bem. Se é isso que você quer.

Enquanto ele sai do quarto, digo a mim mesma que sou uma adulta. Consigo fazer isso se eu quiser. E não há como negar que eu quero, sim.

Só não posso nunca abaixar a guarda. Só isso.

Lucas

Aprendo algo sobre Izzy a cada noite que passamos juntos. A pequena formação de pintinhas que ela tem no tornozelo e como ela sente cócegas ali. A forma como a voz dela fica mais alegre quando certas pessoas telefonam para ela — Sameera, Grigg, Jem — e como se resguarda para todos os outros. A fotografia dos pais que ela deixa na mesa de cabeceira, e como ela toca no porta-retratos às vezes, distraída, como se estivesse fazendo carinho em um gato.

Quando chegamos na última semana antes do Natal, estou completamente perdido. Perdi totalmente o controle. Cada vez que nos tocamos, sinto que desmorono um pouco mais, e cada vez que ela me lança um sorriso profissional e alegre no trabalho, meu peito dói. Eu imaginava que o perigo daquele acordo seria Izzy perder o interesse em mim depois de transarmos, mas parece que o perigo real é que eu vá me apaixonar.

Nós seguimos as regras, mas, no meu caso, não sinto que estão me protegendo de forma nenhuma. Nós não dormimos juntos — fora aquela primeira noite excepcional no apartamento dela. Porém ainda ficamos abraçados na cama, nos mexendo juntos, enrolando nossos corpos um no outro quase todas as noites. Ela não dá nenhum sinal de que vai esquecer de mim tão fácil, e eu fico mais viciado nela do que nunca.

Certa noite, ela me manda uma mensagem às três da manhã — dizendo que acordou e não consegue voltar a dormir. Sugiro uma mudança de ponto de encontro. Vinte minutos depois, ela está na porta do meu apartamento, e, dois minutos depois, na minha cama, e, quando amanhece, ela está nua em meus braços, cochilando satisfeita. Observo o céu ficar mais claro no vão entre as cortinas e saboreio a sensação de ter o corpo dela contra o meu.

— Podemos conversar? — pergunto.

Sinto Izzy enrijecer.

— Sobre?

— Queria pedir desculpa por ficar com ciúmes quando você foi à feirinha com Louis.

Meu coração acelera. Faz dias que quero falar isso para ela. Se eu quero que Izzy me veja como um ser humano, e que me leve a sério, então ela precisa conhecer minha história.

— Ele me deixa... Você me deixa... *Eu* fico — digo, corrigindo a mim mesmo, todo frustrado —, eu fico tenso sempre que você está com ele. Meu último relacionamento...

Ela se enrijece nos meus braços. Continuo falando, mais rápido dessa vez.

— Camila me traiu. — É *doloroso* dizer isso em voz alta. — E depois ela agiu como... como se fosse minha culpa, porque eu não dei o suficiente para ela. Então ela foi procurar amor em outro lugar. Sei que não é uma justificativa para ser possessivo. Só que eu queria falar que existe algo por trás do ciúme em vez de só, tipo, um homem que desperta todos os sinais de alerta, como você disse. Eu quero que você entenda que eu estou trabalhando nisso. Quero ser melhor.

— Lucas, eu... — Izzy se afasta de mim, alcançando a bolsa que trouxe para dormir aqui ontem. — Isso é... obrigada. Por me contar isso. Mas...

Não era assim que eu esperava que a conversa se desenrolasse. Ela fica tensa, evitando meu olhar.

— Izzy? — questiono.

Ela parece chateada. Tento tocá-la, mas ela sai da cama.

— Só estou prestando atenção na hora — diz ela, e eu a vejo se recompor, transformando-se na Izzy que vejo todo dia no trabalho: alegre, sorridente e pronta para qualquer coisa.

A transformação é incrível. Ela precisa de menos de cinco segundos.

— Ainda temos meia hora. Você pode ficar e tomar café aqui, se quiser — digo, sentindo um desespero repentino.

Ela franze a testa enquanto se abaixa para calçar as meias.

— Você não precisa fazer isso.

— Mas eu quero. Eu gostaria.

Quase engasgo com aquela confissão, e no momento que faço isso, eu me arrependo: os olhos dela ficam arregalados outra vez, alarmados. É o mais perto que já cheguei de falar "eu gosto de você" em voz alta. Entre Izzy e eu, essa frase provavelmente é tão significativa quanto um "eu te amo" para qualquer outro casal.

— Você quer tomar café comigo?

— É tão esquisito assim?

— Óbvio? — diz Izzy, franzindo ainda mais a testa. — Primeiro, você odeia o meu café, sempre fala que eu erro a quantidade de café e leite...

— Eu faria o café. Esse é o meu apartamento, claramente sou eu que vou fazer o café. E vamos usar a prensa francesa.

— Ah, claro que vamos — diz ela, e não consigo distinguir se ela achou engraçado ou se ficou irritada com essa fala. — Segundo, você se esforça muito para não passar mais tempo comigo do que o estritamente necessário, então por que você quer que eu fique na sua casa quando eu posso ir embora e pronto?

— Porque... as coisas não são mais assim. Eu não faço mais isso. Você não percebeu?

— E terceiro — diz ela, os ombros se retesando mais, o tom de voz ficando mais alto. — Nós temos regras sobre esse tipo de coisa.

— Sim — concordo, irritado. — Temos as regras. Claro.

— Lucas, eu não consigo fazer isso se você começar... se você começar a ser legal comigo, fizer café para mim e... — Ela engole em seco. — Existe um motivo para termos essas regras.

Não consigo pensar em sequer um único motivo para essas regras de merda e queria poder dizer isso para ela, mas dá para ver nos olhos de Izzy, apavorada, que vou perder o minúsculo pedaço dela que tenho assim que eu falar isso em voz alta.

— Aproveite seu café — diz ela, vestindo o suéter. — Eu tenho certeza de que vai ser forte e amargo e não vai ter nem um pinguinho de leite.

Eu me limito a encará-la. Não tenho ideia de como responder àquele comentário. Ela fica corada.

— Talvez a gente devesse... parar com isso — diz ela. — É tão... a gente não devia... acho que não consigo fazer isso.

— Quê? Não. Não, Izzy, espera aí — digo, pulando da cama, mas ela já está indo em direção à porta, fazendo aquele aceno constrangido que faz quando está abalada.

— Preciso ir — diz ela. — Vejo você no trabalho, tá?

Fico encarando a parede do meu quarto enquanto ouço a porta da frente bater. Puta que pariu. Eu sabia que o que existia entre nós era frágil, mas não sabia que poderia se quebrar com uma única xícara de café.

***

Quando a tarde chega, eu já passei pelos estágios de pânico, irritação, frustração e desespero. Agora, cheguei na parte da determinação.

Tenho um plano.

Nós estávamos chegando a algum lugar — Izzy tinha me mandado uma mensagem no meio da noite quando não conseguia dormir, e eu ficara abraçado com ela enquanto ela dormia. Esses são pequenos atos de confiança. Porém, assim que me abri com relação a Camila, foi rápido demais, e ela fugiu.

Se eu quiser que Izzy mude de ideia sobre o homem que sou, preciso dar um passo para trás antes que possa seguir em frente de novo. Preciso que ela se sinta confortável, e só existe uma dinâmica que sempre funciona entre nós dois.

Eu finalmente a encontro quando estou saindo do spa. Ela passa por mim correndo no corredor, evitando meu olhar, e o pânico me toma outra vez. Quero fazer o que fiz do lado de fora do Chalé Opala: testá-la, me aproximar mais, procurando aqueles sinais de que ela me quer. Em vez disso, eu a deixo ir embora, e então, quando ela chega nas portas que levam ao spa, digo, por cima do ombro:

— Só pra você saber, quase achei o último dono do anel.

Isso é um exagero. Mas passei duas horas no telefone com diversos agentes para averiguar se um de seus clientes havia perdido um anel de casamento, e vários disseram que retornariam a ligação.

Izzy para de andar e dá meia-volta para me encarar.

— Você quer dizer...

— Cachinhos Dourados.

Entendo a surpresa dela: dediquei pouquíssima atenção a essa competição durante a última semana, mas, hoje de manhã, voltei ao trabalho. Encontrei o mesmo nome suspeito que Izzy encontrou semanas atrás — ou melhor, o nome falso.

— Você não pode ter quase encontrado — diz Izzy. — Eu falei com *todo mundo* e ninguém soube me dizer quem era.

— Então tá. Espero que esteja praticando sua voz de elfo. — Eu cruzo os braços e me inclino na parede do corredor, observando-a. — A Tadinha da Mandy sempre faz uma imitação ótima.

Os olhos de Izzy faíscam.

— Até parece — responde ela, desdenhosa. — Você está blefando.

Dou de ombros.

— Tudo bem — digo, desencostando da parede e voltando rumo ao saguão.

— Espera — diz ela. — Espera.

Izzy olha em volta enquanto eu me viro para encará-la outra vez.

— Hoje de manhã — começa ela, com cuidado. — Quando eu...

— Fugiu? — digo, levantando as sobrancelhas.

Ela semicerra os olhos.

— Eu não fugi.

— Por que você estava com tanto medo de tomar um café comigo?

— Eu não estava com *medo*.

— Estava com medo de que você fosse gostar?

— Ah, qual é. — Ela se endireita. — Eu *definitivamente* não tenho medo de tomar café com você de manhã. Meu Deus. Eu preciso lembrar a você que a gente toma café atrás do balcão juntos todo dia de manhã, e normalmente acaba com uma discussão sobre se você é ou não um babaca esnobe por criticar minhas escolhas no Starbucks? E spoiler: você é mesmo.

Meus lábios estremecem. Os olhos dela voltaram a brilhar. Izzy pode fingir um sorriso, mas ela não consegue fingir a forma como os olhos dela cintilam quando está se divertindo de verdade.

— Então você deu um fim nas coisas hoje de manhã porque...

Ela hesita um instante antes de falar:

— Você não estava seguindo as regras.

— Ah — respondo. — E *não* porque você estava com medo de tomar café comigo.

— Eu *não* estou... argh — diz ela, jogando as mãos para o alto. — Você me deixa com tanta raiva. — Ela aponta um dedo para mim. — E você não vai me ver usando aquela fantasia de elfo.

Devagar, abro um sorriso para ela.

— É o que vamos ver — digo, e vou embora.

Continuo sorrindo enquanto passo pelos hóspedes que começam a chegar para o primeiro horário do jantar. Desvio de um casal que admira nossa árvore de Natal e duas das crianças dos Hedgers, que estão em um duelo usando a bengala do sr. Townsend e meu guarda-chuva, que eu tenho bastante certeza de que escondi atrás do balcão.

Está na hora da troca de turnos. Quando me aproximo da Tadinha da Mandy, ela me cumprimenta franzindo a testa, confusa.

— Izzy disse que eu preciso arrumar uma garrafa de vinho Sauvignon de 2017 para você? — diz Mandy, imediatamente se distraindo com diversos apitos altos do celular dela.

— Quê? Por quê? — pergunto, arrumando as coisas no balcão.

Já fico com a mente a mil. O que isso significa? É um pedido de desculpa pelo que aconteceu de manhã? Ela quer tomar uma taça de vinho comigo? É um presente? E por qual motivo?

— Ah — digo, enquanto olho por cima do ombro e vejo as anotações que Izzy deixou. — Está escrito Louis, e não Lucas.

E, de repente, não estou mais pensando em todos os motivos para Izzy querer que eu fique com uma garrafa de um bom vinho. Em vez disso, estou pensando nas razões pelas quais ela daria uma garrafa para Louis. Talvez ela queira tomar uma taça de vinho com *ele*. Talvez seja um presente para *ele*.

Mandy termina de digitar algo freneticamente no celular e semicerra os olhos para a página, pegando os óculos que ela deixa pendurados no pescoço por uma corrente.

— É mesmo? — pergunta Mandy, em tom lamurioso. Ela é leal demais para admitir que tem dificuldade de entender a caligrafia de Izzy. — Tem certeza disso?

— Absoluta — respondo.

Se minha voz sai rude, a Tadinha da Mandy não parece notar. Os olhos dela se arregalam.

— É *sério*? — pergunta ela. — Está escrito Louis? E não Lucas?

Franzo a testa.

— Aconteceu alguma coisa, Mandy?

— Não! — guincha ela, ainda encarando o nome *Louis* com a caligrafia de Izzy nas anotações. — Não, nenhum problema, imagina! Só... eu... sendo uma boba como sempre. Pode ir, já deu sua hora de ir para casa.

Ela me empurra para longe do balcão, o celular apitando alto outra vez. Eu pego minha mochila, relutante em ir embora. Gostaria de ficar mais para ver o vinho de Louis chegar. Porém meu celular vibra no meu bolso, e vejo que recebi uma mensagem de Izzy.

Você colocou um elfo de brinquedo no meu carro?

Abro um sorriso. Então ela está indo para casa. E se eu for rápido, ainda consigo alcançá-la no estacionamento.

Izzy

Sério, esse cara é muito infantil.

O elfo está sentado no meu retrovisor, me dando o dedo do meio.

Este é um hotel de família. Qualquer um podia ter visto esse elfo. Enquanto Lucas se aproxima, a passos largos e com aquele sorrisinho torto e metido, cruzo os braços e fecho a cara, mas a verdade é que preciso me esforçar para segurar um sorriso. Estou me sentindo melhor agora.

A conversa hoje cedo no apartamento dele me deixou bem nervosa. Enquanto ele falava da ex, fui tomada por uma onda esquisita de emoção; parecia até uma bomba de hormônio, um surto de TPM. Fiquei me sentindo meio *vulnerável*.

Eu nunca me abro com ele — é assim que a gente funciona. Somos dois teimosos, nenhum de nós cede. Mas ali estava Lucas, pelado, me contando do passado, e de repente eu senti... alguma coisa. Pensei em Jem, dizendo que eu gostava demais de *aconchego* para ter um relacionamento casual, e me perguntei, em pânico, se ela estava certa. Lucas estava começando a parecer um homem complexo e lindo que tem seus defeitos. No entanto, para meu bem-estar, é extremamente fundamental que ele seja apenas um babaca insensível.

Porque ele é assim. Por mais que me toque, independentemente de sua história, ele ainda é o cara que riu do meu cartão de Natal, beijou Drew e passou o ano *todo* dizendo que eu era irritante. Ele não é um desses heróis românticos da Jem, um incompreendido que está só esperando a pessoa certa descobrir como ele é na verdade uma boa pessoa — ele é só um cara qualquer, pedante, competitivo, negligente e que, por acaso, é muito bom de cama.

Agora que estamos no trabalho e ele voltou ao normal, me sinto melhor. Está tudo certo. Lucas continua impossível, minhas barreiras continuam firmes e eu continuo completamente segura.

— Achei que você podia querer um... como é que é mesmo? — pergunta Lucas, indicando o elfo. — Um ajudante.

— Temos um milhão de afazeres, o hotel está desmoronando, e você teve tempo de comprar um elfo de brinquedo?

— Sempre dou conta de muitas coisas ao mesmo tempo — diz Lucas, sério. — Por isso sou um funcionário exemplar. — Os olhos dele brilham. — Por exemplo, dei conta de passar o dia todo procurando a Cachinhos Dourados, organizando a playlist da festa de Natal, atendendo ligações *e* pensando em você pelada.

Engulo em seco. Depois da conversa de hoje, eu estava determinada a nunca mais transar com ele, mas a sugestão faz meu ventre arder e, de repente, o plano que eu tinha para a noite — *A Princesa e a Plebeia*, chá de especiarias, tortinhas — parece muito menos interessante do que levar Lucas para casa.

— Entra aí — digo. — E o elfo vai no seu colo, não no meu.

O dia seguinte era para ser minha folga, mas vou trabalhar mesmo assim porque organizei um bazar imenso no hotel. Todo mundo bota a mão na massa. A Tadinha da Mandy aparentemente está fazendo "comentários ao vivo no Twitter"; Barty anda polindo tudo que aparece pela frente; e até Arjun carregou umas cortinas de chiffon antigas para o jardim. Viro um segundo café, tentando não deixar na cara que passei a noite em claro com Lucas. Arjun já percebeu que tem alguma coisa rolando — ele nos viu chegando juntos no meu carro e me olhou com cara de "Você sabe no que está se metendo, srta. Jenkins?".

Eu não sei. Nem um pouco. Óbvio. A noite com Lucas foi uma delícia de tirar o fôlego, e hoje acordei de conchinha com ele, o que a) ia contra as regras, e b) era extremamente arriscado. Quase chegamos atrasados no trabalho.

Respiro fundo. A manhã de inverno está um espetáculo — o sol começou a dissipar a névoa agora, e o jardim está brilhando.

— Seu amigo Grigg está te procurando — diz Lucas, chegando por trás de mim.

Seu tom de voz é casual, o que não é nada bom. Em geral, quando Lucas banca o relaxado, é porque está aprontando alguma. Quando dou as costas para as louças que estou arrumando em uma toalha de piquenique, eu o vejo segurando uma mesona de café em uma só mão, do jeito que eu seguraria, por exemplo, uma xícara gigante de café.

— Deixa aqui — digo, apontando o lugar. — E como assim o Grigg...

Olho para meu celular. Três chamadas perdidas.

— Nossa, ele está bem? — pergunto.

— Ele está surtando com seu presente de Natal — conta Lucas, sem dar o menor sinal de que vai posicionar a mesa no local certo da grama. Ele está usando um cachecol preto por cima do casaco... quem é que tem um cachecol preto liso assim? — Ele ligou para a recepção.

— Ah.

Um pressentimento desagradável revira meu estômago. Eu me viro para as louças. Seria melhor se eu juntasse as xícaras todas, ou...

— Ele quer o endereço da Jem, já que você vai passar o Natal com ela.

— Tá bom — digo, desfazendo as pilhas de pires com o máximo de barulho possível sem quebrar nada de valor.

Talvez eu consiga abafar o som da conversa até fingir que não está acontecendo.

— Quando fomos à festa de divórcio da Shannon, na estação de Brockenhurst, a Jem falou que você ia passar o Natal com Grigg e Sameera.

— Foi isso que você escolheu lembrar da nossa ida a Londres?

Sinto a firmeza do olhar de Lucas na minha nuca.

— Izzy — diz ele, com muita atenção. — Onde você vai comemorar o Natal esse ano?

— Vou trabalhar no Natal.

— É. Vai. E seus amigos sabem disso?

— Hum.

Semicerro os olhos para a toalha de piquenique. Estou com medo de chorar se ele continuar fazendo perguntas sobre esse assunto.

— Sei como é passar o Natal longe da família — diz Lucas.

Olho de relance para ele. Poucas pessoas entendem que meus amigos agora são minha família, assim como a equipe do hotel. Lucas retribui meu olhar, com sua expressão ilegível, e, por um momento apavorante, eu me pergunto se ele na verdade me conhece muito, muito bem.

Eu me volto para as xícaras.

— Esse ano eu ia passar o Natal com Grigg e Sameera, mas eles vão para as ilhas Hébridas com os pais de Grigg.

Os pais de Grigg nunca aceitaram bem Sameera — eles cismam que eu e Grigg deveríamos ter ficado juntos, e é sempre constrangedor quando estamos os três com eles, especialmente porque eu me irrito tanto que corro o risco de dizer alguma coisa desagradável que acabe deixando Sameera nervosa. Agora que Rupe nasceu, é ainda mais importante que a família fique unida.

Por isso, eu só falei que passaria o Natal com Jem, assim ela não precisaria passar o feriado sozinha. Eles sabiam que ela estava trabalhando em Washington por seis meses, mas sempre fui meio vaga com as datas, então a solução foi simples.

— Por que você não conta a verdade? — pergunta Lucas.

— Porque eles vão ficar com pena de mim — digo, e olho para o gramado. As araras de casacos velhos contrastam com o fundo de árvores acinzentadas pela névoa, e os carros já estão chegando no estacionamento. — Eles estão muito ocupados, e não gosto de ser um peso na vida deles.

— Duvido muito que eles vejam você assim.

— As mesas ficam ali no canto, perto do azevinho — digo. — Pode deixar essa perto da de mogno.

Ele espera tanto tempo que suspiro de frustração, me endireito e me viro para olhá-lo.

— Não fique com dó de mim. Eu estou bem.

Ele continua me encarando, e, por um momento, tenho que me esforçar para não chorar. Que besteira. Eu *estou* bem. Faz meses que sei dessa história do Natal — é só um problema logístico, nada de mais, e é mais fácil esconder de todo mundo para ninguém se preocupar. Não chorei por isso uma vez sequer, então nem imagino por que o assunto está me deixando tão emotiva agora.

— Quer largar essa mesa? — digo, exasperada. — Deve pesar uns vinte quilos.

Lucas olha para o móvel, desinteressado, e ajeita um pouco o peso na mão.

— O Natal ainda vai ser especial, mesmo que eles estejam longe — diz ele.

— Eu sei. Eu *sei* disso.

— Aah, essas xícaras são do mesmo conjunto? — pergunta uma mulher atrás de mim.

Eu me viro, mais agradecida do que nunca por uma pergunta tão óbvia.

— São! É o conjunto completo. Os pires estão bem aqui...

Fico de papo furado com ela até ver Lucas se afastar. A mulher é meu tipo de cliente — tagarela com um gorro fabuloso —, e, quando acabamos a conversa, já consegui afastar da cabeça todos os pensamentos envolvendo Lucas. Voltei a ser a Izzy animada. Sorridente, cintilante e sensata.

O dia seguinte já é 20 de dezembro, então tenho folga de verdade. É o aniversário da minha mãe e sempre passo essa data sozinha — até na época em que eu não aguentava um momento de solidão. No ano anterior à morte dela, tínhamos comemorado com um dia das meninas, só nós duas, e hoje gosto de fazer o mesmo.

Acordo tarde, preparo café e como cereal enquanto assisto *Nativity!*, que minha mãe sempre declarou categoricamente ser o melhor filme de Natal, embora meu pai defendesse piamente *Duro de Matar*.

No início, depois do acidente, a saudade dos meus pais era uma dor horrível, sufocante. O tipo de dor que arranca todo o ar do peito. Agora não é mais assim — a dor é mais contida, e eu me acostumei com o vazio, então é raro me pegar de surpresa. Porém, ao ver as crianças do filme dançarem pelo palco no final, eu me permito cair no choro pela primeira vez em anos. Eu me encolho, com a cabeça apoiada no colo, e me lembro do dia em que minha vida se despedaçou.

Talvez Lucas estivesse certo quando disse que ninguém é capaz de aproveitar a vida ao máximo o tempo todo. Às vezes, é bom se encolher debaixo das cobertas e curtir a fossa. Logo depois, eu me recomponho, boto a manta ensopada de lágrimas e catarro para lavar e limpo o rosto. Visto a jaqueta jeans velha da minha mãe, prendo o cabelo e vou fazer compras de Natal em Southampton.

Estou dando uma olhada nas araras da Zara quando vejo Tristan. Meu ex-namorado.

Tristan e eu ficamos juntos uns três meses. Fui eu que terminei com ele, mas poderia ter sido o contrário — em questão de semanas, ele tinha ido de textões de declaração de amor no WhatsApp a uma ou outra mensagem de *Ei, foi mal, está uma loucura no trabalho!*, mesmo que o emprego dele fosse fazer crítica de produtos tecnológicos e que ele raramente tivesse pauta. Ele sempre ficava na defensiva quando o assunto era trabalho. Ele ficava na defensiva com muita coisa, na realidade: seu início de calvície, o fato de os pais terem comprado um apartamento para ele, o hábito que tinha de mandar mensagem para a ex quando estava triste ou bêbado.

Ele agora está com outra mulher, uma baixinha bonita. Eu a vejo pegar os sapatos que Tristan quer em outro tamanho e, daqui de trás dos vestidos, sinto que estou vendo a cena na televisão, Tristan interpretando o papel de "homem muito comum". Ele é tão *pequeno*. E não me refiro à altura, ele é só... blé.

Tristan sem dúvida vai continuar a se arrastar pela vida até, um dia, se casar com uma mulher que vai sustentá-lo enquanto ele persegue uma ambição delirante que será um assunto muito sensível entre os dois. Nem acredito que um dia me interessei por ele.

Na verdade, não sei se cheguei a me interessar por ele *de verdade*. No começo, ele era fofo, e eu sempre gostei de caras fofos — são seguros e confortáveis, que nem chocolate ao leite e botas de salto baixo. Nada emocionante, mas também não corro o risco de quebrar o tornozelo.

Mas não tem *fogo* em Tristan. Não tem tensão. Tristan nunca me defenderia; ele nunca me afundaria de roupa e tudo na piscina nem dançaria rebolando comigo na sala de uma divorciada. No tempo todo que passei com Tristan, a coisa mais empolgante que fizemos juntos foi começar uma série nova na Netflix.

Dou meia-volta, abandonando o vestido que estava considerando comprar, e ando desatenta até o estacionamento. Não posso começar a comparar Lucas com meus ex-namorados. Eu nem deveria *pensar* nele desse jeito. Ele já me magoou uma vez, e tudo indica que é capaz de repetir a dose sem nem pestanejar. Ele é um perfeccionista careta e insensível. E, sim, o sexo é ótimo, mas é *só* isso. E é muito, muito importante que continue assim.

Porém não consigo parar de pensar no chato do Tristan. De relembrar cenas do nosso namoro. De imaginar os mesmos momentos com Lucas e de me esforçar muito para não reparar que, se Lucas estivesse aqui, não seriam momentos *blé*. Que nenhum momento com Lucas foi assim.

Lucas

Estou empacado. Não faço a menor ideia de como avançar na relação com Izzy sem assustá-la, mas não vou aguentar muito mais dessa história de estar com ela sem estar com ela. Sei que foi exatamente o que aceitei... mas é uma tortura.

Surpreendentemente, quem me dá uma ideia sobre o que fazer é Pedro. Ele vem tomar uma cerveja aqui de noite e me diz que, se você quiser mudar a maneira como alguém o vê, às vezes o truque é mudar o cenário. Na real, ele estava falando sobre dar um gás no Instagram do café, mas a sabedoria às vezes vem das fontes mais inusitadas.

Por isso, na noite do dia 21 de dezembro, digo a Izzy que não vamos para o meu apartamento, e, sim, para o motorhome do Pedro no bosque.

— O Pedro mora em um motorhome? — pergunta ela.

— É bem arrumadinho. Ele precisava que alguém cuidasse do lugar enquanto ele não está.

(Porque foi dormir na minha casa.)

— E fica no meio do mato? — pergunta Izzy, desconfiada.

— Que foi? Acha que estou te levando para o meio do bosque para te dar de comida pros pôneis?

— Tá, não — confessa ela. — Mas não estou usando os sapatos adequados.

Eu paro e me agacho no meio da trilha pouco iluminada. É uma noite linda e fresca de inverno. Sinto cheiro de pinheiro e musgo, o aroma profundo e antigo desse bosque inglês.

— A gente vai fazer agachamento? — pergunta Izzy.

— Não — digo, com o máximo de paciência possível. — É para você subir nas minhas costas.

— Ah!

Ela pula em mim sem hesitar, e sinto meu coração derreter. O corpo dela confia em mim agora, mesmo que o resto dela não sinta o mesmo. Eu a ajeito um pouco até ficarmos confortáveis, e ela se acomoda, abraçada no meu pescoço.

O motorhome do Pedro é mesmo bem arrumadinho. Ele pendurou luzinhas na parte externa, e também lá dentro, acima da cama. Quando me deito na coberta e fecho os olhos, as luzes formam desenhos nas minhas pálpebras. Eu me pergunto se um dia vou conseguir ver essas luzinhas sem pensar em Izzy Jenkins.

— Rá.

Ela pula bem em cima de mim. Montada no meu quadril e — abro os olhos — sem calça. Ela se aconchega, se encolhendo para apoiar a cabeça no meu peito.

— Humm. Que edredom gostoso.

Eu a abraço como se ela fosse minha, mesmo que não seja. Izzy começa a beijar meu pescoço, e meu corpo reage imediatamente. Eu a seguro pelos braços para interromper.

— A lasanha fica pronta em dez minutos.

Ela recua.

— Lasanha?

— É dessas congeladas — explico. — Achei melhor a gente comer. Normalmente, não jantamos juntos, mas não tem nenhuma regra proibindo.

— Bom, pode ser... — diz ela, e franze a testa. — Eu estou com *muita* fome.

— A gente pode esperar lá fora, na varandinha. Dá para ver as estrelas.

Ela franze ainda mais a testa.

— Hum — murmura. — *Ou a gente pode...*

Ela beija meu pescoço bem devagar. Eu perco o fôlego e acaricio os braços dela, tentando ignorar que ela está se contorcendo no meu colo e dificultando muito o plano.

— Vem — digo, fechando os olhos por um momento antes de rolar na cama, dar um beijo na boca de Izzy e me levantar. — Tem aquecedor lá fora.

Ela veste a calça de novo e sai comigo, devagar. Aqui fora é uma beleza. O motorhome fica em uma área de gramado cuidadosamente aparado, inteiramente cercada pela floresta. Pedro instalou um deque de madeira clara, com duas cadeiras com vista para as árvores. Eu me abaixo para apagar as luzes quando Izzy se acomoda na cadeira.

Tenho que andar de braço esticado para achar a cadeira no escuro. Aos poucos, meus olhos vão se ajustando. A lua está crescente, brilhando branca acima das árvores, e as estrelas estão extraordinárias. Parece até que alguém as semeou pelo céu.

— Ah, uau — diz Izzy, com um suspiro, olhando para cima. — Nunca vi as estrelas brilhando assim. Acho que... aqui deve ter menos poluição visual que no hotel.

— É lindo, né?

É até difícil vê-la concordar no escuro. Eu me recosto na cadeira e tento encontrar a calma do céu ensopado de estrelas.

— Como foi seu dia? — arrisco.

Ela demora a responder.

— Você literalmente nunca me perguntou isso na vida.

— Não?

— Não. Nunquinha. Enfim, você sabe como foi meu dia. Você estava comigo.

É um raro momento de reconhecimento da vida além das nossas noites juntos. Eu aproveito.

— Você parecia irritada com a Tadinha da Mandy hoje.

— Ela disse que ia me ajudar a encontrar a Cachinhos Dourados, mas se distraiu filmando um reel para o Instagram. Eu amo a Mandy, mas que mulher distraída. E deixar ela responsável pelas redes sociais só piorou o foco dela mais ainda.

Escuto um suspiro de Izzy. Uma coruja pia na floresta, outra responde. Faço um esforço sobre-humano para não argumentar que pedir ajuda para encontrar a dona da última aliança *definitivamente* é trapaça. Afinal, a aposta foi só entre nós dois. Mas eu deveria ter imaginado que ela ia fazer jogo sujo.

— Entendo que estamos todos estressados com o Ano-Novo chegando, entendo mesmo — continua ela. — Para ser sincera, eu também ando bem aérea. A reforma é tão... exaustiva, mas de um jeito bom, tipo fazer algo que *me*... — Ela para. — Foi mal. Eu não deveria estar falando de trabalho.

— Não me incomoda.

— Não, não... É melhor a gente manter as coisas separadas.

Izzy encolhe as pernas e levanta o rosto pálido ao luar.

— Que bom que você está gostando de trabalhar com a reforma. É isso que você quer fazer da vida?

— Lucas...

Eu já preparei a resposta.

— A gente combinou de não falar do passado. Mas estou falando do futuro.

Eu a sinto hesitar. A conversa a deixa desconfortável. Eu gostaria de saber o motivo. Izzy está determinada demais a me manter afastado... e não entendo. Qual é o risco? Por que ela não pode só tentar?

— Bom... é. Ainda tenho certa vontade de tocar aquele projeto de decoração com material reaproveitado. Mas eu nunca escolheria sair da Mansão Forest, caso o hotel continue de pé. É minha casa.

— Dá para trabalhar nas duas coisas ao mesmo tempo, em meio período.

— Pode ser.

Ela puxa uma manta de baixo da cadeira e se cobre, e o movimento faz o cabelo cair no rosto dela, me impedindo de ver o pouco que o luar revela de sua expressão.

— Mas começar meu próprio negócio parece muito arriscado — continua. — Seria mais seguro trabalhar de garçonete mesmo se o hotel falir.

Eu franzo a testa. É justamente dessa parte do serviço do hotel que Izzy detesta.

— Às vezes parece que o tempo... Sei lá — diz ela. — Só vai passando, e eu estou feliz, óbvio, estou muito satisfeita com minha vida, mas, tipo, faz meses que eu nem *penso* nesse projeto, e faz anos que tive a ideia, e só... — Ela coça o rosto. — Enfim.

— Pode continuar.

— Não, tá de boa, deixa pra lá. Ignora.

O forno apita.

— A lasanha ficou pronta — anuncia Izzy, visivelmente aliviada.

Ela acende a luz assim que entra, e as estrelas minguam, apagadas pelo brilho artificial. Eu fico ali onde estou, refletindo sobre o que ela disse. *Satisfeita*. Como se fosse sinônimo de feliz. Mas acho que não é.

— Ah, você queimou a comida! — exclama ela na cozinha.

Eu me endireito de repente, horrorizado.

— Queimei?

Eu a escuto rir de surpresa.

— Nossa senhora.

— Que foi?

Olho para trás quando ela aparece na porta, trazendo a travessa com a lasanha congelada que passou do ponto.

— Foi mal, é que precisava ver sua cara, sr. Perfeccionista.

Ela está sorrindo, com o cabelo meio para dentro da gola do suéter. Izzy parece sempre à vontade, em qualquer lugar, mas agora ela aparenta estar especialmente confortável. É bom. É um progresso. Quando estamos na cama, Izzy relaxa, mas, no resto do tempo, ela fica desconfiada, como se fossem brotar chifres de diabo na minha cabeça.

— Que foi?

— Você não suporta fazer nada errado, né? — brinca ela.

Eu olho para a lasanha. Está muito seca e escureceu nas bordas. O forno do Pedro deve ser mais potente do que o meu. Izzy cai na gargalhada.

— Você é ridículo. É só uma lasanha! Ninguém se importa.

— Eu me importo — digo. — Quero que você tenha tudo do melhor.

Ao ouvir isso, ela fica séria e me encara de olhos arregalados.

— Lucas — diz, dessa vez mais baixo. — Relaxa. Sou só eu.

Sou só eu. Como se ela não fosse *tudo*.

— Afinal, qual é a graça de ter um casinho com alguém de quem nem gosta se não for para relaxar com essas coisas, sabe? — acrescenta ela, dando meia-volta para entrar. — É só curtir o fato de que está pouco se lixando para o que eu acho de você, e aí dá para tentar *não* ser perfeito, uma vez que seja.

Volto a admirar o céu e fecho os olhos quando ela deixa bater a porta do motorhome. *Ah, porra.* Não estamos chegando a lugar nenhum.

Izzy não dorme no motorhome. Passo o dia seguinte todo com medo de tê-la assustado, mas, assim que dá cinco horas, meu celular vibra e meu coração dá um pulo em resposta, que nem o cachorro de Pavlov salivando. Quando ela manda mensagem nesse horário, é quase sempre a mesma coisa. *Vem pra minha casa mais tarde?*, diz.

Engulo o jantar em casa e dou uma olhada no espelho antes de sair, tentando ignorar a tensão na mandíbula. Toda vez que passamos a noite juntos, a situação melhora e piora ao mesmo tempo. Nem dá para argumentar que isso não é pura tolice — eu obviamente vou acabar magoado. Já estou magoado. Mesmo assim, bato na porta de Izzy e sinto aquela porrada na boca do estômago quando ela abre e eu a vejo vestindo um conjunto de lingerie delicado e rosa-claro.

Minha boca chega a ficar seca.

— Você está incrível.

Izzy cora ao ouvir o elogio, e o rubor se espalha pelos ombros e pelo pescoço. Eu ergo a mão para acompanhar o calor em sua pele e sinto seu coração acelerar sob o toque. Ela me puxa para dentro de casa, para dentro do quarto, por cima do edredom, por baixo do lençol, para dentro dela, e, como toda vez, me permito acreditar que Izzy vai me pedir para dormir ali.

O telefone toca quando ela está no auge, quase lá, o suor pingando na pele entre os seios. Ela estica a cabeça para trás, expondo o pescoço inteiro. Esses são sempre meus momentos de maior esperança. Quando ela se desfaz nos meus braços, é genuína por inteiro, não esconde nada. Se um dia for me *enxergar* de verdade, às vezes acho que será em um momento desses, no limite, o olhar fixo no meu, deixando o corpo se soltar.

— Olha pra mim — murmuro.

E ela olha. O telefone toca até parar, e ela arfa na minha boca como eu arfo na dela. Izzy me aperta com vontade, e eu a seguro com a mesma força, e, por um momento, me pergunto se ela pode querer não me soltar mais.

O telefone toca de novo e, dessa vez, ela grunhe, me solta e rola para o lado para atender.

— Grigg — diz, pegando o roupão. — Posso atender? Pode ficar aqui de boa enquanto isso. — Ela hesita. — Ou ir embora, se preferir...

— Eu espero — digo, rápido.

Ela vai para a sala, e depois escuto a porta do quarto de hóspedes fechar. Olho ao redor do quarto dela. Nunca fiquei sozinho aqui. As cores da decoração combinam com a sala, e combinam com Izzy: tons pastel, algumas bolinhas e muita fofura.

Vejo a banheira e tenho uma ideia. Não há qualquer regra específica quanto a banho, mas preparar um banho de banheira para ela seria um avanço em comparação com ir embora logo depois de transar, e ela disse que eu podia esperar. Qual era o plano dela para depois?

Entro no banheiro. Tem um espelho de moldura dourada acima da pia, e maquiagem espalhada pela bancada. Estou abrindo a torneira quando escuto a voz dela.

— O sexo é *incrível* — diz Izzy.

Escuto quase perfeitamente pela parede do banheiro, mesmo com a água correndo. Depois de hesitar um segundo, volto para a porta, até que a escuto dizer:

— Mas nunca vou namorar com ele, né?

Fico paralisado. Não escuto a resposta de Grigg e Sameera, apenas um ruído fraco de vozes.

— Tipo, o sexo não muda nada, sabe. Ele ainda é o... Lucas. *Aquele* cara.

Eu devia ir embora. Não vou. O horror se instala silenciosamente dentro de mim.

— Quem, o Louis? — pergunta ela.

Eu mordo o lábio.

— Ah, é. Acho que sim.

Mais eco, vozes misturadas.

— É, ele ainda está na roda. Ainda está no páreo, como ele diria — diz Izzy, com algo na voz que não identifico: certo carinho, talvez, ou ironia. — Argh, essas semanas foram uma loucura. Enfim, e vocês, como estão? Rupe aguentou bem a viagem?

Eu recuo e fecho a porta do banheiro.

Vou embora do apartamento e ando atordoado até o carro. Penso em todas as tentativas de mostrar a ela quem eu sou de verdade. Como valorizei cada momento com ela, tentei fazê-la se sentir valorizada, mas, mesmo assim, continuo sendo "*aquele* cara". Dou para o gasto para transar, mas não estou *no páreo*. Diferentemente de Louis.

Antes deste inverno, ela só estaria provando tudo que eu já pensava sobre mim mesmo. Mas essas últimas semanas me mudaram. *Eu* mudei. Agora, no meio do coro na minha cabeça dizendo que não sou suficiente, há uma voz fraca que diz: "Na real... eu mereço coisa melhor."

Izzy

Que porra foi essa?

Encaro a banheira, cuja água ainda está escorrendo pelo ralo, e dou uma olhada no apartamento vazio.

Ele só... foi embora?

Sei que demorei um pouco no papo com Grigg e Sameera, mas achei que ele ia pelo menos dar um tchauzinho antes de ir...

Ligo de volta para Grigg. Ele nem se perturba.

— Esqueceu o quê? — pergunta ele.

— O Lucas sumiu.

— Sumiu?

— Ele só... foi embora. Sem se despedir. Deixou a água da banheira aberta...

Grigg pestaneja algumas vezes e diz:

— Será que ele só desmaiou em algum canto?

— Nossa, talvez — digo, e saio do banheiro para procurar Lucas desmaiado atrás do sofá ou da porta, mas o apartamento é pequeno, e a busca não demora muito. — Não. Só sumiu mesmo.

— Deve ter sido uma emergência. Você tentou ligar pra ele?

— Não — respondo, me sentindo burra. — Liguei pra você.

— Liga pra ele, e depois me liga de novo, tá?

Ele desliga. Abro a conversa do WhatsApp com Lucas. Antes das últimas mensagens — *Vem pra minha casa mais tarde? Chego às oito* —, tem o seguinte:

Você esqueceu aqui suas meias cor-de-rosa de fada.

Tem certeza de que não são suas?

...

Haha tá bom, traz da próxima vez que vier. Ou usa no trabalho, que tal? Bom jeito de puxar conversa.

Eu evito ao máximo puxar conversa. As conversas já me acontecem mais do que eu gostaria.

Você é ridiculamente ranzinza para um funcionário de hotel.

Às vezes eu sou mais simpático. Com algumas pessoas.

Eu engulo em seco. Parece que estamos... flertando. Quase uma conversa de casal. Foi o que Sameera e Grigg me disseram no telefone também. *E aí, vocês agora estão namorando?*, perguntou Sameera, torcendo o nariz. *Quando é que transar sem parar vira um namoro?*

Mas não é um namoro — não pode ser. Tem regras.

Mordo o lábio enquanto o telefone de Lucas toca, toca e ninguém atende. Desligo, mando mensagem para Grigg e me sento na beira da banheira cheia.

Estou mais nervosa do que gostaria. Eu e Lucas somos... ficantes. Estamos ficando. Eu não deveria me incomodar por ele fazer uma grosseria dessas de ir embora sem se despedir. Mas me incomodo, o que me dá um medo *tremendo*, e a banheira transbordando dá um clima especialmente dramático para a cena.

Mando mensagem para ele.

Tudo bem com você? Aonde você foi?

Ele visualiza, mas não responde. Não sei se estou preocupada ou com raiva, mas espero que seja raiva, porque, se estiver preocupada, quer dizer que me importo com ele, e *não posso*. Já coloquei meu coração para jogo com Lucas da Silva e foi um desastre. Não sou de deixar alguém me magoar duas vezes. A vida é curta demais para perder tempo com quem não me merece.

Estou bem. Só precisei de um tempo.

Encaro a mensagem, pasma, até chegar outra.

Desculpa pela banheira.

Argh. Esse homem. *Inacreditável*. Largo o celular no tapete do banheiro e tiro a roupa. Se for pra ficar na fossa por causa de Lucas, melhor aproveitar esse banho logo. Afundo na água com o coração martelando no peito e inclino a cabeça para trás, deixando o calor começar a relaxar meus músculos. *Você não se importa com o Lucas*, lembro. *Ele não se importa, e você também não*. Porém, ao fechar os olhos, ainda estou escutando o coração bater forte, sem sinal de desacelerar.

— Querida, eu tenho só cinco minutinhos, talvez menos — cochicha Jem ao telefone. — Está *tão* frio aqui que vou acabar morrendo de hipotermia, e Piddles definitivamente concorda. Mas tenho tanta coisa para te dizer. Acho que vou ter que dar uma de Jem Malvada.

Jem está na rua em frente à casa dos pais — se ela atendesse lá dentro, acordaria todo mundo. É muito bom escutar a voz dela. É madrugada e estou revirando a geladeira, porque, depois de horas em claro, a gente começa a pensar no tempo que passou desde a última refeição. Normalmente não passo tanto tempo sem comer quando estou acordada, então por que começaria agora?

— Sabe o que eu acho que sua mãe diria agora?

Vixe. Jem é uma das poucas pessoas que joga meus pais na minha cara sem nem pestanejar. Ela era minha vizinha na época da escola, e vivia lá em casa — meu pai brincava que eles só queriam uma filha, mas parecia que vinha outra de bônus com a casa. Ela é a única pessoa que eu realmente escuto quando tenta adivinhar o que minha mãe diria.

— Ela diria que você é teimosa que nem uma mula e cega que nem um morcego. Como é que você não enxerga como é apaixonada por esse cara?

Fico boquiaberta na cozinha. Dá para escutar Jem soprando as mãos para esquentar.

— Alô? Tá me ouvindo? — chama ela.

— Tô, oi, eu ouvi, só... *Como é que é?*

— Izzy... acho que você passou o ano apaixonada por ele.

— Não passei, nada! Até uns cinco minutos atrás, eu odiava esse cara!

— Tá, ok, tenta o seguinte — diz Jem. — Me diz outras pessoas que odiou de verdade na vida. Que dão aquela sensação de nojo, que você acha babaca mesmo.

Eu penso bem.

— Ditadores do mal e esse tipo de gente, óbvio.

— Pessoas que você conhece.

— Ah, o sr. Figgle! — exclamo, pegando uma garrafa de leite e abrindo o congelador. Milk-shake. A resposta é milk-shake. — Lembra, o professor de educação física? Ele era horrível com quem não era atleta, e lembra quando ele riu da Chloe porque ela disse que não era justo só ter time de futebol masculino?

— Mais alguém?

— Kyle, do meu curso de design — digo. — Ele fez gaslighting com, tipo, umas seis garotas da turma. Maior canalha.

— Aff, asqueroso. Tá, continua.

Acho que acabei. Ódio é uma palavra pesada e, de modo geral, eu gosto da maioria das pessoas. Exceto por Lucas, óbvio.

— Então... — continua Jem. — Você já quis transar com alguma dessas pessoas?

— Credo, não — respondo, descascando uma banana que jogo no liquidificador.

— Mas o *Lucas*...

— É, é meio diferente, ele parece até um deus brasileiro — argumento, e ligo o liquidificador. — Foi mal, tô fazendo milk-shake. Já o sr. Figgle tinha cara de suricato.

— Você não acha que... talvez...

— Tá de boa — tranquilizo —, pode dar uma de Jem Malvada.

— Que às vezes você é um tiquinho teimosa? E às vezes... prefere a opção mais simples?

Sirvo o milk-shake em silêncio.

— Desculpa, eu te amo — diz Jem. — Te amo, te amo.

— Tá bom, eu também te amo — digo, impaciente. — Como assim, a opção mais simples?

— Bom, é que assumir um relacionamento com um homem que já te magoou... é difícil. Mas transar com ele e insistir que não quer nada sério? Muito mais fácil.

Isso me faz surtar de leve. É assustador e real.

— Merda.

— Foi na cara demais? — pergunta Jem, com tom de desculpas.

— É, meio que foi — digo. — Achei que fazer isso assim seria mais seguro... — testo o pensamento, mordiscando o lábio. — Mas, quando ele foi embora, eu fiquei...

Jem espera, paciente, mas sinto a pressão da ameaça de hipotermia.

— Fiquei com medo.

— Aah, boa! Agora, sim, estamos chegando lá! — cochicha Jem. — Medo do quê?

Minha voz só faz ficar mais fraca.

— ... de perder ele.

— O cara que você odeia, né?

— Tá, odiar é exagero, eu sei. Mas a gente se dá mal. A gente vive discordando. A gente só briga. Ano passado, no Natal, ele foi o maior babaca e nunca nem pediu desculpas!

Porém, mesmo enquanto estou falando, mil outras coisas me ocorrem. O vigor com que ele defende o que pensa, mesmo quando seria mais fácil recuar e concordar comigo. A suavidade em seu olhar quando fala do sobrinho. O ímpeto com que me puxa quando apareço na porta dele, como se não fosse aguentar mais um segundo de distância entre nós.

— O que aconteceria se você conversasse com ele sobre esse Natal, pombinha?

Eu me encolho só de pensar. Meu corpo inteiro se contorce, como se levasse um banho de água fria.

— Não — digo, firme. — Não, a gente combinou de não falar do passado.

— Será que... talvez...

— Vai, pode falar.

— Será que não foi por isso que você inventou essa regra idiota, para começo de conversa? — diz Jem, com pressa. — Tipo, *por que* você não quer falar com ele sobre o Natal passado?

— Argh. Porque... Jem, é muito humilhante.

— E por quê?

— Porque...

— Não quero botar pressão, mas já não estou nem sentindo meus pés.

— Porque *doeu* de verdade — deixo escapar. — Achei que não doeria. Achei que escrever o cartão era um gesto divertido e corajoso, mas saber que ele riu do bilhete? Que jogou o cartão fora e foi logo se agarrar com a Drew? Dá vontade de me encolher toda.

— E por quê?

— Porque... porque...

— Meu *cabelo* está congelando agora.

— Porque eu *gostava muito dele*.

— Iiiisso — diz Jem, e escuto um rangido. Imagino que ela tenha dado um pulinho na varanda. — Aquele seu cartão não foi um papo casual de "ei, tô a fim de você". Foi seu jeito de entregar o coração para ele. E você nunca fez isso com cara nenhum.

— Eu tive um monte de namorados.

Escuto meu próprio tom defensivo. Essa conversa toda está me dando vergonha.

— Teeeve — diz Jem —, mas eram caras tipo o Tristan e o Dean.

Eu torço o nariz.

— E daí?

— Eles são meio, humm... nada? Tipo, são a opção mais segura. Você fica de boa no fim porque nunca nem deu bola para eles.

— A gente pode falar de você, agora? — replico, meio desesperada. — Você não está em crise nenhuma?

— A gente pode falar de mim amanhã, quando eu voltar a sentir meus pés. O Lucas não é só um nada seguro, né?

Não é. Ele é fogo, aço e gelo. Com ele, na cama ou no hotel, sempre estou sentindo *alguma* coisa.

— Estou com um pressentimento horrível sobre o fim dessa conversa — comento.

— Acho que você tem que conversar com Lucas sobre o Natal — declara Jem.

Solto um barulho que fica entre um uivo e um rosnado.

— Não! Não, você está errada. Posso deixar essa história trancada no fundo de uma caixa enquanto transo deliciosamente com meu colega irritante!

— Tá, então, nada disso vai rolar. Mas eu te amo mesmo. E desculpa. Você me perdoa por dar uma de Jem Malvada?

— Larga de ser ridícula, você me ajudou à beça — digo. — Obrigada por correr o risco de ter hipotermia para falar comigo.

— Disponha! — diz ela, mas logo grita: — Piddles! Ai, merda!

Faço uma careta ao escutar a cacofonia. Definitivamente envolve o miado de um gato. E talvez uma lixeira derrubada.

— Posso ajudar com alguma coisa? — pergunto, bebendo o milk-shake.

— Não, só se conseguisse pegar o Piddles a distância — responde Jem, sem fôlego. — Tchau, pombinha.

— Boa sorte! — exclamo, bem quando começam os latidos.

Lucas

Quando Izzy chega ao saguão do hotel de manhã, estou preparado. Tenho certeza de que meu rosto mostra a mesma expressão desconfiada que vi nela várias vezes no último ano.

Só fui dormir depois das três da manhã, mas ainda não faço ideia do que quero dizer. Saí do apartamento dela e larguei a água da banheira ligada. Que ridículo. Eu *não sou* de fazer essas coisas, mas é que, com a Izzy, faço todo tipo de coisa que achei que nunca faria.

E não consigo parar de ouvir o que ela disse. *Mas nunca vou namorar com ele, né?* Sempre que penso como é gostoso entre a gente, me lembro do que ela falou e a raiva vem com tudo. O pior é que eu me meti nessa sozinho: entrei na situação sabendo que ela não gostava de mim e que só queria um lance casual. Ela foi extremamente clara em relação a isso. Então eu não *posso* sentir raiva. O que só me deixa mais furioso.

— Olá — diz Izzy, num tom frio. — Como dá pra ver, eu não me afoguei. Apesar da sua tentativa.

Se o que ela queria era me irritar, deu certo. É *assim* que ela quer começar a conversa? Apontando dedos, toda irônica e infantil? É bem como era antigamente, e eu odiei.

Aponto com a cabeça para o Achados e Perdidos e dou as costas para o balcão. Ali não tem onde sentar, só se sentasse numa caixa, então fico de pé, de braços cruzados, e ela faz o mesmo depois de entrar e fechar a porta.

— Peço desculpas pela... situação do banho.

Até eu percebo como meu tom de voz é seco. Estou agindo que nem o Lucas que ela conhecia, que tenho me esforçado tanto para ela esquecer. *Aquele cara.*

— Valeu. E o chá de sumiço?

— Eu escutei sua ligação. Precisei ir embora.

Izzy levanta as sobrancelhas.

— Você estava escutando minha conversa com meus amigos?

— Não! Não. Eu fui encher a banheira para você e a parede... Acabei ouvindo.

— Tá — diz ela, mantendo o olhar sério. — E o que exatamente você "acabou ouvindo"?

O ar entre nós está tenso. Como sempre. Estou furioso e apavorado, mas ainda quero imprensá-la na parede e lhe dar um beijo.

— O que você pensa de mim. Foi isso que eu ouvi.

Ela franze a testa.

— Não lembro bem, mas acho que não falei nada do que *penso de você*, além de, talvez... — diz, ficando com o rosto mais rosado. — Como é gostoso entre a gente. No sexo.

Alguém bate na porta bem na hora em que ela fala a palavra sexo. Nós dois damos um pulo, como se tivéssemos sido flagrados sem roupa.

Izzy abre a porta. É Louis Keele. A reação do meu corpo chega a dar vergonha. Uma onda de adrenalina, os punhos cerrados, os músculos flexionados. É puro ciúme, totalmente descabido — mas o jeito que Louis olha para Izzy me dá vontade de descer o cacete nele.

"Ainda está no páreo, como ele diria", foi o que ela disse.

É, com certeza...

— Posso dar uma palavrinha com você, Izzy? — pergunta ele, me ignorando completamente.

Eles saem para o saguão. Eu vou atrás. Louis claramente quer falar com Izzy a sós. Eu fico por perto, me fazendo de ocupado, mas deixando óbvio que dá para escutar. Louis fica do nosso lado do balcão, porque é o tipo de homem que não sabe respeitar limite nenhum.

— Escuta, ainda estou avaliando o investimento — diz ele. — Meu pai sugeriu fazer mais uma visita completa com alguém que conhece mesmo o *coração* do lugar. E quem entende mais de coração do que Izzy Jenkins? Que tal? Tem um tempinho pra mim hoje à tarde?

— Claro! — responde Izzy. — Como for melhor para você.

Eles batem papo. Izzy dá um tapinha no braço dele quando ele fala do pai, e lembro que ela é muito de contato físico, por natureza, menos comigo. Mesmo depois de tantas noites juntos, ela não encosta em mim assim no trabalho.

Estou exausto. Dou uma olhada na página de crowdfunding do hotel e nem consigo identificar se o valor subiu desde a última vez que atualizei. Alguém aparece para buscar um objeto que viu à venda no nosso Facebook e, na saída, diz "Nossa, eu amo vocês!", o que me faz pensar que a Tadinha da Mandy está cobrando barato demais. E então Arjun estica a cabeça para fora do restaurante e chama Izzy, o que finalmente a afasta de Louis.

— Tudo bem, Izz? — escuto Arjun dizer no caminho de volta para a cozinha. Ele me olha de relance. Fico sem saber quanto ela contou a ele.

— Tudo certo! Você está precisando de salsinha picada, né? — diz Izzy, animada, porque é claro que já sabe exatamente o que ele quer.

— Vou chegar nela hoje — me diz Louis, que se debruçou no balcão para ver Izzy passar com Arjun pela porta do restaurante. — Estou cheio de esperança.

— É mesmo? — retruco, brusco, sem energia para disfarçar a antipatia na voz. — Achei que esse lance entre vocês tinha acabado.

Ele abre um sorriso tímido.

— Essa história com a Izzy tá rolando desde dezembro do ano passado... Teve um ou outro obstáculo, mas...

Eu me seguro na cadeira, minha respiração acelerando.

— Dezembro do ano passado?

— É. Quando vim ao hotel pela primeira vez — diz ele, mexendo distraído no fio do telefone. — Ela se declarou pra mim na época.

Eu tremo inteiro, apertando a cadeira até a mão ficar branca.

— Eu namorava, então não fiz nada, mas guardei o cartão que ela me mandou — continua Louis, e dá um tapinha no bolso da calça. — Vou mostrar hoje. Conquistar ela de vez. Não tem nada mais romântico do que passar um ano com essa carta de amor, né?

Não sei o que dizer. Olho fixamente para o bolso de Louis, desesperado para ler o cartão, e repito mentalmente sem parar o que Izzy me disse, enquanto meu coração acelera: "Eu fui muito clara com Louis que não existe nada entre mim e ele, e nunca vai existir."

Louis deve estar enganado. Tem que estar.

— O que... O que ela dizia no cartão?

Devagar e com cuidado, Louis tira do bolso um cartão de Natal surrado, que abana para mim com um sorrisinho metido. Essa forçação de barra entre a gente está me dando calafrios.

— Que se apaixonou à primeira vista. Que sobe um calor sempre que a gente se esbarra no hotel. Que quer me beijar debaixo do visco — diz ele, e dá de ombros. — Entendo a frieza dela esse ano... a gente precisa retomar a confiança. Porque eu não respondi o cartão, né? Devo ter magoado ela. Mas essa faísca ainda existe entre a gente, e não é o tipo de coisa que some assim. Ela está solteira, o que já deixou claro, então...

Sei por que ele está me contando isso. Está marcando território, queimando a largada para eu não ter nem chance de jogar. Podemos estar aqui conversando educadamente, os dois de camisa social, mas, na verdade, estamos em uma batalha de touros.

— Enfim. Me deseje sorte, irmão — diz Louis, com uma piscadela, antes de dar um tapinha no meu braço.

Eu me contorço. Estou muito perto de perder o controle, virar com tudo e meter um soco na barriga dele.

— Até — se despede Louis, e vai embora, sorridente.

Já era. Acabou. Se é que existia alguma coisa pra acabar. Eu nunca fui dela, ela nunca foi minha, então acho que não chega a ser um término. Sou só eu me abrindo para alguém que escolheu outra pessoa.

E por que não escolheria? Apesar de tudo que fiz, quando ela me olha, vê um homem que não é bom o suficiente. E, por mais que eu tenha me esforçado para conter essas emoções, por mais que tenha desligado na cara do meu tio e dito para mim mesmo que estou ótimo, é difícil pra caralho acreditar que eu valho um puto quando a mulher que eu amo acha que o cuzão do Louis é melhor do que eu.

Quando ergo o rosto, vejo que o sr. Townsend está me olhando. Eu me viro rápido para disfarçar as lágrimas.

— Meu filho — diz ele —, tudo bem?

Expiro devagar, tentando me recompor.

— Não — digo. — Não estou legal. Quero voltar para casa.

Izzy

Não. Não não não não não não não.

Louis e eu estamos no quarto do torreão, bem à janela onde Lucas me serviu comida brasileira e me apresentou à família dele. O sol está se pondo atrás das árvores, em um tom lindo de rosa clarinho.

Estou com o cartão nas mãos. *O* cartão. Com a ilustração de dois pinguins fofos de chapeuzinho natalino. Achei que eu nunca mais veria esse cartão.

É bem menor do que eu lembrava. Seguro só com a ponta dos dedos, como se pudesse explodir a qualquer momento.

— Louis.

Abro o cartão e sou invadida por uma onda de vergonha e humilhação ao me lembrar de escrevê-lo, da coragem que senti. Por me arriscar. Pela ousadia. Por aproveitar a vida como meus pais sempre quiseram.

Querido Lucas, diz. *Tenho que confessar uma coisa.*

— Louis... Esse cartão não era para você.

Pela primeira vez desde que o conheci, Louis parece inseguro.

— Como assim? — pergunta, e inclina a cabeça para me olhar.

— Lucas — digo, e encosto a mão na testa. *Ai, meu Deus.* — Eu escrevi esse cartão para o *Lucas*.

— Então por que você disse que... — começa ele, mas para no meio da frase. — Sua letra é muito feia — justifica após um momento, agora com a voz mais tensa.

— Mil perdões, Louis.

— Então é o Lucas que você quer — diz Louis, e recua um pouco.

O poente nos banha em luz rosada; é um lugar muito romântico. Imagino que seja por isso que ele mostrou o cartão. É o momento perfeito.

— Sempre foi ele? — indaga.

A pergunta me choca. Porque... bom, é, sempre foi, sim. Eu o xinguei, irritei, beijei, mas, é, sempre foi ele, não foi? Ninguém nunca fez meu coração carinhoso e aconchegante bater tão forte quanto ele.

Naquela época, tinha uma paixonite por ele, e, para ser totalmente sincera, a paixonite continua.

E ele nunca soube. Ele *nunca soube*.

— Me desculpa mesmo, Louis. Mas preciso ir, tenho que...

Ele franze a testa e me interrompe:

— Sua colega, aquela de quem todo mundo tem pena, me deu o cartão. Ela disse que era para mim.

Faço uma careta. A Tadinha da Mandy nunca reclamou da minha letra, mas o Lucas sempre diz que ela pede para ele traduzir metade do que eu escrevo. Achei que fosse exagero. Para *mim*, sempre parece completamente legível.

— Acho que ela deve ter lido errado também. Desculpa.

A expressão de Louis muda. Ele parece ir de carinhoso para calculista em um instante.

— A sra. SB está sabendo que você e o Lucas andam se agarrando em horário de trabalho?

Eu o encaro.

— Quê? Não, ela... Mas a gente não...

Eu me calo. Porque, bom, a gente anda fazendo isso, sim, mais ou menos.

— Vai fazer o quê? — pergunto. — Me dedurar?

Falo meio que de brincadeira, mas Louis apenas me fita por um momento, pensativo.

— Você sabe quantas mulheres matariam para jantar comigo no Asa de Anjo?

— Como é que é?

— Você se acha toda especial, Izzy, com esse cabelo colorido e essa "missãozinha" de salvar o hotel. Mas a verdade é que você é só uma zé-ninguém com um emprego tosco. Chega a ser triste.

Fico boquiaberta. A maldade de Louis é tão repentina, tão inesperada, que as palavras mal me atingem — na verdade, quando ele alisa o cabelo e ajeita o paletó caro, fico como vontade é de rir da cara dele.

— Uma zé-ninguém? Ah, Louis — digo, balançando a cabeça, e enfio o cartão no bolso. — Sabe o que é triste mesmo? Você achar que é alguém.

Dou meia-volta, já andando. Não tenho tempo para esse nojento — preciso encontrar Lucas, me explicar. Nossa, o que será que ele pensou esse tempo todo? O que pensou na nossa briga aos berros na festa de Natal? O que pensou quando eu disse que o odiava, que jamais poderia confiar nele?

Quero chorar. Parece que o ano inteiro mudou de uma vez, que nem uma ilusão de ótica, até eu ver uma imagem completamente diferente. Eu só... Eu *preciso* encontrar o Lucas.

A Tadinha da Mandy está na recepção, o sr. Townsend na poltrona, os pedreiros espalhados, principalmente nas escadas, e três clientes do restaurante rumam para a porta. Mas nada de Lucas.

São quatro e meia. Eu nunca o vi sair do trabalho mais cedo. Típico. Paro ao lado da janela da recepção e estico o pescoço em busca do carro dele no estacionamento, mas não está na vaga de sempre — ele deve estar em casa, na academia, ou com o Pedro. Aposto na academia, e estou me coçando pra pegar o meu carro e ir atrás dele, mas...

— Mandy — digo, e me viro para ela.

— Ai, meu Deus, Izzy, me desculpa! — solta ela imediatamente.

Ela esconde o rosto com as mãos. Eu a encaro.

— Você sabe, né? — continua ela, espreitando entre os dedos. — Prometo que só me toquei outro dia, quando o Lucas me disse que eu tinha lido o nome do Louis errado numa anotação sua. Eu *juro* que foi sem querer.

— Você sabia o que tinha acontecido e não me contou? — pergunto, subindo a voz, e me seguro no balcão. — Mandy!

— Mil desculpas! Só não deu... Não consegui... Que diferença ia fazer agora?

— Muita, na real — respondo, e fecho os olhos.

Tanto esforço para me resguardar... Tantas vezes supondo que Lucas estava sendo escroto...

— Se ajuda em alguma coisa, eu paguei por esse erro todo dia, trabalhando com você e Lucas enquanto vocês brigavam sem parar, me metiam no meio da história... Não que eu esteja reclamando! — acrescenta, apressada.

Espalmo as mãos na bancada e olho para ela, encolhida na frente do computador, com os óculos tremendo na corrente. Lembro o que a sra. Hedgers falou da Mandy, que ela tem dificuldade de se impor, e, de repente — apesar de toda a frustração que me percorre —, quero dar um abraço nela.

Tadinha da Mandy. Não deve ser fácil.

— Mandy. Você tem todo o direito de reclamar.
— Ah, não, eu...
— Não, me escute. *Reclame*. Se Lucas e eu te enlouquecermos, avise. Se preferir o sistema on-line à agenda de agendamentos, opine. Se perceber que se enganou com meus cartões de Natal e entregou para um otário o cartão em que declaro meu amor por outra pessoa, *me conte*. Não é nem culpa sua, Mandy, foi a minha letra horrível, mas você piorou tudo por esconder isso!
— Piorei? Jura mesmo? — pergunta ela, com a aparência devastada. — Pensei nisso sem parar, sabia? É por isso que ele beijou aquela sua amiga debaixo do visco, né?
— É.
Chego a me encolher só de pensar em todas as vezes que xinguei Lucas por beijar Drew. Fecho os olhos com força, desejando poder retirar todas as coisas horríveis que eu disse sobre ele esse ano para me sentir melhor.
— Licença, Izzy — diz o sr. Townsend, se levantando com dificuldade.
Corro para ajudá-lo a ficar de pé e ignoro a pontinha de irritação que sinto com aquela interrupção. O sr. Townsend senta tanto ali que agora a gente deixa os óculos dele na mesinha mesmo, e a almofada já se adaptou ao formato dele. Se outra pessoa senta na poltrona, todo mundo no saguão faz uma cara assustada até o invasor ficar desconfortável e ir embora.
— Acho que fiz algo que não devia — comenta ele, apoiado no meu braço. — Acabei escutando... Se entendi bem, o cartão de Natal que Louis recebeu ano passado *não* era dele? E sua letra...
— É. O cartão era para o Lucas.
— Ah — diz o sr. Townsend, e leva a mão delicadamente à boca. — Neste caso, talvez você prefira se sentar, meu bem.
Deixo-o se apoiar nas costas da poltrona e soltar meu braço, e me sento, mesmo que seja a última coisa que eu queira fazer. Estou me tremendo toda, desesperada para encontrar Lucas, para me desculpar, beijá-lo e dizer... Nossa! Nem sei. Espero descobrir quando encontrá-lo.
— Louis contou sobre o cartão para Lucas — diz o sr. Townsend. — E... Bem, Lucas ficou bastante...
— Não — murmuro, apertando os braços da poltrona. — *Não*. Ele ficou muito chateado?

Olho para o sr. Townsend. Que *desastre*.

— Arrasado, na verdade. Acho que ele tem muito carinho por você, meu bem.

Eu solto um gemido. Não consigo acreditar que Lucas tenha um pingo de carinho por mim depois de tudo que o fiz passar esse ano. É óbvio que ele reclamava quando eu enchia o saco dele. Deve ter achado que eu sou uma doida varrida por odiá-lo sem nenhum motivo. Pressiono os olhos com a palma das mãos, esquecendo meu delineador, e xingo meu orgulho ridículo. Por que não conversei com ele sobre o cartão, como uma adulta de verdade faria? Por que não engoli a vergonha e perguntei: "Ei, *por que* você riu de mim por confessar minha paixão? E por que beijou minha colega de apartamento em vez de mim?"

— Ele disse que queria voltar para casa — diz o sr. Townsend.

Dou uma olhada no relógio da recepção e faço os cálculos. Lucas já deve ter chegado em casa. Pelo menos já sei que não vale a pena perder tempo na academia.

— Obrigada — digo, e começo a me levantar.

O sr. Townsend apoia a mão no meu ombro.

— Ele disse que queria voltar para *casa* — insiste.

Eu olho para ele.

— Expliquei para Lucas que tenho a sorte de ter acumulado bastante dinheiro na vida, e que todo Natal gosto de encontrar uma forma de dar um pouco de alegria ao mundo. Eu e minha esposa começamos esse hábito juntos... Passávamos o ano todo sentados na frente da janela, vendo o mundo passar, e quando chegava dezembro, tínhamos uma boa ideia de quem precisava de uma ajudinha. A menina que queria uma bicicleta igual à do irmão, a senhora que queria poder visitar o neto...

Estico o braço para apertar a mão dele no encosto, e ele sorri para mim.

— A família cujo seguro não cobre por mais uns dias no hotel.

Arregalo os olhos quando cai a ficha.

— E o rapaz que está de coração partido e morto de saudade da família no Natal e não tem dinheiro para voltar ao Brasil.

Ah. *Ah. Ah, que merda.*

Eu me levanto em um pulo.

— Quando é o voo dele, sr. Townsend?

O sr. Townsend olha para o relógio — faz tanto tempo que frequenta o hotel que já aprendeu o esquema.

— O voo sai do aeroporto de Bournemouth, com destino a Faro, daqui a uma hora e meia — diz ele. — Me perdoe, Izzy. Achei que fosse uma boa ação.

Já estou correndo para a porta.

— Não se preocupe, sr. Townsend! A culpa não é sua! — grito enquanto corro, mas paro abruptamente na frente da porta e me viro de volta. — Quando diz que juntou bastante dinheiro... Não teria uns cem mil sobrando para salvar o hotel, né?

Ele sorri.

— Infelizmente, está um pouco fora do meu orçamento.

Eu murcho.

— Tudo bem. Isso tudo é tão gentil. O senhor salvou o Natal dos Hedgers.

— E estraguei o seu — diz o sr. Townsend, irônico.

— Só se eu não dirigir rápido o bastante! — exclamo, empurrando a porta, e faço uma careta diante da lufada de ar gelado. — E eu sempre dirigi muito rápido!

Segundo a pesquisa que fiz no celular enquanto dirigia (não recomendo fazer isso, é extremamente perigoso), o embarque de Louis é daqui a trinta e oito minutos.

— Anda! Anda logo! — grito, apertando a buzina. — Puta que pariu, Jem, tem um pônei na estrada!

— Monta nele? — sugere Jem, no viva-voz.

Ela me ligou para se distrair — está escondida no quarto de hóspedes dos pais com o pobre Piddles, se sentindo (nas palavras dela) "minúscula que nem um ratinho" depois de almoçar com os primos bem-sucedidos. Ela ficou *eufórica* quando falei que estava literalmente indo atrás de um cara no aeroporto ao melhor estilo comédia romântica.

— Larga de ser ridícula, eles andam a uns trinta por hora, no máximo — digo, e buzino outra vez. — Ai, meu Deus, vou ter que sair.

Puxo o freio de mão com tudo e saio aos tropeços para enxotar o cavalo antes de voltar correndo para o carro.

— Voltei a andar! — grito.

Jem dá um gritinho de apoio. Afundo o pé no freio quando um faisão atravessa a estrada.

— Argh, faisão agora! Maldita fauna de New Forest! — berro. — Esses bichos não têm o menor respeito por uma história de amor épica!

— Talvez o faisão esteja a caminho de seu grande amor — diz Jem. — Nunca se esqueça de que você não tem como saber como está sendo o dia dos outros.

— Dá para você ser menos boazinha, só dessa vez?

Ela ri.

— Vai dar certo, pombinha.

— Não vai nada! Ele já vai estar no portão de embarque. Nem sei *como* vou encontrar ele... como é que as pessoas se viram nos filmes?

— Não sei, na real — responde Jem, pensativa, quando passo a marcha porque o faisão finalmente chegou do outro lado. — Envolve correr muito... E passar por baixo das coisas. Ou pular.

— Devia ter ido à academia mais de uma vez nos últimos seis meses — digo, acelerando. — Ele não atende o celular, então isso não adianta. Pelo menos ele é alto, fica mais fácil de achar na multidão. Vou precisar improvisar quando chegar. Ai, nossa, e se ele nunca me perdoar por ser tão escrota? — pergunto, inundada por uma onda de medo. — E se ele não gostar mais de mim? E se só me rejeitar outra vez, no meio de um aeroporto lotado de gente?

— Vai doer, mas você vai superar — diz Jem, com a voz mais suave. — Você aguenta muito mais do que imagina, Izzy. Você já aguentou a pior coisa do mundo.

Eu viro a esquina cantando pneu.

— Você acha que perder meus pais me deixou medrosa, com medo de arriscar? Sempre tento aproveitar a vida ao máximo, sabe, mas será que na verdade não estou fazendo o contrário?

— Você está aproveitando, sim, de várias formas. Você é tão corajosa! Mas se abrir para alguém, amar alguém, é difícil para todo mundo. E você sabe como é se despedir das pessoas que mais ama. Então...

— Mas vou conseguir — digo, com a adrenalina a mil. — Vou dizer para ele que... Vou dizer que amo ele.

— Vai nessa, pombinha. Meu coração que ama um romance ia gostar muito de um final feliz hoje.

Escuto o sorriso na voz de Jem.

— Vou fazer o possível — prometo —, e matar o mínimo de faisões no processo.

— Isso aí!

Fico fantasiando como essa perseguição no aeroporto vai se desenrolar, e logo imagino algo como *Simplesmente Amor* ou *Friends*. Correr pela multidão, gritar o nome de Lucas, desesperada para encontrá-lo.

Só que eu tinha esquecido como é o aeroporto de Bournemouth.

É basicamente uma salona. Não tem nem fila para a segurança, é tudo tranquilo. Meio atrapalhada, eu abordo a mulher que confere as passagens e os passaportes.

— Oi! Não tenho passagem! Vim declarar meu amor por um homem!

Ela me encara.

— Roger — chama, sem desviar os olhos. — Tem outra aqui!

Roger surge de algum canto, ajeitando o cinto. Ele é muito grande e parece muito entediado.

— Deixa eu começar dizendo: nem tente passar por mim à força — diz Roger. — Eu não vou deixar e ainda vou levar você direto para a delegacia de Bournemouth.

Se pedir educadamente não desse certo, meu plano B era passar pelo segurança à força, então me decepciono.

— Agora, me diga em que voo está esse rapaz.

— Para o Rio de Janeiro! — respondo, ofegante.

— Com escala em Faro, então — diz Roger, e olha o relógio. — A senhora chegou muito tarde — comenta, chateado.

— Eu sei! Mas... não posso só passar para falar com ele?

— Não — diz Roger.

— Por favor?

Isso parece apaziguá-lo minimamente. Talvez o pessoal das declarações normalmente não seja muito de "por favor" e "obrigada".

— A senhora não pode passar daqui sem passagem.

— Posso comprar uma passagem qualquer? Qual é a mais barata? — pergunto, e olho ao redor, desesperada, em busca das máquinas de check-in.

— A senhora trouxe seu passaporte? — pergunta a mulher.

— Ah. Não.

— Então não pode comprar passagem — declara ela.

Eu me ajeito.

— O que dá para fazer?

Os dois me fitam demoradamente. Estão estragando meu ritmo. O voo está embarcando já, e a conversa é tão *lenta*.

— Olha — digo, e tiro o cartão de Natal do bolso. — Aqui. Ano passado, escrevi este cartão para o homem que eu amo, para me declarar. Botei o meu na reta de verdade. E aí *achei* que ele tinha lido o cartão, rido de mim e beijado minha colega de apartamento. Mas não foi nada disso! O cartão acabou indo pra pessoa errada, porque as pessoas são péssimas em interpretar cartas escritas à mão, e eu passei o ano todo torturando esse homem adorável porque achei que ele era um babaca, sendo que ele *não era*.

— Sua letra é um horror — comenta Roger. — Isso aí é um C?

— Aaah, *coração carinhoso e aconchegante* — lê a mulher. — Que fofo.

— Né? — respondo, desesperada, aceitando qualquer vantagem possível. — Posso passar? Explicar tudo para ele, antes de ele embarcar para o Brasil e não voltar nunca mais?

— Não — diz Roger.

É por pouco que não grito de irritação.

— Já sabe o que quer dizer para ele? — pergunta a mulher.

— Não — digo. — Não faço ideia. Mas vou saber quando encontrá-lo.

A mulher suspira.

— Assim não dá — diz.

— Como assim?

— Bom, tem um modo da senhora entrar em contato com esse rapaz — explica ela —, mas precisa saber exatamente o que quer dizer.

Lucas

— *Atenção, passageiros do voo 10220 com destino a Faro...*

Tento engolir outra mordida do meu sanduíche da loja de conveniência. O lanche me lembra Izzy e nossa viagem juntos para Londres, quando compramos comida em uma loja igual em Waterloo antes de pegar o trem para Woking. O dia em que percebi o quanto ela era importante para mim — e como isso era óbvio.

É muito triste que uma loja dessas tenha virado um gatilho para mim, especialmente porque não tem mais nenhum lugar aqui para comprar um sanduíche decente.

— *Temos uma mensagem para Lucas da Silva.*

Fico paralisado com o sanduíche a caminho da boca.

— *Querido Lucas.*

Que porra é essa?

— *Tenho algo a confessar. Ano passado, escrevi um cartão de Natal para você.*

Isso é uma piada de mau gosto?

— *Eu declarei que estava apaixonada. Que, sempre que nos esbarrávamos no hotel...*

Tem que ser. Eu largo o sanduíche, sentindo o rosto corar.

— *Me subia um calor, um tremelique. Pedi para você me encontrar debaixo do visco na festa de Natal.*

É o cartão que ela mandou para Louis. São as partes que ele leu para mim, com aquele sorriso metido. Quero cobrir as orelhas com as mãos, mas não vai dar para abafar a voz da mulher que lê a mensagem no alto-falante — o som é alto demais, não tem escapatória.

— *Você estava lá quando cheguei. Debaixo do visco. Mas estava beijando outra pessoa.*

A mulher ao meu lado faz um barulho de choque. Olho ao redor — está todo mundo fazendo a mesma coisa, provavelmente procurando esse tal de Lucas da Silva. Tenho uma sensação esquisita, como se tudo que achava que sabia estivesse mudando, mas ainda não sei direito — ainda não entendi.

— Fiquei devastada. Me senti humilhada. E descontei em você. Achei que você fosse cruel e insensível. Passei o ano todo te evitando, te diminuindo, dificultando sua vida. Mas, Lucas...

Dou um pulo ao ouvir meu nome de novo. Estava quase começando a acreditar que essa mensagem tinha que ser para outra pessoa. Porque se for de Izzy... Se o cartão for para mim...

— Você não merecia isso. Nada disso. Porque nunca recebeu meu cartão... ele foi para a pessoa errada.

Abaixo a cabeça. Não pode ser. Não acredito.

— Então, desta vez, vou ser extremamente clara. Ainda me dá um tremelique sempre que te vejo. Ainda estou apaixonada... mais do que nunca. Na verdade, quero dizer muitas coisas que acho melhor você não escutar pela voz de Lydia no alto-falante... Lydia sou eu, por sinal.

Algumas pessoas riem perto de mim. Agora estão sorrindo, e alguém filma a cena no celular.

— Então me encontre agora, debaixo da placa de segurança, Lucas da Silva. Não chega a ser um visco, mas vai ter que dar para o gasto. Com carinho, Izzy.

Saio correndo. Pulo malas, salto por cima das pernas esticadas, desvio dos obstáculos do free shop. Ao passar de volta pela segurança, um guarda acena e sorri para mim, mas só tenho olhos para Izzy, Izzy, Izzy, meu coração batendo no ritmo do nome dela.

Ali está ela. Meio desgrenhada, ainda de uniforme, com a bolsa entre os pés. Sinto um frio na barriga.

Ela dispara assim que me vê. Paramos os dois na frente do cordão de segurança, titubeantes; tento passar ziguezagueando, mas Izzy se enfia por baixo e passa direto, então eu rio e abro bem os braços para recebê-la.

Ela se joga no meu abraço. Quase caio para trás.

— Lucas, meu Deus do céu.

Eu a abraço, inspiro seu cheiro.

— Mil desculpas.

— O cartão... era para mim?

Ela recua apenas o suficiente para tirar o cartão do bolso e me entregar.

— Feliz Natal — diz. — Desculpa pelo atraso.

Eu a beijo. Sem pensar, sem questionar, sem pensar na estratégia, na melhor jogada — eu apenas a abraço com força e encosto a boca na dela. Eu a sinto tremer junto a mim, as lágrimas levemente frias no rosto. Já nos beijamos tantas vezes, mas nunca assim, sem conter qualquer parte de nós.

Ouvimos aplausos ao nosso redor. Nós nos soltamos, envergonhados, e vejo um homem e uma mulher uniformizados que nos olham como pais carinhosos. Lydia e um colega, imagino. Volto a olhar para Izzy. Ela está tão linda, de mecha rosa no cabelo e maquiagem toda borrada do beijo.

— Oi — murmuro para ela.

— Oi — murmura ela de volta. — Eu quero dizer tanta coisa.

— Izzy — digo. — Eu quis dizer tantas vezes que...

Eu me calo quando ela encosta o dedo na minha boca.

— Primeiro eu — diz ela, determinada. — Eu te amo. Estou completa, perdida e inegavelmente apaixonada por você. E me desculpa mesmo por essa besteira do cartão. A Tadinha da Mandy disse que você recebeu e riu. Achei mesmo que você não estivesse nem aí para os meus sentimentos. Achei que você tivesse ignorado todas as oportunidades que teve de se desculpar pela forma como agiu e genuinamente achasse que não tinha feito nada de errado. Parecia um sinal tão grave que eu... eu me fechei totalmente para você. Decidi que você era um escroto e não quis mudar de ideia por nada, porque... Acho que porque tento ser... porque quero ser *forte*, e me virar sozinha... — Ela esconde o rosto no meu peito e me aperta forte, chorando. — Mil, mil, mil desculpas.

— Izzy, *shh*, tudo bem. Tudo bem.

Absorvo o que ela disse e beijo a cabeça dela, enquanto o movimento do aeroporto continua ao nosso redor. O que eu pensaria se estivesse no lugar dela? Também teria confiado em Mandy. Teria pensado o pior de Izzy, porque é fácil acreditar que alguém riria da gente. Mais fácil do que acreditar que nosso amor é correspondido.

E será que eu agi de forma tão diferente assim? Nunca dei a Izzy a oportunidade de explicar por que tinha ficado tão magoada por eu ter beijado Drew. Voltei do Brasil e encontrei uma Izzy fria e raivosa. O jeito que ela me tratou confirmou tudo que eu já pensava sobre mim mesmo, então comecei a me irritar quando ela se irritava, até que, de repente, a gente só brigava. Decidi que Izzy era neurótica, difícil e dramática. Também me fechei totalmente para ela.

— Você achou que eu tinha escolhido beijar Drew debaixo do visco em vez de você — digo devagar, encaixando as peças.

— Isso — diz ela, encostada no meu casaco.

Ela se acalma e para de chorar, e já não está mais tremendo, mas não ergue o rosto para me olhar.

— Izzy.

Recuo um pouco e levo a mão ao rosto dela, a encorajando a me olhar. Não quero que ela passe mais um segundo sequer achando que eu desejaria qualquer outra pessoa.

— Esse beijo não foi nada — continuo. — A gente se conheceu, rolou um flerte, e aí ela disse "Opa, olha o visco", e eu pensei: "Por que não?" Se eu tivesse recebido seu cartão, nunca teria beijado ela, de jeito nenhum.

— Bom, mas não faz diferença — diz Izzy, ainda em lágrimas. — Porque eu me apaixonei por você mesmo assim. Mesmo me esforçando *muito* para não me apaixonar.

Alguém pigarreia atrás de nós, e nos afastamos e viramos.

— Quer trocar a passagem? — pergunta Lydia, apontando o papel ainda na minha mão. — Porque um... — diz, e consulta uma anotação. — Um sr. Townsend acabou de ligar e dizer que, se não pegarem esse voo, ele vai ter perdido uma boa ação, então gostaria de trocar por uma passagem extra para a sua viagem de fevereiro. Eu não entendi foi nada, mas posso trocar, se quiserem.

— Uma passagem extra para...

Olho de volta para Izzy. Ela seca o rosto com as mãos vermelhas de frio.

— Quer ir para Niterói em fevereiro? — pergunto, abaixando o rosto para encostar no nariz dela, ainda a abraçando.

— Você quer me levar para conhecer sua família?

Ela me abraça ainda mais apertado.

— Izzy... claro que quero — digo, e engulo em seco, me esforçando para não segurar minhas emoções. — Quero que você seja *parte* da família.

Ela abre um sorriso imenso — um sorriso genuíno, que faz seus olhos brilharem.

— Ai, meu Deus. Eu adoraria.

Eu a beijo de novo. Meu coração está a mil. Por um momento, morro de medo de dizer em voz alta o que quero falar. Mas, quando abro os olhos, vejo Izzy molhada de lágrimas e desgrenhada pelo vento, com o rosto virado para o meu. Depois de semanas se segurando, ela está aqui por inteiro. E quero fazer o mesmo.

— Eu te amo, Izzy Jenkins.

— Até meu tênis rosa cafona? — pergunta Izzy, rindo em meio às lágrimas, apertando meus braços.

— Amo seu tênis rosa.

— Até meu carrinho todo bagunçado?

— Amo o Smartie, porque é seu.

— Até minha letra?

Caio na gargalhada e a puxo para perto de novo.

— Hum — digo, beijando a testa dela, o cabelo, tudo que consigo alcançar dela. — Me dá uns diazinhos para pensar sobre isso.

Não conseguimos nos soltar. Izzy sugere transar no carro de novo e tenta argumentar que teria certa "simetria". Vamos discutindo se isso seria ou não romântico do aeroporto até a floresta, e eu amo. Em uma onda atordoante — que nem naquele momento na casa de Shannon —, percebo que quero passar o resto da vida discutindo com Izzy. Só que, dessa vez, quando a emoção me vem, não tem nada para estragar. Ela não me odeia. Ela não quer Louis. Ela me quer.

— Espera — digo, e ela pisa no freio. — Não, quer dizer... No telefone. Você disse que Louis ainda estava no páreo. Na roda.

— Bom, acho que está — diz Izzy, e faz uma careta. — Se eu não estraguei tudo.

Ela se vira para mim no silêncio que se segue e pergunta:

— Que foi? Por que você está com esse bico?

— Eu achei que... eu e você... Você é minha namorada? — solto.

Meu coração volta a acelerar de nervoso, aqueles sentimentos antigos marcando presença outra vez.

— Sou! Não sou? Depois dessa declaração inacreditavelmente romântica de amor no aeroporto? — pergunta ela, em pânico. — Ou eu entendi errado?

— Ou *eu* entendi errado?

— Espera aí — diz Izzy. — É sempre assim que a gente se desentende. Me diz o que você acha que está acontecendo. Eu digo o que acho que está acontecendo. E a gente vai continuar conversando sobre isso até chegarmos a um acordo e resolvermos tudo. É assim que vai ser daqui pra frente, combinado?

— Combinado — concordo, relaxando os punhos e respirando fundo. — O que você quis dizer quando falou que Louis está no páreo?

— Que ele ainda está pensando em investir no hotel. Grigg e Sameera tinham pedido notícias do trabalho, e...

Ah.

Izzy faz uma cara de quem entendeu tudo.

— Ah, não! Lucas! É por isso que não é uma boa ideia escutar a conversa dos outros. Nossa!

— Concordo — digo, me segurando na porta quando Izzy dá passagem para um carro vindo na outra mão.

Ela não chega a ser *perigosa* no volante, mas dirige muito, muito rápido. O celular dela vibra e a tela se ilumina.

— Dá uma olhada na notificação pra mim? — pergunta, apontando o celular. — Pode ser a Jem. Ela quer notícias do final feliz.

Não consigo conter um sorriso diante do gesto de confiança — ontem, Izzy não me deixaria olhar para o celular dela nunca. Pego o aparelho do suporte entre nós. Tem uma mensagem de Louis.

Oi, Izzy. Informei a sra. SB que surgiu outra oportunidade de investimento que eu e meu pai acreditamos ser mais adequada para nós. Boa sorte, sem ressentimentos. Valeu, Louis.

Eu leio em voz alta para Izzy.

— Sem ressentimentos? — diz ela. — *Que...*

— *Merda.*

Cubro a boca com a mão. Pensar no hotel me lembrou de uma coisa importante.

— Eu pedi demissão — digo.

— Como assim? — pergunta Izzy, e me olha, horrorizada. — Do hotel?

— É! Mandei um e-mail para a sra. SB do aeroporto!

— Bom, se desdemite! — diz Izzy. — Como vou trabalhar sem ter você para atrapalhar o dia todo? Liga pra ela! Liga!

Ela aponta para o celular na minha mão. Eu ligo para a sra. SB e coloco no viva-voz.

— Izzy! — grita a sra. SB. — Está com o Lucas?

Nós nos entreolhamos.

— Estou, sim — diz Izzy. — Como a senhora...

— Louis me falou que vocês estão juntos!

Nós dois franzimos a testa ao mesmo tempo.

— Louis? — pergunto, incrédulo.

— Depois eu explico! — grita a sra. SB. — Lucas! Barty e eu estamos correndo para o aeroporto para te deter. Você não pode ir embora, Lucas, não pode. Se eu tivesse como aumentar seu salário, aumentaria, ou, francamente, daria qualquer segurança por mais de duas semanas, mas... por favor! Ainda não acabou!

— Estão correndo para o aeroporto? — repito, olhando o horário no painel. — Meu voo decolou faz quarenta minutos.

— Ué? Sério? Barty!

— É o fuso-horário! — protesta Barty, no fundo. — É muito confuso!

— Ele não vai embora, sra. SB — anuncia Izzy, com um sorriso na voz. — Estou levando ele para casa.

— Izzy, que *anjo*. Enquanto a Mansão Forest existir neste mundo, ela precisa de vocês, me entenderam?

Nosso sorriso vacila diante dessa lembrança da realidade. É provável que não tenhamos mais emprego daqui a poucos dias.

— Parem com esses pensamentos negativos! — diz a sra. SB. — Dá para escutar daqui. Ainda temos *dias* para salvar o hotel. Tem tempo. Ainda não vendemos todas as antiguidades maiores, e tem o seu último anel...

Izzy faz uma careta. Ela obviamente não teve mais sucesso do que eu na busca pela misteriosa Cachinhos Dourados.

— A Mansão Forest é uma sobrevivente — continua a sra. SB. — Ela protegeu sessenta crianças de um bombardeio na Segunda Guerra. Aguentou tempestades e pandemias e danos estruturais mais feios do que esse, sinceramente. Nós *vamos* abrir ano que vem.

— O que a senhora estava falando do Louis, sra. SB? — pergunta Izzy.

— Ah, é. Ele veio me dizer que vocês estavam juntos. Acho que ele pensou que nós íamos demitir vocês — diz a sra. SB. — Ele ficou muitíssimo decepcionado quando eu e Barty comemoramos tanto que o teto quase caiu outra vez.

Não sei *o quê* esse rapaz acha que está fazendo, mas hoje ele também procurou a imprensa local com uma pauta sobre nossa recepção estar abandonada e chamou o inspetor da vigilância sanitária.

— Como é que é?! — exclama Izzy, espantada. — Que... *cobra vingativa*!

— Não se preocupe — grita Barty. — Nem o jornalzinho da região achou que era uma pauta relevante. E vocês sabem que o inspetor é apaixonado pelas trufas de Arjun. Ele está há horas acampado na mesa dezesseis.

Não resisto:

— Eu avisei que Louis era escroto.

— Prepare-se, Lucas, porque vou dizer isso apenas uma vez — me diz Izzy. — Você estava *completamente* certo.

Izzy

O apartamento de Lucas é totalmente familiar agora — as rachaduras do sofá de couro, o aroma do sabonete pela manhã, o zumbido do aquecedor elétrico que ele deixa ligado para mim porque eu sinto mais frio do que ele. Porém, enquanto viramos para nos encarar no sofá, tanta coisa está diferente. Agora que sei a verdade sobre o Natal passado, vejo como isso sempre esteve me segurando. Nunca me dei permissão de ficar com ele da forma como fico agora — nunca relaxei assim, abaixando minha guarda.

— Você acha que vai ser diferente agora? — pergunto baixinho, segurando uma das mãos dele e puxando-a para o meu colo. Percorro meus dedos pelos dele, traçando os nós, e então as linhas da palma da mão. — Entre nós dois?

— Talvez. Mais intenso.

Ergo o olhar para ele. *Mais* intenso?

— Hum — diz ele, com um sorrisinho lento. — Eu sei.

— Posso te perguntar uma coisa?

Passo de leve minhas unhas pelo antebraço dele, indo e voltando. Ele observa minha mão.

— Claro. Qualquer coisa.

— A sua ex. Camila.

Ele fica imóvel. Volto a entrelaçar nossos dedos.

— Eu estou escutando agora. Você pode me contar o que aconteceu com ela?

— Não foi nada de mais — diz, e o olhar dele volta para o meu rosto.

Eu balanço a cabeça.

— Acho que talvez seja, sim.

— Ela só... Na verdade, foi minha culpa. Eu achava difícil me abrir com ela. Então ela começou a achar que eu era muito insensível. — Ele dá de ombros. — Muitas pessoas me veem dessa forma.

Incluindo eu, durante esse último ano inteiro. Engulo em seco, sentindo a garganta doer.

— Mas a verdade é que você sente *muito* — digo, levando a mão ao peito dele. — Mas fica tudo preso aí. Certo?

Ele bufa de leve, mas não nega.

— E aí ela te traiu?

— Sim. Foi assim que as coisas acabaram. Ela me disse: "Você não tem coração, então nem adianta me dizer que eu parti o seu."

Prendo o fôlego. Não porque é cruel — apesar de ser —, mas porque consigo me imaginar dizendo isso, no passado. Lucas *pode* parecer que não tem coração: ele é tão lógico, retraído, e tão *musculoso*, e por algum motivo todas essas coisas juntas passam a impressão de um tipo de homem. O cara que é um robô mal-humorado. O cara com quem você transa, mas não passa de um lance casual, porque isso é tudo que ele pode dar a você.

Só que Lucas é o homem que faz Ruby Hedgers rir até ela engasgar. Ele é o homem que ouviu meus planos de Natal e disse: "Sei como é passar o Natal longe da família." Porque ele entende que meus amigos agora *são* minha família. Ele fez meu sangue ferver, meu corpo arder, mas também me fez rir, me desafiou e me divertiu de verdade. Ele é muito mais do que a fachada pode indicar.

— Lá no fundo, acho que você é *só* coração — sussurro, me aproximando.

Ele abre um sorrisinho ao ouvir isso.

— E entendo que isso fez você ficar receoso em relação a traições. Mas preciso que você confie em mim. Mesmo se eu estiver conversando com um cara. — Dou uma risada quando ele estremece. — Lucas.

— Sim, eu sei. Eu confio em você. Mesmo. Me desculpa.

— E eu sei que já pensei muita coisa nada a ver mais vezes do que consigo contar nesse último ano. Sempre esperei o pior de você — digo, olhando para nossas mãos unidas. — Eu fui horrível quando você me contou sobre o seu curso de hotelaria, e depois quando você falou sobre a Camila... Eu só não conseguia encaixar isso com o cara que eu tinha tanta certeza de que você era. Eu surtei, achando que você estava... sei lá. Eu precisava que você fosse um babaca, assim eu poderia me impedir de me apaixonar por você. Só que você continuou sendo legal e interessante.

Ele aperta minha mão um instante e então me solta, deixando que eu o explore, meus dedos traçando um caminho até a altura do cotovelo e do bíceps.

— Prometo que, de agora em diante, vou só pensar o melhor de você. Vou falar caso eu ache que você fez algo ruim. E prometo que nunca vou ser desagradável. — Dou um sorrisinho. — Apesar de gostar que você já tenha visto esse meu lado. O meu pior. As pessoas acham que sou superlegal, e eu tento ser, óbvio, mas... todo mundo é um pouco escroto às vezes, né? Eu fico exausta tentando manter o ritmo o tempo inteiro sem acabar xingando as pessoas que dirigem mal e sem reclamar dos hóspedes, sabe?

— Ah, sim — diz Lucas, e o bíceps dele flexiona sob minha mão. — Izzy, a anja. Nunca achei que você era isso, aliás. Nem quando você estava sendo legal comigo.

Dou uma risada.

— Não?

— Não. Você é... — Ele alcança minha outra mão, aquela que não está ocupada traçando os músculos do braço dele, e então me puxa para mais perto, até um dos joelhos dele passar por cima do meu. — Você é afiada demais para ser um anjo. Tem veneno demais.

Aceito a deixa e me inclino para a frente, pressionando os dentes contra o pescoço dele, e então chupo — não para deixar uma marca, mas com força suficiente para que ele ria e me puxe para o seu colo. Ele me abraça, e eu sinto algo novo. A verdade é que ele já me segurou assim antes — minhas pernas ao redor das dele, seu rosto enterrado no meu pescoço —, mas, dessa vez, estar nos braços dele me faz sentir algo que eu não sabia que precisava. Eu me sinto segura.

— *Meu amor* — sussurra Lucas em português, os lábios contra meu ouvido. Depois, traduz para mim: — Meu amor.

Fecho os olhos e me mexo contra ele. Ainda parece assustador dizer a ele que eu o amo, mesmo com os braços dele me envolvendo, me segurando com força, me puxando para a frente e para trás. Mas eu já me decidi. Chega de ir no que é fácil. Eu quero essa alegria explosiva e intensa. Quero falar essas palavras todos os dias.

— Eu te amo — sussurro.

— *Eu te amo* — sussurra ele de volta, em português, e então encosta a boca na minha, e preciso deixar meus quadris imóveis por um instante, porque o beijo é quase demais com o gosto daquelas palavras na língua dele.

Lucas está certo. É mesmo mais intenso. Ele me leva para o quarto e nós sussurramos a noite toda um para o outro: eu te amo, *eu te amo*. De manhã, eu me sinto diferente. Ele sempre me deixou abalada, furiosa, frenética e fraca de tanto desejo, fosse pelo que fosse. Porém agora é diferente. Agora, ele também me segura firme.

Por mais que eu quisesse que aquele cartão não tivesse se perdido, não posso me arrepender desse último ano. Nós nos conhecemos tão bem agora. Isso não é o ápice de alguns olhares trocados furtivamente no trabalho, é um relacionamento que se revirou e mudou de rumo por um ano inteiro, e sei que vai ser mais forte por causa disso.

Ele faz café e me traz na cama, devagar e ainda pelado, me deixando olhar. Eu o puxo para perto, e ele acomoda a cabeça contra o meu peito, observando a chuva que escorre pela janela.

— Nós temos tanta coisa pra fazer — diz ele, sem muita determinação. Então entrelaça os dedos com os meus em cima da minha barriga. — A festa de Natal amanhã.

— E só mais uma semana até o Ano-Novo e tudo acabar.

Ele suspira.

— Eu não sei o que eu vou fazer. Eu me candidatei para algumas vagas de recepcionista aqui perto, mas...

Eu me sento na cama, olhando para ele.

— Eu e você praticamente gerenciamos a Mansão Forest. Você não pode voltar a trabalhar como recepcionista. Na verdade, você merece um cargo na gerência.

— Então precisaria procurar um emprego mais longe. — Ele aperta minha mão. — E eu não quero. Gosto daqui.

Aperto a mão dele de volta.

— E você está certa. Eu e você *de fato* praticamente gerenciamos a Mansão Forest — diz ele, parecendo sério. — E você odeia ser garçonete — completa, erguendo sobrancelhas.

— Sim. Eu pensei muito nisso — respondo, mordendo o lábio. — Sinceramente, não quero trabalhar de garçonete. Mas também não quero me mudar. Eu só *queria* que a gente encontrasse um jeito de fazer o hotel continuar funcionado. Talvez se a gente encontrar a Cachinhos Dourados...

Lucas ergue a cabeça para me encarar, e sua barba por fazer roça na minha pele.

— Vamos continuar tentando — diz ele. — Talvez consigamos alguma coisa juntos.

— Até parece! — digo, me afastando um pouco, revoltada. — Você até pode ser meu namorado agora, mas a aposta continua.

Ele estremece.

— Sério?

— Você quer desistir e vestir a fantasia de elfo?

— ... Não.

— Então é isso. — Dou um beijo no nariz dele. — Nesse caso, ainda estou planejando acabar com a sua raça.

Lucas

É véspera de Natal: o dia da festa, e meu segundo dia como namorado de Izzy Jenkins.

Estou com uma felicidade que nunca imaginei que sentiria — e estou muito perto de tornar esse dia absolutamente perfeito.

— Se você pudesse tentar se lembrar... — digo, olhando para a entrada principal do hotel.

— Você está mesmo me ligando às oito da manhã na véspera de Natal para me perguntar se eu me lembro de alguma celebridade que ficou no mesmo hotel que eu em 2019? — diz a mulher do outro lado da linha.

Isso é um lembrete revigorante e necessário de que talvez eu esteja tentando *demais*.

— Mil desculpas — digo. — Se lembrar de alguma coisa, por favor, entre em contato por e-mail.

— Tá — diz a mulher, e eu estremeço ao ouvir o clique na hora que ela desliga.

— Nada feito? — pergunta a Tadinha da Mandy, empática, aparecendo na frente do balcão, onde está fazendo o que Izzy define como "enfeitar".

Todo mundo está ou enfeitando por Izzy, ou cortando legumes para Arjun nesse instante.

— Ainda não — respondo.

A Tadinha da Mandy me dá um tapinha no braço. Ela tem me dado muitos tapinhas no braço desde que a questão do cartão de Natal foi resolvida. Acho que se sente responsável por Izzy e eu torturarmos um ao outro durante um ano inteiro. E até que ela é, um pouco.

— Sabe do que mais, querido? — diz Mandy, começando o processo árduo de verificar seu celular: primeiro ela coloca os óculos, depois leva a mão ao bolso, se remexe muito e pula na cadeira enquanto pega o aparelho na calça jeans, abre a capinha, então os óculos escorregam um pouco pelo nariz e voltam ao lugar... — Talvez eu consiga ajudar você.

Eu gosto muito da Tadinha da Mandy — ela é confiável, os hóspedes a adoram, e sempre trabalha nos piores turnos. Porém tenho quase certeza de que a ideia dela vai envolver um tweet para os nossos 112 seguidores, e eu simplesmente não consigo entender como isso vai ajudar.

— Obrigado — digo. — Tenta a sorte.

— Conseguiu? — pergunta Ollie ao sair correndo com uma bandeja de gelatina.

— Ainda não — respondo. — Você sabe se a Izzy...

— Eu sou território neutro! — grita Ollie para trás. — Você não vai arrancar nada de mim!

— E o anel, hein? — pergunta Barty de cima do patamar da escadaria que agora está funcionando normalmente, e sai correndo pela escada.

Todo mundo está correndo de um lado para outro hoje. Isso dá ao hotel um zumbido leve, como se todo mundo tivesse ligado todos os aparelhos eletrônicos de uma vez na tomada.

— Ainda não — respondo.

Eu valorizo o apoio de todos, mas, quando não tenho atualizações, isso também é muito irritante.

— Lucas! Alguma...

— Ainda não! — retruco, e então encontro o olhar frio da minha namorada.

— ... coisa vegana no cardápio da festa de hoje?

— Ah.

Eu me acalmo imediatamente. Izzy parece se divertir.

— Sim. Aqui.

Mostro a última versão manuscrita do cardápio de Arjun. Ela o avalia e eu a observo, sedento por aquela visão. Passei um tempão pensando que ficaria melhor sem Izzy Jenkins no meu dia, e agora quero sempre mais dela.

— E nós...

— Sim, estão na orangerie.

Ela dá uma batidinha no lábio inferior, ainda avaliando o cardápio.

— Arjun sabe que...

— Sim. Ele xingou muito, mas nós superamos.

Izzy assente, erguendo o olhar para mim.

— E...

— Sim.

— Eu nem terminei...

— Estou confiante de que já foi resolvido.

— Não foi, porque...

— Tome uma xícara de chá. Pare de pensar tanto.

— Eu ia perguntar se já disse eu te amo hoje.

— Ah. Não. Ainda não disse.

— Está vendo? — Izzy parece convencida ao se virar de costas. — Eu falei que não estava tudo feito. Sr. Townsend! Como posso ajudar?

O sr. Townsend se aproxima lentamente vindo da poltrona. De forma impressionante, ele desvia de diversos membros da equipe da limpeza, além de um chihuahua minúsculo que apareceu com Dinah hoje. "Tive problemas com a creche de cachorros", anunciou ela assim que entrou trazendo o cachorro na coleira. "Não me encham o saco com isso."

— Preciso do Lucas, na verdade — diz o sr. Townsend. — Pode vir comigo até a orangerie? Gostaria de experimentar aqueles sofás novos.

Ele sorri e aceita meu braço.

— Ah, ótimo! — diz Izzy, me lançando um olhar mortal, como se dissesse "Bom, então agora você é o favorito".

Levanto a sobrancelha em resposta — "Claro que sou." Então, meu celular vibra na minha mão, e vejo a tela piscar: *chamada de Antônio*. Prendo a respiração. É sábado. E não liguei para ele na quinta-feira. Não me esqueci, só não quis ligar.

E também não quero falar com ele agora. Notei que, quanto mais me valorizo, menos grato me sinto pelo meu tio, e eu me pergunto o motivo de me forçar a fazer essas ligações. Por enquanto, e por um tempo, ele vai precisar esperar até eu me sentir pronto para conversar com ele outra vez.

A ligação toca até cair na caixa postal enquanto eu e o sr. Townsend rumamos para a orangerie. Eu solto o ar lentamente.

— Tenho algo para você — diz o sr. Townsend, enquanto eu o ajudo a se acomodar no sofá.

Izzy encontrou esse sofá na internet, sendo vendido... por nós. É um sofá antigo do Chalé Opala — antes, tinha uma cor vermelha ousada, mas agora está alaranjado e desbotado, porém, de alguma forma, voltou à vida sob as almofadas estampadas que Izzy criou com um conjunto velho de cortinas do hotel. Ela tem um dom para isso: enxergar o melhor em todas as coisas.

— Aqui. — O sr. Townsend abre a mão. O anel de esmeralda está ali, circulando o lugar onde sua linha da vida se divide. — É para você. Ou melhor, é para ela.

Meu Deus.

— Sr. Townsend...

— Eu estive carregando o anel por aí desde que fomos ao mercado, sem saber o que fazer com isso. O fato é que não me pertence mais. Essa é a sensação. Porque Maisie o perdeu e o substituiu. O anel que ela usou no dia que ela morreu era o dela, e esse aqui... estava esperando que outra pessoa o encontrasse, talvez.

— Eu não posso aceitar... E é cedo demais...

O sr. Townsend me examina minuciosamente.

— É mesmo? Só me encontrei com a minha Maisie meia dúzia de vezes antes de nos casarmos.

— Mas hoje em dia...

— Ah sim, hoje em dia, hoje em dia. — O sr. Townsend abana a outra mão. — Algumas coisas mudam, mas o amor não. Quando você sabe...

Você sabe. Entendo por que as pessoas dizem isso sobre o amor agora: não existe como quantificar esse sentimento. É imenso demais, extenso e profundo demais.

E é verdade que já pensei em me casar com ela. Se eu pudesse, se esse mundo fosse perfeito, eu mergulharia no oceano para achar o anel do pai dela, aquele que ela perdeu, e então me ajoelharia e o entregaria de volta para Izzy. Só que o mundo não é perfeito, e eu também não sou. Às vezes algumas coisas ficam perdidas, e você fica de luto por elas, e isso muda você e tudo bem.

Talvez não seja perfeito fazer o pedido com o anel de esmeralda, mas *seria* bonito. O anel tem história. Um legado. É parte da família que ela encontrou aqui no hotel.

— Não posso aceitar isso do senhor — digo, mas consigo ouvir que minha voz não soa mais tão convincente.

— Guarde o anel no bolso até você precisar — replica o sr. Townsend, no instante em que a sra. Hedgers entra no cômodo, trazendo enfeites de Natal.

— Desculpe interromper — diz ela, enquanto se inclina para colar os enfeites na beirada da janela. — Ordens de Izzy.

O sr. Townsend pressiona o anel na minha mão e a fecha. Eu estremeço sob o aperto dele, e nós ficamos ali assim, segurando aquele anel juntos; por um instante, ele guarda duas histórias de amor complicadas dentro do seu aro. Então, o sr. Townsend retira sua mão, e fica só uma história de amor. Minha, por um tempo. Até eu entregá-lo para Izzy e se tornar a história dela.

Durante uma meia hora desagradável, parece que ninguém vai aparecer na festa de Natal. Como Izzy queria que as crianças fizessem parte da comemoração, nossos convites diziam que a festa começaria às duas da tarde. O plano era que as pessoas chegassem na hora que fosse melhor para elas.

No entanto, parece que ninguém quis vir.

— Elas vão aparecer — diz Izzy, ajustando mais uma vela.

Ela fez um trabalho fantástico. Nós deixamos o saguão como ponto central da festa — é onde o mágico e a barraquinha de pintura facial estão, além de um grupo de músicos de jazz que tocaram uma vez em um casamento aqui e tiveram a gentileza de topar fazer uma apresentação por um preço abaixo do normal. O bufê foi arrumado no restaurante, e o bar está cheio de assentos confortáveis. Ollie está encarregado de fazer os coquetéis na orangerie, um papel que ele aceitou, depois de resmungar muito, com uma alegria mal disfarçada.

Duvido que Izzy saiba, mas estou mais nervoso com essa festa do que ela. Vou lhe dar meu presente de Natal hoje à noite e, de repente, fico com medo de talvez não ter acertado. Afinal, planejei tudo antes de nós dois começarmos a namorar oficialmente, e corri um risco.

— Está meio quieto, né? — pergunta o sr. Townsend, aproximando-se de nós.

Izzy fica irritada, e então se alegra quando percebe que quem falou foi o sr. Townsend.

— As pessoas vão vir — diz ela. — Onde estão os Hedgers? Eles sempre trazem a diversão. Lucas, dá pra você bater na porta deles? — Ao ver minha expressão, ela acrescenta: — Não é intrusivo, é só uma ajuda! Prometo que eles não vão se importar.

Lanço a ela um olhar pouco convencido, e Izzy mostra a língua para mim. Vou até o Ervilha-de-Cheiro. A sra. Hedgers abre a porta: ela parece completamente diferente da mulher que vi algumas horas atrás na orangerie. Pela primeira vez desde que a conheço, seu cabelo está solto, na altura dos ombros, e vejo marcas de lágrimas nas bochechas.

— Ah, me desculpe — digo, já me afastando, mas ela me chama com a mão e movimenta a cadeira de rodas para dentro do quarto.

Não tenho muito o que fazer: ou seguro a porta e a sigo para dentro, ou deixo que a porta se feche.

Entro no quarto, inquieto. Normalmente, não entro nos quartos quando os hóspedes estão presentes — parece que estou fazendo a mesma coisa que Louis fez quando ficou do nosso lado do balcão da recepção.

— Lucas — chama ela, pegando os lenços na cômoda e assoando o nariz. — Estava querendo falar com você, na verdade. As crianças estão no jardim com meu marido, gastando um pouco de energia antes de socializar com pessoas que talvez não gostem do tanto de loucuras que acontecem em um sábado normal na família Hedgers.

— Eu não quero me intrometer — digo, já voltando para a porta.

— Fique — diz a sra. Hedgers.

É mais um comando do que um pedido. Obedeço à ordem, com as mãos nas costas, e fico perto da porta.

— Meu marido finalmente me contou o que o sr. Townsend fez por nós. E sabe como eu me senti? Eu fiquei irritada. Irritada por precisarmos aceitar caridade, e irritada porque eu não *ganhei*. Não consegui vencer a empresa de seguros. Não recebi o resultado que eu queria.

— Eu sinto muito — digo. — Consigo entender isso.

Ela sorri, fungando.

— Eu sei. Você gosta que as coisas sejam resolvidas, e gosta de perfeição.

Abaixo a cabeça.

— Obrigado.

— Não foi bem um elogio — diz ela, mexendo nas almofadas no sofá até que estejam alinhadas direito. — Eu também sou assim. E sou excelente no que faço. Mas não sou excelente em tudo, e isso é muito difícil para mim. Essa sensação te parece familiar?

Pelo visto, ela está dando uma de sra. Hedgers para cima de mim.

— Sim — confesso. — Eu... posso ser... intransigente.

Dessa vez, o sorriso dela é menor.

— Essa perfeição que você está sempre buscando, sr. da Silva... não importa quanto você se dedique, não vai conseguir o que você quer. Confie em mim. Eu me esforcei bastante mesmo.

Ela empurra a cadeira até o espelho e começa a consertar a maquiagem. É algo surpreendentemente íntimo para uma mulher que sempre vi impecável, e tenho certeza de que é um gesto proposital.

A sra. Hedgers encontra meu olhar no espelho.

— Posso te dar um conselho? Sobre o anel que o sr. Townsend te deu.

Vejo minha própria expressão mudar no espelho: os olhos levemente arregalados, as sobrancelhas unidas. Hoje está sendo o dia mais estranho do mundo. O hotel se tornou uma parte significativa da minha vida desde meu primeiro turno aqui, mas, nesse inverno, parece ter se entrelaçado a cada elemento do meu ser — não me surpreende mais um hóspede estar se envolvendo na minha vida pessoal. Talvez seja porque acabei passando o inverno todo me envolvendo na vida deles.

— Um anel pode deixar uma coisa boa mais forte e uma coisa ruim mais fraca. Você precisa estar se sentindo o mais seguro possível antes de colocar um no seu dedo. Então tudo que estou dizendo é... não faça a pergunta até ter certeza da resposta dela.

Foi exatamente isso que eu disse no dia em que descrevi meu pedido ideal de casamento, quando Izzy e eu conversamos sobre o assunto todas aquelas semanas atrás, sob os pisca-piscas: achei que pediria o amor da minha vida em casamento e já saberia que ela diria sim. Porém a sra. Hedgers está certa em desconfiar de que estou colocando a carroça na frente dos bois. Desde ontem, minha mente começou a pensar no futuro, já calculando todas as formas como posso perdê-la, e, de súbito, garantir que Izzy Jenkins vá se casar comigo se tornou uma ideia extremamente atraente. Quero que ela seja minha antes que perceba que é boa demais para isso.

Eu considerava fazer isso em fevereiro, quando estivermos juntos no Brasil. Ou no verão, no máximo.

— Quando você souber que ela te ama, e tiver certeza disso... é aí que você deve pedir. Essa é minha opinião — diz a sra. Hedgers, abrindo um sorriso com o batom retocado. — Se é que serve de alguma coisa. Aliás, serve, sim. Trabalho árduo pode não te dar tudo, mas ajuda a pagar as contas, pelo que sei. Agora, preciso encontrar minha cara-metade e agradecer ao homem que salvou meu Natal. — Ela engole em seco. — Por favor, me lembre de que não é vergonhoso aceitar ajuda.

— Não é vergonhoso aceitar ajuda.

Ela assente, prendendo o cabelo e o ajeitando.

— Às vezes, a gente precisa ouvir isso de outra pessoa — diz ela. — Não sei por quê, mas é assim. Certo. Vamos?

Ela indica a porta.

Izzy

Estou coberta de pintura facial. A banda está tocando "December Kisses", de Harper Armwright, e há um grupo de senhoras bêbadas, fazendo uma dança escocesa que não tem nada a ver com a música em frente à recepção. Charlie e Hiro estão aqui, nossa primeira história de sucesso da Saga do Anel, e saboreiam um quentão ao lado da lareira com o sr. Townsend. Arjun finalmente parou de rir do fato de que agora eu sou namorada do Lucas ("Nunca vou deixar você esquecer disso, Jenkins, você sabe, né?"), e até fez uma pausa breve na cozinha para aproveitar as festividades.

Estou muito feliz. Por um minuto, é como se estivéssemos livres de preocupações, e o futuro do hotel não parece importar, porque, neste instante, estamos vivendo nosso melhor momento. A Mansão Forest está cintilando com a alegria festiva, e, se espremermos os olhos, a garoa que cai lá fora pode até se passar por neve.

Está quase na hora de dar o presente de Natal de Lucas. Fiz tudo ontem à noite, por meio de ligações sussurradas às escondidas no banheiro dele, porque, até ontem, eu estava genuinamente planejando comprar para ele um pedaço de carvão para indicar que ele se comportou muito mal esse ano.

Eu só preciso fazer uma última coisa antes que o relógio bata as seis horas, e vai ser desagradável, não importa quanto o ambiente por aqui esteja alegre.

Na semana passada, decidi que coisas mal resolvidas eram ruins para a alma, então ofereci a Drew Bancroft um emprego.

Bem, apenas um bico de três horas, na verdade, fazendo coquetéis com Ollie. Eu não sou *tão* boazinha assim. Só que cheguei à conclusão de que já estava na hora de estender uma bandeira branca, e fiquei pensando naquele post que vi no Instagram dela sobre como ela não conseguia encontrar trabalho. Antes que pudesse pensar duas vezes, mandei uma mensagem.

E agora ela está aqui, enchendo uma tigela com gemada na orangerie. Ela está usando uma roupa estilo jornalista séria em Nova York, que eu não consigo não admirar. É tão esquisito vê-la no hotel outra vez. Espero que isso não tenha sido uma má ideia. Estava me sentindo supersegura e amada quando mandei a mensagem, mas agora estou me lembrando de ver Drew na festa de Natal do hotel no ano passado, que foi... horrível.

Mas minha mente vai para outro lugar quando começo a cumprimentar os convidados — os Jacobs, o amigo do Lucas, Pedro, e alguns temporários com quem trabalhei esse ano —, então, quando finalmente chego nela, Drew está totalmente preparada para me encarar.

— Ah, meu Deus, *oi* — diz ela, como se tivesse se esquecido completamente da minha existência até esse instante, mas estivesse maravilhada por ter sido lembrada de que existo. Ela toca meu braço do outro lado do bar, suas unhas compridas. — Fiquei feliz que você mandou mensagem.

E me ofereceu um trabalho, imagino que ela vá dizer a seguir, mas ela não diz.

— Oi, Drew — respondo, tentando soar como se estivesse fazendo uma oferta de paz. — Como estão as coisas?

— Escuta, andei pensando — diz ela, ignorando a pergunta. Drew já bolou seu próprio roteiro. — Quero falar pra você... — ela faz uma pausa dramática — ... que eu te perdoo.

Eu a encaro. Ao lado dela, Ollie para de espremer uma laranja, com os olhos arregalados.

— Você me *perdoa*?

— Por ter me expulsado do aparamento como fez.

— Por eu... Drew. Eu não te expulsei.

Meu coração está *acelerado*. Penso em todas as vezes que mordi a língua antes de falar com Drew, tentando ser uma "boa amiga", e todas as vezes que briguei com Lucas por um motivo totalmente sem sentido, e não consigo acreditar que errei tantas coisas.

— Vamos recapitular — começo. — Você sabia o que eu sentia por Lucas. Você sabia que eu tinha escrito aquele cartão pra ele. Você beijou ele embaixo do visco. Eu fiquei chateada. Eu cobrei o aluguel que você estava me devendo e pedi para você sair do apartamento até o fim de janeiro. E aí você jogou um enfeite de árvore de Natal na minha cabeça e saiu batendo os pés.

Ela revira os olhos e, de repente, parece exatamente a mulher com quem morei no ano passado, mesmo com o corte novo de cabelo e os óculos.

— Izzy, fala sério. A coisa do enfeite de Natal foi acidente.

— Como? — pergunto, genuinamente perplexa.

— Acho que você só precisa relevar as coisas.

— Tá — digo, porque definitivamente tem um quê de verdade nisso. Eu realmente guardo rancor. E posso ser mesquinha. Eu sei. Isso causou alguns problemas esse ano. — Bom, se você pedir desculpas, vou ficar feliz em esquecer a coisa toda.

— Pedir desculpas?

Ollie até parou de fingir que está fazendo um drinque. Está só parado observando a cena, metade da laranja espremida na palma da mão dele, uma gota de suco descendo pelo cotovelo. Ao nosso redor, as pessoas estão se misturando e conversando, e, mais adiante, o jardim se estende em tons de verde e branco gelado através da janela da orangerie.

— Por que eu pediria desculpas se foi você que foi uma vaca comigo? — pergunta ela.

Respiro fundo e abro um sorriso. O meu melhor sorriso, aquele que reservo para os piores hóspedes.

Há momentos para bandeira branca e há momentos para o tipo de mesquinharia infantil em que, depois de um ano provocando Lucas, fiquei expert.

— Drew... você está demitida — digo.

Ela fica boquiaberta.

— Hum, como assim?

— Isso que você ouviu. Você está demitida. Estou demitindo você. Você precisa ir embora nesse instante.

Ollie fica apavorado, mas ele dá conta sozinho. Ele trabalha bem sob pressão — e é sensato o bastante para não protestar.

— Isso é só um bico. Você não pode me *demitir*. Não é um emprego — replica ela, e olha ao redor, subitamente ciente das pessoas à nossa volta.

Eu continuo sorrindo.

— Se eu pudesse demitir você do cargo de amiga, Drew, eu já teria feito isso, mas, como não é possível, é o que tem pra hoje.

Então, eu vejo a hora no celular dela: três minutos para as seis horas.

— Argh! — exclamo, dando um pulo.

Drew me encara como se eu fosse louca.

— Tchau, Drew! Vai logo embora! Tenha uma ótima vida! — digo, dando meia volta e saindo correndo.

Eu não vou mais perder um minuto que seja com Drew Bancroft — sobretudo quando mal tenho um minuto para gastar.

Chego ao saguão bem a tempo. Dinah está trazendo um antigo projetor da sala do Achados e Perdidos, e, no andar de cima, Kaz, Reese, Raheem e Helen jogam lençóis brancos por cima da balaustrada para que, quando o projetor comece a rodar, o vídeo fique *certinho*.

Bom, erramos por mais ou menos um metro. Mas vai dar!

— Surpresa! — grita a família de Lucas, com a imagem projetada nos lençóis.

No mesmo instante, eu me viro e ouço um coro de vozes diferentes gritar:

— Surpresa!

Lucas está parado na entrada do hotel, acompanhado de Grigg, Sameera e Jem.

Eu não consigo entender. Eles não parecem reais. Só que então os três vêm na minha direção e me envolvem em um abraço de urso, enquanto os da Silva gritam "Feliz Natal!" no telão improvisado com lençóis.

— Meu Deus! — digo, saindo do meio do abraço em grupo e afastando o cabelo do rosto. — Como é que vocês estão todos aqui?

— Lucas — responde Jem, com seu maior e mais caloroso sorriso.

Sameera ajeita meu cabelo atrás das orelhas e me dá um beijo na testa. Meus olhos se enchem d'água.

— Você! Você! — ralha ela. — Mentindo para todo mundo sobre onde ia passar o Natal! Isso não é hora, mas, assim que essa festa acabar, vou passar o maior sermão em você. Meu Deus, é tão bom te ver!

— Lucas me dedurou? — pergunto, secando as lágrimas enquanto Grigg me puxa para outro abraço. — Nossa! Vocês deveriam estar nas ilhas Hébridas! E *você* deveria estar nos Estados Unidos! — exclamo para Jem.

— Nós vamos voltar hoje à noite — me informa Sameera, abrindo um sorriso enorme para Grigg. — A mãe dele mataria nós dois se perdêssemos o almoço de Natal, e eu não posso ficar mais tempo longe de Rupe ou vou literalmente explodir. Mas Jem vai ficar, certo?

— Certíssimo — diz Jem. — Assim que Lucas me mandou mensagem, pensei... Mas o que é que eu estou fazendo aqui, com gente que me diz que não é tarde para mudar de emprego, quando eu posso estar com pessoas que me amam *e* com a vida que eu escolhi? Então Piddles e eu pegamos o primeiro voo disponível.

Aperto o braço dela. Eu sei que essa decisão deve ter sido bem mais difícil do que ela está dizendo. Atrás de Jem, a irmã de Lucas está gritando com ele depressa em português. Grigg e Sameera dão um passo para o lado para que eu veja a expressão de Lucas, e é como se eu voltasse no tempo e o visse quando ele era criança. O rosto dele está *iluminado*. É uma alegria infantil, pura, irrestrita.

— Izzy! — chama a mãe de Lucas. — Izzy, obrigada por nos chamar!

— Meu Deus, obrigada por concordarem em estar aqui! — grito para a imagem gigante pendurada em cima da multidão, que encara todos esses acontecimentos com alegria e/ou perplexidade. — Mesmo de última hora! Eu sei que a véspera do Natal é a maior comemoração por aí e vocês estão bem no meio de tudo, então obrigada por tirarem um tempinho para isso.

— Pelo Lucas, sempre — diz ela, olhando para o filho. — Te amo. Sinto sua falta.

— Saudade — responde Lucas em português, e leva a mão ao coração, onde a palavra está tatuada em seu peito. — Tô com muita saudade.

— Conte sobre a viagem! — digo, parando ao lado de Lucas.

— Feliz Natal! — grita em português uma menininha, aparecendo no canto da tela.

Imagino que seja uma prima, e ela é muito fofa. Lucas ri.

— Helena! Feliz Natal!

— Que viagem? — pergunta Ana.

Foi ela quem me ajudou a preparar a surpresa — eu encontrei seu perfil no Instagram ontem à noite, e ela amou a ideia. Foi Ana que sugeriu usar os lençóis.

— Nós vamos aí pra casa em fevereiro — diz Lucas, o rosto se abrindo em mais um sorriso infantil.

— *Nós!* — grita a mãe de Lucas, animadíssima.

Lucas ri e segura minha mão.

— Sim, nós dois — diz ele.

— No caso, se vocês me quiserem aí — acrescento.

— A gente te queria desde a primeira foto, *amiga* — diz Ana, falando a última palavra em português. — Qualquer um que irrite Lucas tanto assim pertence a essa família.

A família de Lucas continua na ligação por quase uma hora. Helena e o irmão aprendem a falar "quero mais doces" em inglês, graças à influência potencialmente perigosa de Ruby Hedgers, e Ruby aprende a falar "eu quero ir para o Rio de Janeiro!" em português, o que pode ser um problema futuro para o sr. e sra. Hedgers, considerando os preços dos voos. Mas ter os da Silva na festa deixa tudo melhor. Quando Arjun declara que o bufê da noite está aberto, completo com as sobremesas dispostas na orangerie, todo mundo está falando muito alto, parecendo muito feliz e — em sua maioria — muito bêbado.

— Sua amiga é muito bonita! — grita Pedro para mim conforme dançamos.

Ele apareceu como convidado, mas passou pelo menos uma hora ajudando Arjun na cozinha, e também fez papel de mágico enquanto o nosso mágico de verdade precisava atender uma ligação. Não temos medo de pedir favores aqui na Mansão Forest, e, no fim, o amigo de Lucas é generoso demais para o próprio bem.

— Você está falando da Jem?

Olho para Jem, que está dançando com algumas das camareiras, de olhos fechados e balançando os quadris. Ela está usando seu vestido favorito, o de veludo vermelho com uma gola de decote princesa, e uma fina camada de glitter dourado cobre sua pele marrom-escura. Todos os piercings de hoje também são dourados e brilham sob as luzes do Natal. Ela está *realmente* linda.

Pedro já está se virando na direção de Jem para ir dançar.

— Pedro transa com um monte de mulheres e nunca liga de volta — sussurra Lucas no meu ouvido, dançando atrás de mim. — Desculpa. Achei que deveria avisar.

Dou uma risada, virando-me para colocar os braços ao redor do pescoço dele, assim podemos dançar do mesmo jeito que dançamos naquele dia estranho e cheio de neve em Londres.

— Não vai funcionar com a Jem — digo tanto para Lucas quanto para Pedro. — Ela é demissexual. Ela precisa ter uma conexão emocional primeiro. Nunca transaria com um cara que acabou de conhecer.

Pedro me encara, abandonando suas técnicas de dança de repente.

— Demi... sexual?

— Isso.

— Então ela não vai querer transar comigo?

— Não. A não ser que você queira estabelecer uma conexão emocional primeiro.

— *Emocional?* — questiona Pedro, parecendo totalmente em pânico.

— É uma coisa boa, Pedro — digo, tentando não rir. — Você deveria experimentar qualquer hora dessas.

Um tapinha no ombro me distrai dos olhos arregalados e ansiosos de Pedro. Argh.

Louis Keele. Aperto mais o braço ao redor da cintura de Lucas enquanto nós dois nos viramos para encará-lo. Louis está com aquele sorriso casual, uma camisa toda arrumadinha e perfume demais. Ergo o olhar para Lucas. *Ele* está com uma carranca familiar.

— Ei, vocês dois. Estava esperando encontrar vocês — diz Louis.

Seu ar é relaxado e amigável. Nem parece que na última vez que me viu foi grosseiro e desagradável, mas eu suspeitava que Louis agiria dessa forma depois de me mandar aquela mensagem de "sem ressentimentos".

— Achei que deveria avisar a vocês sobre meu novo investimento — continua ele, o sorrisinho parecendo cada vez mais convencido. — Nada mais justo. Um antigo prédio escolar em Fordingbridge entrou no mercado e eu... simplesmente não consegui resistir. Vai ser um lindo hotel.

— Você... vai abrir um hotel? — pergunta Lucas.

— Meu Deus — digo, antes que Louis possa responder. — Era por isso que estava perguntando tantas coisas sobre a Mansão Forest? — Minha voz fica aguda. — Você *em algum momento* considerou investir de verdade? Ou só estava tentando roubar nossas melhores ideias?

— Eu estava considerando um investimento — diz Louis, obviamente mentindo.

— Você queria roubar o Arjun, né? — questiono, avançando na direção dele com um dedo erguido.

Lucas aperta mais minha cintura.

— Calma aí — pede ele, mas consigo ouvir o sorriso em sua voz.

— Quem é que não gostaria de roubar o Arjun? — diz Louis. — Ele é o melhor chefe de New Forest. Mas ele não aceitou. Vocês realmente fincaram as garras nele.

— E que tipo de ofensa você reservou para Arjun depois que ele recusou sua proposta? — pergunta Lucas, educado. — Ele também é um zé-ninguém?

Os olhos de Louis encontram os meus. Abro um sorriso, como se para dizer: *Sim, claro que eu contei tudo pra ele. Sim, nós decidimos juntos que não vamos acabar com você. Não, eu não vou impedi-lo de mudar de ideia e socar a sua cara se ele quiser.*

Louis engole em seco.

— Olha, como eu disse, só queria dar esse aviso. Vamos ter um pouco de competição no futuro.

Eu endireito minha postura, e só dou uma cambaleada de leve no processo — nada mau depois de virar três coquetéis.

— Ótimo — digo, usando minha voz mais açucarada. — Não vai ser um problema. Lucas e eu adoramos uma competiçãozinha.

Lucas

— A coisa sobre amor verdadeiro é que as vezes você precisa sair muito da sua zona de conforto para encontrá-lo — diz Ruby Hedgers, de cima do dossel de uma cama dos recém-reformados quartos do andar de cima (estavam fechados para os convidados da festa, mas Ruby os descobriu quando deu a hora de ir para a cama). — Tipo, o Hamza, da minha turma, que gostava da Sophie, e todo mundo falava que ela era muuuuuuita areia pro caminhãozinho dele, mas aí ele deu pra ela um pedaço de bolo que a mãe dele tinha feito, e ela disse que ele podia ser o namorado dela.

— Ruby — digo. — Você não tem seis anos?

— Sim — diz ela, solene. — Sim, eu tenho.

— Não é muito nova pra pessoas da sua turma terem namorados?

— Total — responde a menina, no mesmo tom de voz. — Mas Sophie não sabe disso. Sorte do Hamza.

— Achei você — diz a sra. Hedgers, entrando no quarto atrás de mim. — Que bom que os elevadores estão funcionando de novo, Lucas. Gostei do jazz e do papel de parede dourado... Oi, Ruby, aposto que você não consegue descer do dossel usando o poste como se fosse um bombeiro, né?

Prontamente, Ruby começa a descer para provar que a mãe está errada. Lanço um olhar impressionado para a sra. Hedgers, que ela recebe com um aceno de cabeça de uma mulher que conhece suas habilidades.

— Lucas — diz ela. — Tem um casal de jovens tentando...

— *Achei* você — diz Grigg, o amigo de Izzy, entrando no quarto atrás da sra. Hedgers.

A esposa, Sameera, vem correndo atrás, parando ali ofegante.

— Ah, olha. Todo mundo estava procurando a gente — diz Ruby, alegre, parando no meio da descida.

— Lucas — diz Grigg.

Nunca vi um homem com olheiras tão grandes — mas os olhos em si são firmes e gentis. Grigg é uma daquelas pessoas que fazem com que algo que acabou de ser passado já pareça amarrotado, enquanto a esposa parece o oposto: ela irradia certa elegância sem esforço que faz com que a camiseta branca manchada pareça vagamente icônica.

— Nós não queremos incomodar a Izzy, já que ela está falando com o mestre de obras sobre uma propriedade aqui perto que está querendo alguém para coordenar um projeto de reformas para ele... — Grigg abre um sorriso quando minhas sobrancelhas se levantam. — Mas acho que uma das suas colegas talvez esteja tendo um pequeno ataque de pânico na piscina.

Minhas sobrancelhas voltam a se franzir.

Merda.

— Você...

— Pode ir. Eu assumo a partir daqui — diz a sra. Hedgers, enquanto Ruby continua pendurada no poste da cama como um coala, contemplando sua descida.

Eu não corro, é claro — isso é contra as regras do hotel. Mas ando muito, muito rápido.

A piscina deveria estar trancada para os convidados hoje — assim como os quartos no andar de cima. Porém, quando chegamos, a porta está entreaberta. A Tadinha da Mandy está sentada na beirada da piscina, com a calça enrolada até os joelhos e os pés na água, com um celular em cada mão e acompanhada de Pedro e Jem, um de cada lado dela.

— Talvez ficar com esses aparelhos caros *em cima* de uma extensão de água não seja uma ideia muito inteligente, você não acha, minha flor? — diz Jem, tentando com cuidado alcançar o celular mais perto dela.

— Mandy? — chamo.

Ela levanta a cabeça. Seus olhos me lembram os de um cavalo assustado pronto para dar um coice.

— Lucas — diz ela, com um suspiro. — Só tem... tanta coisa pra fazer. Tanta gente.

Olho em volta. A área do spa é um oásis calmo, o barulho da festa como um zumbido de fundo por trás do ruído da água.

— Mandy... por que você está com dois celulares? — pergunto, me aproximando.

Encontro o olhar de Pedro. Ele diz "sem movimentos bruscos" com os lábios em português.

— Quê? Ah. — Mandy olha de um aparelho para o outro. — Achei que se colocasse o Twitter em um e o Instagram no outro, não ficaria nervosa com todas as notificações. Só que aí não consegui *tirar* o Twitter desse aqui, e o Facebook não atualizava nesse outro, então agora estou com tudo em todo lugar e... é... só... *tanta coisa*.

— Acho que já deu de horas de tela. Certo, Mandy? — diz Jem, olhando para mim para confirmar.

Ela cuidadosamente pega o celular mais próximo das mãos de Mandy e o joga para mim. Eu o pego no ar, felizmente. Foi um arremesso muito confiante, e, por mais que fique contente que Jem acredite nas minhas habilidades, eu também preferiria nunca mais fazer isso de novo, ainda mais quando estamos ao lado de uma piscina.

— Ah, uau — diz Pedro. Ele está inclinado em cima do outro celular da Tadinha da Mandy, enquanto Mandy encara com indiferença o jardim através da janela oposta, seus olhos vidrados. — Vocês têm noventa mil seguidores no Instagram?

— *Quê?* — pergunto, indo até lá e me abaixando ao lado dele.

— Hashtag Saga do Anel — diz Jem, olhando por cima do ombro de Pedro.

Observo Pedro respirar fundo com a proximidade dela e tento não sorrir. Pelo visto, ele resolveu se apresentar para Jem. Que fascinante. Eu me pergunto se *alguma vez* ele já estabeleceu uma conexão emocional com uma mulher antes. Estou muito animado para o meu próximo café no bar — vou conseguir encher muito o saco dele.

— Hashtag Salvem A Mansão Forest. As *duas* estão nas *trends* do momento — comenta Jem.

— Precisa usar as hashtags — diz Mandy, a voz fraca. — É bom para o engajamento.

— Essa foto de você e Izzy discutindo por causa de um Tupperware recebeu duzentos mil likes — diz Pedro, boquiaberto.

— Você precisa acrescentar um toque pessoal — diz Mandy, usando o mesmo tom vazio. — Faz a marca se conectar mais ao cliente.

Da última vez que olhei nossos perfis nas redes sociais, definitivamente não estavam assim.

— Mandy — começo. — Quando foi que isso aconteceu?

— Ah, tipo, o tempo todo, na verdade, durante as últimas semanas — responde ela. — Quanto mais fotos eu postava sobre o Saga do Anel de Izzy, maior era a comoção.

Pedro solta um palavrão.

— Você recebeu uma mensagem de alguém que tem quinze milhões de seguidores. E...

— *Aí* está você — diz Arjun, entrando no spa com o chapéu de chefe em mãos e um pouco de compota de anchova na testa. — Tem uma tal de Harper Armwright do lado de fora do hotel com uma banda de seis pessoas. Que porra é essa?

— Ah, sim, a Harper — diz a Tadinha da Mandy, com a voz sonhadora. — Ela veio para buscar a aliança dela.

Já ouvi falar de Harper Armwright, sim. Ela fez um dueto com Michael Bublé. E Izzy tem um CD velho dela na caixinha de cacarecos. Porém não sou particularmente fã — sempre escolheria Los Hermanos em vez de Harper Armwright.

Ainda assim, fico levemente fascinado quando a vejo no hotel. Ela se porta como alguém especial. Está em cada movimento que faz; a virada lenta da cabeça, os ombros retos, a forma descontraída com que sai do carro, deixando a porta aberta para que outra pessoa a feche. E está no sorriso treinado e caloroso que ela oferece, com um momento especial de contato visual com Sameera, que está dando pulinhos e gemendo baixinho "meu Deus, é a Harper, é a Harper Armwright de verdade".

— Você deve ser o Lucas — diz Harper para mim, a voz doce como mel. Ela estende uma das mãos para me cumprimentar. — Uma parte do meu milagre de Natal.

Nós conseguimos fazer com que Harper entre escondida sob um dos gorros de lã de Izzy e os óculos de sol que guardo no porta-luvas. São os seguranças dela que chamam mais atenção. Faço uma carranca para eles quando se recusam a agir de forma mais discreta, e eles me encaram feio de volta. Tenho a vaga sensação de que acabei de encontrar meu tipo de gente.

— Devo ter perdido o anel quando os paparazzi apareceram. Saímos daqui com tanta pressa — diz Harper, colocando lentamente o anel no dedo e soltando o ar. — Esses anos todos estava aqui parado? É tipo... Uau!

Estamos na salinha de Achados e Perdidos, que parece se iluminar sob o brilho de Harper. Essa mulher pertence a palcos de estádio e coberturas luxuosas — por mais que eu fique orgulhoso da Mansão Forest, esse não é um espaço que eu gostaria que a maioria das pessoas visse. Izzy dá alguns passinhos para a esquerda, cobrindo a parte da parede onde bate sol e uma caixa grande foi esquecida por muitos anos.

— Minha esposa ficou arrasada. Foi ela que fez, sabiam disso? É único, e encaixa perfeitamente com o dela. — Ela sorri para o anel em sua mão. — Uma amiga mandou para ela esse post do Instagram sobre a missão de vocês, sabe, de devolver todos os anéis perdidos? E aí postaram a foto desse aqui hoje e eu pensei: Não pode ser. Mas aqui está. — Ela balança a cabeça, fascinada. — Esse anel é literalmente inestimável.

Ficamos aguardando, prendendo o fôlego. A sra. SB está segurando o braço de Barty. Izzy segura o lábio inferior entre o indicador e o dedão. A Tadinha da Mandy encara um ponto fixo na parede, os dedos tamborilando na lateral do corpo como se ainda estivesse inconscientemente respondendo mensagens no celular.

Ninguém disse a palavra *recompensa* ainda, mas estamos todos pensando nela.

Nós aguardamos. Harper continua sorrindo. Um dos seguranças dela verifica o relógio.

— Agora, já que estou aqui — diz Harper, olhando para nós todos e aumentando o sorriso. — Que tal um show particular?

— Um show! Certo! — diz a sra. SB, animada. — Perfeito.

Izzy e eu trocamos um olhar. *Nenhuma* recompensa? Harper Armwright deve valer pelo menos meio bilhão de libras.

— Ollie! — chama de súbito a sra. SB.

Eu me viro e vejo Ollie parado boquiaberto no batente.

— Essa é... — começa ele, com a voz rouca.

— Sim, querido, Harper Armwright — confirma a sra. SB. — Vou precisar que você a ajude a arrumar as coisas para o show.

— O... show... — sussurra Ollie, segurando-se no batente, como se de outra forma não conseguisse continuar de pé.

— Meus fãs vão ficar tão empolgados... vamos filmar um reel, que tal? — diz Harper para um dos membros de sua equipe, que concorda com entusiasmo, pegando o celular. — Eu já falei para eles como esse lugar é superfofo. Vai ficar perfeito. É *tão* natalino.

O celular de Barty toca aquela antiga melodia da Nokia. Harper toma um susto e encara, fascinada, quando ele tira um celular dos anos 1990 do bolso.

— Desculpe — diz a Tadinha da Mandy, voltando à vida e pegando os óculos no alto da cabeça. — Você disse aos seus quinze milhões de seguidores que nosso hotel é superfofo?

— Eiii — diz Harper, enquanto ela espera um dos seguranças declarar que ela pode sair da sala de Achados e Perdidos. — Posso ter um daqueles? — pergunta ela a um membro da equipe, apontando para o celular de Barty.

— Aparentemente, nosso site parou de funcionar — diz Barty, com o celular ainda no ouvido.

O segurança olha para a esquerda, direita, esquerda de novo, e gesticula para que Harper saia depois de Ollie, que parece ter se lembrado de como agir feito um ser humano funcional.

Todos nós encaramos Barty.

— Disseram que tem "tráfego intenso demais". Aparentemente, recebemos cem reservas nos últimos seis minutos.

A sra. SB se abaixa lentamente para se sentar numa caixa. Harper abre um sorriso para nós da porta.

— Ah, isso é ótimo! — diz ela, e então dá um tchauzinho por cima do ombro, a mão apenas visível atrás do careca gigantesco de óculos escuros que segue imediatamente atrás dela.

Lentamente, um por um, nós nos viramos para encarar a Tadinha da Mandy. Os pisca-piscas na árvore lançam seu brilho do saguão, alternando entre tons de vermelho e verde, e refletem nas lentes dos óculos de Mandy.

— Desculpem — diz ela. — Vocês falaram para fazer a parte das redes sociais. Eu fui longe demais?

— Mandy — diz a sra. SB, com a voz engasgando. — Minha querida Mandy. Eu sinto muito.

A Tadinha da Mandy parece perplexa quando a sra. SB a abraça, e então Barty e Izzy se juntam a ela, e então, porque é Natal e porque Izzy me ama, e porque Mandy acabou de salvar meu emprego, eu também me junto ao grupo.

— Por que está pedindo desculpas? — pergunta Mandy, dentro do abraço.

— Quando alguém não se valoriza, minha querida — diz a sra. SB, afastando-se e limpando o rosto —, é fácil demais aceitar que esse é seu valor e pronto. Só que você é simplesmente *incrível*. Tão incrível, na verdade, que você acabou de salvar a Mansão Forest de fechar as portas.

— Ah, eu fico *tão* feliz de ter ajudado — diz Mandy, parecendo emotiva. — Eu achei mesmo... mas não queria alimentar as esperanças de ninguém, e... — Ela sopra nos óculos e então os esfrega no suéter de rena. — Enfim, na verdade foram Izzy e Lucas. Foi tudo por causa da Saga do Anel. Eu só espalhei a palavra. Preciso dizer, vou ficar muito feliz de poder deletar o Twitter agora.

No mesmo instante, a sra. SB interrompe para dizer:

— Vou promover você a Gerente de Mídias Sociais e Marketing, início imediato!

— Ah — diz a Tadinha da Mandy, parecendo desolada. — Mesmo?

— Bem, você tem tanto talento para isso! — argumenta a sra. SB, sacudindo o celular.

— Certo — diz a Tadinha da Mandy, resignada. Então, depois de respirar fundo, ela levanta o queixo e acrescenta: — Na verdade, prefiro ficar na recepção, se puder.

— Ah! — exclama a sra. SB, surpresa, olhando para Mandy. — Sim! *Claro*. Mandy se endireita.

— Mas vou ficar feliz de treinar seja lá quem contratarem para cuidar das redes sociais — acrescenta ela, a voz oscilando de leve. — E estou animada para o aumento salarial que vier assim que o hotel estiver indo bem no próximo ano.

Um silêncio chocado de admiração se estabelece, e então, atrás de nós, o saguão se enche de aplausos enquanto Harper toca as notas iniciais de uma versão acústica de "December Kisses". Parece uma reação apropriada.

Não acho que Mandy será chamada de *Tadinha da Mandy* agora. Esse nome não cabe nem um pouco a ela.

***

Izzy se aconchega mais em mim, remexendo-se no banco. São quatro da manhã, e estamos na pérgola, iluminada por pisca-piscas. Acima de nós, os galhos das árvores se cruzam sob o céu estrelado. Meus músculos estão doendo depois de ter dançado por horas no tapete do saguão segurando Izzy.

— Então, acho que... Mandy ganhou a aposta — diz Izzy, descansando a cabeça no meu ombro. — Foi ela quem encontrou a Harper.

— Isso significa que nós dois precisamos nos fantasiar de elfos amanhã? — pergunto, beijando o topo da cabeça de Izzy.

— Uhum. Parece que sim. A boa e velha Mandy. Fiquei tão orgulhosa dela.

— Mandy não teve um ano fácil por nossa causa — digo.

— Meu Deus, nós fomos um pesadelo, né? Você lembra daquela semana em janeiro quando a gente se recusou a falar um com o outro, e ela precisava ficar repetindo tudo que a gente falava?

Eu bufo.

— Você lembra da vez que você mudou a posição de todos os ícones na tela inicial do meu computador e fingiu que foi um dos temporários que fez isso?

— *Poderia* ter sido um temporário.

— E foi?

Izzy gesticula com a mão no ar, como se a resposta fosse irrelevante.

— Você lembra da vez que você disse ao Arjun que eu achava que o mousse dele era fofo demais?

— Você falou isso — acuso.

— Sim, mas não na *cara* do Arjun.

— Você lembra quando grudou meu mouse na mesa da recepção?

— Aquilo na verdade foi um acidente — respondeu Izzy, abrindo um sorriso.

— E aquela vez que nós quase nos beijamos na piscina? — pergunto, minha voz ficando mais baixa.

— E quando eu corri atrás de você no aeroporto? — devolve ela, a voz também ficando mais baixa, os dedos entrelaçando nos meus.

— Você lembra da vez que eu deixei você ganhar de mim no pôquer? — sussurro.

Ela ofega, virando-se nos meus braços para me encarar.

— Você *não* me deixou ganhar.

Começo a rir.

— Lucas! Essa é sinceramente a pior coisa que você fez comigo. É pior do que me empurrar para dentro da piscina.

— Eu não te empurrei para dentro da piscina — digo.

Então ela arfa de repente, levando uma das mãos à boca.

— Meu Deus. Acabei de lembrar. — Ela segura meu braço com força. — Coloquei piadinhas em todos os cartões dos hóspedes no ano passado, não foi?

Abro um sorriso.

— Sim, você fez isso.

— Então o cartão de Natal que você recebeu... o que eu escrevi para o Louis, e que você riu quando abriu...

Ela cobre o rosto com as mãos.

— O que estava escrito no cartão era: "Onde o Papai Noel gosta de ficar quando está de férias? No ho-ho-hotel!" — digo.

— Puta merda — diz ela, escondida entre os dedos. — Eu nem consigo acreditar que você riu disso, sendo bem sincera.

— Bom, eu achei fofo — comento, enquanto ela se aconchega em mim outra vez. — Você precisa lembrar que eu gostava de você na época.

Eu a abraço enquanto ela ri, olhando para as estrelas por entre as folhas. Depois de uns segundos, começo a sorrir. Meus olhos se ajustam à escuridão, e consigo ver o que está crescendo nos galhos acima de nós.

— Izzy — sussurro, e ela ergue o rosto na direção do meu. — Olha lá em cima.

Ela precisa de um momento para ver também. E então ri.

— Quer que eu chame a Drew, ou...

— Cala a boca, Izzy.

Ela ainda está rindo quando eu a puxo para o meu colo e a beijo debaixo do visco.

DEZEMBRO DE 2023

Izzy

— Bom dia, srta. Jenkins. A senhorita pediu para que a acordássemos às 4h45.

Espremo os olhos para o relógio piscando na cabeceira, afastando a franja nova dos olhos e tateando atrás de mim. Nada, só lençóis vazios. Mas o quê? Ele está me pregando uma peça? Não seria a primeira vez, mas pedir para me acordar antes das cinco da manhã é particularmente cruel, mesmo para nossos padrões.

— Valeu — consigo dizer. — Obrigada — acrescento, em português. — Eu... Eu pedi para me acordarem? Tipo, pedi para vocês me ligarem?

— Sinto muito — diz o recepcionista, parecendo um pouco estressado. — Não sei se estou entendendo.

— Não se preocupe — digo, esfregando os olhos com a mão livre e me virando de lado. — Obrigada. E feliz Ano-Novo.

Pressiono o botão na lateral da cama para levantar as cortinas, e lá está ele, sendo previsivelmente ridículo: meu namorado. Fazendo flexões na varanda do hotel antes mesmo do sol nascer.

— O que você está fazendo fora da cama a essa hora? — pergunto, enquanto deslizo a porta da varanda para o lado para abrir.

Lucas ergue o olhar para mim, uma leve camada de suor cobrindo a testa e o peito. O olhar dele sobe pelas minhas pernas nuas ao me ver usando a camiseta branca dele de ontem, e seus olhos escurecem. Mesmo depois de doze meses, ele simplesmente me *derrete* quando me olha desse jeito. Fecho a cara, tipo, *não me distraia*, e ele dá um sorrisinho, tipo, *não prometo nada*.

— Nós vamos nadar — diz ele, ficando em pé. Já está de calção de banho.

— *Agora?* Não. Credo — respondo, me virando na direção da cama. — Boa noite.

Eu me jogo nos lençóis frios da nossa cama king size. Lucas me agarra pelo tornozelo e eu solto um gritinho enquanto ele me puxa para trás.

— Vem — diz. — Você vai amar.

— Ainda está de noite.

— Mas logo vai ser de manhã.

Viro a cabeça para olhar lá fora. Com as luzes do quarto apagadas, vejo que o céu está mudando de preto para um índigo profundo; o mar está um pouco mais claro, e a areia, de um branco fantasmagórico. O majestoso Pão de Açúcar já está visível, erguendo-se na escuridão acima do horizonte. Sinto a empolgação dançando no meu estômago.

— Nadar tipo, no mar? No nascer do sol?

— Exatamente — diz Lucas.

Eu me viro bem a tempo de pegar o biquíni que ele joga em cima de mim.

Tá. Talvez eu não me importe de acordar cedo. Nós resolvemos esbanjar pagando três noites nesse hotel de luxo no Rio de Janeiro para o Ano-Novo, depois de passar o Natal com a mãe de Lucas em Niterói. Eu quero mesmo ficar dormindo mais do que o necessário?

Quando descemos para o saguão — e recebemos um tchauzinho do recepcionista —, só precisamos dar alguns passos para sair do hotel e ir até a praia. O ar já está quente, como uma promessa, como se o sol mal tivesse partido ontem à noite, e enquanto Lucas e eu corremos até a beira da água, a areia desliza sob meus pés, leve como uma pena. Lucas mergulha primeiro. Eu nado com vontade para alcançá-lo, a água gelada do mar me fazendo prender o fôlego. Mergulho atrás de Lucas no instante em que ele se vira para tentar me alcançar, e nós dois afundamos um ao outro, rindo, bufando, cuspindo água, e acabamos entrelaçados, com minhas pernas ao redor da cintura dele no instante em que o sol começa a desenhar uma linha iluminada no horizonte.

Ele me beija com vontade. Percebo que ele está tremendo, com as mãos fechadas em punho — deve estar mais frio do que eu pensava. Passo os braços ao redor de Lucas, sentindo a solidez familiar dos ombros dele, e o beijo com a mesma vontade, meus dedos enganchados em seu cabelo curto, meus joelhos pressionando a lateral do corpo. Estamos nos beijando como se disséssemos algo que não conseguimos falar em palavras. E é aí que eu tenho a ideia.

Porque ultimamente, quando me sinto assim — como se não existisse um jeito de mostrar quanto eu o amo, como se não existissem palavras o bastante ou beijos ferozes o suficiente para isso —, uma pergunta surge na minha cabeça. E com aquele céu vasto e lindo em tons de rosa ao nosso redor, de repente parece o momento perfeito para finalmente fazer a pergunta em voz alta.

— Lucas — digo, me afastando. — Você quer casar comigo?

Durante um longo momento, ele só me encara, as gotas de água na pele dele refletindo o amanhecer rosado.

— Lucas? — pergunto, depois de um instante, segurando os ombros dele com mais força. — Eu não deveria ter... Você não quer... — Olho para a linha do horizonte. É uma obra de arte em rosa, roxo e laranja. — Só me parecia um momento perfeito para fazer o pedido.

— Eu sei — diz Lucas, a voz falhando de leve.

Ele muda de posição, uma das mãos me soltando na água enquanto ele a ergue para mostrar algo que está fechado em seu punho.

Um anel.

Eu conheço esse anel. É o anel de Maisie Townsend. Levo a mão à boca, chocada.

Eu me encontrei com o sr. Townsend algumas semanas atrás, antes da nossa viagem para o Brasil. Ainda estou trabalhando meio-período na Mansão Forest enquanto começo minha empresa. Nós conversamos enquanto tomávamos o chá da tarde de Arjun, e quando o acompanhei de volta até o quarto, o sr. Townsend me falou algo que agora faz muito mais sentido. "Feliz Natal", disse ele, e então, quando a porta já estava se fechando, acrescentou: "E um próspero Ano-Novo, de Maisie e eu."

Meus joelhos enfraquecem de tanto choque, e quase afundo. Eu me agarro em Lucas, sem jeito.

— Por que você acha que eu te trouxe para ver o nascer do sol no mar? — pergunta ele.

— Meu Deus — digo, me segurando nele, esticando a mão para pegar o anel. Ele fecha a mão outra vez.

— Izzy Jenkins — diz. — Você acabou de roubar meu pedido de casamento?

Jogo a cabeça para trás e dou uma gargalhada.

— Você sabe quanto tempo gastei planejando isso? Tem um piquenique de café da manhã nos esperando naquela praia. Precisei subornar o recepcionista para acordar você em inglês porque o hotel nem oferece esse serviço. Precisei tirar o anel do cofre do hotel enquanto você estava escovando os dentes, e você ficava *saindo* do banheiro.

— Me dá aqui esse anel! — grito, tentando alcançar a mão dele.

— Você por acaso comprou um anel para mim? — pergunta ele, um sorrisinho no canto da boca enquanto tento abrir os dedos dele à força.

— Bom, não — confesso. — Foi meio espontâneo.

— Então... sem anel — diz ele, erguendo um dedo. — E sem piquenique de café da manhã.

— Mas o cenário foi ótimo — digo, gesticulando para o céu dramático. — Esse ponto é meu.

— Um ponto para o cenário — concorda ele.

— E um ponto para mim por de fato fazer a pergunta — acrescento, ainda batalhando para abrir a mão dele. Até os dedos desse homem são ridiculamente musculosos. Não tenho como forçar. — Tecnicamente, você ainda não me perguntou nada.

— Peço perdão — diz Lucas, envolvendo minha mão com a dele e sustentando meu olhar. — Izzy — começa, e agora não estou mais rindo. — Izzy Jenkins. Meu amor por você fica mais forte a cada dia. Quero ter um para sempre com você. Quero descobrir o quanto esse amor pode ser grande e intenso quando nós dois estivermos velhos e de cabelo branco.

O lábio inferior dele treme de leve. Já faz muito tempo que percebi que estava errada em pensar que Lucas não tem sentimentos: a emoção está sempre lá, basta olhar direitinho.

— Eu sabia que ia pedir você em casamento desde aquele instante no aeroporto no Natal do ano passado, mas queria esperar até eu ter certeza de que você diria sim. Eu ainda acho que não é uma pergunta que deve ser feita porque você precisa saber a resposta.

— Meu Deus — digo, começando a chorar.

Lucas aperta a minha mão, e com a outra estende o anel para mim por cima da água.

— O sr. Townsend me deu esse anel para te dar quando chegasse a hora certa. Ele sabia que você tinha perdido um anel importante e queria começar uma nova história para você com esse aqui. Eu queria poder encontrar o anel que seu pai te deu, mas acho que esse aqui talvez contenha o espírito do outro. — Ele sorri. — Isso não é algo que eu teria dito antes de conhecer você.

Estou encharcada de lágrimas e água do mar. Seco as bochechas, as mãos tremendo.

— Izzy, você aceitaria esse anel e me faria a honra de se tornar minha esposa?

— Sim. Sim. — Começo a soluçar quando ele desliza o anel no meu dedo. — Ai, meu Deus. Não consigo acreditar... — Fecho o punho com força. — Vamos sair do mar. Eu *não* quero perder esse.

Lucas ri. Eu amo essa risada — é a risada mais leve e despreocupada dele. Quero fazer ele rir assim cem vezes por dia, para sempre.

— Tá, agora que eu fiz a pergunta... — diz ele.

Agarro a mão de Lucas enquanto encontramos apoio na areia, começando a caminhada até a praia. O Rio de Janeiro se estende à nossa frente, acordando, se é que alguma vez dormiu. As janelas dos apartamentos refletem a luz do sol, e as lindas montanhas azuis erguem-se atrás deles, à nossa espera.

— Sim — digo, olhando para o homem que eu odiei, o homem que amo, o homem que me faz arder na minha forma mais incandescente.

— Eu ganhei? No pedido de casamento? Eu ganhei essa rodada?

Eu dou uma risada.

— Você ganhou — respondo, e ele me pega nos braços, comemorando e dançando na praia.

Sinto o anel pressionado a palma da minha mão, com tanta coisa contida em si. Estou chorando, rindo e abraçada em Lucas enquanto o céu de dezembro se ilumina acima de nós. Que honra é usar esse anel. E que honra é chamar esse homem difícil, maravilhoso, obstinado e generoso de meu.

Agradecimentos

Não era para eu escrever este livro — eu não tinha nenhum lançamento marcado para 2023. *Um amor cinco estrelas* é fruto da pura teimosia de Izzy e Lucas, que se recusaram a calar a boca mesmo depois que eu pedi. Agora que você leu o livro, isso provavelmente não é surpresa.

Muitas pessoas incríveis se juntaram para tornar essa história possível, pessoas que disseram: "Claro, não era o plano, mas vamos fazer mesmo assim." Fico grata por ser rodeada por tanta gente talentosa e criativa.

Tanera Simons, minha parceira de crime (ou deveria dizer parceira de comédias românticas?): obrigada, sempre, por toda a sua paciência, cuidado e discernimento. Você é incrível. Cassie Browne, Emma Capron, Kat Burdon e Cindy Hwang, minhas editoras supercriativas: obrigada por me darem o incentivo de que eu precisava para deixar este livro alçar voo, e por toda a ajuda em moldar essa história. Helena Mayrink: muito obrigada por todos os seus comentários e ideias brilhantes e pelo apoio com os aspectos brasileiros deste livro, além de todas as traduções em português. E obrigada também a Pedro Staite pela ajuda — e por me deixar pegar seu nome emprestado!

A Jon Butler, Stef Bierwerth, Hannah Winter, Ellie Nightingale, Ella Patel, Hannah Robinson, Angela Kim, Hannah Engler, Lauren Burnstein, Tina Joell, Chelsea Pascoe e todo mundo na Quercus e Berkley: obrigada pela criatividade, paixão e trabalho árduo de vocês. A Georgia Fuller, Mary Darby, Salma Zarugh, Kira Walker, Sheila David e todos que trabalham na Darley Anderson Agency: muito obrigada por continuarem a compartilhar meus livros com pessoas ao redor do mundo.

Obrigada a meus pais, por todos os conselhos sábios que recebi enquanto escrevia este livro. Obrigada a Gilly McAllister por coisas demais para citar aqui, mas principalmente por ser a outra (e melhor) metade do meu cérebro. Obrigada a Caroline Hulse e Lia Louis por escutarem todas as reclamações e me fornecerem tanta sabedoria. Para minha irmã, Ellen: obrigada por ser meu apoio.

Sam, meu amor, obrigada por tratar minhas histórias com tanto respeito — tanto que até deu uma pausa na sua carreira para que eu pudesse cuidar da minha. Você é um homem raro e extraordinário, e um pai incrível. Para meu bebezinho: obrigada por encher minha vida com a alegria mais pura, intensa e profunda de todas.

A Lisa, Lucy, Beth, Hannah, Rhianna, Kate, Carly, Alison e toda a incrível equipe que trabalha na creche do meu filho: muito obrigada por cuidarem do meu menino com tanto amor e cuidado enquanto escrevo essas histórias. Sem vocês, este livro não existiria.

Por fim, para meus leitores, meus queridos leitores... Dediquei este livro a vocês, o que talvez seja um pouco redundante (afinal, é óbvio que o livro é para os meus leitores), mas senti que precisava deixar claro neste aqui. Eu nunca vou parar de me sentir sortuda por fazer esse trabalho, e só posso continuar fazendo porque vocês leem as histórias que eu escrevo. Obrigada pela fé que vocês depositam em mim cada vez que decidem ler uma das minhas histórias. Estou falando sério: vocês são inestimáveis.

1ª edição	OUTUBRO DE 2024
impressão	LIS GRÁFICA
papel de miolo	LUX CREAM 60 G/M²
papel de capa	CARTÃO SUPREMO ALTA ALVURA 250G/M²
tipografia	SWIFT NEUE LT PRO